7

ATALA, RENÉ

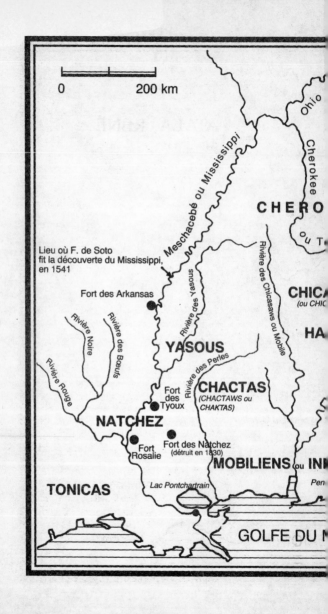

0   200 km

Ohio

Cherokee

CHERO

ou T

Meschacebé ou Mississippi

Lieu où F. de Soto
fit la découverte du Mississippi,
en 1541

Fort des Arkansas

Rivière des Yasous

Rivière des Chicasaws ou Mobile

CHICA
(ou CHIC

HA

Rivière Noire

Rivière des Bœufs

YASOUS

Rivière des Perles

CHACTAS
(CHACTAWS ou
CHAKTAS)

Rivière Rouge

Fort
des
Tyoux

NATCHEZ

Fort
Rosalie

Fort des Natchez
(détruit en 1830)

MOBILIENS ou IN

TONICAS

Lac Pontchartrain

Pen

GOLFE DU N

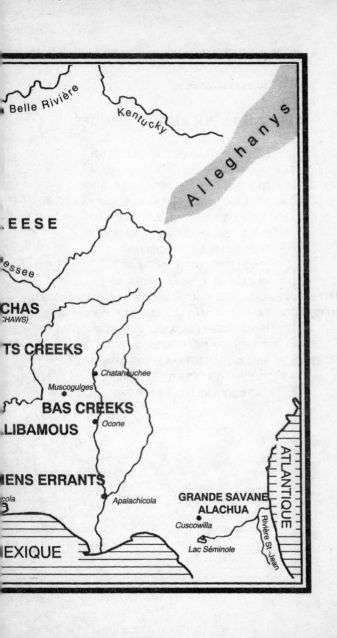

Belle Rivière

Kentucky

Alleghanys

EESE

essee

CHAS
(CHAWS)

TS CREEKS

Chatahouchee

Muscogulges

BAS CREEKS

Ocone

LIBAMOUS

ENS ERRANTS

cola

Apalachicola

GRANDE SAVANE
ALACHUA

Cuscowilla

Lac Séminole

MEXIQUE

ATLANTIQUE

Rivière St-Jean

LES GUIDES POCKET CLASSIQUES

LE BAROQUE EN FRANCE ET EN EUROPE
LE ROMANTISME EN FRANCE ET EN EUROPE
LE SURRÉALISME EN FRANCE ET EN EUROPE
LE RÉALISME ET LE NATURALISME EN FRANCE ET EN EUROPE
LE SYMBOLISME EN FRANCE ET EN EUROPE
LE CLASSICISME EN FRANCE ET EN EUROPE
LA LITTÉRATURE POLICIÈRE
LA LITTÉRATURE ANGLAISE
LA LITTÉRATURE NORD-AMÉRICAINE
LITTÉRATURE FRANÇAISE : MOUVEMENTS, MODES, MANIFESTES
LITTÉRATURE FRANÇAISE : ŒUVRES, AUTEURS, PERSONNAGES
LES LUMIÈRES EN FRANCE ET EN EUROPE
DICTIONNAIRE DES VERBES FRANÇAIS
DICTIONNAIRE DES LOCUTIONS ET DES EXPRESSIONS
DICTIONNAIRE DES MOTS ET DES IDÉES
DICTIONNAIRE D'ORTHOGRAPHE

POCKET CLASSIQUES

collection dirigée par Claude AZIZA

FRANÇOIS RENÉ DE CHATEAUBRIAND

ATALA / RENÉ

Préface et commentaires de
Gérard GENGEMBRE

© Pocket, 1996, pour la préface, les commentaires
et le dossier historique et littéraire.

© Pocket, 1999, pour « Au fil du texte » *in* « Les clés de l'œuvre ».

ISBN : 978-2-266-09016-2

SOMMAIRE

* Pour approfondir votre lecture, *Au fil du texte* vous propose une sélection commentée :
- de morceaux « classiques » devenus incontournables, signalés par ◗◆ (droit au but).
- d'extraits représentatifs de l'œuvre, signalés par ↜ (en flânant).

PRÉFACE

Chateaubriand au tournant du siècle

Noble issu d'une famille récemment rétablie dans sa dignité aristocratique par la fortune commerciale du père et par le rachat du château de Combourg, le cadet François René de Chateaubriand a successivement renoncé à la prêtrise et à la marine avant de tâter du métier des armes. En 1791, le jeune chevalier entame sa première véritable carrière, celle de voyageur. Pendant neuf mois, il vit ses rêves américains, alors que la France se débat dans la tourmente révolutionnaire. À son retour, rapportant un manuscrit, il se lance dans une deuxième carrière, l'émigration, armée d'abord, misérable ensuite. Dans l'exil, le paria continue de noircir force pages, et connaît les joies de la publication. Mais il attend son heure, soigneusement préparée par ses amis. Enfin Bonaparte vient. Grâce à Brumaire, l'émigré remet pied sur le sol français en mai 1800. Le XIXe siècle peut commencer. *Atala*, puis le *Génie du christianisme* sonnent l'avènement de la sensibilité chrétienne retrouvée, parée de toutes les grâces de la poésie et délicieusement mélancolique. En dépit des ambiguïtés de *René* inséré dans le *Génie*, le mal du siècle se trouve canalisé par le retour à l'ordre consulaire et les consolations de la religion. Jusqu'en 1803, Chateaubriand peut se croire la plume du nouveau régime. C'est oublier les aléas d'une politique ancrée dans la France révolutionnée et le potentiel romantique de *René*. Mais cela est déjà une autre histoire...

Au commencement étaient Les Natchez

On ne sait trop ce qu'était le premier *Atala*, épisode d'un vaste roman canadien, où Chactas aurait été un Huron ou un Iroquois. On peut supposer que ce texte d'inspiration voltairienne différait beaucoup de ce qu'élabore progressivement Chateaubriand lors de son exil anglais, alors qu'il travaille en même temps à son *Essai sur les révolutions*. À cette époque, il ne croit plus guère en Dieu, et prédit l'avènement d'un monde sans Christ. Tout change avec la conversion. Dans une lettre du 19 août 1799, il se propose d'inclure dans un ouvrage intitulé *De la religion chrétienne par rapport à la morale et aux beaux-arts* les meilleurs morceaux des *Natchez*. *Atala* doit donc faire partie d'une œuvre apologétique. Le récit conservera cependant une partie des significations qu'il tirait de son appartenance aux *Natchez*, ample roman amérindien. Pour mieux situer *Atala* et *René*, il faut donc revenir aux *Natchez* [1].

En disciple de Rousseau, Chateaubriand entend d'abord écrire « l'épopée de l'homme de la nature ». À la référence philosophique, s'ajoutent les cautions littéraires : l'exotisme à la Bernardin de Saint-Pierre, maître ès descriptions et auteur de *Paul et Virginie* [2] (1788), le plus grand succès du siècle, et l'épopée coloniale de Marmontel, *Les Incas* (1777). On sait que, dès 1789-1790, Chateaubriand met au point un scénario pour *Les Sauvages*, son titre primitif. Chactas y parcourt le vaste monde avant de rentrer au Canada. C'est alors que Chateaubriand se rend en Amérique, sous prétexte d'exploration géographique : il s'agit de trouver le fameux passage du nord-ouest. De Baltimore (10 juillet 1791) aux grands lacs par la côte Est, des

---

1. Sur *Les Natchez* et sur la problématique générale de l'écriture chateaubrianesque, les pages les plus denses sont dues à Jean-Claude Berchet (voir la bibliographie). Nous en avons suivi les conclusions les plus décisives. L'autre source principale est la préface, les documents et notes de l'édition de la Pléiade par Maurice Regard.
2. Disponible dans la même collection, n° 6041.

grands lacs au Tennessee, et de là à Philadelphie, le jeune chevalier découvre le Nouveau Monde, dont il voit moins qu'il ne l'a prétendu — mais qu'importe — et où il trouve sa vocation définitive d'écrivain. Pendant son périple, puis après son retour, il accumule du papier. À la fin du printemps 1792, il lit à Malesherbes des fragments d'*Atala*. Il emmène son manuscrit partout avec lui, à l'armée de Condé, en Angleterre, le perd, le recompose à Londres...

Ces pages primitives comportent un récit de voyage à la manière du XVIIIe siècle, l'histoire d'une nation indienne du Canada sous forme de roman et des tableaux de la nature. Un autre projet, historique celui-là, prend alors le pas sur ce texte : l'*Essai sur les révolutions*, publié à Londres en 1797. Chateaubriand remanie profondément son manuscrit américain. Une lettre du 6 janvier 1798 annonce un roman, *René et Céluta*, et fait donc apparaître pour la première fois le personnage de René. Au printemps de la même année, une autre lettre parle des *Natchez*, épopée en prose. L'épopée incorpore le roman, sans doute sur les conseils de Fontanes, devenu en 1798 l'ami de Chateaubriand, la Louisiane remplace le Canada, la révolte des Natchez devient la colonne vertébrale du texte.

Menant une vie difficile, Chateaubriand avance avec peine son manuscrit. En fait, il cherche à publier de la copie qui lui rapporterait de quoi vivre. C'est ainsi qu'en avril 1799 il propose au rédacteur du *Spectateur du Nord*, journal de Hambourg, un écrit pamphlétaire : *La Religion chrétienne par rapport à la morale et à la poésie*, qui deviendra trois ans plus tard le *Génie du christianisme*. *Les Natchez* pâtissent de cette conversion littéraire dictée par les circonstances et deviennent peu à peu un réservoir de textes recyclables. Enfin, la mort de sa sœur Julie, survenue le 26 juillet 1799, bouleverse Chateaubriand : la conversion littéraire se double d'une conversion religieuse. Le pamphlet se transforme en œuvre expiatoire, et puise largement dans *Les Natchez*, comme le montrent les premières épreuves imprimées à Londres du *Génie* primitif. Un dernier événement achève la métamorphose : le 18-Brumaire. Le Premier Consul jette les bases d'une politique de réconciliation nationale : appelé par Fontanes, Chateaubriand peut rentrer, non sans laisser en Angleterre le manuscrit des *Natchez* pour éviter les tracasseries policières. Il en a cependant détaché deux récits, dont la publication allait changer son destin.

*Le triomphe d'*Atala

Le 12 germinal an IX (2 avril 1801) paraît *Atala, ou les amours de deux sauvages dans le désert*. Le romancier Chateaubriand est né et avec lui l'écrivain le plus doué pour les campagnes publicitaires avant Balzac. En effet, après avoir dès décembre 1800 défini le christianisme comme une religion « essentiellement tendre et mélancolique » et montré que « la mélancolie s'engendre du vague des passions » *(Lettre au citoyen Fontanes sur la 2ᵉ édition de l'ouvrage de Mᵐᵉ de Staël, Mercure de France)*, Chateaubriand fait précéder son récit d'une habile préface et, par une lettre publiée le 31 mars dans le *Journal des Débats* et *Le Publiciste* [1], il annonce le *Génie du christianisme* dont *Atala* ne serait qu'une anecdote. Une mise en bouche en quelque sorte... Chateaubriand prend date, et, pour son coup d'essai, assène un coup de maître.

La critique est partagée. Le *Mercure de France*, *Le Journal des Débats*, *Le Publiciste* s'enthousiasment — Chateaubriand n'y compte que des amis. *La Revue des Deux Mondes* et *La Décade*, sous la plume de Ginguené, s'insurgent, tandis que dans ses *Observations critiques sur le roman intitulé Atala*, l'abbé Morellet lance une attaque en règle au nom de l'orthodoxie contre les idées religieuses, la vraisemblance et le style, se gaussant notamment de la lumière de la lune flottant

---

1. Voir le dossier historique et littéraire, p. 139.

« sur la cime indéterminée des forêts ». Le jeune Stendhal se dira plus tard prêt à se battre pour une telle phrase. Une querelle d'*Atala* s'installe. On ne saurait rêver mieux pour les ventes.

Le succès auprès des lecteurs est immense. Parodies, imitations, transpositions en attestent, ainsi que les vaudevilles, mélodrames, épigrammes, pantomimes, ballets, opéras qui reprennent l'histoire en la déformant peu ou prou. Qu'on en juge plutôt : Cadet de Gassicourt écrit un *Atala ou les habitants du désert, parodie d'Atala, ornée de figures de rhétorique,* Marie-Joseph Chénier compose une satire, *Les Nouveaux Saints* (1801), Raimond donne une *Résurrection d'Atala et son voyage à Paris* (1802), Jacquinet fait une pantomime, *Atala et Chactas.* Ajoutons pour l'année 1801 deux vaudevilles : *Encore un ballon ou Florelle et Jactas,* et *Ah ! la, la ou Le Vœu de ne pas danser, imitation champenoise d'un roman canadien !* Un certain Périn, profitant de la sortie de *L'Itinéraire de Paris à Jérusalem,* publie en 1811 un *Itinéraire de Pantin au Mont Calvaire (en passant par la rue Mouffetard, le Faubourg Saint-Germain, les Quais, les Champs-Élysées, le Bois de Boulogne, Neuilly, Suresnes et en revenant par Saint-Cloud, Boulogne, Auteuil, Chaillot, etc.) Ou Lettres inédites de Chactas à Atala, ouvrage écrit en style brillant et traduit pour la première fois du bas-breton sur la neuvième édition par M. de Chateauterne.* En 1828 encore on signale *Atala, pièce en trois actes et en prose, tirée du poème de M. le vicomte de Chateaubriand,* par A.-J. Sanson, et même en 1848, Alexandre Dumas fils ose un opéra intitulé *Atala.* Il n'est pas le premier : on avait déjà écrit *Le Vœu solitaire ou le Solitaire du Canada.* Mais la véritable mesure de ce triomphe, c'est la vogue du prénom Atala, infligé aux jeunes filles et aux juments, et l'inflation d'assiettes décorées avec les principales scènes du roman. Faut-il rappeler le célèbre tableau de Girodet, *Les Funérailles d'Atala,* exposé au Salon de 1808 ? Ce chef-d'œuvre trône au-dessus d'une production considérable d'œuvres d'art, où dominent quantitativement les gravures populaires. Chateaubriand n'exagère pas quand il évoque cette marée indienne dans ses *Mémoires d'outre-tombe* :

> « Les auberges de rouliers étaient ornées de gravures rouges, vertes et bleues, représentant Chactas, le père Aubry et la fille de Simaghan. Dans des boîtes de bois, sur les quais, on montrait mes personnages en cire, comme on montre des images de Vierge et des saints à la foire. Je vis sur le théâtre du boulevard ma sauvagesse coiffée de plumes de coq, qui parlait de l'âme de la solitude à un sauvage de son espèce, de manière à me faire suer de confusion. On représentait aux Variétés une pièce dans laquelle une jeune fille et un jeune garçon, sortant de leur pension, s'en allaient par le coche se marier dans leur petite ville ; comme en débarquant ils ne parlaient, d'un air égaré, que crocodiles, cigognes et forêts, leurs parents croyaient qu'ils étaient devenus fous. »

Nature, amours et interdit

La fable est exemplaire : après un prologue, où le narrateur présente le décor, les rives du Meschacebé (Mississippi), Chactas, un vieillard de la tribu des Natchez, et « un Français, nommé René, poussé [en 1825 en Louisiane] par des passions et des malheurs », le récit est pris en charge par Chactas, vieux sachem aveugle, qui raconte à René les aventures de sa jeunesse, relatée, en quatre moments. Recueilli par un Espagnol, Lopez, puis capturé par une tribu ennemie, il a été sauvé du bûcher par Atala, une jeune Indienne, qui lui révèle qu'elle est la fille chrétienne de Lopez (« Les chasseurs »). Un missionnaire, le père Aubry, les héberge, et ils semblent promis l'un à l'autre (« Les laboureurs »). Chactas et le prêtre trouvent Atala mourante : elle s'est empoisonnée pour ne pas briser le vœu que sa mère avait fait à sa naissance en la consacrant à la Vierge (« Le drame »). Le père Aubry et Chactas, qui a promis d'embrasser la foi chrétienne, président aux obsèques d'Atala dans une grotte de la mission (« Les funérailles »). L'épilogue nous apprend que le prêtre périra sous les coups des Indiens, et que Chactas a recueilli ses restes avec ceux d'Atala.

Telle une princesse de Clèves indienne, Atala résiste à la tentation. Comme le fera Mme de Mortsauf *(Le Lys dans la vallée)*, elle regrette de n'avoir pas succombé. Et le sujet de la *Zaïre* de Voltaire n'était-il pas l'amour aux prises avec la religion et vaincu par elle ? Nous nous trouvons bien là devant une situation type, agrémentée d'une peinture idyllique de Sauvages séduits par les beautés d'un christianisme proche du rousseauisme. Utilisant des recettes éprouvées, notamment la résolution de secrets (celui de Chactas, celui d'Atala, celui du père Aubry, qui a connu les « troubles du cœur »), n'hésitant pas à recourir à la technique du roman noir (ainsi la croix de la mère, indispensable à la reconnaissance finale), le récit exalte la foi, la charité, incarnées par le missionnaire, et l'espérance. À cette dimension apologétique s'ajoutent les prestiges de l'exotisme.

Le roman américain se pare de tout un attirail séduisant dont chaque élément apporte son coefficient de dépaysement. Mots aux sonorités étranges, paysages grandioses, objets et mœurs désignant la sauvagerie composent un folklore indien au parfum d'homérisme. Bien sûr, la part du mensonge est énorme : Chateaubriand puise allégrement dans les récits de voyageurs comme Charlevoix, Carver, Bartram, Lafitau ou Lahontan, dans l'*Histoire des voyages* de l'abbé Prévost, et dans les modèles littéraires qui ont créé la mode de l'américanisme, notamment grâce au thème des amours entre Européens et sauvagesses : *Les Incas*, déjà cités, *La Chaumière indienne* de Bernardin de Saint-Pierre (1790), *Azakia et Célario* de La Dixmerie (1765) et peut-être *Odéhari* de Palisot de Beauvois (1796), qui présente de nombreuses similitudes avec *Atala*. Peu importent au fond ces emprunts ou ces démarquages : *Atala* s'impose d'abord comme poème de la Nature.

Cette exaltation ne doit pas cacher la matière même du récit : les malheurs et la fatalité d'un amour impossible. Cet amour permet de chanter la force du désir, à l'unisson des efflorescences de la Nature. Troublant spectacle, *Atala* met en scène la passion décrite comme sacrifice, menant inéluctablement à la mort, une mort qui érotise d'ailleurs encore plus le corps d'Atala, et où s'unissent le désir et ses délires. Si le christianisme triomphe, c'est au prix d'une séduction bien profane, celle de l'interdit. Aucune communauté ne se fonde sur le couple. C'est que l'amour repose sur la faute. Vécu comme division et non comme fusion, il renvoie obliquement, sourdement à l'affection qui unissait Chateaubriand et sa sœur Lucile (ajoutons pour faire bonne mesure qu'Atala incarne aussi dans la fiction la célèbre sylphide, cette chimère dont Chateaubriand parlera dans ses *Mémoires*, et qu'elle tire peut-être une partie de ses charmes du souvenir de deux Floridiennes, évoquées elles aussi dans les *Mémoires* — encore que cet épisode s'inspire du Tasse...). Le lien frère/sœur confond l'érotisme et l'innocence. Une autre femme apporte avec elle la rupture de cette unité et donc la menace. Pour devenir adulte, il faut briser cette unité primitive [1].

Cette brisure peut se lire aussi comme métaphore d'une autre scission : celle de l'Histoire, désormais vécue comme une aliénation. Aliénation du cadet, aliénation de l'aristocratie, aliénation de l'individu pour qui la civilisation pourrit la nature... L'individu ne trouve plus d'explication cohérente du monde. Il chante désormais son malheur, en se livrant aux orages et aux contradictions de ses désirs et de ses aspirations, au vertige du manque, au délire du Moi [2]. La religion saura-t-elle imposer son ordre et offrir ses consolations ?

---

1. Sur tous ces points, voir l'ouvrage de Jean-Marie Roulin (cf. bibliographie).
2. Voir Pierre Barbéris (cf. bibliographie).

Le Génie du christianisme :
la nouvelle Atala et le nouveau René

Quand, en avril 1802, Chateaubriand publie le *Génie du christianisme*, il réutilise *Atala*, érigée en exemple des « Harmonies de la Religion chrétienne avec les scènes de la nature et les passions du cœur humain » (III, 6). Le récit prend donc une nouvelle signification, s'intègre à l'œuvre apologétique, et verse au bénéfice du christianisme ses trésors de sensibilité. Ce transfert annoncé s'accompagne dans la deuxième partie du livre d'une introduction : celle d'une nouvelle intitulée *René*, présentée comme un épisode extrait des *Natchez*, et chargée d'illustrer les ravages du vague des passions. Il s'agit de la vie de ce jeune René, à qui Chactas a raconté son histoire. En somme, par un phénomène de symétrie, au récit de Chactas répond celui de René, dont voici le résumé :

> Arrivé en Louisiane chez les Natchez, René raconte à Chactas et au père Souël « les sentiments secrets de son âme ». Après une enfance loin du foyer, il a connu une adolescence éclairée par sa sœur Amélie, marquée par la rêverie et l'appel aux « orages désirés » dans la « saison des tempêtes ». Atteint d'une profonde mélancolie, il n'a pas trouvé dans les voyages l'apaisement, et a plus que jamais éprouvé dans sa patrie un sentiment d'exil et d'exclusion, d'autant qu'Amélie semblait le fuir. Tenté par le suicide, le jeune homme retrouve pourtant sa sœur, qui disparaît pour prendre le voile. Désespéré, René s'embarque pour l'Amérique où il apprendra par une lettre la mort de sa sœur, morte en sainte. Les deux missionnaires tirent la leçon de son histoire : la solitude est mauvaise sans Dieu, et le bonheur ne se trouve que dans les « voies communes ». Tous trois périront dans le massacre des Français et des Natchez.

Les deux textes resteront dans le *Génie* jusqu'en 1809, Chateaubriand ne cessant de les corriger d'une édition à l'autre. On se trouve donc en présence d'inclusions romanesques au sein d'un ouvrage apologétique. Toute la charge psychologique, bouleversante, pathétique de ces pages se trouve mise au service de la vérité chrétienne. Dédié au Premier Consul en 1803, le *Génie* paraît au moment où est promulgué le Concordat. Alors que dans son *Essai sur les révolutions* de 1797, Chateaubriand avait réduit le christianisme à un fait historique et social (il assimilera plus tard le *je* de l'*Essai* à René, un René enflammé par des erreurs de jeunesse), le *Génie* vient à son heure au moment où la France post-révolutionnaire aspire à un renouveau religieux. Dès lors, insérés dans ce monument à la gloire de la vraie religion, *Atala* et *René* servent les intérêts politiques de la nation nouvelle et assurent le renom de leur auteur [1].

Ils répondent également à une préoccupation définie par la littérature du XVIIIe siècle : la portée morale du texte de fiction. Il suffit de se reporter aux préfaces de *La Nouvelle Héloïse* ou des *Liaisons dangereuses*. Dans son *Werther*, Goethe appelle à la commisération pour son héros dont il présente les lettres. Portée morale n'implique pas présence effective de l'auteur. Ici, l'auteur se rapproche beaucoup du narrateur. On distinguera trois *je* dans l'*Atala* du *Génie* [2] : le locuteur du *Génie*, le narrateur extradiégétique, le narrateur intradiégétique (Chactas racontant ses amours). Dans le prologue, le narrateur extradiégétique introduit le narrateur intradiégétique et son narrataire, René. Il reprend la parole dans l'épilogue. Il apparaît à la fois comme un moraliste et comme un homme malheureux, évoquant le malheur et l'exil.

Les mêmes instances se retrouvent dans le *René* du *Génie*, le narrateur extradiégétique se faisant plus discret, avec un « on » final, de caractère mythique.

---

1. Voir Paul Bénichou (cf. bibliographie).
2. Voir Jean-Marie Roulin (cf. bibliographie).

Il s'agit donc bien pour Chateaubriand de recourir à une stratégie narrative superposant auteur et narrateur extradiégétique. Il y a plus : le personnage de René renvoie par homologie du nom à François René de Chateaubriand, le nom véritable de l'écrivain, qui signe François-Auguste le *Génie* jusqu'en 1814[1], pour remplacer cette signature par « le Vicomte de Chateaubriand ». Ainsi, rien dans le René du *Génie* n'indique la parenté du héros avec son géniteur, alors que, par la suite, tout dans l'aveu biographique ne cesse d'y renvoyer. En outre, plusieurs éléments rattachent *René* à l'*Essai sur les révolutions*, notamment au chapitre « Aux infortunés[2] ».

À ces ombres troubles portées par le moi de l'auteur s'ajoute une difficulté majeure. Selon Chateaubriand, le christianisme « fait dans le cœur une source de maux présents et d'espérances lointaines d'où découlent d'inépuisables rêveries[3] ». Née du christianisme, la mélancolie s'engendre du vague des passions. Comme le dit Paul Bénichou, « on a beau célébrer le mariage de la mélancolie et du christianisme, on sent qu'il est discordant[4] ». Face au père Souël, tenant de l'orthodoxie, cette position est difficilement tenable. Le rousseauisme du Vicaire savoyard fait peut-être entendre ses échos : « Il est un âge où le cœur, libre encore, mais ardent, inquiet, avide du bonheur qu'il ne connaît pas, le cherche avec une curieuse incertitude, et, trompé par les sens, se fixe enfin sur une vaine image, et croit le trouver où il n'est point. Ces illusions ont duré trop longtemps pour moi. Hélas ! je les ai trop connues, et n'ai pu tout à fait les détruire[5]. »

Difficile conciliation de la religion et des passions,

1. Quant à l'homologie François/Français, on imagine toute sa force symbolique !
2. Voir le dossier historique et littéraire, p. 189.
3. *Génie*, IIᵉ partie, livre III, chap. 9.
4. *Le Sacre de l'écrivain*, Corti, 1973, p. 149.
5. *Émile*.

Atala et *René* mettent également en scène la culpabi-
lité de l'inceste. Voilà qui rentre difficilement dans le
projet apologétique. La dimension romanesque et ses
implications biographiques confèrent décidément aux
récits une portée sulfureuse. Contre l'ordre célébré par
le *Génie*, le désordre de la fiction fait jouer toute la
force de sa révolte contestataire. *Atala* ou la passion
face aux interdits, *René* ou la frustration du désir creusant une béance au cœur de l'individu : les deux textes
valent bien comme unités. Leur auteur les libérera de
l'emprise de la religion (castratrice ?) et de la téléologie
à l'œuvre dans le *Génie*.

Atala *et* René *1805 ou attention au changement de sens !*

En 1805, Chateaubriand regroupe *Atala* et *René* pour
une édition séparée *ne varietur* [1]. Les deux « épisodes », comme Chateaubriand les appelle, acquièrent
ainsi définitivement leur indépendance. Livré au public,
René devient bien un prospectus du romantisme à venir,
romantisme un peu retardé pour cause d'héroïsme
napoléonien. Nul mieux que le Sainte-Beuve âgé de
seize ans ne le dira : « J'ai lu *René* et j'ai frémi [...]
pour moi je m'y suis reconnu tout entier. » Voilà
Chateaubriand devenu l'écrivain de toute une génération.

Certes, Chateaubriand édulcore certaines audaces du
texte de 1802 [2]. Tant les révélations trop intimes que
les « sauvageries » stylistiques sont arasées ou gom-
mées. Pierre Barbéris a bien montré comment *René* a
été malgré tout un « texte scandaleux et un texte
beau », parce qu'il a été un « grand texte sur la jeunesse, sur les démons qui s'éveillent, sur ce qui les fait
s'éveiller », parce qu'il a été un « grand texte du

---

1. C'est le texte qui est reproduit dans cette édition.
2. Voir Pierre Barbéris, *René de Chateaubriand, un nouveau
roman*, Larousse, coll. « Thèmes et textes », 1973, pp. 47-90.

refus [1] ». Yves Vadé a justement insisté sur l'attrait particulier d'une écriture où les « songes ne sont pas seulement un refuge et un refus », mais sont tendus « vers un autre réel, qui ne sera pas réalité mais qui aura été vécu, le temps d'un fantasme, comme possible [2] ». « Poème d'une génération de ruines » (Maurice Regard [3]), *René* devient ouvrage fondateur où s'inscrit le mal du siècle dans sa première version.

« Toute la maladie du siècle présent vient de deux causes : le peuple, qui a passé par 1793 et par 1814, porte au cœur deux blessures. Tout ce qui était n'est plus ; tout ce qui sera n'est pas encore, ne cherchez pas ailleurs le secret de nos maux » *(La Confession d'un enfant du siècle)* : en 1836, Musset définit parfaitement le mal du siècle tel qu'on put le penser après 1830, une discordance entre le moi et le monde, fondée sur un rapport de frustration douloureuse à l'Histoire. L'origine du mal du siècle est bien révolutionnaire, même si le Werther de Goethe, pour qui « ce qui fait la félicité du monde devien[t] aussi la source de son malheur », est l'ancêtre des héros mélancoliques du romantisme français. Une Histoire tragique, mutilante, qui fracture le temps, une mutation de l'homme qui s'éprouve comme individu, le vague des passions dont parle Chateaubriand trouvent leur expression mélancolique dans l'*Oberman* de Sénancour (1804) et dans *René*. Rêverie stérile, apathie, pulsions morbides, dégoût de la vie, sentiment du vide ou au contraire désirs désordonnés marquent une génération, souvent d'origine aristocratique, traumatisée par le cours vertigineux des événements et par la perte des repères spirituels et moraux liés à un christianisme mis à mal par les Lumières. « Tous les liens sont brisés, l'homme est seul ; la foi

1. *Ibid.*, p. 17.
2. *L'Enchantement littéraire : écriture et magie, de Chateaubriand à Rimbaud*, Gallimard, 1990.
3. Introduction à *René*, Gallimard, « Bibliothèque de la Pléiade », 1969, p. 106.

5

4

sociale a disparu, les esprits abandonnés à eux-mêmes ne savent pas où se pendre ; on les voit flotter au hasard dans mille directions contraires », écrit Lamennais en 1820 dans son *Essai sur l'indifférence en matière de religion*. Il semble impossible de croire dans le monde moderne né de la coupure sanglante.

Comme le jeune Chateaubriand l'est de l'Ancien Régime par la Révolution, René est coupé du Grand Siècle en 1725. Ses références demeurent celles de cette ancienne France ou celles de la colonie chrétienne du père Aubry, menacée et corrompue par la société civile. Exclu, sans famille, sans patrie, René est voué à la solitude et à l'incertitude. Ses voyages ne conduisant pas au savoir, il ne parvient pas à l'accomplissement sexuel. Son drame individuel, coloré de spleen, devient emblématique et déploie tous les prestiges d'une confession d'un enfant du siècle. Bienvenue aux âmes inquiètes ! Elles sauront en faire leur miel.

Devenu intouchable, *René* contraint Chateaubriand à tenir compte de ce statut monumental lorsqu'il entreprend l'édition de ses *Œuvres complètes*, ce monument qu'il édifie à sa propre gloire, où il fait résonner tel un écho sa voix dans ses œuvres, des œuvres réorganisées, repensées, commentées. Nous sommes en 1826. Monstre sacré, le Sachem du romantisme ne restitue pas *Les Natchez* dans leur forme initiale. Il regroupe *Atala* et *René* avec *Les Aventures du dernier Abencérage* (roman achevé en 1810). *Les Natchez* se trouvent en outre amputés de descriptions qui fourniront la matière du *Voyage en Amérique*, publié en 1827, lequel se présente alors comme une exploration d'un espace de la liberté originelle, mais d'un espace aujourd'hui disparu, et où vient s'annuler tout un XVIIIe siècle devenu obsolète [1].

____

1. Voir Jean-Claude Berchet.

Atala et *René* reçoivent donc la bénédiction de leur créateur, qui approuve leur parcours dans le paysage littéraire du XIXᵉ siècle. À moins qu'il ne s'y résigne. « Si *René* n'existait pas, je ne l'écrirais plus ; s'il m'était possible de le détruire, je le détruirais. Une famille de René poètes et de René prosateurs a pullulé : on n'a plus entendu que des phrases lamentables et décousues » : en reniant ainsi son fils, son double et son œuvre dans ses *Mémoires*, Chateaubriand se révèle excédé autant qu'il fait preuve de coquetterie littéraire. Le Prince des songes sait fort bien qu'en donnant au mal du siècle sa charte littéraire, il a donné le coup d'envoi au romantisme et à la modernité du XIXᵉ siècle.

Prince, vous le saviez bien, si *René* n'avait pas existé, il aurait fallu l'inventer !

ATALA

PROLOGUE

La France possédait autrefois, dans l'Amérique septentrionale, un vaste empire qui s'étendait depuis le
Labrador jusqu'aux Florides, et depuis les rivages de
l'Atlantique jusqu'aux lacs les plus reculés du haut
Canada [1].

Quatre grands fleuves, ayant leurs sources dans les
mêmes montagnes, divisaient ces régions immenses :
le fleuve Saint-Laurent qui se perd à l'est dans le golfe
de son nom, la rivière de l'Ouest qui porte ses eaux à
des mers inconnues, le fleuve Bourbon qui se précipite
du midi au nord dans la baie d'Hudson, et le Meschacebé [2*], qui tombe du nord au midi dans le golfe du
Mexique.

Ce dernier fleuve, dans un cours de plus de mille
lieues, arrose une délicieuse contrée que les habitants
des États-Unis appellent le nouvel Éden, et à laquelle
les Français ont laissé le doux nom de Louisiane. Mille
autres fleuves, tributaires du Meschacebé, le Missouri,
l'Illinois, l'Akanza, l'Ohio, le Wabache, le Tenase,
l'engraissent de leur limon et la fertilisent de leurs
eaux. Quand tous ces fleuves se sont gonflés des délu-
ges de l'hiver ; quand les tempêtes ont abattu des pans
entiers de forêts, les arbres déracinés s'assemblent sur
les sources. Bientôt les vases les cimentent, les lianes
les enchaînent, et des plantes y prenant racine de toutes

---

1. Dans la géographie de l'époque, la Louisiane désigne la rive
gauche du Mississippi, les Florides, toute la partie allant de l'actuelle
Floride au Tennessee, et le Canada la partie nord.
2. Les notes indiquées par des astérisques sont de Chateaubriand.
* Vrai nom du Mississipi ou Meschassipi.

parts, achèvent de consolider ces débris. Charriés par les vagues écumantes, ils descendent au Meschacebé. Le fleuve s'en empare, les pousse au golfe Mexicain, les échoue sur des bancs de sable et accroît ainsi le nombre de ses embouchures. Par intervalles, il élève sa voix, en passant sous les monts, et répand ses eaux débordées autour des colonnades des forêts et des pyramides des tombeaux indiens ; c'est le Nil des déserts. Mais la grâce est toujours unie à la magnificence dans les scènes de la nature : tandis que le courant du milieu entraîne vers la mer les cadavres des pins et des chênes, on voit sur les deux courants latéraux remonter le long des rivages, des îles flottantes de pistia et de nénuphar, dont les roses jaunes s'élèvent comme de petits pavillons. Des serpents verts, des hérons bleus, des flamants roses, de jeunes crocodiles s'embarquent passagers sur ces vaisseaux de fleurs, et la colonie, déployant au vent ses voiles d'or, va aborder endormie dans quelque anse retirée du fleuve.

➥ Les deux rives du Meschacebé présentent le tableau le plus extraordinaire. Sur le bord occidental, des savanes se déroulent à perte de vue ; leurs flots de verdure, en s'éloignant, semblent monter dans l'azur du ciel où ils s'évanouissent. On voit dans ces prairies sans bornes errer à l'aventure des troupeaux de trois ou quatre mille buffles sauvages. Quelquefois un bison chargé d'années, fendant les flots à la nage, se vient coucher parmi de hautes herbes, dans une île du Meschacebé. À son front orné de deux croissants, à sa barbe antique et limoneuse, vous le prendriez pour le dieu du fleuve, qui jette un œil satisfait sur la grandeur de ses ondes, et la sauvage abondance de ses rives.

Telle est la scène sur le bord occidental ; mais elle change sur le bord opposé, et forme avec la première un admirable contraste. Suspendus sur les cours des eaux, groupés sur les rochers et sur les montagnes, dispersés dans les vallées, des arbres de toutes les formes, de toutes les couleurs, de tous les parfums, se mêlent, croissent ensemble, montent dans les airs à des hauteurs

➥ Voir *Au fil du texte*, p. IX.

qui fatiguent les regards. Les vignes sauvages, les bignonias, les coloquintes, s'entrelacent au pied de ces arbres, escaladent leurs rameaux, grimpent à l'extrémité des branches, s'élancent de l'érable au tulipier, du tulipier à l'alcée, en formant mille grottes, mille voûtes, mille portiques. Souvent égarées d'arbre en arbre, ces lianes traversent des bras de rivières, sur lesquels elles jettent des ponts de fleurs. Du sein de ces massifs, le magnolia élève son cône immobile ; surmonté de ses larges roses blanches, il domine toute la forêt, et n'a d'autre rival que le palmier, qui balance légèrement auprès de lui ses éventails de verdure.

Une multitude d'animaux placés dans ces retraites par la main du Créateur, y répandent l'enchantement et la vie. De l'extrémité des avenues, on aperçoit des ours enivrés de raisins, qui chancellent sur les branches des ormeaux ; des caribous se baignent dans un lac ; des écureuils noirs se jouent dans l'épaisseur des feuillages ; des oiseaux-moqueurs, des colombes de Virginie de la grosseur d'un passereau, descendent sur les gazons rougis par les fraises ; des perroquets verts à tête jaune, des piverts empourprés, des cardinaux de feu, grimpent en circulant au haut des cyprès ; des colibris étincellent sur le jasmin des Florides, et des serpents-oiseleurs sifflent suspendus aux dômes des bois, en s'y balançant comme des lianes.

Si tout est silence et repos dans les savanes de l'autre côté du fleuve, tout ici, au contraire, est mouvement et murmure : des coups de bec contre le tronc des chênes, des froissements d'animaux qui marchent, broutent ou broient entre leurs dents les noyaux des fruits, des bruissements d'ondes, de faibles gémissements, de sourds meuglements, de doux roucoulements, remplissent ces déserts d'une tendre et sauvage harmonie. Mais quand une brise vient à animer ces solitudes, à balancer ces corps flottants, à confondre ces masses de blanc, d'azur, de vert, de rose, à mêler toutes les couleurs, à réunir tous les murmures ; alors il sort de tels bruits du fond des forêts, il se passe de telles choses aux yeux, que j'essaierais en vain de les décrire à ceux qui n'ont point parcouru ces champs primitifs de la nature.

Après la découverte du Meschacebé par le père Marquette[1] et l'infortuné La Salle[2], les premiers Français qui s'établirent au Biloxi[3] et à la Nouvelle-Orléans, firent alliance avec les Natchez[4], nation Indienne, dont la puissance était redoutable dans ces contrées. Des querelles et des jalousies ensanglantèrent dans la suite la terre de l'hospitalité. Il y avait parmi ces Sauvages un vieillard nommé Chactas*, qui, par son âge, sa sagesse, et sa science dans les choses de la vie, était le patriarche et l'amour des déserts. Comme tous les hommes, il avait acheté la vertu par l'infortune. Non seulement les forêts du Nouveau-Monde furent remplies de ses malheurs, mais il les porta jusque sur les rivages de la France. Retenu aux galères à Marseille par une cruelle injustice, rendu à la liberté, présenté à Louis XIV, il avait conversé avec les grands hommes de ce siècle, et assisté aux fêtes de Versailles, aux tragédies de Racine, aux oraisons funèbres de Bossuet : en un mot, le Sauvage avait contemplé la société à son plus haut point de splendeur.

Depuis plusieurs années, rentré dans le sein de sa patrie, Chactas jouissait du repos. Toutefois le ciel lui vendait encore cher cette faveur ; le vieillard était devenu aveugle. Une jeune fille l'accompagnait sur les coteaux du Meschacebé, comme Antigone guidait les pas d'Œdipe sur le Cythéron, ou comme Malvina conduisait Ossian sur les rochers de Morven.

Malgré les nombreuses injustices que Chactas avait

---

1. Jacques Marquette (1637-1675), jésuite, atteignit le premier le Mississippi en 1673.
2. Robert Cavelier de La Salle (1643-1687) descendit jusqu'au golfe du Mexique.
3. La baie de Biloxi est à l'est du delta du Mississippi.
4. Tribu indienne des environs du Mississippi.
* La voix harmonieuse.

éprouvées de la part des Français, il les aimait. Il se souvenait toujours de Fénelon, dont il avait été l'hôte, et désirait pouvoir rendre quelque service aux compatriotes de cet homme vertueux. Il s'en présenta une occasion favorable. En 1725, un Français, nommé René, poussé par des passions et des malheurs, arriva à la Louisiane. Il remonta le Meschacebé jusqu'aux Natchez, et demanda à être reçu guerrier de cette nation. Chactas l'ayant interrogé, et le trouvant inébranlable dans sa résolution, l'adopta pour fils, et lui donna pour épouse une Indienne, appelée Céluta. Peu de temps après ce mariage, les Sauvages se préparèrent à la chasse du castor.

Chactas, quoique aveugle, est désigné par le conseil des Sachems* pour commander l'expédition, à cause du respect que les tribus indiennes lui portaient. Les prières et les jeûnes commencent : les jongleurs interprètent les songes ; on consulte les Manitous ; on fait des sacrifices de petun[1] ; on brûle des filets de langue d'orignal[2] ; on examine s'ils pétillent dans la flamme, afin de découvrir la volonté des Génies ; on part enfin, après avoir mangé le chien sacré. René est de la troupe. À l'aide des contre-courants, les pirogues remontent le Meschacebé, et entrent dans le lit de l'Ohio. C'est en automne. Les magnifiques déserts du Kentucky se déploient aux yeux étonnés du jeune Français. Une nuit, à la clarté de la lune, tandis que tous les Natchez dorment au fond de leurs pirogues, et que la flotte indienne, élevant ses voiles de peaux de bêtes, fuit devant une légère brise, René, demeuré seul avec Chactas, lui demande le récit de ses aventures. Le vieillard consent à le satisfaire, et assis avec lui sur la poupe de la pirogue, il commence en ces mots :

* Vieillards ou conseillers.
1. Tabac.
2. Sorte d'élan.

LE RÉCIT

LES CHASSEURS

« C'est une singulière destinée, mon cher fils, que ∞
celle qui nous réunit. Je vois en toi l'homme civilisé
qui s'est fait sauvage ; tu vois en moi l'homme sauvage,
que le Grand Esprit (j'ignore pour quel dessein) a voulu
civiliser. Entrés l'un et l'autre dans la carrière de la vie
par les deux bouts opposés, tu es venu te reposer à ma
place, et j'ai été m'asseoir à la tienne : ainsi nous avons
dû avoir des objets une vue totalement différente. Qui,
de toi ou de moi, a le plus gagné ou le plus perdu à
ce changement de position ? C'est ce que savent les
Génies, dont le moins savant a plus de sagesse que tous
les hommes ensemble.

« À la prochaine lune des fleurs*, il y aura sept fois
dix neiges, et trois neiges de plus**, que ma mère me
mit au monde sur les bords du Meschacebé. Les Espagnols s'étaient depuis peu établis dans la baie de Pensacola, mais aucun blanc n'habitait encore la Louisiane.
Je comptais à peine dix-sept chutes de feuilles, lorsque
je marchai avec mon père, le guerrier Outalissi, contre
les Muscogulges, nation puissante des Florides. Nous
nous joignîmes aux Espagnols nos alliés, et le combat
se donna sur une des branches de la Maubile[1].
Areskoui*** et les Manitous ne nous furent pas favo-

---

   * Mois de mai.
  ** Neige pour année, 73 ans.
   1. Fleuve côtier entre le Mississippi et la baie de Pensacola.
*** Dieu de la guerre.

∞ Voir *Au fil du texte*, p. XI.

rables. Les ennemis triomphèrent ; mon père perdit la vie ; je fus blessé deux fois en le défendant. Oh ! que ne descendis-je alors dans le pays des âmes* ! j'aurais évité les malheurs qui m'attendaient sur la terre. Les Esprits en ordonnèrent autrement : je fus entraîné par les fuyards à Saint-Augustin [1].

« Dans cette ville, nouvellement bâtie par les Espagnols, je courais le risque d'être enlevé pour les mines de Mexico, lorsqu'un vieux Castillan, nommé Lopez, touché de ma jeunesse et de ma simplicité, m'offrit un asile, et me présenta à une sœur avec laquelle il vivait sans épouse.

« Tous les deux prirent pour moi les sentiments les plus tendres. On m'éleva avec beaucoup de soin, on me donna toutes sortes de maîtres. Mais après avoir passé trente lunes à Saint-Augustin, je fus saisi du dégoût de la vie des cités. Je dépérissais à vue d'œil : tantôt je demeurais immobile pendant des heures, à contempler la cime des lointaines forêts ; tantôt on me trouvait assis au bord d'un fleuve, que je regardais tristement couler. Je me peignais les bois à travers lesquels cette onde avait passé, et mon âme était tout entière à la solitude.

« Ne pouvant plus résister à l'envie de retourner au désert, un matin je me présentai à Lopez, vêtu de mes habits de Sauvage, tenant d'une main mon arc et mes flèches, et de l'autre mes vêtements européens. Je les remis à mon généreux protecteur, aux pieds duquel je tombai, en versant des torrents de larmes. Je me donnai des noms odieux, je m'accusai d'ingratitude : "Mais enfin, lui dis-je, ô mon père, tu le vois toi-même : je meurs, si je ne reprends la vie de l'Indien."

« Lopez, frappé d'étonnement, voulut me détourner de mon dessein. Il me représenta les dangers que j'allais courir, en m'exposant à tomber de nouveau entre les

---

* Les enfers.
1. Port espagnol de la Floride orientale, sur la côte Atlantique.

mains des Muscogulges. Mais voyant que j'étais résolu à tout entreprendre, fondant en pleurs, et me serrant dans ses bras : "Va, s'écria-t-il, enfant de la nature ! reprends cette indépendance de l'homme, que Lopez ne te veut point ravir. Si j'étais plus jeune moi-même, je t'accompagnerais au désert (où j'ai aussi de doux souvenirs !) et je te remettrais dans les bras de ta mère. Quand tu seras dans tes forêts, songe quelquefois à ce vieil Espagnol qui te donna l'hospitalité, et rappelle-toi, pour te porter à l'amour de tes semblables, que la première expérience que tu as faite du cœur humain, a été toute en sa faveur." Lopez finit par une prière au Dieu des chrétiens, dont j'avais refusé d'embrasser le culte, et nous nous quittâmes avec des sanglots.

« Je ne tardai pas à être puni de mon ingratitude. Mon inexpérience m'égara dans les bois, et je fus pris par un parti de Muscogulges et de Siminoles [1], comme Lopez me l'avait prédit. Je fus reconnu pour Natchez, à mon vêtement et aux plumes qui ornaient ma tête. On m'enchaîna, mais légèrement, à cause de ma jeunesse. Simaghan, le chef de la troupe, voulut savoir mon nom, je répondis : "Je m'appelle Chactas, fils d'Outalissi, fils de Miscou, qui ont enlevé plus de cent chevelures aux héros muscogulges." Simaghan me dit : "Chactas, fils d'Outalissi, fils de Miscou, réjouis-toi ; tu seras brûlé au grand village." Je repartis : "Voilà qui va bien" ; et j'entonnai ma chanson de mort.

« Tout prisonnier que j'étais, je ne pouvais, durant les premiers jours, m'empêcher d'admirer mes ennemis. Le Muscogulge, et surtout son allié le Siminole, respire la gaieté, l'amour, le contentement. Sa démarche est légère, son abord ouvert et serein. Il parle beaucoup et avec volubilité ; son langage est harmonieux et facile. L'âge même ne peut ravir aux Sachems cette simplicité joyeuse : comme les vieux oiseaux de

---

1. Tribus de la confédération des Creeks, dont le territoire allait de l'Alabama à la Géorgie actuelle.

nos bois, ils mêlent encore leurs vieilles chansons aux airs nouveaux de leur jeune postérité.

« Les femmes qui accompagnaient la troupe, témoignaient pour ma jeunesse une pitié tendre et une curiosité aimable. Elles me questionnaient sur ma mère, sur les premiers jours de ma vie ; elles voulaient savoir si l'on suspendait mon berceau de mousse aux branches fleuries des érables, si les brises m'y balançaient, auprès du nid des petits oiseaux. C'était ensuite mille autres questions sur l'état de mon cœur : elles me demandaient si j'avais vu une biche blanche dans mes songes, et si les arbres de la vallée secrète m'avaient conseillé d'aimer. Je répondais avec naïveté aux mères, aux filles et aux épouses des hommes. Je leur disais : "Vous êtes les grâces du jour, et la nuit vous aime comme la rosée. L'homme sort de votre sein pour se suspendre à votre mamelle et à votre bouche ; vous savez des paroles magiques qui endorment toutes les douleurs. Voilà ce que m'a dit celle qui m'a mis au monde, et qui ne me reverra plus ! Elle m'a dit encore que les vierges étaient des fleurs mystérieuses qu'on trouve dans les lieux solitaires."

« Ces louanges faisaient beaucoup de plaisir aux femmes ; elles me comblaient de toute sorte de dons ; elles m'apportaient de la crème de noix, du sucre d'érable, de la sagamité*, des jambons d'ours, des peaux de castors, des coquillages pour me parer, et des mousses pour ma couche. Elles chantaient, elles riaient avec moi, et puis elles se prenaient à verser des larmes, en songeant que je serais brûlé.

« Une nuit que les Muscogulges avaient placé leur camp sur le bord d'une forêt, j'étais assis auprès du *feu de la guerre*, avec le chasseur commis à ma garde. Tout à coup j'entendis le murmure d'un vêtement sur l'herbe, et une femme à demi voilée vint s'asseoir à mes côtés. Des pleurs roulaient sous sa paupière ; à la lueur

---

* Sorte de pâte de maïs.

du feu un petit crucifix d'or brillait sur son sein. Elle était régulièrement belle ; l'on remarquait sur son visage je ne sais quoi de vertueux et de passionné, dont l'attrait était irrésistible. Elle joignait à cela des grâces plus tendres ; une extrême sensibilité, unie à une mélancolie profonde, respirait dans ses regards ; son sourire était céleste.

« Je crus que c'était la *Vierge des dernières amours*, cette vierge qu'on envoie au prisonnier de guerre pour enchanter sa tombe. Dans cette persuasion, je lui dis en balbutiant, et avec un trouble qui pourtant ne venait pas de la crainte du bûcher : "Vierge, vous êtes digne des premières amours, et vous n'êtes pas faite pour les dernières. Les mouvements d'un cœur qui va bientôt cesser de battre, répondraient mal aux mouvements du vôtre. Comment mêler la mort et la vie ? Vous me feriez trop regretter le jour. Qu'un autre soit plus heureux que moi, et que de longs embrassements unissent la liane et le chêne !"

« La jeune fille me dit alors : "Je ne suis point la *Vierge des dernières amours*. Es-tu chrétien ?" Je répondis que je n'avais point trahi les Génies de ma cabane. À ces mots, l'Indienne fit un mouvement involontaire. Elle me dit : "Je te plains de n'être qu'un méchant idolâtre. Ma mère m'a faite chrétienne ; je me nomme Atala, fille de Simaghan aux bracelets d'or, et chef des guerriers de cette troupe. Nous nous rendons à Apalachucla [1] où tu seras brûlé." En prononçant ces mots, Atala se lève et s'éloigne. »

Ici Chactas fut contraint d'interrompre son récit. Les souvenirs se pressèrent en foule dans son âme ; ses yeux éteints inondèrent de larmes ses joues flétries : telles deux sources, cachées dans la profonde nuit de la terre, se décèlent par les eaux qu'elles laissent filtrer entre les rochers.

« Ô mon fils, reprit-il enfin, tu vois que Chactas est

---

1. Capitale des Creeks.

bien peu sage, malgré sa renommée de sagesse. Hélas, mon cher enfant, les hommes ne peuvent déjà plus voir, qu'ils peuvent encore pleurer ! Plusieurs jours s'écoulèrent ; la fille du Sachem revenait chaque soir me parler. Le sommeil avait fui de mes yeux, et Atala était dans mon cœur, comme le souvenir de la couche de mes pères.

« Le dix-septième jour de marche, vers le temps où l'éphémère sort des eaux [1], nous entrâmes sur la grande savane Alachua [2]. Elle est environnée de coteaux, qui, fuyant les uns derrière les autres, portent, en s'élevant jusqu'aux nues, des forêts étagées de copalmes [3], de citronniers, de magnolias et de chênes verts. Le chef poussa le cri d'arrivée, et la troupe campa au pied des collines. On me relégua à quelque distance, au bord d'un de ces *puits naturels*, si fameux dans les Florides. J'étais attaché au pied d'un arbre ; un guerrier veillait impatiemment auprès de moi. J'avais à peine passé quelques instants dans ce lieu, qu'Atala parut sous les liquidambars [4] de la fontaine. ''Chasseur, dit-elle au héros muscogulge, si tu veux poursuivre le chevreuil, je garderai le prisonnier.'' Le guerrier bondit de joie à cette parole de la fille du chef ; il s'élance du sommet de la colline et allonge ses pas dans la plaine.

« Étrange contradiction du cœur de l'homme ! Moi qui avais tant désiré de dire les choses du mystère à celle que j'aimais déjà comme le soleil, maintenant interdit et confus, je crois que j'eusse préféré d'être jeté aux crocodiles de la fontaine, à me trouver seul ainsi avec Atala. La fille du désert était aussi troublée que son prisonnier ; nous gardions un profond silence ; les Génies de l'amour avaient dérobé nos paroles. Enfin,

1. Vers la mi-mai.
2. À la base de la péninsule de Floride.
3. Arbre tropical, variété de liquidambar.
4. Arbre tropical à la sève parfumée.

Atala, faisant un effort, dit ceci : "Guerrier, vous êtes retenu bien faiblement ; vous pouvez aisément vous échapper." À ces mots, la hardiesse revint sur ma langue, je répondis : "Faiblement retenu, ô femme... !" Je ne sus comment achever. Atala hésita quelques moments ; puis elle dit : "Sauvez-vous." Et elle me détacha du tronc de l'arbre. Je saisis la corde ; je la remis dans la main de la fille étrangère, en forçant ses beaux doigts à se fermer sur ma chaîne. "Reprenez-la ! reprenez-la !" m'écriai-je. "Vous êtes un insensé, dit Atala d'une voix émue. Malheureux ! ne sais-tu pas que tu seras brûlé ? Que prétends-tu ? Songes-tu bien que je suis la fille d'un redoutable Sachem ?" "Il fut un temps, répliquai-je avec des larmes, que j'étais aussi porté dans une peau de castor, aux épaules d'une mère. Mon père avait aussi une belle hutte, et ses chevreuils buvaient les eaux de mille torrents ; mais j'erre maintenant sans patrie. Quand je ne serai plus, aucun ami ne mettra un peu d'herbe sur mon corps, pour le garantir des mouches. Le corps d'un étranger malheureux n'intéresse personne." .

« Ces mots attendrirent Atala. Ses larmes tombèrent dans la fontaine. "Ah ! repris-je avec vivacité, si votre cœur parlait comme le mien ! Le désert n'est-il pas libre ? Les forêts n'ont-elles point des replis où nous cacher ? Faut-il donc, pour être heureux, tant de choses aux enfants des cabanes ! Ô fille plus belle que le premier songe de l'époux ! Ô ma bien-aimée ! ose suivre mes pas." Telles furent mes paroles. Atala me répondit d'une voix tendre : "Mon jeune ami, vous avez appris le langage des blancs, il est aisé de tromper une Indienne." "Quoi ! m'écriai-je, vous m'appelez votre jeune ami ! Ah ! si un pauvre esclave..." "Eh bien ! dit-elle, en se penchant sur moi, un pauvre esclave..." Je repris avec ardeur : "Qu'un baiser l'assure de ta foi !" Atala écouta ma prière. Comme un faon semble pendre aux fleurs de lianes roses, qu'il saisit de sa langue délicate dans l'escarpement de la montagne, ainsi je restai suspendu aux lèvres de ma bien-aimée.

« Hélas ! mon cher fils, la douleur touche de près au plaisir. Qui eût pu croire que le moment où Atala me donnait le premier gage de son amour, serait celui-là même où elle détruirait mes espérances ? Cheveux blanchis du vieux Chactas, quel fut votre étonnement, lorsque la fille du Sachem prononça ces paroles ! ''Beau prisonnier, j'ai follement cédé à ton désir ; mais où nous conduira cette passion ? Ma religion me sépare de toi pour toujours... Ô ma mère ! qu'as-tu fait ?...'' Atala se tut tout à coup, et retint je ne sus quel fatal secret près d'échapper à ses lèvres. Ses paroles me plongèrent dans le désespoir. ''Eh bien ! m'écriai-je, je serai aussi cruel que vous ; je ne fuirai point. Vous me verrez dans le cadre de feu ; vous entendrez les gémissements de ma chair, et vous serez pleine de joie.'' Atala saisit mes mains entre les deux siennes. ''Pauvre jeune idolâtre, s'écria-t-elle, tu me fais réellement pitié ! Tu veux donc que je pleure tout mon cœur ? Quel dommage que je ne puisse fuir avec toi ! Malheureux a été le ventre de ta mère, ô Atala ! Que ne te jettes-tu au crocodile de la fontaine !''

« Dans ce moment même, les crocodiles, aux approches du coucher du soleil, commençaient à faire entendre leurs rugissements. Atala me dit : ''Quittons ces lieux.'' J'entraînai la fille de Simaghan aux pieds des coteaux qui formaient des golfes de verdure, en avançant leurs promontoires dans la savane. Tout était calme et superbe au désert. La cigogne criait sur son nid, les bois retentissaient du chant monotone des cailles, du sifflement des perruches, du mugissement des bisons et du hennissement des cavales siminoles.

« Notre promenade fut presque muette. Je marchais à côté d'Atala ; elle tenait le bout de la corde, que je l'avais forcée de reprendre. Quelquefois nous versions des pleurs ; quelquefois nous essayions de sourire. Un regard, tantôt levé vers le ciel, tantôt attaché à la terre, une oreille attentive au chant de l'oiseau, un geste vers le soleil couchant, une main tendrement serrée, un sein tour à tour palpitant, tour à tour tranquille, les noms

de Chactas et d'Atala doucement répétés par intervalles... Oh ! première promenade de l'amour, il faut
que votre souvenir soit bien puissant, puisque après tant
d'années d'infortune, vous remuez encore le cœur du
vieux Chactas !

« Qu'ils sont incompréhensibles les mortels agités
par les passions ! Je venais d'abandonner le généreux
Lopez, je venais de m'exposer à tous les dangers pour
être libre ; dans un instant le regard d'une femme avait
changé mes goûts, mes résolutions, mes pensées !
Oubliant mon pays, ma mère, ma cabane et la mort
affreuse qui m'attendait, j'étais devenu indifférent à
tout ce qui n'était pas Atala ! Sans force pour m'élever à la raison de l'homme, j'étais retombé tout à coup
dans une espèce d'enfance ; et loin de pouvoir rien faire
pour me soustraire aux maux qui m'attendaient,
j'aurais eu presque besoin qu'on s'occupât de mon
sommeil et de ma nourriture !

« Ce fut donc vainement qu'après nos courses dans
la savane, Atala, se jetant à mes genoux, m'invita de
nouveau à la quitter. Je lui protestai que je retourne-
rais seul au camp, si elle refusait de me rattacher au
pied de mon arbre. Elle fut obligée de me satisfaire,
espérant me convaincre une autre fois.

« Le lendemain de cette journée, qui décida du destin
de ma vie, on s'arrêta dans une vallée, non loin de
Cuscowilla, capitale des Siminoles. Ces Indiens, unis
aux Muscogulges, forment avec eux la confédération
des Creeks. La fille du pays des palmiers vint me trouver au milieu de la nuit. Elle me conduisit dans une
grande forêt de pins, et renouvela ses prières pour
m'engager à la fuite. Sans lui répondre, je pris sa main
dans ma main, et je forçai cette biche altérée d'errer
avec moi dans la forêt. La nuit était délicieuse. Le Génie
des airs secouait sa chevelure bleue, embaumée de la
senteur des pins, et l'on respirait la faible odeur d'ambre
qu'exhalaient les crocodiles couchés sous les tamarins
des fleuves. La lune brillait au milieu d'un azur sans
tache, et sa lumière gris de perle descendait sur la cime

indéterminée des forêts. Aucun bruit ne se faisait entendre, hors je ne sais quelle harmonie lointaine qui régnait dans la profondeur des bois : on eût dit que l'âme de la solitude soupirait dans toute l'étendue du désert.

« Nous aperçûmes à travers les arbres un jeune homme, qui, tenant à la main un flambeau, ressemblait au Génie du printemps, parcourant les forêts pour ranimer la nature. C'était un amant qui allait s'instruire de son sort à la cabane de sa maîtresse.

« Si la vierge éteint le flambeau, elle accepte les vœux offerts ; si elle se voile sans l'éteindre, elle rejette un époux.

« Le guerrier, en se glissant dans les ombres, chantait à demi-voix ces paroles :

« ''Je devancerai les pas du jour sur le sommet des montagnes, pour chercher ma colombe solitaire parmi les chênes de la forêt.

« J'ai attaché à son cou un collier de porcelaines* ; on y voit trois grains rouges pour mon amour, trois violets pour mes craintes, trois bleus pour mes espérances.

« Mila a les yeux d'une hermine et la chevelure légère d'un champ de riz ; sa bouche est un coquillage rose, garni de perles ; ses deux seins sont comme deux petits chevreaux sans tache, nés au même jour d'une seule mère.

« Puisse Mila éteindre ce flambeau ! Puisse sa bouche verser sur lui une ombre voluptueuse ! Je fertiliserai son sein. L'espoir de la patrie pendra à sa mamelle féconde, et je fumerai mon calumet de paix sur le berceau de mon fils !

« Ah ! laissez-moi devancer les pas du jour sur le sommet des montagnes, pour chercher ma colombe solitaire parmi les chênes de la forêt !''

« Ainsi chantait ce jeune homme, dont les accents portèrent le trouble jusqu'au fond de mon âme, et firent

* Sorte de coquillage.

changer de visage à Atala. Nos mains unies frémirent
l'une dans l'autre. Mais nous fûmes distraits de cette
scène, par une scène non moins dangereuse pour nous.

« Nous passâmes auprès du tombeau d'un enfant,
qui servait de limite à deux nations. On l'avait placé
au bord du chemin, selon l'usage, afin que les jeunes
femmes, en allant à la fontaine, pussent attirer dans
leur sein l'âme de l'innocente créature, et la rendre à
la patrie. On y voyait dans ce moment des épouses nouvelles qui, désirant les douceurs de la maternité, cherchaient, en entrouvrant leurs lèvres, à recueillir l'âme
du petit enfant, qu'elles croyaient voir errer sur les
fleurs. La véritable mère vint ensuite déposer une gerbe
de maïs et des fleurs de lis blancs sur le tombeau. Elle
arrosa la terre de son lait, s'assit sur le gazon humide,
et parla à son enfant d'une voix attendrie :

« ''Pourquoi te pleuré-je dans ton berceau de terre,
ô mon nouveau-né ? Quand le petit oiseau devient
grand, il faut qu'il cherche sa nourriture, et il trouve
dans le désert bien des graines amères. Du moins tu as
ignoré les pleurs ; du moins ton cœur n'a point été
exposé au souffle dévorant des hommes. Le bouton qui
sèche dans son enveloppe, passe avec tous ses parfums,
comme toi, ô mon fils ! avec toute ton innocence. Heureux ceux qui meurent au berceau, ils n'ont connu que
les baisers et les souris d'une mère !''

« Déjà subjugués par notre propre cœur, nous fûmes
accablés par ces images d'amour et de maternité, qui
semblaient nous poursuivre dans ces solitudes enchantées. J'emportai Atala dans mes bras au fond de la
forêt, et je lui dis des choses qu'aujourd'hui je chercherais en vain sur mes lèvres. Le vent du midi, mon
cher fils, perd sa chaleur en passant sur des montagnes
de glace. Les souvenirs de l'amour dans le cœur d'un
vieillard sont les feux du jour réfléchis par l'orbe paisible de la lune, lorsque le soleil est couché et que le
silence plane sur les huttes des Sauvages.

« Qui pouvait sauver Atala ? Qui pouvait l'empêcher de succomber à la nature ? Rien qu'un miracle,

sans doute ; et ce miracle fut fait ! La fille de Simaghan eut recours au Dieu des chrétiens ; elle se préci-
pita sur la terre, et prononça une fervente oraison,
adressée à sa mère et à la reine des vierges [1]. C'est de
ce moment, ô René, que j'ai conçu une merveilleuse
idée de cette religion qui, dans les forêts, au milieu de
toutes les privations de la vie, peut remplir de mille dons
les infortunés ; de cette religion qui, opposant sa puissance au torrent des passions, suffit seule pour les vaincre, lorsque tout les favorise, et le secret des bois, et
l'absence des hommes, et la fidélité des ombres. Ah !
qu'elle me parut divine, la simple Sauvage, l'ignorante
Atala, qui à genoux devant un vieux pin tombé, comme
au pied d'un autel, offrait à son Dieu des vœux pour
un amant idolâtre ! Ses yeux levés vers l'astre de la nuit,
ses joues brillantes des pleurs de la religion et de
l'amour, étaient d'une beauté immortelle. Plusieurs fois
il me sembla qu'elle allait prendre son vol vers les
cieux ; plusieurs fois je crus voir descendre sur les
rayons de la lune et entendre dans les branches des
arbres, ces Génies que le Dieu des chrétiens envoie aux
ermites des rochers, lorsqu'il se dispose à les rappeler
à lui. J'en fus affligé, car je craignis qu'Atala n'eût que
peu de temps à passer sur la terre.

« Cependant elle versa tant de larmes, elle se montra si malheureuse, que j'allais peut-être consentir à
m'éloigner, lorsque le cri de mort retentit dans la forêt.
Quatre hommes armés se précipitent sur moi : nous
avions été découverts ; le chef de guerre avait donné
l'ordre de nous poursuivre.

« Atala, qui ressemblait à une reine pour l'orgueil
de la démarche, dédaigna de parler à ces guerriers. Elle
leur lança un regard superbe, et se rendit auprès de
Simaghan.

« Elle ne put rien obtenir. On redoubla mes gardes,
on multiplia mes chaînes, on écarta mon amante. Cinq

---

1. La Sainte Vierge.

nuits s'écoulent, et nous apercevons Apalachucla située au bord de la rivière Chata-Uche. Aussitôt on me couronne de fleurs ; on me peint le visage d'azur et de vermillon ; on m'attache des perles au nez et aux oreilles, et l'on me met à la main un chichikoué* [1].

« Ainsi paré pour le sacrifice, j'entre dans Apalachucla, aux cris répétés de la foule. C'en était fait de ma vie, quand tout à coup le bruit d'une conque se fait entendre, et le Mico, ou chef de la nation, ordonne de s'assembler.

« Tu connais, mon fils, les tourments que les Sauvages font subir aux prisonniers de guerre. Les missionnaires chrétiens, aux périls de leurs jours, et avec une charité infatigable, étaient parvenus, chez plusieurs nations, à faire substituer un esclavage assez doux aux horreurs du bûcher. Les Muscogulges n'avaient point encore adopté cette coutume ; mais un parti nombreux s'était déclaré en sa faveur. C'était pour prononcer sur cette importante affaire que le Mico convoquait les Sachems. On me conduit au lieu des délibérations.

« Non loin d'Apalachucla s'élevait, sur un tertre isolé, le pavillon du conseil. Trois cercles de colonnes formaient l'élégante architecture de cette rotonde. Les colonnes étaient de cyprès poli et sculpté ; elles augmentaient en hauteur et en épaisseur, et diminuaient en nombre, à mesure qu'elles se rapprochaient du centre marqué par un pilier unique. Du sommet de ce pilier partaient des bandes d'écorce, qui, passant sur le sommet des autres colonnes, couvraient le pavillon, en forme d'éventail à jour.

« Le conseil s'assemble. Cinquante vieillards, en manteau de castor, se rangent sur des espèces de gradins faisant face à la porte du pavillon. Le grand chef est assis au milieu d'eux, tenant à la main le calumet de paix à demi coloré pour la guerre. À la droite des

* Instrument de musique des Sauvages.
1. Calebasse remplie de grains, que l'on agite.

vieillards, se placent cinquante femmes couvertes d'une robe de plumes de cygnes. Les chefs de guerre, le tomahawk* à la main, le pennache[1] en tête, les bras et la poitrine teints de sang, prennent la gauche.

« Au pied de la colonne centrale, brûle le feu du conseil. Le premier jongleur[2], environné des huit gardiens du temple, vêtu de longs habits, et portant un hibou empaillé sur la tête, verse du baume de copalme sur la flamme et offre un sacrifice au soleil. Ce triple rang de vieillards, de matrones, de guerriers, ces prêtres, ces nuages d'encens, ce sacrifice, tout sert à donner à ce conseil un appareil imposant.

« J'étais debout enchaîné au milieu de l'assemblée. Le sacrifice achevé, le Mico prend la parole, et expose avec simplicité l'affaire qui rassemble le conseil. Il jette un collier bleu dans la salle, en témoignage de ce qu'il vient de dire.

« Alors un Sachem de la tribu de l'Aigle se lève, et parle ainsi :

« "Mon père le Mico, Sachems, matrones, guerriers des quatre tribus de l'Aigle, du Castor, du Serpent et de la Tortue, ne changeons rien aux mœurs de nos aïeux ; brûlons le prisonnier, et n'amollissons point nos courages. C'est une coutume des blancs qu'on vous propose, elle ne peut être que pernicieuse. Donnez un collier rouge qui contienne mes paroles. J'ai dit."

« Et il jette un collier rouge dans l'assemblée.

« Une matrone se lève, et dit :

« "Mon père l'Aigle, vous avez l'esprit d'un renard, et la prudente lenteur d'une tortue. Je veux polir avec vous la chaîne d'amitié, et nous planterons ensemble l'arbre de paix. Mais changeons les coutumes de nos aïeux, en ce qu'elles ont de funeste. Ayons des esclaves qui cultivent nos champs, et n'entendons plus les cris du prisonnier, qui troublent le sein des mères. J'ai dit."

---

* La hache.
1. Forme archaïque de « panache », faisceau de plumes.
2. Prêtre indien.

« Comme on voit les flots de la mer se briser pendant un orage, comme en automne les feuilles séchées sont enlevées par un tourbillon, comme les roseaux du Meschacebé plient et se relèvent dans une inondation subite, comme un grand troupeau de cerfs brame au fond d'une forêt, ainsi s'agitait et murmurait le conseil. Des Sachems, des guerriers, des matrones parlent tour à tour ou tous ensemble. Les intérêts se choquent, les opinions se divisent, le conseil va se dissoudre ; mais enfin l'usage antique l'emporte, et je suis condamné au bûcher.

« Une circonstance vint retarder mon supplice ; la *Fête des morts* ou le *Festin des âmes* approchait. Il est d'usage de ne faire mourir aucun captif pendant les jours consacrés à cette cérémonie. On me confia à une garde sévère ; et sans doute les Sachems éloignèrent la fille de Simaghan, car je ne la revis plus.

« Cependant les nations de plus de trois cents lieues à la ronde arrivaient en foule pour célébrer le *Festin des âmes*. On avait bâti une longue hutte sur un site écarté. Au jour marqué, chaque cabane exhuma les restes de ses pères de leurs tombeaux particuliers, et l'on suspendit les squelettes, par ordre et par famille, aux murs de la *Salle commune des aïeux*. Les vents (une tempête s'était élevée), les forêts, les cataractes mugissaient au dehors, tandis que les vieillards des diverses nations concluaient entre eux des traités de paix et d'alliance sur les os de leurs pères.

« On célèbre les jeux funèbres, la course, la balle, les osselets. Deux vierges cherchent à s'arracher une baguette de saule. Les boutons de leurs seins viennent se toucher, leurs mains voltigent sur la baguette qu'elles élèvent au-dessus de leurs têtes. Leurs beaux pieds nus s'entrelacent, leurs bouches se rencontrent, leurs douces haleines se confondent ; elles se penchent et mêlent leurs chevelures ; elles regardent leurs mères, rougissent* : on applaudit. Le jongleur invoque Micha-

---

* La rougeur est sensible chez les jeunes Sauvages.

bou, génie des eaux. Il raconte les guerres du grand
Lièvre contre Matchimanitou, dieu du mal. Il dit le premier homme et Atahensic la première femme précipi-
tés du ciel pour avoir perdu l'innocence, la terre rou-
gie du sang fraternel, Jouskeka l'impie immolant le
juste Tahouistsaron, le déluge descendant à la voix du
Grand Esprit, Massou sauvé seul dans son canot
d'écorce, et le corbeau envoyé à la découverte de la
terre ; il dit encore la belle Endaé, retirée de la contrée
des âmes par les douces chansons de son époux.

« Après ces jeux et ces cantiques, on se prépare à
donner aux aïeux une éternelle sépulture.

« Sur les bords de la rivière Chata-Uche se voyait un
figuier sauvage, que le culte des peuples avait consacré. Les vierges avaient accoutumé de laver leurs robes
d'écorce dans ce lieu et de les exposer au souffle du
désert, sur les rameaux de l'arbre antique. C'était là
qu'on avait creusé un immense tombeau. On part de
la salle funèbre, en chantant l'hymne à la mort ; chaque
famille porte quelque débris sacré. On arrive à la
tombe ; on y descend les reliques ; on les y étend par
couche ; on les sépare avec des peaux d'ours et de castors ; le mont du tombeau s'élève, et l'on y plante
l'*Arbre des pleurs et du sommeil*.

« Plaignons les hommes, mon cher fils ! Ces mêmes
Indiens dont les coutumes sont si touchantes ; ces
mêmes femmes qui m'avaient témoigné un intérêt si
tendre, demandaient maintenant mon supplice à grands
cris ; et des nations entières retardaient leur départ pour
avoir le plaisir de voir un jeune homme souffrir des
tourments épouvantables.

☞ « Dans une vallée au nord, à quelque distance du
grand village, s'élevait un bois de cyprès et de sapins,
appelé le *Bois du sang*. On y arrivait par les ruines d'un
de ces monuments dont on ignore l'origine, et qui sont
l'ouvrage d'un peuple maintenant inconnu. Au centre
de ce bois, s'étendait une arène, où l'on sacrifiait les
prisonniers de guerre. On m'y conduit en triomphe.
Tout se prépare pour ma mort : on plante le poteau

☞ Voir *Au fil du texte*, p. XI.

d'Areskoui ; les pins, les ormes, les cyprès tombent sous
la cognée ; le bûcher s'élève ; les spectateurs bâtissent
des amphithéâtres avec des branches et des troncs
d'arbres. Chacun invente un supplice : l'un se propose
de m'arracher la peau du crâne, l'autre de me brûler
les yeux avec des haches ardentes. Je commence ma
chanson de mort :

« ''Je ne crains point les tourments : je suis brave,
ô Muscogulges, je vous défie ! je vous méprise plus que
des femmes. Mon père Outalissi, fils de Miscou, a bu
dans le crâne de vos plus fameux guerriers ; vous
n'arracherez pas un soupir de mon cœur.''

« Provoqué par ma chanson, un guerrier me perça
le bras d'une flèche ; je dis : ''Frère, je te remercie.''

« Malgré l'activité des bourreaux, les préparatifs du
supplice ne purent être achevés avant le coucher du
soleil. On consulta le jongleur qui défendit de troubler
les Génies des ombres, et ma mort fut encore suspendue jusqu'au lendemain. Mais dans l'impatience de
jouir du spectacle, et pour être plus tôt prêts au lever
de l'aurore, les Indiens ne quittèrent point le *Bois du
sang* ; ils allumèrent de grands feux, et commencèrent
des festins et des danses.

« Cependant on m'avait étendu sur le dos. Des
cordes partant de mon cou, de mes pieds, de mes bras,
allaient s'attacher à des piquets enfoncés en terre. Des
guerriers étaient couchés sur ces cordes, et je ne pouvais
faire un mouvement, sans qu'ils en fussent avertis. La
nuit s'avance : les chants et les danses cessent par
degré ; les feux ne jettent plus que des lueurs rougeâ-
tres, devant lesquelles on voit encore passer les ombres
de quelques Sauvages ; tout s'endort ; à mesure que
le bruit des hommes s'affaiblit, celui du désert augmente, et au tumulte des voix succèdent les plaintes du
vent dans la forêt.

« C'était l'heure où une jeune Indienne qui vient
d'être mère se réveille en sursaut au milieu de la nuit,
car elle a cru entendre les cris de son premier-né, qui
lui demande la douce nourriture. Les yeux attachés

au ciel, où le croissant de la lune errait dans les nuages,
je réfléchissais sur ma destinée. Atala me semblait un
monstre d'ingratitude. M'abandonner au moment du
supplice, moi qui m'étais dévoué aux flammes plutôt
que de la quitter ! Et pourtant je sentais que je l'aimais
toujours et que je mourrais avec joie pour elle.

« Il est dans les extrêmes plaisirs un aiguillon qui
nous éveille, comme pour nous avertir de profiter
de ce moment rapide ; dans les grandes douleurs, au
contraire, je ne sais quoi de pesant nous endort ; des
yeux fatigués par les larmes cherchent naturellement
à se fermer, et la bonté de la Providence se fait ainsi
remarquer jusque dans nos infortunes. Je cédai, malgré moi, à ce lourd sommeil que goûtent quelquefois
les misérables. Je rêvais qu'on m'ôtait mes chaînes ;
je croyais sentir ce soulagement qu'on éprouve, lorsque après avoir été fortement pressé, une main secou-
rable relâche nos fers.

« Cette sensation devint si vive, qu'elle me fit soulever les paupières. À la clarté de la lune, dont un rayon
s'échappait entre deux nuages, j'entrevois une grande
figure blanche penchée sur moi, et occupée à dénouer
silencieusement mes liens. J'allais pousser un cri,
lorsqu'une main, que je reconnus à l'instant, me ferma
la bouche. Une seule corde restait, mais il paraissait
impossible de la couper, sans toucher un guerrier qui
la couvrait tout entière de son corps. Atala y porte la
main, le guerrier s'éveille à demi, et se dresse sur son
séant. Atala reste immobile, et le regarde. L'Indien
croit voir l'Esprit des ruines ; il se recouche en fermant
les yeux et en invoquant son Manitou. Le lien est brisé.
Je me lève ; je suis ma libératrice, qui me tend le bout
d'un arc dont elle tient l'autre extrémité. Mais que de
dangers nous environnent ! Tantôt nous sommes près
de heurter des Sauvages endormis, tantôt une garde
nous interroge, et Atala répond en changeant sa voix.
Des enfants poussent des cris, des dogues aboient. À
peine sommes-nous sortis de l'enceinte funeste, que des
hurlements ébranlent la forêt. Le camp se réveille,

mille feux s'allument ; on voit courir de tous côtés des Sauvages avec des flambeaux ; nous précipitons notre course.

« Quand l'aurore se leva sur les Apalaches, nous étions déjà loin. Quelle fut ma félicité, lorsque je me trouvai encore une fois dans la solitude avec Atala, avec Atala ma libératrice, avec Atala qui se donnait à moi pour toujours ! Les paroles manquèrent à ma langue, je tombai à genoux, et je dis à la fille de Simaghan : "Les hommes sont bien peu de chose ; mais quand les Génies les visitent, alors ils ne sont rien du tout. Vous êtes un Génie, vous m'avez visité, et je ne puis parler devant vous." Atala me tendit la main avec un sourire : "Il faut bien, dit-elle, que je vous suive, puisque vous ne voulez pas fuir sans moi. Cette nuit, j'ai séduit le jongleur par des présents, j'ai enivré vos bourreaux avec de l'essence de feu*, et j'ai dû hasarder ma vie pour vous, puisque vous aviez donné la vôtre pour moi. Oui, jeune idolâtre, ajouta-t-elle avec un accent qui m'effraya, le sacrifice sera réciproque."

« Atala me remit les armes qu'elle avait eu soin d'apporter ; ensuite elle pansa ma blessure. En l'essuyant avec une feuille de papaya, elle la mouillait de ses larmes. "C'est un baume, lui dis-je, que tu répands sur ma plaie. — Je crains plutôt que ce ne soit un poison", répondit-elle. Elle déchira un des voiles de son sein, dont elle fit une première compresse, qu'elle attacha avec une boucle de ses cheveux.

« L'ivresse qui dure longtemps chez les Sauvages, et qui est pour eux une espèce de maladie, les empêcha sans doute de nous poursuivre durant les premières journées. S'ils nous cherchèrent ensuite, il est probable que ce fut du côté du couchant, persuadés que nous aurions essayé de nous rendre au Meschacebé ; mais nous avions pris notre route vers l'étoile immobile**, en nous dirigeant sur la mousse du tronc des arbres.

* De l'eau-de-vie.
** Le Nord.

« Nous ne tardâmes pas à nous apercevoir que nous avions peu gagné à ma délivrance. Le désert déroulait maintenant devant nous ses solitudes démesurées. Sans expérience de la vie des forêts, détournés de notre vrai chemin, et marchant à l'aventure, qu'allions-nous devenir ? Souvent, en regardant Atala, je me rappelais cette antique histoire d'Agar, que Lopez m'avait fait lire, et qui est arrivée dans le désert de Bersabée, il y a bien longtemps, alors que les hommes vivaient trois âges de chêne [1].

« Atala me fit un manteau avec la seconde écorce du frêne, car j'étais presque nu. Elle me broda des mocassines* de peau de rat musqué, avec du poil de porc-épic. Je prenais soin à mon tour de sa parure. Tantôt je lui mettais sur la tête une couronne de ces mauves bleues, que nous trouvions sur notre route, dans des cimetières indiens abandonnés ; tantôt je lui faisais des colliers avec des graines rouges d'azalea ; et puis je me prenais à sourire, en contemplant sa merveilleuse beauté.

« Quand nous rencontrions un fleuve, nous le passions sur un radeau ou à la nage. Atala appuyait une de ses mains sur mon épaule ; et, comme deux cygnes voyageurs, nous traversions ces ondes solitaires.

« Souvent dans les grandes chaleurs du jour, nous cherchions un abri sous les mousses des cèdres. Presque tous les arbres de la Floride, en particulier le cèdre et le chêne-vert, sont couverts d'une mousse blanche qui descend de leurs rameaux jusqu'à terre. Quand la nuit, au clair de lune, vous apercevez sur la nudité d'une savane, une yeuse isolée revêtue de cette draperie, vous croiriez voir un fantôme, traînant après lui ses longs voiles. La scène n'est pas moins pittoresque au grand jour ; car une foule de papillons, de mouches brillantes,

---

1. Agar, servante égyptienne d'Abraham, avait eu de lui un fils, Ismaël. Chassés par la jalousie de Sara, l'épouse légitime, ils se réfugièrent dans le désert de Bersabée, où un ange les secourut.
* Chaussure indienne.

de colibris, de perruches vertes, de geais d'azur, vient
s'accrocher à ces mousses, qui produisent alors l'effet
d'une tapisserie en laine blanche, où l'ouvrier Européen aurait brodé des insectes et des oiseaux éclatants.

« C'était dans ces riantes hôtelleries, préparées par
le Grand Esprit, que nous nous reposions à l'ombre.
Lorsque les vents descendaient du ciel pour balancer
ce grand cèdre, que le château aérien bâti sur ses branches allait flottant avec les oiseaux et les voyageurs
endormis sous ses abris, que mille soupirs sortaient des
corridors et des voûtes du mobile édifice, jamais les
merveilles de l'ancien monde n'ont approché de ce
monument du désert.

« Chaque soir nous allumions un grand feu, et nous
bâtissions la hutte du voyage, avec une écorce élevée
sur quatre piquets. Si j'avais tué une dinde sauvage,
un ramier, un faisan des bois, nous le suspendions
devant le chêne embrasé, au bout d'une gaule plantée
en terre, et nous abandonnions au vent le soin de tourner la proie du chasseur. Nous mangions des mousses
appelées tripes de roches, des écorces sucrées de bouleau, et des pommes de mai qui ont le goût de la pêche
et de la framboise. Le noyer noir, l'érable, le sumach,
fournissaient le vin à notre table. Quelquefois j'allais
chercher, parmi les roseaux, une plante dont la fleur
allongée en cornet contenait un verre de la plus pure
rosée. Nous bénissions la Providence qui, sur la faible
tige d'une fleur, avait placé cette source limpide au
milieu des marais corrompus, comme elle a mis l'espérance au fond des cœurs ulcérés par le chagrin, comme
elle a fait jaillir la vertu du sein des misères de la vie.

« Hélas ! je découvris bientôt que je m'étais trompé
sur le calme apparent d'Atala. À mesure que nous avancions, elle devenait triste. Souvent elle tressaillait sans
cause, et tournait précipitamment la tête. Je la surpre-
nais attachant sur moi un regard passionné, qu'elle
reportait vers le ciel avec une profonde mélancolie. Ce
qui m'effrayait surtout, était un secret, une pensée
cachée au fond de son âme, que j'entrevoyais dans

ses yeux. Toujours m'attirant et me repoussant, rani-
mant et détruisant mes espérances, quand je croyais
avoir fait un peu de chemin dans son cœur, je me
retrouvais au même point. Que de fois elle m'a dit :
"Ô mon jeune amant ! je t'aime comme l'ombre des
bois au milieu du jour ! Tu es beau comme le désert
avec toutes ses fleurs et toutes ses brises. Si je me penche
sur toi, je frémis ; si ma main tombe sur la tienne, il
me semble que je vais mourir. L'autre jour le vent jeta
tes cheveux sur mon visage, tandis que tu te délassais
sur mon sein, je crus sentir le léger toucher des Esprits
invisibles. Oui, j'ai vu les chevrettes de la montagne
d'Occone [1] ; j'ai entendu les propos des hommes ras-
sasiés de jours ; mais la douceur des chevreaux et la
sagesse des vieillards sont moins plaisantes et moins
fortes que tes paroles. Eh ! bien, pauvre Chactas, je
ne serai jamais ton épouse !"

« Les perpétuelles contradictions de l'amour et de
la religion d'Atala, l'abandon de sa tendresse et la chasteté de ses mœurs, la fierté de son caractère et sa profonde sensibilité, l'élévation de son âme dans les
grandes choses, sa susceptibilité dans les petites, tout
en faisait pour moi un être incompréhensible. Atala ne
pouvait pas prendre sur un homme un faible empire :
pleine de passions, elle était pleine de puissance ; il fallait ou l'adorer, ou la haïr.

« Après quinze nuits d'une marche précipitée, nous
entrâmes dans la chaîne des monts Allégany, et nous
atteignîmes une des branches du Tenase [2], fleuve qui
se jette dans l'Ohio. Aidé des conseils d'Atala, je bâtis
un canot, que j'enduisis de gomme de prunier, après
en avoir recousu les écorces avec des racines de sapin.
Ensuite je m'embarquai avec Atala, et nous nous aban-
donnâmes au cours du fleuve.

« Le village indien de Sticoë, avec ses tombes pyra-

1. En Caroline du Sud.
2. Le Tennessee.

midales et ses huttes en ruine, se montrait à notre gauche, au détour d'un promontoire ; nous laissions à droite la vallée de Keow, terminée par la perspective des cabanes de Jore, suspendues au front de la montagne du même nom. Le fleuve qui nous entraînait, coulait entre de hautes falaises, au bout desquelles on apercevait le soleil couchant. Ces profondes solitudes n'étaient point troublées par la présence de l'homme. Nous ne vîmes qu'un chasseur indien qui, appuyé sur son arc et immobile sur la pointe d'un rocher, ressemblait à une statue élevée dans la montagne au Génie de ces déserts.

« Atala et moi joignions notre silence au silence de cette scène. Tout à coup la fille de l'exil fit éclater dans les airs une voix pleine d'émotion et de mélancolie ; elle chantait la patrie absente.

« ''Heureux ceux qui n'ont point vu la fumée des fêtes de l'étranger, et qui ne se sont assis qu'aux festins de leurs pères !

« ''Si le geai bleu du Meschacebé disait à la nonpareille des Florides : 'Pourquoi vous plaignez-vous si tristement ? N'avez-vous pas ici de belles eaux et de beaux ombrages, et toutes sortes de pâtures comme dans vos forêts ? — Oui, répondrait la nonpareille fugitive ; mais mon nid est dans le jasmin, qui me l'apportera ? Et le soleil de ma savane, l'avez-vous ?'

« ''Heureux ceux qui n'ont point vu la fumée des fêtes de l'étranger, et qui ne se sont assis qu'aux festins de leurs pères !

« ''Après les heures d'une marche pénible, le voyageur s'assied tristement. Il contemple autour de lui les toits des hommes ; le voyageur n'a pas un lieu où reposer sa tête. Le voyageur frappe à la cabane, il met son arc derrière la porte, il demande l'hospitalité ; le maître fait un geste de la main ; le voyageur reprend son arc, et retourne au désert !

« ''Heureux ceux qui n'ont point vu la fumée des fêtes de l'étranger, et qui ne se sont assis qu'aux festins de leurs pères !

« ''Merveilleuses histoires racontées autour du foyer, tendres épanchements du cœur, longues habitudes d'aimer si nécessaires à la vie, vous avez rempli les journées de ceux qui n'ont point quitté leur pays natal ! Leurs tombeaux sont dans leur patrie, avec le soleil couchant, les pleurs de leurs amis et les charmes de la religion.

« ''Heureux ceux qui n'ont point vu la fumée des fêtes de l'étranger, et qui ne se sont assis qu'aux festins de leurs pères !''

« Ainsi chantait Atala. Rien n'interrompait ses plaintes, hors le bruit insensible de notre canot sur les ondes. En deux ou trois endroits seulement, elles furent recueillies par un faible écho, qui les redit à un second plus faible, et celui-ci à un troisième plus faible encore : on eût cru que les âmes de deux amants, jadis infortunés comme nous, attirées par cette mélodie touchante, se plaisaient à en soupirer les derniers sons dans la montagne.

« Cependant la solitude, la présence continuelle de l'objet aimé, nos malheurs même, redoublaient à chaque instant notre amour. Les forces d'Atala commençaient à l'abandonner, et les passions, en abattant son corps, allaient triompher de sa vertu. Elle priait continuellement sa mère, dont elle avait l'air de vouloir apaiser l'ombre irritée. Quelquefois elle me demandait si je n'entendais pas une voix plaintive, si je ne voyais pas des flammes sortir de la terre. Pour moi, épuisé de fatigue, mais toujours brûlant de désir, songeant que j'étais peut-être perdu sans retour au milieu de ces forêts, cent fois je fus prêt à saisir mon épouse dans mes bras, cent fois je lui proposai de bâtir une hutte sur ces rivages et de nous y ensevelir ensemble. Mais elle me résista toujours : ''Songe, me disait-elle, mon jeune ami, qu'un guerrier se doit à sa patrie. Qu'est-ce qu'une femme auprès des devoirs que tu as à remplir ? Prends courage, fils d'Outalissi, ne murmure point contre ta destinée. Le cœur de l'homme est comme l'éponge du fleuve, qui tantôt boit une onde pure dans les temps de sérénité, tantôt s'enfle d'une eau bourbeuse, quand le ciel a troublé les eaux. L'éponge a-t-elle le droit de dire : 'Je croyais qu'il n'y aurait jamais d'orages, que le soleil ne serait jamais brûlant' ?''

« Ô René, si tu crains les troubles du cœur, défie-toi de la solitude : les grandes passions sont solitaires, et les transporter au désert, c'est les rendre à leur empire. Accablés de soucis et de craintes, exposés à tomber entre les mains des Indiens ennemis, à être engloutis dans les eaux, piqués des serpents, dévorés des bêtes, trouvant difficilement une chétive nourriture, et ne sachant plus de quel côté tourner nos pas, nos maux semblaient ne pouvoir plus s'accroître, lorsqu'un accident y vint mettre le comble.

« C'était le vingt-septième soleil depuis notre départ des cabanes : la *lune de feu** avait commencé son cours, et tout annonçait un orage. Vers l'heure où les matrones indiennes suspendent la crosse du labour aux branches du savinier, et où les perruches se retirent dans le creux des cyprès, le ciel commença à se couvrir. Les voix de la solitude s'éteignirent, le désert fit silence, et les forêts demeurèrent dans un calme universel. Bientôt les roulements d'un tonnerre lointain, se prolongeant dans ces bois aussi vieux que le monde, en firent sortir des bruits sublimes. Craignant d'être submergés, nous nous hâtâmes de gagner le bord du fleuve, et de nous retirer dans une forêt.

« Ce lieu était un terrain marécageux. Nous avancions avec peine sous une voûte de smilax, parmi des ceps de vigne, des indigos, des faséoles, des lianes rampantes, qui entravaient nos pieds comme des filets. Le sol spongieux tremblait autour de nous, et à chaque instant nous étions près d'être engloutis dans des fondrières. Des insectes sans nombre, d'énormes chauves-souris nous aveuglaient ; les serpent à sonnette

* Mois de juillet.

bruissaient de toutes parts ; et les loups, les ours, les carcajous [1], les petits tigres, qui venaient se cacher dans ces retraites, les remplissaient de leurs rugissements.

« Cependant l'obscurité redouble : les nuages abaissés entrent sous l'ombrage des bois. La nue se déchire, et l'éclair trace un rapide losange de feu. Un vent impétueux sorti du couchant, roule les nuages sur les nuages ; les forêts plient ; le ciel s'ouvre coup sur coup, et à travers ses crevasses, on aperçoit de nouveaux cieux et des campagnes ardentes. Quel affreux, quel magnifique spectacle ! La foudre met le feu dans les bois ; l'incendie s'étend comme une chevelure de flammes ; des colonnes d'étincelles et de fumée assiègent les nues qui vomissent leurs foudres dans le vaste embrasement. Alors le Grand Esprit couvre les montagnes d'épaisses ténèbres ; du milieu de ce vaste chaos s'élève un mugissement confus formé par le fracas des vents, le gémissement des arbres, le hurlement des bêtes féroces, le bourdonnement de l'incendie, et la chute répétée du tonnerre qui siffle en s'éteignant dans les eaux.

« Le Grand Esprit le sait ! Dans ce moment je ne vis qu'Atala, je ne pensai qu'à elle. Sous le tronc penché d'un bouleau, je parvins à la garantir des torrents de la pluie. Assis moi-même sous l'arbre, tenant ma bien-aimée sur mes genoux, et réchauffant ses pieds nus entre mes mains, j'étais plus heureux que la nouvelle épouse qui sent pour la première fois son fruit tressaillir dans son sein.

« Nous prêtions l'oreille au bruit de la tempête ; tout à coup je sentis une larme d'Atala sur mon sein : ''Orage du cœur, m'écriai-je, est-ce une goutte de votre pluie ?'' Puis embrassant étroitement celle que j'aimais : ''Atala, lui dis-je, vous me cachez quel-

---

1. Petits félins carnassiers.

que chose. Ouvre-moi ton cœur, ô ma beauté ! cela fait tant de bien, quand un ami regarde dans notre âme ! Raconte-moi cet autre secret de la douleur, que tu t'obstines à taire. Ah ! je le vois, tu pleures ta patrie.''
Elle repartit aussitôt : ''Enfant des hommes, comment pleurerais-je ma patrie, puisque mon père n'était pas du pays des palmiers ?'' ''Quoi, répliquai-je avec un profond étonnement, votre père n'était point du pays des palmiers ! Quel est donc celui qui vous a mise sur cette terre ? Répondez.'' Atala dit ces paroles :

« ''Avant que ma mère eût apporté en mariage au guerrier Simaghan trente cavales, vingt buffles, cent mesures d'huile de glands, cinquante peaux de castors et beaucoup d'autres richesses, elle avait connu un homme de la chair blanche. Or, la mère de ma mère lui jeta de l'eau au visage, et la contraignit d'épouser le magnanime Simaghan, tout semblable à un roi, et honoré des peuples comme un Génie. Mais ma mère dit à son nouvel époux : 'Mon ventre a conçu ; tuez-moi.' Simaghan lui répondit : 'Le Grand Esprit me garde d'une si mauvaise action. Je ne vous mutilerai point, je ne vous couperai point le nez ni les oreilles, parce que vous avez été sincère et que vous n'avez point trompé ma couche. Le fruit de vos entrailles sera mon fruit, et je ne vous visiterai qu'après le départ de l'oiseau de rizière, lorsque la treizième lune aura brillé.' En ce temps-là, je brisai le sein de ma mère, et je commençai à croître, fière comme une Espagnole et comme une Sauvage. Ma mère me fit chrétienne, afin que son Dieu et le Dieu de mon père fût aussi mon Dieu. Ensuite le chagrin d'amour vint la chercher, et elle descendit dans la petite cave garnie de peaux, d'où l'on ne sort jamais.''

« Telle fut l'histoire d'Atala. ''Et quel était donc ton père, pauvre orpheline ? lui dis-je. Comment les hommes l'appelaient-ils sur la terre, et quel nom portait-il parmi les Génies ?'' ''Je n'ai jamais lavé les pieds de mon père, dit Atala ; je sais seulement qu'il vivait avec sa sœur à Saint-Augustin, et qu'il a toujours été fidèle à ma mère : Philippe était son nom parmi les anges [1], et les hommes le nommaient Lopez.''

« À ces mots, je poussai un cri qui retentit dans toute la solitude ; le bruit de mes transports se mêla au bruit de l'orage. Serrant Atala sur mon cœur, je m'écriai avec des sanglots : ''Ô ma sœur ! ô fille de Lopez ! fille de mon bienfaiteur !'' Atala, effrayée, me demanda d'où venait mon trouble ; mais quand elle sut que Lopez était cet hôte généreux qui m'avait adopté à Saint-Augustin, et que j'avais quitté pour être libre, elle fut saisie elle-même de confusion et de joie.

« C'en était trop pour nos cœurs que cette amitié fraternelle qui venait nous visiter, et joindre son amour à notre amour. Désormais les combats d'Atala allaient devenir inutiles : en vain je la sentis porter une main à son sein, et faire un mouvement extraordinaire ; déjà je l'avais saisie, déjà je m'étais enivré de son souffle, déjà j'avais bu toute la magie de l'amour sur ses lèvres. Les yeux levés vers le ciel, à la lueur des éclairs, je tenais mon épouse dans mes bras, en présence de l'Éternel. Pompe nuptiale, digne de nos malheurs et de la grandeur de nos amours : superbes forêts qui agitiez vos lianes et vos dômes comme les rideaux et le ciel de notre couche, pins embrasés qui formiez les flambeaux de notre hymen, fleuve débordé, montagnes mugissantes, affreuse et sublime nature, n'étiez-vous donc qu'un appareil préparé pour nous tromper, et ne pûtes-vous cacher un moment dans vos mystérieuses horreurs la félicité d'un homme !

« Atala n'offrait plus qu'une faible résistance ; je touchais au moment du bonheur, quand tout à coup un impétueux éclair, suivi d'un éclat de la foudre, sillonne l'épaisseur des ombres, remplit la forêt de soufre et de lumière, et brise un arbre à nos pieds. Nous fuyons. Ô surprise !... dans le silence qui succède, nous entendons le son d'une cloche ! Tous deux inter-

1. Son nom de baptême.

dits, nous prêtons l'oreille à ce bruit, si étrange dans
un désert. À l'instant un chien aboie dans le lointain ;
il approche, il redouble ses cris, il arrive, il hurle de
joie à nos pieds ; un vieux Solitaire portant une petite
lanterne, le suit à travers les ténèbres de la forêt. "La
Providence soit bénie ! s'écria-t-il, aussitôt qu'il nous
aperçut. Il y a bien longtemps que je vous cherche !
Notre chien vous a sentis dès le commencement de
l'orage, et il m'a conduit ici. Bon Dieu ! comme ils sont
jeunes ! Pauvres enfants ! comme ils ont dû souffrir !
Allons : j'ai apporté une peau d'ours, ce sera pour cette
jeune femme ; voici un peu de vin dans notre calebasse.
Que Dieu soit loué dans toutes ses œuvres ! sa miséricorde est bien grande, et sa bonté est infinie !''

« Atala était aux pieds du religieux : "Chef de la
prière, lui disait-elle, je suis chrétienne, c'est le ciel qui
t'envoie pour me sauver." "Ma fille, dit l'ermite en
la relevant, nous sonnons ordinairement la cloche de
la Mission pendant la nuit et pendant les tempêtes, pour
appeler les étrangers ; et, à l'exemple de nos frères des
Alpes et du Liban, nous avons appris à notre chien à
découvrir les voyageurs égarés." Pour moi, je compre-
nais à peine l'ermite ; cette charité me semblait si fort
au-dessus de l'homme, que je croyais faire un songe.
À la lueur de la petite lanterne que tenait le religieux,
j'entrevoyais sa barbe et ses cheveux tout trempés
d'eau ; ses pieds, ses mains et son visage étaient ensan-
glantés par les ronces. "Vieillard, m'écriai-je enfin, quel
cœur as-tu donc, toi qui n'as pas craint d'être frappé
de la foudre ?'' "Craindre ! repartit le père avec une
sorte de chaleur ; craindre, lorsqu'il y a des hommes
en péril, et que je puis leur être utile ! je serais donc
un bien indigne serviteur de Jésus-Christ !" "Mais sais-
tu, lui dis-je, que je ne suis pas chrétien ?" "Jeune
homme, répondit l'ermite, vous ai-je demandé votre
religion ? Jésus-Christ n'a pas dit : 'Mon sang lavera
celui-ci, et non celui-là.' Il est mort pour le Juif et le
Gentil, et il n'a vu dans tous les hommes que des frères
et des infortunés. Ce que je fais ici pour vous, est fort

peu de chose, et vous trouveriez ailleurs bien d'autres secours ; mais la gloire n'en doit point retomber sur les prêtres. Que sommes-nous, faibles Solitaires, sinon de grossiers instruments d'une œuvre céleste ? Eh ! quel serait le soldat assez lâche pour reculer, lorsque son chef, la croix à la main, et le front couronné d'épines, marche devant lui au secours des hommes ?''

« Ces paroles saisirent mon cœur ; des larmes d'admiration et de tendresse tombèrent de mes yeux. ''Mes chers enfants, dit le missionnaire, je gouverne dans ces forêts un petit troupeau de vos frères sauvages. Ma grotte est assez près d'ici dans la montagne ; venez vous réchauffer chez moi ; vous n'y trouverez pas les commodités de la vie, mais vous y aurez un abri ; et il faut encore en remercier la Bonté divine, car il y a bien des hommes qui en manquent.''

LES LABOUREURS

« Il y a des justes dont la conscience est si tranquille, qu'on ne peut approcher d'eux sans participer à la paix qui s'exhale, pour ainsi dire, de leur cœur et de leurs discours. À mesure que le Solitaire parlait, je sentais les passions s'apaiser dans mon sein, et l'orage même du ciel semblait s'éloigner à sa voix. Les nuages furent bientôt assez dispersés pour nous permettre de quitter notre retraite. Nous sortîmes de la forêt, et nous commençâmes à gravir le revers d'une haute montagne. Le chien marchait devant nous, en portant au bout d'un bâton la lanterne éteinte. Je tenais la main d'Atala, et nous suivions le missionnaire. Il se détournait souvent pour nous regarder, contemplant avec pitié nos malheurs et notre jeunesse. Un livre était suspendu à son cou ; il s'appuyait sur un bâton blanc. Sa taille était élevée, sa figure pâle et maigre, sa physionomie simple et sincère. Il n'avait pas les traits morts et effacés de l'homme né sans passions ; on voyait que ses jours avaient été mauvais, et les rides de son front montraient les belles cicatrices des passions guéries par la vertu et par l'amour de Dieu et des hommes. Quand il nous parlait debout et immobile, sa longue barbe, ses yeux modestement baissés, le ton affectueux de sa voix, tout en lui avait quelque chose de calme et de sublime. Quiconque a vu, comme moi, le père Aubry cheminant seul avec son bâton et son bréviaire dans le désert, a une véritable idée du voyageur chrétien sur la terre.

« Après une demi-heure d'une marche dangereuse par les sentiers de la montagne, nous arrivâmes à la grotte du missionnaire. Nous y entrâmes à travers les lierres et les giraumonts [1] humides, que la pluie avait abattus des rochers. Il n'y avait dans ce lieu qu'une natte de feuilles de papaya, une calebasse pour puiser de l'eau, quelques vases de bois, une bêche, un serpent familier, et sur une pierre qui servait de table, un crucifix et le livre des chrétiens.

« L'homme des anciens jours se hâta d'allumer du feu avec des lianes sèches ; il brisa du maïs entre deux pierres, et en ayant fait un gâteau, il le mit cuire sous la cendre. Quand ce gâteau eut pris au feu une belle couleur dorée, il nous le servit tout brûlant, avec de la crème de noix dans un vase d'érable.

« Le soir ayant ramené la sérénité, le serviteur du Grand Esprit nous proposa d'aller nous asseoir à l'entrée de la grotte. Nous le suivîmes dans ce lieu qui commandait une vue immense. Les restes de l'orage étaient jetés en désordre vers l'orient ; les feux de l'incendie allumé dans les forêts par la foudre, brillaient encore dans le lointain ; au pied de la montagne un bois de pins tout entier était renversé dans la vase, et le

1. Sorte de citrouille.

fleuve roulait pêle-mêle les argiles détrempées, les troncs des arbres, les corps des animaux et les poissons morts, dont on voyait le ventre argenté flotter à la surface des eaux.

« Ce fut au milieu de cette scène, qu'Atala raconta notre histoire aux vieux Génie de la montagne. Son cœur parut touché, et des larmes tombèrent sur sa barbe : "Mon enfant, dit-il à Atala, il faut offrir vos souffrances à Dieu, pour la gloire de qui vous avez déjà fait tant de choses ; il vous rendra le repos. Voyez fumer ces forêts, sécher ces torrents, se dissiper ces nuages ; croyez-vous que celui qui peut calmer une pareille tempête ne pourra pas apaiser les troubles du cœur de l'homme ? Si vous n'avez pas de meilleure retraite, ma chère fille, je vous offre une place au milieu du troupeau que j'ai eu le bonheur d'appeler à Jésus-Christ. J'instruirai Chactas, et je vous le donnerai pour époux quand il sera digne de l'être."

« À ces mots je tombai aux genoux du Solitaire, en versant des pleurs de joie ; mais Atala devint pâle comme la mort. Le vieillard me releva avec bénignité, et je m'aperçus alors qu'il avait les deux mains mutilées. Atala comprit sur-le-champ ses malheurs. "Les barbares !" s'écria-t-elle.

« "Ma fille, reprit le père avec un doux sourire, qu'est-ce que cela auprès de ce qu'a enduré mon divin Maître ? Si les Indiens idolâtres m'ont affligé, ce sont de pauvres aveugles que Dieu éclairera un jour. Je les chéris même davantage, en proportion des maux qu'ils m'ont faits. Je n'ai pu rester dans ma patrie où j'étais retourné, et où une illustre reine m'a fait l'honneur de vouloir contempler ces faibles marques de mon apostolat. Et quelle récompense plus glorieuse pouvais-je recevoir de mes travaux, que d'avoir obtenu du chef de notre religion la permission de célébrer le divin sacrifice avec ces mains mutilées ? Il ne me restait plus, après un tel honneur, qu'à tâcher de m'en rendre digne : je suis revenu au Nouveau-Monde, consumer le reste de ma vie au service de mon Dieu. Il y a bientôt trente ans que j'habite cette solitude, et il y en aura demain vingt-deux, que j'ai pris possession de ce rocher. Quand j'arrivai dans ces lieux, je n'y trouvai que des familles vagabondes, dont les mœurs étaient féroces et la vie fort misérable. Je leur ai fait entendre la parole de paix, et leurs mœurs se sont graduellement adoucies. Ils vivent maintenant rassemblés au bas de cette montagne. J'ai tâché, en leur enseignant les voies du salut, de leur apprendre les premiers arts de la vie, mais sans les porter trop loin, et en retenant ces honnêtes gens dans cette simplicité qui fait le bonheur. Pour moi, craignant de les gêner par ma présence, je me suis retiré sous cette grotte, où ils viennent me consulter. C'est ici que, loin des hommes, j'admire Dieu dans la grandeur de ces solitudes, et que je me prépare à la mort, que m'annoncent mes vieux jours.''

« En achevant ces mots, le Solitaire se mit à genoux, et nous imitâmes son exemple. Il commença à haute voix une prière, à laquelle Atala répondait. De muets éclairs ouvraient encore les cieux dans l'orient, et sur les nuages du couchant, trois soleils brillaient ensemble [1]. Quelques renards dispersés par l'orage allongeaient leurs museaux noirs au bord des précipices, et l'on entendait le frémissement des plantes qui, séchant à la brise du soir, relevaient de toutes parts leurs tiges abattues.

« Nous rentrâmes dans la grotte, où l'ermite étendit un lit de mousse de cyprès pour Atala. Une profonde langueur se peignait dans les yeux et dans les mouvements de cette vierge ; elle regardait le père Aubry, comme si elle eût voulu lui communiquer un secret ; mais quelque chose semblait la retenir, soit ma présence, soit une certaine honte, soit l'inutilité de l'aveu. Je l'entendis se lever au milieu de la nuit ; elle cherchait le Solitaire, mais comme il lui avait donné sa

---

1. Il s'agit de la parhélie, phénomène observable en général dans les régions plus septentrionales.

couche, il était allé contempler la beauté du ciel et
prier Dieu sur le sommet de la montagne. Il me dit le
lendemain que c'était assez sa coutume, même pendant
l'hiver, aimant à voir les forêts balancer leurs cimes
dépouillées, les nuages voler dans les cieux, et à entendre les vents et les torrents gronder dans la solitude.
Ma sœur fut donc obligée de retourner à sa couche,
où elle s'assoupit. Hélas ! comblé d'espérance, je ne
vis dans la faiblesse d'Atala que des marques passa-
gères de lassitude !

« Le lendemain je m'éveillai aux chants des cardinaux et des oiseaux-moqueurs, nichés dans les acacias
et les lauriers qui environnaient la grotte. J'allai cueil-
lir une rose de magnolia, et je la déposai humectée des
larmes du matin, sur la tête d'Atala endormie. J'espérais, selon la religion de mon pays, que l'âme de quelque enfant mort à la mamelle, serait descendue sur cette
fleur dans une goutte de rosée, et qu'un heureux songe
la porterait au sein de ma future épouse. Je cherchai
ensuite mon hôte ; je le trouvai la robe relevée dans
ses deux poches, un chapelet à la main, et m'attendant
assis sur le tronc d'un pin tombé de vieillesse. Il me
proposa d'aller avec lui à la Mission, tandis qu'Atala
reposait encore ; j'acceptai son offre, et nous nous
mîmes en route à l'instant.

« En descendant la montagne, j'aperçus des chênes
où les Génies semblaient avoir dessiné des caractères
étrangers. L'ermite me dit qu'il les avait tracés lui-
même, que c'étaient des vers d'un ancien poète appelé
Homère, et quelques sentences d'un autre poète plus
ancien encore, nommé Salomon. Il y avait je ne sais
quelle mystérieuse harmonie entre cette sagesse des
temps, ces vers rongés de mousse, ce vieux Solitaire qui
les avait gravés, et ces vieux chênes qui lui servaient
de livres.

« Son nom, son âge, la date de sa mission, étaient
aussi marqués sur un roseau de savane, au pied de ces
arbres. Je m'étonnai de la fragilité du dernier monument : ''Il durera encore plus que moi, me répondit le

père, et aura toujours plus de valeur que le peu de bien que j'ai fait.''

« De là, nous arrivâmes à l'entrée d'une vallée, où je vis un ouvrage merveilleux : c'était un pont naturel, semblable à celui de la Virginie, dont tu as peut-être entendu parler. Les hommes, mon fils, surtout ceux de ton pays, imitent souvent la nature, et leurs copies sont toujours petites ; il n'en est pas ainsi de la nature quand elle a l'air d'imiter les travaux des hommes, en leur offrant en effet des modèles. C'est alors qu'elle jette des ponts du sommet d'une montagne au sommet d'une autre montagne, suspend des chemins dans les nues, répand des fleuves pour canaux, sculpte des monts pour colonnes, et pour bassins creuse des mers.

« Nous passâmes sous l'arche unique de ce pont, et nous nous trouvâmes devant une autre merveille : c'était le cimetière des Indiens de la Mission, ou *les Bocages de la mort*. Le père Aubry avait permis à ses néophytes d'ensevelir leurs morts à leur manière et de conserver au lieu de leurs sépultures son nom sauvage ; il avait seulement sanctifié ce lieu par une croix*. Le sol en était divisé, comme le champ commun des moissons, en autant de lots qu'il y avait de familles. Chaque lot faisait à lui seul un bois qui variait selon le goût de ceux qui l'avaient planté. Un ruisseau serpentait sans bruit au milieu de ces bocages ; on l'appelait *le Ruisseau de la paix*. Ce riant asile des âmes était fermé à l'orient par le pont sous lequel nous avions passé ; deux collines le bornaient au septentrion et au midi ; il ne s'ouvrait qu'à l'occident, où s'élevait un grand bois de sapins. Les troncs de ces arbres, rouges marbrés de vert, montant sans branches jusqu'à leurs cimes, ressemblaient à de hautes colonnes, et formaient le péristyle de ce temple de la mort ; il y régnait un bruit

---

* Le père Aubry avait fait comme les Jésuites à la Chine, qui permettaient aux Chinois d'enterrer leurs parents dans leurs jardins, selon leur ancienne coutume.

religieux, semblable au sourd mugissement de l'orgue
sous les voûtes d'une église ; mais lorsqu'on pénétrait
au fond du sanctuaire, on n'entendait plus que les
hymnes des oiseaux qui célébraient à la mémoire des
morts une fête éternelle.

« En sortant de ce bois, nous découvrîmes le village de la Mission, situé au bord d'un lac, au milieu
d'une savane semée de fleurs. On y arrivait par une
avenue de magnolias et de chênes-verts, qui bordaient
une de ces anciennes routes, que l'on trouve vers les
montagnes qui divisent le Kentucky des Florides. Aussitôt que les Indiens aperçurent leur pasteur dans la
plaine, ils abandonnèrent leurs travaux et accoururent
au-devant de lui. Les uns baisaient sa robe, les autres
aidaient ses pas ; les mères élevaient dans leurs bras
leurs petits enfants, pour leur faire voir l'homme de
Jésus-Christ, qui répandait des larmes. Il s'informait,
en marchant, de ce qui se passait au village ; il donnait
un conseil à celui-ci, réprimandait doucement celui-là ;
il parlait des moissons à recueillir, des enfants à
instruire, des peines à consoler, et il mêlait Dieu à tous
ses discours.

« Ainsi escortés, nous arrivâmes au pied d'une
grande croix qui se trouvait sur le chemin. C'était là
que le serviteur de Dieu avait accoutumé de célébrer
les mystères de sa religion : "Mes chers néophytes, dit-il
en se tournant vers la foule, il vous est arrivé un frère
et une sœur ; et pour surcroît de bonheur, je vois que
la divine Providence a épargné hier vos moissons : voilà
deux grandes raisons de la remercier. Offrons donc le
saint sacrifice, et que chacun y apporte un recueillement
profond, une foi vive, une reconnaissance infinie et un
cœur humilié."

« Aussitôt le prêtre divin revêt une tunique blanche
d'écorce de mûriers ; les vases sacrés sont tirés d'un
tabernacle au pied de la croix, l'autel se prépare sur
un quartier de roche, l'eau se puise dans le torrent voisin, et une grappe de raisin sauvage fournit le vin du

sacrifice. Nous nous mettons tous à genoux dans les hautes herbes ; le mystère commence.

« L'aurore paraissant derrière les montagnes, enflammait l'orient. Tout était d'or ou de rose dans la solitude. L'astre annoncé par tant de splendeur sortit enfin d'un abîme de lumière, et son premier rayon rencontra l'hostie consacrée, que le prêtre, en ce moment même, élevait dans les airs. Ô charme de la religion ! Ô magnificence du culte chrétien ! Pour sacrificateur un vieil ermite, pour autel un rocher, pour église le désert, pour assistance d'innocents Sauvages ! Non, je ne doute point qu'au moment où nous nous prosternâmes, le grand mystère ne s'accomplît, et que Dieu ne descendît sur la terre, car je le sentis descendre dans mon cœur.

« Après le sacrifice, où il ne manqua pour moi que la fille de Lopez, nous nous rendîmes au village. Là, régnait le mélange le plus touchant de la vie sociale et de la vie de la nature : au coin d'une cyprière de l'antique désert, on découvrait une culture naissante ; les épis roulaient à flots d'or sur le tronc du chêne abattu, et la gerbe d'un été remplaçait l'arbre de trois siècles. Partout on voyait les forêts livrées aux flammes pousser de grosses fumées dans les airs, et la charrue se promener lentement entre les débris de leurs racines. Des arpenteurs avec de longues chaînes allaient mesurant le terrain ; des arbitres établissaient les premières propriétés ; l'oiseau cédait son nid ; le repaire de la bête féroce se changeait en une cabane ; on entendait gronder des forges, et les coups de la cognée faisaient, pour la dernière fois, mugir des échos expirant eux-mêmes avec les arbres qui leur servaient d'asile.

« J'errais avec ravissement au milieu de ces tableaux, rendus plus doux par l'image d'Atala et par les rêves de félicité dont je berçais mon cœur. J'admirais le triomphe du Christianisme sur la vie sauvage ; je voyais l'Indien se civilisant à la voix de la religion ; j'assistais aux noces primitives de l'Homme et de la Terre :

l'homme, par ce grand contrat, abandonnant à la terre l'héritage de ses sueurs, et la terre s'engageant, en retour, à porter fidèlement les moissons, les fils et les cendres de l'homme.

« Cependant on présenta un enfant au missionnaire, qui le baptisa parmi des jasmins en fleurs, au bord d'une source, tandis qu'un cercueil, au milieu des jeux et des travaux, se rendait aux Bocages de la mort. Deux époux reçurent la bénédiction nuptiale sous un chêne, et nous allâmes ensuite les établir dans un coin du désert. Le pasteur marchait devant nous, bénissant çà et là, et le rocher, et l'arbre, et la fontaine, comme autrefois, selon le livre des Chrétiens, Dieu bénit la terre inculte, en la donnant en héritage à Adam. Cette procession, qui pêle-mêle avec ses troupeaux suivait de rocher en rocher son chef vénérable, représentait à mon cœur attendri ces migrations des premières familles, alors que Sem, avec ses enfants, s'avançait à travers le monde inconnu, en suivant le soleil qui marchait devant lui.

« Je voulus savoir du saint ermite, comment il gouvernait ses enfants ; il me répondit avec une grande complaisance : ''Je ne leur ai donné aucune loi ; je leur ai seulement enseigné à s'aimer, à prier Dieu, et à espérer une meilleure vie ; toutes les lois du monde sont là-dedans. Vous voyez au milieu du village une cabane plus grande que les autres : elle sert de chapelle dans la saison des pluies. On s'y assemble soir et matin pour louer le Seigneur, et quand je suis absent, c'est un vieillard qui fait la prière ; car la vieillesse est, comme la maternité, une espèce de sacerdoce. Ensuite on va travailler dans les champs, et si les propriétés sont divisées, afin que chacun puisse apprendre l'économie sociale, les moissons sont déposées dans des greniers communs, pour maintenir la charité fraternelle. Quatre vieillards distribuent avec égalité le produit du labeur. Ajoutez à cela des cérémonies religieuses, beaucoup de cantiques, la croix où j'ai célébré les mystères, l'ormeau sous lequel je prêche dans les bons jours, nos tombeaux tout près de nos champs de blé, nos fleuves où je plonge les petits enfants et les saint Jean de cette nouvelle Béthanie[1], vous aurez une idée complète de ce royaume de Jésus-Christ.''

« Les paroles du Solitaire me ravirent, et je sentis la supériorité de cette vie stable et occupée, sur la vie errante et oisive du Sauvage.

« Ah ! René, je ne murmure point contre la Providence, mais j'avoue que je ne me rappelle jamais cette société évangélique, sans éprouver l'amertume des regrets. Qu'une hutte, avec Atala sur ces bords, eût rendu ma vie heureuse ! Là finissaient toutes mes courses ; là, avec une épouse, inconnu des hommes, cachant mon bonheur au fond des forêts, j'aurais passé comme ces fleuves, qui n'ont pas même un nom dans le désert. Au lieu de cette paix que j'osais alors me promettre, dans quel trouble n'ai-je point coulé mes jours ! Jouet continuel de la fortune, brisé sur tous les rivages, longtemps exilé de mon pays, et n'y trouvant, à mon retour, qu'une cabane en ruine et des amis dans la tombe : telle devait être la destinée de Chactas. »

LE DRAME

« Si mon songe de bonheur fut vif, il fut aussi d'une courte durée, et le réveil m'attendait à la grotte du Solitaire. Je fus surpris, en y arrivant au milieu du jour, de ne pas voir Atala accourir au-devant de nos pas. Je ne sais quelle soudaine horreur me saisit. En approchant de la grotte, je n'osais appeler la fille de Lopez :

---

1. Expression obscure, car saint Jean-Baptiste donnait le baptême à Béthanie, mais ne le recevait pas.

mon imagination était également épouvantée, ou du bruit, ou du silence qui succéderait à mes cris. Encore plus effrayé de la nuit qui régnait à l'entrée du rocher, je dis au missionnaire : "Ô vous, que le ciel accompagne et fortifie, pénétrez dans ces ombres."

« Qu'il est faible celui que les passions dominent ! Qu'il est fort celui qui se repose en Dieu ! Il y avait plus de courage dans ce cœur religieux, flétri par soixante-seize années, que dans toute l'ardeur de ma jeunesse. L'homme de paix entra dans la grotte, et je restai au-dehors plein de terreur. Bientôt un faible murmure semblable à des plaintes sortit du fond du rocher, et vint frapper mon oreille. Poussant un cri, et retrouvant mes forces, je m'élançai dans la nuit de la caverne... Esprits de mes pères ! vous savez seuls le spectacle qui frappa mes yeux !

« Le Solitaire avait allumé un flambeau de pin ; il le tenait d'une main tremblante, au-dessus de la couche d'Atala. Cette belle et jeune femme, à moitié soulevée sur le coude, se montrait pâle et échevelée. Les gouttes d'une sueur pénible brillaient sur son front ; ses regards à demi éteints cherchaient encore à m'exprimer son amour, et sa bouche essayait de sourire. Frappé comme d'un coup de foudre, les yeux fixés, les bras étendus, les lèvres entrouvertes, je demeurai immobile. Un profond silence règne un moment parmi les trois personnages de cette scène de douleur. Le Solitaire le rompt le premier : "Ceci, dit-il, ne sera qu'une fièvre occasionnée par la fatigue, et si nous nous résignons à la volonté de Dieu, il aura pitié de nous."

« À ces paroles, le sang suspendu reprit son cours dans mon cœur, et avec la mobilité du Sauvage, je passai subitement de l'excès de la crainte à l'excès de la confiance. Mais Atala ne m'y laissa pas longtemps. Balançant tristement la tête, elle nous fit signe de nous approcher de sa couche.

« "Mon père, dit-elle d'une voix affaiblie, en s'adressant au religieux, je touche au moment de la mort. Ô Chactas ! écoute sans désespoir le funeste secret que je t'ai caché, pour ne pas te rendre trop misérable, et pour obéir à ma mère. Tâche de ne pas m'interrompre par des marques d'une douleur, qui précipiteraient le peu d'instants que j'ai à vivre. J'ai beaucoup de choses à raconter, et aux battements de ce cœur, qui se ralentissent... à je ne sais quel fardeau glacé que mon sein soulève à peine... je sens que je ne me saurais trop hâter.''

« Après quelques moments de silence, Atala poursuivit ainsi :

« ''Ma triste destinée a commencé presque avant que j'eusse vu la lumière. Ma mère m'avait conçue dans le malheur ; je fatiguais son sein, et elle me mit au monde avec de grands déchirements d'entrailles : on désespéra de ma vie. Pour sauver mes jours, ma mère fit un vœu : elle promit à la Reine des Anges que je lui consacrerais ma virginité, si j'échappais à la mort... Vœu fatal qui me précipite au tombeau !

« ''J'entrais dans ma seizième année, lorsque je perdis ma mère. Quelques heures avant de mourir, elle m'appela au bord de sa couche. 'Ma fille, me dit-elle en présence d'un missionnaire qui consolait ses derniers instants ; ma fille, tu sais le vœu que j'ai fait pour toi. Voudrais-tu démentir ta mère ? Ô mon Atala ! je te laisse dans un monde qui n'est pas digne de posséder une chrétienne, au milieu d'idolâtres qui persécutent le Dieu de ton père et le mien, le Dieu qui, après t'avoir donné le jour, te l'a conservé par un miracle. Eh ! ma chère enfant, en acceptant le voile des vierges, tu ne fais que renoncer aux soucis de la cabane et aux funestes passions qui ont troublé le sein de ta mère ! Viens donc, ma bien-aimée, viens ; jure sur cette image de la mère du Sauveur, entre les mains de ce saint prêtre et de ta mère expirante, que tu ne me trahiras point à la face du ciel. Songe que je me suis engagée pour toi, afin de te sauver la vie, et que si tu ne tiens ma promesse, tu plongeras l'âme de ta mère dans des tourments éternels.'

« ''Ô ma mère ! pourquoi parlâtes-vous ainsi ! Ô

Religion qui fais à la fois mes maux et ma félicité, qui
me perds et qui me consoles ! Et toi, cher et triste objet
d'une passion qui me consume jusque dans les bras de
la mort, tu vois maintenant, ô Chactas, ce qui a fait
la rigueur de notre destinée !... Fondant en pleurs et
me précipitant dans le sein maternel, je promis tout ce
qu'on me voulut faire promettre. Le missionnaire prononça sur moi les paroles redoutables, et me donna le
scapulaire qui me lie pour jamais. Ma mère me menaça
de sa malédiction, si jamais je rompais mes vœux, et
après m'avoir recommandé un secret inviolable envers
les païens, persécuteurs de ma religion, elle expira, en
me tenant embrassée.

« ''Je ne connus pas d'abord le danger de mes ser-
ments. Pleine d'ardeur, et chrétienne véritable, fière du
sang espagnol qui coule dans mes veines, je n'aperçus
autour de moi que des hommes indignes de recevoir ma
main ; je m'applaudis de n'avoir d'autre époux que le
Dieu de ma mère. Je te vis, jeune et beau prisonnier,
je m'attendris sur ton sort, je t'osai parler au bûcher
de la forêt ; alors je sentis tout le poids de mes vœux.''

« Comme Atala achevait de prononcer ces paroles,
serrant les poings, et regardant le missionnaire d'un
air menaçant, je m'écriai : ''La voilà donc cette religion que vous m'avez tant vantée ! Périsse le serment
qui m'enlève Atala ! Périsse le Dieu qui contrarie la
nature ! Homme, prêtre, qu'es-tu venu faire dans ces
forêts ?''

« ''Te sauver, dit le vieillard d'une voix terrible,
dompter tes passions, et t'empêcher, blasphémateur,
d'attirer sur toi la colère céleste ! Il te sied bien, jeune
homme, à peine entré dans la vie, de te plaindre de tes
douleurs ! Où sont les marques de tes souffrances ? Où
sont les injustices que tu as supportées ? Où sont tes
vertus, qui seules pourraient te donner quelques droits
à la plainte ? Quel service as-tu rendu ? Quel bien as-tu
fait ? Eh ! malheureux, tu ne m'offres que des passions, et tu oses accuser le ciel ! Quand tu auras, comme
le père Aubry, passé trente années exilé sur les mon-

tagnes, tu seras moins prompt à juger des desseins de la Providence ; tu comprendras alors que tu ne sais rien, que tu n'es rien, et qu'il n'y a point de châtiment si rigoureux, point de maux si terribles, que la chair corrompue ne mérite de souffrir.''

« Les éclairs qui sortaient des yeux du vieillard, sa barbe qui frappait sa poitrine, ses paroles foudroyantes le rendaient semblable à un Dieu. Accablé de sa majesté, je tombai à ses genoux, et lui demandai pardon de mes emportements. ''Mon fils, me répondit-il avec un accent si doux, que le remords entra dans mon âme, mon fils, ce n'est pas pour moi-même que je vous ai réprimandé. Hélas ! vous avez raison, mon cher enfant : je suis venu faire bien peu de chose dans ces forêts, et Dieu n'a pas de serviteur plus indigne que moi. Mais, mon fils, le ciel, le ciel, voilà ce qu'il ne faut jamais accuser ! Pardonnez-moi si je vous ai offensé, mais écoutons votre sœur. Il y a peut-être du remède, ne nous lassons point d'espérer. Chactas, c'est une religion bien divine que celle-là qui a fait une vertu de l'espérance !''

« Mon jeune ami, reprit Atala, tu as été témoin de mes combats, et cependant tu n'en as vu que la moindre partie ; je te cachais le reste. Non, l'esclave noir qui arrose de ses sueurs les sables ardents de la Floride est moins misérable que n'a été Atala. Te sollicitant à la fuite, et pourtant certaine de mourir si tu t'éloignais de moi ; craignant de fuir avec toi dans les déserts, et cependant haletant après l'ombrage des bois... Ah ! s'il n'avait fallu que quitter parents, amis, patrie ; si même (chose affreuse) il n'y eût eu que la perte de mon âme ! Mais ton ombre, ô ma mère, ton ombre était toujours là, me reprochant ses tourments ! J'entendais tes plaintes, je voyais les flammes de l'enfer te consumer. Mes nuits étaient arides et pleines de fantômes, mes jours étaient désolés ; la rosée du soir séchait en tombant sur ma peau brûlante ; j'entrouvrais mes lèvres aux brises, et les brises, loin de m'apporter la fraîcheur, s'embrasaient du feu de mon souffle. Quel tourment de te voir sans cesse auprès de moi, loin de tous les hommes, dans de profondes solitudes, et de sentir entre toi et moi une barrière invincible ! Passer ma vie à tes pieds, te servir comme ton esclave, apprêter ton repas et ta couche dans quelque coin ignoré de l'univers, eût été pour moi le bonheur suprême ; ce bonheur, j'y touchais, et je ne pouvais en jouir. Quel dessein n'ai-je point rêvé ! Quel songe n'est point sorti de ce cœur si triste ! Quelquefois en attachant mes yeux sur toi, j'allais jusqu'à former des désirs aussi insensés que coupables : tantôt j'aurais voulu être avec toi la seule créature vivante sur la terre ; tantôt, sentant une divinité qui m'arrêtait dans mes horribles transports, j'aurais désiré que cette divinité se fût anéantie, pourvu que serrée dans tes bras, j'eusse roulé d'abîme en abîme avec les débris de Dieu et du monde ! À présent même... le dirai-je ? à présent que l'éternité va m'engloutir, que je vais paraître devant le Juge inexorable, au moment où, pour obéir à ma mère, je vois avec joie ma virginité dévorer ma vie ; eh bien ! par une affreuse contradiction, j'emporte le regret de n'avoir pas été à toi !''

« ''Ma fille, interrompit le missionnaire, votre douleur vous égare. Cet excès de passion auquel vous vous livrez est rarement juste, il n'est pas même dans la nature ; et en cela il est moins coupable aux yeux de Dieu, parce que c'est plutôt quelque chose de faux dans l'esprit, que de vicieux dans le cœur. Il faut donc éloigner de vous ces emportements, qui ne sont pas dignes de votre innocence. Mais aussi, ma chère enfant, votre imagination impétueuse vous a trop alarmée sur vos vœux. La religion n'exige point de sacrifice plus qu'humain. Ses sentiments vrais, ses vertus tempérées sont bien au-dessus des sentiments exaltés et des vertus forcées d'un prétendu héroïsme. Si vous aviez succombé, eh bien ! pauvre brebis égarée, le Bon Pasteur vous aurait cherchée, pour vous ramener au troupeau. Les trésors du repentir vous étaient ouverts : il faut des torrents de sang pour effacer nos fautes aux yeux des hommes, une seule larme suffit à Dieu. Rassurez-vous donc, ma chère fille, votre situation exige du calme ; adressons-nous à Dieu, qui guérit toutes les plaies de ses serviteurs. Si c'est sa volonté, comme je l'espère, que vous échappiez à cette maladie, j'écrirai à l'évêque de Québec ; il a les pouvoirs nécessaires pour vous relever de vos vœux, qui ne sont que des vœux simples, et vous achèverez vos jours près de moi avec Chactas votre époux.''

« À ces paroles du vieillard, Atala fut saisie d'une longue convulsion, dont elle ne sortit que pour donner des marques d'une douleur effrayante. ''Quoi ! dit-elle en joignant les deux mains avec passion, il y avait du remède ! Je pouvais être relevée de mes vœux !'' ''Oui, ma fille, répondit le père ; et vous le pouvez encore.'' ''Il est trop tard, il est trop tard ! s'écria-t-elle. Faut-il mourir, au moment où j'apprends que j'aurais pu être heureuse ! Que n'ai-je connu plus tôt ce saint vieillard ! Aujourd'hui, de quel bonheur je jouirais, avec toi, avec Chactas chrétien..., consolée, rassurée par ce prêtre auguste... dans ce désert... pour toujours... oh ! c'eût été trop de félicité !'' ''Calme-toi, lui dis-je, en saisissant une des mains de l'infortunée ; calme-toi, ce bonheur, nous allons le goûter.'' ''Jamais ! jamais !'' dit Atala. ''Comment ?'' repartis-je. ''Tu ne sais pas tout, s'écria la vierge : c'est hier... pendant l'orage... J'allais violer mes vœux, j'allais plonger ma mère dans les flammes de l'abîme ; déjà sa malédiction était sur moi ; déjà je mentais au Dieu qui m'a sauvé la vie... Quand tu baisais mes lèvres tremblantes, tu ne savais pas, tu ne savais pas que tu n'embrassais que la mort !'' ''Ô ciel ! s'écria le missionnaire, chère enfant, qu'avez-vous fait ?'' ''Un crime, mon père, dit Atala les yeux égarés ; mais je ne perdais que moi, et je sauvais ma mère.'' ''Achève donc'', m'écriai-je plein d'épouvante. ''Eh bien ! dit-elle, j'avais prévu ma faiblesse ; en quittant les cabanes, j'ai emporté avec moi...'' ''Quoi ?'' repris-je avec horreur. ''Un poison !'' dit le père. ''Il est dans mon sein'', s'écria Atala.

« Le flambeau échappe de la main du Solitaire, je tombe mourant près de la fille de Lopez, le vieillard nous saisit l'un et l'autre dans ses bras, et tous trois, dans l'ombre, nous mêlons un moment nos sanglots sur cette couche funèbre.

« ''Réveillons-nous, réveillons-nous, dit bientôt le courageux ermite en allumant une lampe ! Nous perdons des moments précieux : intrépides chrétiens, bravons les assauts de l'adversité ; la corde au cou, la cendre sur la tête, jetons-nous aux pieds du Très-Haut, pour implorer sa clémence, ou pour nous soumettre à ses décrets. Peut-être est-il temps encore. Ma fille, vous eussiez dû m'avertir hier au soir.''

« ''Hélas ! mon père, dit Atala, je vous ai cherché la nuit dernière ; mais le ciel, en punition de mes fautes, vous a éloigné de moi. Tout secours eût d'ailleurs été inutile ; car les Indiens mêmes, si habiles dans ce qui regarde les poisons, ne connaissent point de remède à celui que j'ai pris. Ô Chactas ! juge de mon étonnement, quand j'ai vu que le coup n'était pas aussi subit que je m'y attendais ! Mon amour a redoublé mes forces, mon âme n'a pu si vite se séparer de toi.''

« Ce ne fut plus ici par des sanglots que je troublai le récit d'Atala, ce fut par ces emportements qui ne sont connus que des Sauvages. Je me roulai furieux sur la terre en me tordant les bras, et en me dévorant les mains. Le vieux prêtre, avec une tendresse merveilleuse, courait du frère à la sœur, et nous prodiguait mille secours. Dans le calme de son cœur et sous le fardeau des ans, il savait se faire entendre à notre jeunesse, et sa religion lui fournissait des accents plus tendres et plus brûlants que nos passions mêmes. Ce prêtre, qui depuis quarante années s'immolait chaque jour au service de Dieu et des hommes dans ces montagnes, ne te rappelle-t-il pas ces holocaustes d'Israël, fumant perpétuellement sur les hauts lieux, devant le Seigneur ?

« Hélas ! ce fut en vain qu'il essaya d'apporter quelque remède aux maux d'Atala. La fatigue, le chagrin, le poison et une passion plus mortelle que tous les poisons ensemble, se réunissaient pour ravir cette fleur à la solitude. Vers le soir, des symptômes effrayants se manifestèrent ; un engourdissement général saisit les membres d'Atala, et les extrémités de son corps commencèrent à refroidir : "Touche mes doigts, me disait-elle, ne les trouves-tu pas bien glacés ?" Je ne savais que répondre, et mes cheveux se hérissaient d'horreur ; ensuite elle ajoutait : "Hier encore, mon bien-aimé, ton seul toucher me faisait tressaillir, et voilà que je ne sens plus ta main, je n'entends presque plus ta voix, les objets de la grotte disparaissent tour à tour. Ne sont-ce pas les oiseaux qui chantent ? Le soleil doit être près de se coucher maintenant ? Chactas, ses rayons seront bien beaux au désert, sur ma tombe !"

« Atala s'apercevant que ces paroles nous faisaient fondre en pleurs, nous dit : "Pardonnez-moi, mes bons amis, je suis bien faible ; mais peut-être que je vais devenir plus forte. Cependant mourir si jeune, tout à la fois, quand mon cœur était si plein de vie ! Chef de la prière, aie pitié de moi ; soutiens-moi. Crois-tu que ma mère soit contente, et que Dieu me pardonne ce que j'ai fait ?"

« "Ma fille, répondit le bon religieux, en versant des larmes, et les essuyant avec ses doigts tremblants et mutilés ; ma fille, tous vos malheurs viennent de votre ignorance ; c'est votre éducation sauvage et le manque d'instruction nécessaire qui vous ont perdue ; vous ne saviez pas qu'une chrétienne ne peut disposer de sa vie. Consolez-vous donc, ma chère brebis ; Dieu vous pardonnera, à cause de la simplicité de votre cœur. Votre mère et l'imprudent missionnaire qui la dirigeait, ont été plus coupables que vous ; ils ont passé leurs pouvoirs, en vous arrachant un vœu indiscret ; mais que la paix du Seigneur soit avec eux ! Vous offrez tous trois un terrible exemple des dangers de l'enthousiasme, et du défaut de lumières en matière de religion. Rassurez-vous, mon enfant ; celui qui sonde les reins et les cœurs vous jugera sur vos intentions, qui étaient pures, et non sur votre action qui est condamnable.

« ''Quant à la vie, si le moment est arrivé de vous endormir dans le Seigneur, ah ! ma chère enfant, que vous perdez peu de choses, en perdant ce monde ! Malgré la solitude où vous avez vécu, vous avez connu les chagrins ; que penseriez-vous donc, si vous eussiez été témoin des maux de la société, si, en abordant sur les rivages de l'Europe, votre oreille eût été frappée de ce long cri de douleur, qui s'élève de cette vieille terre ? L'habitant de la cabane, et celui des palais, tout souffre, tout gémit ici-bas ; les reines ont été vues pleurant comme de simples femmes, et l'on s'est étonné de la quantité de larmes que contiennent les yeux des rois !

« ''Est-ce votre amour que vous regrettez ? Ma fille, il faudrait autant pleurer un songe. Connaissez-vous le cœur de l'homme, et pourriez-vous compter les inconstances de son désir ? Vous calculeriez plutôt le nombre des vagues que la mer roule dans une tempête. Atala, les sacrifices, les bienfaits ne sont pas des liens éternels : un jour, peut-être, le dégoût fût venu avec la satiété, le passé eût été compté pour rien, et l'on n'eût plus aperçu que les inconvénients d'une union pauvre et méprisée. Sans doute, ma fille, les plus belles amours furent celles de cet homme et de cette femme, sortis de la main du Créateur. Un paradis avait été formé pour eux, ils étaient innocents et immortels. Parfaits de l'âme et du corps, ils se convenaient en tout : Ève avait été créée pour Adam, et Adam pour Ève. S'ils n'ont pu toutefois se maintenir dans cet état de bonheur, quels couples le pourront après eux ? Je ne vous parlerai point des mariages des premiers-nés des hommes, de ces unions ineffables, alors que la sœur était l'épouse du frère, que l'amour et l'amitié fraternelle se confondaient dans le même cœur, et que la pureté de l'une augmentait les délices de l'autre. Toutes ces unions ont été troublées ; la jalousie s'est glissée à l'autel de gazon où l'on immolait le chevreau, elle a régné sous la tente d'Abraham, et dans ces couches mêmes où les patriarches goûtaient tant de joie, qu'ils oubliaient la mort de leurs mères [1].

« ''Vous seriez-vous donc flattée, mon enfant, d'être plus innocente et plus heureuse dans vos liens, que ces saintes familles dont Jésus-Christ a voulu descendre ? Je vous épargne les détails des soucis du ménage, les disputes, les reproches mutuels, les inquiétudes et toutes ces peines secrètes qui veillent sur l'oreiller du lit conjugal. La femme renouvelle ses douleurs chaque fois qu'elle est mère, et elle se marie en pleurant. Que de maux dans la seule perte d'un nouveau-né à qui l'on donnait le lait, et qui meurt sur votre sein ! La montagne a été pleine de gémissements ; rien ne pouvait consoler Rachel, parce que ses fils n'étaient plus. Ces amertumes attachées aux tendresses humaines sont si fortes, que j'ai vu dans ma patrie de grandes dames, aimées par des rois, quitter la cour pour s'ensevelir dans des cloîtres, et mutiler cette chair révoltée, dont les plaisirs ne sont que des douleurs.

« ''Mais peut-être direz-vous que ces derniers exemples ne vous regardent pas ; que toute votre ambition se réduisait à vivre dans une obscure cabane avec l'homme de votre choix ; que vous cherchiez moins les douceurs du mariage, que les charmes de cette folie que la jeunesse appelle amour ? Illusion, chimère, vanité, rêve d'une imagination blessée ! Et moi aussi, ma fille, j'ai connu les troubles du cœur : cette tête n'a pas toujours été chauve, ni ce sein aussi tranquille qu'il vous le paraît aujourd'hui. Croyez-en mon expérience : si l'homme, constant dans ses affections, pouvait sans cesse fournir à un sentiment renouvelé sans cesse, sans doute, la solitude et l'amour l'égaleraient à Dieu même ; car ce sont là les deux éternels plaisirs du Grand Être. Mais l'âme de l'homme se fatigue, et jamais elle n'aime longtemps le même objet avec plénitude. Il y a

1. Exemple tiré de la *Genèse*.

toujours quelques points par où deux cœurs ne se tou-
chent pas, et ces points suffisent à la longue pour rendre la vie insupportable.

« ''Enfin, ma chère fille, le grand tort des hommes,
dans leur songe de bonheur, est d'oublier cette infirmité de la mort attachée à leur nature : il faut finir.
Tôt ou tard, quelle qu'eût été votre félicité, ce beau
visage se fût changé en cette figure uniforme que le
sépulcre donne à la famille d'Adam ; l'œil même de
Chactas n'aurait pu vous reconnaître entre vos sœurs
de la tombe. L'amour n'étend point son empire sur les
vers du cercueil. Que dis-je ? (ô vanité des vanités !)
Que parlé-je de la puissance des amitiés de la terre ?
Voulez-vous, ma chère fille, en connaître l'étendue ?
Si un homme revenait à la lumière, quelques années
après sa mort, je doute qu'il fût revu avec joie, par
ceux-là même qui ont donné le plus de larmes à sa
mémoire : tant on forme vite d'autres liaisons, tant on
prend facilement d'autres habitudes, tant l'inconstance
est naturelle à l'homme, tant notre vie est peu de chose
même dans le cœur de nos amis !

« ''Remerciez donc la Bonté divine, ma chère fille,
qui vous retire si vite de cette vallée de misère. Déjà
le vêtement blanc et la couronne éclatante des vierges
se préparent pour vous sur les nuées ; déjà j'entends
la Reine des Anges qui vous crie : 'Venez, ma digne
servante, venez, ma colombe, venez vous asseoir sur
un trône de candeur, parmi toutes ces filles qui ont
sacrifié leur beauté et leur jeunesse au service de
l'humanité, à l'éducation des enfants et aux chefs-
d'œuvre de la pénitence. Venez, rose mystique [1], vous
reposer sur le sein de Jésus-Christ. Ce cercueil, lit nuptial que vous vous êtes choisi, ne sera point trompé ;
et les embrassements de votre céleste époux ne finiront
jamais !'''

« Comme le dernier rayon du jour abat les vents et

_____

1. Une des formules d'adresse à la Vierge dans les litanies.

répand le calme dans le ciel, ainsi la parole tranquille
du vieillard apaisa les passions dans le sein de mon
amante. Elle ne parut plus occupée que de ma douleur,
et des moyens de me faire supporter sa perte. Tantôt
elle me disait qu'elle mourrait heureuse, si je lui pro-
mettais de sécher mes pleurs ; tantôt elle me parlait de
ma mère, de ma patrie ; elle cherchait à me distraire
de la douleur présente, en réveillant en moi une douleur passée. Elle m'exhortait à la patience, à la vertu.
''Tu ne seras pas toujours malheureux, disait-elle : si
le ciel t'éprouve aujourd'hui, c'est seulement pour te
rendre plus compatissant aux maux des autres. Le
cœur, ô Chactas, est comme ces sortes d'arbres qui ne
donnent leur baume pour les blessures des hommes, que
lorsque le fer les a blessés eux-mêmes.''

« Quand elle avait ainsi parlé, elle se tournait vers
le missionnaire, cherchait auprès de lui le soulagement
qu'elle m'avait fait éprouver, et, tour à tour consolante
et consolée, elle donnait et recevait la parole de vie sur
la couche de la mort.

« Cependant l'ermite redoublait de zèle. Ses vieux
os s'étaient ranimés par l'ardeur de la charité, et toujours préparant des remèdes, rallumant le feu, rafraî-
chissant la couche, il faisait d'admirables discours sur
Dieu et sur le bonheur des justes. Le flambeau de la
religion à la main, il semblait précéder Atala dans la
tombe, pour lui en montrer les secrètes merveilles.
L'humble grotte était remplie de la grandeur de ce
trépas chrétien, et les esprits célestes étaient, sans doute,
attentifs à cette scène où la religion luttait seule contre
l'amour, la jeunesse et la mort.

« Elle triomphait cette religion divine, et l'on s'apercevait de sa victoire à une sainte tristesse qui succédait
dans nos cœurs aux premiers transports des passions.
Vers le milieu de la nuit, Atala sembla se ranimer pour
répéter des prières que le religieux prononçait au bord
de sa couche. Peu de temps après, elle me tendit la
main, et avec une voix qu'on entendait à peine, elle me
dit : ''Fils d'Outalissi, te rappelles-tu cette première nuit

où tu me pris pour la Vierge des dernières amours ?
Singulier présage de notre destinée !'' Elle s'arrêta ;
puis elle reprit : ''Quand je songe que je te quitte pour
toujours, mon cœur fait un tel effort pour revivre, que
je me sens presque le pouvoir de me rendre immortelle
à force d'aimer. Mais, ô mon Dieu, que votre volonté
soit faite !'' Atala se tut pendant quelques instants ;
elle ajouta : ''Il ne me reste plus qu'à vous demander
pardon des maux que je vous ai causés. Je vous ai
beaucoup tourmenté par mon orgueil et mes caprices.
Chactas, un peu de terre jetée sur mon corps va mettre
tout un monde entre vous et moi, et vous délivrer pour
toujours du poids de mes infortunes.''

« ''Vous pardonner, répondis-je noyé de larmes,
n'est-ce pas moi qui ai causé tous vos malheurs ?''
''Mon ami, dit-elle en m'interrompant, vous m'avez
rendue très heureuse, et si j'étais à recommencer la vie,
je préférerais encore le bonheur de vous avoir aimé
quelques instants dans un exil infortuné, à toute une
vie de repos dans ma patrie.''

➡➤ « Ici la voix d'Atala s'éteignit ; les ombres de la mort
se répandirent autour de ses yeux et de sa bouche ; ses
doigts errants cherchaient à toucher quelque chose ; elle
conversait tout bas avec des esprits invisibles. Bientôt,
faisant un effort, elle essaya, mais en vain, de détacher
de son cou le petit crucifix ; elle me pria de le dénouer
moi-même, et elle me dit :

« ''Quand je te parlai pour la première fois, tu vis
cette croix briller à la lueur du feu sur mon sein ; c'est
le seul bien que possède Atala. Lopez, ton père et le
mien, l'envoya à ma mère, peu de jours après ma naissance. Reçois donc de moi cet héritage, ô mon frère,
conserve-le en mémoire de mes malheurs. Tu auras
recours à ce Dieu des infortunés dans les chagrins de
ta vie. Chactas, j'ai une dernière prière à te faire. Ami,
notre union aurait été courte sur la terre, mais il est
après cette vie une plus longue vie. Qu'il serait affreux
d'être séparée de toi pour jamais ! Je ne fais que te
devancer aujourd'hui, et je te vais attendre dans l'em-

➡➤ Voir *Au fil du texte*, p. IX.

pire céleste. Si tu m'as aimée, fais-toi instruire dans la religion chrétienne, qui préparera notre réunion. Elle fait sous tes yeux un grand miracle cette religion, puisqu'elle me rend capable de te quitter, sans mourir dans les angoisses du désespoir. Cependant, Chactas, je ne veux de toi qu'une simple promesse, je sais trop ce qu'il en coûte, pour te demander un serment. Peut-être ce vœu te séparerait-il de quelque femme plus heureuse que moi... Ô ma mère, pardonne à ta fille. Ô Vierge, retenez votre courroux. Je retombe dans mes faiblesses, et je te dérobe, ô mon Dieu, des pensées qui ne devraient être que pour toi !''

« Navré de douleur, je promis à Atala d'embrasser un jour la religion chrétienne. À ce spectacle, le Solitaire se levant d'un air inspiré, et étendant les bras vers la voûte de la grotte : ''Il est temps, s'écria-t-il, il est temps d'appeler Dieu ici !''

« À peine a-t-il prononcé ces mots, qu'une force surnaturelle me contraint de tomber à genoux, et m'incline la tête au pied du lit d'Atala. Le prêtre ouvre un lieu secret où était renfermée une urne d'or, couverte d'un voile de soie ; il se prosterne et adore profondément. La grotte parut soudain illuminée ; on entendit dans les airs les paroles des anges et les frémissements des harpes célestes ; et lorsque le Solitaire tira le vase sacré de son tabernacle, je crus voir Dieu lui-même sortir du flanc de la montagne.

« Le prêtre ouvrit le calice ; il prit entre ses deux doigts une hostie blanche comme la neige, et s'approcha d'Atala, en prononçant des mots mystérieux. Cette sainte avait les yeux levés au ciel, en extase. Toutes ses douleurs parurent suspendues, toute sa vie se rassembla sur sa bouche ; ses lèvres s'entrouvrirent, et vinrent avec respect chercher le Dieu caché sous le pain mystique. Ensuite le divin vieillard trempe un peu de coton dans une huile consacrée ; il en frotte les tempes d'Atala, il regarde un moment la fille mourante, et tout à coup ces fortes paroles lui échappent : ''Partez, âme chrétienne : allez rejoindre votre Créateur !'' Relevant alors ma tête abattue, je m'écriai, en regardant le vase où était l'huile sainte : "Mon père, ce remède rendra-t-il la vie à Atala ?" "Oui, mon fils, dit le vieillard en tombant dans mes bras, la vie éternelle !" Atala venait d'expirer. »

Dans cet endroit, pour la seconde fois depuis le commencement de son récit, Chactas fut obligé de s'interrompre. Ses pleurs l'inondaient, et sa voix ne laissait échapper que des mots entrecoupés. Le Sachem aveugle ouvrit son sein, il en tira le crucifix d'Atala. « Le voilà, s'écria-t-il, ce gage de l'adversité ! Ô René, ô mon fils, tu le vois ; et moi, je ne le vois plus ! Dis-moi, après tant d'années, l'or n'en est-il point altéré ? N'y vois-tu point la trace de mes larmes ? Pourrais-tu reconnaître l'endroit qu'une sainte a touché de ses lèvres ? Comment Chactas n'est-il point encore chrétien ? Quelles frivoles raisons de politique et de patrie l'ont jusqu'à présent retenu dans les erreurs de ses pères ? Non, je ne veux pas tarder plus longtemps. La terre me crie : "Quand donc descendras-tu dans la tombe, et qu'attends-tu pour embrasser une religion divine ?"... Ô terre, vous ne m'attendrez pas longtemps : aussitôt qu'un prêtre aura rajeuni dans l'onde cette tête blanchie par les chagrins, j'espère me réunir à Atala... Mais achevons ce qui me reste à conter de mon histoire :

LES FUNÉRAILLES

« Je n'entreprendrai point, ô René, de te peindre aujourd'hui le désespoir qui saisit mon âme, lorsque Atala eut rendu le dernier soupir. Il faudrait avoir plus de chaleur qu'il ne m'en reste ; il faudrait que mes yeux fermés se pussent rouvrir au soleil, pour lui demander compte des pleurs qu'ils versèrent à sa lumière. Oui, cette lune qui brille à présent sur nos têtes se lassera d'éclairer les solitudes du Kentucky ; oui, le fleuve qui porte maintenant nos pirogues suspendra le cours de ses eaux, avant que mes larmes cessent de couler pour Atala ! Pendant deux jours entiers, je fus insensible aux discours de l'ermite. En essayant de calmer mes peines, cet excellent homme ne se servait point des vaines raisons de la terre, il se contentait de me dire : "Mon fils, c'est la volonté de Dieu", et il me pressait dans ses bras. Je n'aurais jamais cru qu'il y eût tant de consolation dans ce peu de mots du chrétien résigné, si je ne l'avais éprouvé moi-même.

« La tendresse, l'onction, l'inaltérable patience du vieux serviteur de Dieu, vainquirent enfin l'obstination de ma douleur. J'eus honte des larmes que je lui faisais répandre. "Mon père, lui dis-je, c'en est trop : que les passions d'un jeune homme ne troublent plus la paix de tes jours. Laisse-moi emporter les restes de mon épouse ; je les ensevelirai dans quelque coin du désert, et si je suis encore condamné à la vie, je tâcherai de me rendre digne de ces noces éternelles qui m'ont été promises par Atala."

« À ce retour inespéré de courage, le bon père tressaillit de joie ; il s'écria : "Ô sang de Jésus-Christ, sang de mon divin maître, je reconnais là tes mérites ! Tu sauveras sans doute ce jeune homme. Mon Dieu, achève ton ouvrage. Rends la paix à cette âme troublée, et ne lui laisse de ses malheurs, que d'humbles et utiles souvenirs."

« Le juste refusa de m'abandonner le corps de la fille de Lopez, mais il me proposa de faire venir ses néophytes, et de l'enterrer avec toute la pompe chrétienne ; je m'y refusai à mon tour. "Les malheurs et les vertus d'Atala, lui dis-je, ont été inconnus des hommes ; que sa tombe, creusée furtivement par nos mains, partage cette obscurité." Nous convînmes que nous partirions le lendemain au lever du soleil pour enterrer Atala sous l'arche du pont naturel, à l'entrée des Bocages de la mort. Il fut aussi résolu que nous passerions la nuit en prières auprès du corps de cette sainte.

« Vers le soir, nous transportâmes ses précieux restes
à une ouverture de la grotte, qui donnait vers le nord.
L'ermite les avait roulés dans une pièce de lin d'Europe,
filé par sa mère : c'était le seul bien qui lui restât de
sa patrie, et depuis longtemps il le destinait à son propre
tombeau. Atala était couchée sur un gazon de sensiti-
ves de montagnes ; ses pieds, sa tête, ses épaules et une
partie de son sein étaient découverts. On voyait dans
ses cheveux une fleur de magnolia fanée... celle-là
même que j'avais déposée sur le lit de la vierge, pour
la rendre féconde. Ses lèvres, comme un bouton de rose
cueilli depuis deux matins, semblaient languir et sourire. Dans ses joues d'une blancheur éclatante, on distinguait quelques veines bleues. Ses beaux yeux étaient
fermés, ses pieds modestes étaient joints, et ses mains
d'albâtre pressaient sur son cœur un crucifix d'ébène ;
le scapulaire de ses vœux était passé à son cou. Elle
paraissait enchantée par l'Ange de la mélancolie, et par
le double sommeil de l'innocence et de la tombe. Je n'ai
rien vu de plus céleste. Quiconque eût ignoré que cette
jeune fille avait joui de la lumière, aurait pu la prendre
pour la statue de la Virginité endormie.

« Le religieux ne cessa de prier toute la nuit. J'étais
assis en silence au chevet du lit funèbre de mon Atala.
Que de fois, durant son sommeil, j'avais supporté sur
mes genoux cette tête charmante ! Que de fois je
m'étais penché sur elle, pour entendre et pour respirer
son souffle ! Mais à présent aucun bruit ne sortait de
ce sein immobile, et c'était en vain que j'attendais le
réveil de la beauté !

« La lune prêta son pâle flambeau à cette veillée
funèbre. Elle se leva au milieu de la nuit, comme une
blanche vestale qui vient pleurer sur le cercueil d'une
compagne. Bientôt elle répandit dans les bois ce grand
secret de mélancolie, qu'elle aime à raconter aux vieux
chênes et aux rivages antiques des mers. De temps en
temps, le religieux plongeait un rameau fleuri dans une
eau consacrée, puis secouant la branche humide, il par-
fumait la nuit des baumes du ciel. Parfois il répétait

sur un air antique quelques vers d'un vieux poète nommé Job ; il disait :

« "J'ai passé comme une fleur ; j'ai séché comme l'herbe des champs.

« "Pourquoi la lumière a-t-elle été donnée à un misérable, et la vie à ceux qui sont dans l'amertume du cœur ?"

« Ainsi chantait l'ancien des hommes. Sa voix grave et un peu cadencée, allait roulant dans le silence des déserts. Le nom de Dieu et du tombeau sortait de tous les échos, de tous les torrents, de toutes les forêts. Les roucoulements de la colombe de Virginie, la chute d'un torrent dans la montagne, les tintements de la cloche qui appelait les voyageurs, se mêlaient à ces chants funèbres, et l'on croyait entendre dans les Bocages de la mort le chœur lointain des décédés, qui répondait à la voix du Solitaire.

« Cependant une barre d'or se forma dans l'Orient. Les éperviers criaient sur les rochers, et les martres rentraient dans le creux des ormes : c'était le signal du convoi d'Atala. Je chargeai le corps sur mes épaules ; l'ermite marchait devant moi, une bêche à la main. Nous commençâmes à descendre de rochers en rochers ; la vieillesse et la mort ralentissaient également nos pas. À la vue du chien qui nous avait trouvés dans la forêt, et qui maintenant, bondissant de joie, nous traçait une autre route, je me mis à fondre en larmes. Souvent la longue chevelure d'Atala, jouet des brises matinales, étendait son voile d'or sur mes yeux ; souvent pliant sous le fardeau, j'étais obligé de le déposer sur la mousse, et de m'asseoir auprès, pour reprendre des forces. Enfin, nous arrivâmes au lieu marqué par ma douleur ; nous descendîmes sous l'arche du pont. Ô mon fils, il eût fallu voir un jeune Sauvage et un vieil ermite, à genoux l'un vis-à-vis de l'autre dans un désert, creusant avec leurs mains un tombeau pour une pauvre fille dont le corps était étendu près de là, dans la ravine desséchée d'un torrent !

« Quand notre ouvrage fut achevé, nous transpor-

tâmes la beauté dans son lit d'argile. Hélas, j'avais
espéré de préparer une autre couche pour elle ! Prenant
alors un peu de poussière dans ma main, et gardant un
silence effroyable, j'attachai, pour la dernière fois, mes
yeux sur le visage d'Atala. Ensuite je répandis la terre
du sommeil sur un front de dix-huit printemps ; je vis
graduellement disparaître les traits de ma sœur, et ses
grâces se cacher sous le rideau de l'éternité ; son sein
surmonta quelque temps le sol noirci, comme un lis
blanc s'élève du milieu d'une sombre argile : ''Lopez,
m'écriai-je alors, vois ton fils inhumer ta fille !'' et
j'achevai de couvrir Atala de la terre du sommeil.

« Nous retournâmes à la grotte, et je fis part au missionnaire du projet que j'avais formé de me fixer près
de lui. Le saint, qui connaissait merveilleusement le
cœur de l'homme, découvrit ma pensée et la ruse de
ma douleur. Il me dit : ''Chactas, fils d'Outalissi, tandis qu'Atala a vécu, je vous ai sollicité moi-même de
demeurer auprès de moi ; mais à présent votre sort est
changé : vous vous devez à votre patrie. Croyez-moi,
mon fils, les douleurs ne sont point éternelles ; il faut
tôt ou tard qu'elles finissent, parce que le cœur de
l'homme est fini ; c'est une de nos grandes misères :
nous ne sommes pas même capables d'être longtemps
malheureux. Retournez au Meschacebé : allez consoler
votre mère, qui vous pleure tous les jours, et qui a
besoin de votre appui. Faites-vous instruire dans la religion de votre Atala, lorsque vous en trouverez l'occasion, et souvenez-vous que vous lui avez promis d'être
vertueux et chrétien. Moi, je veillerai ici sur son tombeau. Partez, mon fils. Dieu, l'âme de votre sœur, et
le cœur de votre vieil ami vous suivront.''

« Telles furent les paroles de l'homme du rocher ;
son autorité était trop grande, sa sagesse trop profonde,
pour ne lui obéir pas. Dès le lendemain, je quittai mon
vénérable hôte qui, me pressant sur son cœur, me
donna ses derniers conseils, sa dernière bénédiction et
ses dernières larmes. Je passai au tombeau ; je fus
surpris d'y trouver une petite croix qui se montrait

au-dessus de la mort, comme on aperçoit encore le mât d'un vaisseau qui a fait naufrage. Je jugeai que le Solitaire était venu prier au tombeau, pendant la nuit ; cette marque d'amitié et de religion fit couler mes pleurs en abondance. Je fus tenté de rouvrir la fosse, et de voir encore une fois ma bien-aimée ; une crainte religieuse me retint. Je m'assis sur la terre, fraîchement remuée. Un coude appuyé sur mes genoux, et la tête soutenue dans ma main, je demeurai enseveli dans la plus amère rêverie. Ô René, c'est là que je fis, pour la première fois, des réflexions sérieuses sur la vanité de nos jours, et la plus grande vanité de nos projets ! Eh ! mon enfant, qui ne les a point faites ces réflexions ! Je ne suis plus qu'un vieux cerf blanchi par les hivers ; mes ans le disputent à ceux de la corneille : eh bien ! malgré tant de jours accumulés sur ma tête, malgré une si longue expérience de la vie, je n'ai point encore rencontré d'homme qui n'eût été trompé dans ses rêves de félicité, point de cœur qui n'entretînt une plaie cachée. Le cœur le plus serein en apparence ressemble au puits naturel de la savane Alachua : la surface en paraît calme et pure, mais quand vous regardez au fond du bassin, vous apercevez un large crocodile, que le puits nourrit dans ses eaux.

« Ayant ainsi vu le soleil se lever et se coucher sur ce lieu de douleur, le lendemain au premier cri de la cigogne, je me préparai à quitter la sépulture sacrée. J'en partis comme de la borne d'où je voulais m'élancer dans la carrière de la vertu. Trois fois j'évoquai l'âme d'Atala ; trois fois le Génie du désert répondit à mes cris sous l'arche funèbre. Je saluai ensuite l'Orient, et je découvris au loin, dans les sentiers de la montagne, l'ermite qui se rendait à la cabane de quelque infortuné. Tombant à genoux et embrassant étroitement la fosse, je m'écriai : ''Dors en paix dans cette terre étrangère, fille trop malheureuse ! Pour prix de ton amour, de ton exil et de ta mort, tu vas être abandonnée, même de Chactas !'' Alors, versant des flots de larmes, je me séparai de la fille de Lopez, alors je m'arrachai de ces lieux, laissant au pied du monument de la nature, un monument plus auguste : l'humble tombeau de la vertu. »

ÉPILOGUE

Chactas, fils d'Outalissi, le Natché, a fait cette histoire à René l'Européen. Les pères l'ont redite aux enfants, et moi, voyageur aux terres lointaines, j'ai fidèlement rapporté ce que des Indiens m'en ont appris. Je vis dans ce récit le tableau du peuple chasseur et du peuple laboureur, la religion, première législatrice des hommes, les dangers de l'ignorance et de l'enthousiasme religieux, opposés aux lumières, à la charité et au véritable esprit de l'Évangile, les combats des passions et des vertus dans un cœur simple, enfin le triomphe du christianisme sur le sentiment le plus fougueux et la crainte la plus terrible, l'amour et la mort.

Quand un Siminole me raconta cette histoire, je la trouvai fort instructive et parfaitement belle, parce qu'il y mit la fleur du désert, la grâce de la cabane, et une simplicité à conter la douleur, que je ne me flatte pas d'avoir conservées. Mais une chose me restait à savoir. Je demandais ce qu'était devenu le père Aubry, et personne ne me le pouvait dire. Je l'aurais toujours ignoré, si la Providence qui conduit tout, ne m'avait découvert ce que je cherchais. Voici comment la chose se passa :

J'avais parcouru les rivages du Meschacebé, qui formaient autrefois la barrière méridionale de la Nouvelle-France, et j'étais curieux de voir au nord l'autre merveille de cet empire, la cataracte de Niagara. J'étais arrivé tout près de cette chute, dans l'ancien pays des

Agonnonsioni*, lorsqu'un matin, en traversant une
plaine, j'aperçus une femme assise sous un arbre, et
tenant un enfant mort sur ses genoux. Je m'approchai
doucement de la jeune mère, et je l'entendis qui disait :

« Si tu étais resté parmi nous, cher enfant, comme
ta main eût bandé l'arc avec grâce ! Ton bras eût
dompté l'ours en fureur ; et sur le sommet de la montagne, tes pas auraient défié le chevreuil à la course.
Blanche hermine du rocher, si jeune être allé dans le
pays des âmes ! Comment feras-tu pour y vivre ! Ton
père n'y est point, pour t'y nourrir de sa chasse. Tu
auras froid, et aucun Esprit ne te donnera des peaux
pour te couvrir. Oh ! il faut que je me hâte de t'aller
rejoindre, pour te chanter des chansons, et te présenter
mon sein. »

Et la jeune mère chantait d'une voix tremblante,
balançait l'enfant sur ses genoux, humectait ses lèvres
du lait maternel, et prodiguait à la mort tous les soins
qu'on donne à la vie.

Cette femme voulait faire sécher le corps de son fils
sur les branches d'un arbre, selon la coutume indienne,
afin de l'emporter ensuite aux tombeaux de ses pères.
Elle dépouilla donc le nouveau-né, et respirant quelques instants sur sa bouche, elle dit : « Âme de mon
fils, âme charmante, ton père t'a créée jadis sur mes
lèvres par un baiser ; hélas, les miens n'ont pas le pouvoir de te donner une seconde naissance ! » Ensuite elle
découvrit son sein, et embrassa ces restes glacés, qui
se fussent ranimés au feu du cœur maternel, si Dieu
ne s'était réservé le souffle qui donne la vie.

Elle se leva, et chercha des yeux un arbre sur les branches duquel elle pût exposer son enfant. Elle choisit un
érable à fleurs rouges, festonné de guirlandes d'apios,
et qui exhalait les parfums les plus suaves. D'une main
elle en abaissa les rameaux inférieurs, de l'autre elle y
plaça le corps ; laissant alors échapper la branche, la

_____
* Les Iroquois.

branche retourna à sa position naturelle, emportant la
dépouille de l'innocence, cachée dans un feuillage odo-
rant. Oh ! que cette coutume indienne est touchante !
Je vous ai vus dans vos campagnes désolées, pompeux
monuments des Crassus et des Césars, et je vous pré-
fère encore ces tombeaux aériens du Sauvage, ces mausolées de fleurs et de verdure que parfume l'abeille, que
balance le zéphyr, et où le rossignol bâtit son nid et
fait entendre sa plaintive mélodie. Si c'est la dépouille
d'une jeune fille que la main d'un amant a suspendue
à l'arbre de la mort ; si ce sont les restes d'un enfant
chéri qu'une mère a placés dans la demeure des petits
oiseaux, le charme redouble encore. Je m'approchai de
celle qui gémissait au pied de l'érable ; je lui imposai
les mains sur la tête, en poussant les trois cris de douleur. Ensuite, sans lui parler, prenant comme elle un
rameau, j'écartai les insectes qui bourdonnaient autour
du corps de l'enfant. Mais je me donnai de garde
d'effrayer une colombe voisine. L'Indienne lui disait :
« Colombe, si tu n'es pas l'âme de mon fils qui s'est
envolée, tu es, sans doute, une mère qui cherche quelque chose pour faire un nid. Prends de ces cheveux,
que je ne laverai plus dans l'eau d'esquine ; prends-en
pour coucher tes petits : puisse le grand Esprit te les
conserver ! »

Cependant la mère pleurait de joie en voyant la poli-
tesse de l'étranger. Comme nous faisions ceci, un jeune
homme approcha, et dit : « Fille de Céluta, retire notre
enfant, nous ne séjournerons pas plus longtemps ici et
nous partirons au premier soleil. » Je dis alors :
« Frère, je te souhaite un ciel bleu, beaucoup de chevreuils, un manteau de castor, et l'espérance. Tu n'es
donc pas de ce désert ? » « Non, répondit le jeune
homme, nous sommes des exilés, et nous allons chercher une patrie. » En disant cela, le guerrier baissa la
tête dans son sein, et avec le bout de son arc, il abat-
tait la tête des fleurs. Je vis qu'il y avait des larmes au
fond de cette histoire, et je me tus. La femme retira
son fils des branches de l'arbre, et elle le donna à

porter à son époux. Alors je dis : « Voulez-vous me permettre d'allumer votre feu cette nuit ? » « Nous n'avons point de cabane, reprit le guerrier ; si vous voulez nous suivre, nous campons au bord de la chute. » « Je le veux bien », répondis-je, et nous partîmes ensemble.

Nous arrivâmes bientôt au bord de la cataracte, qui s'annonçait par d'affreux mugissements. Elle est formée par la rivière Niagara, qui sort du lac Érié, et se jette dans le lac Ontario ; sa hauteur perpendiculaire est de cent quarante-quatre pieds. Depuis le lac Érié jusqu'au Saut, le fleuve accourt, par une pente rapide, et au moment de la chute, c'est moins un fleuve qu'une mer, dont les torrents se pressent à la bouche béante d'un gouffre. La cataracte se divise en deux branches, et se courbe en fer à cheval. Entre les deux chutes s'avance une île creusée en dessous, qui pend avec tous ses arbres sur le chaos des ondes. La masse du fleuve qui se précipite au midi, s'arrondit en un vaste cylindre, puis se déroule en nappe de neige, et brille au soleil de toutes les couleurs. Celle qui tombe au levant descend dans une ombre effrayante ; on dirait une colonne d'eau du déluge. Mille arcs-en-ciel se courbent et se croisent sur l'abîme. Frappant le roc ébranlé, l'eau rejaillit en tourbillons d'écume, qui s'élèvent au-dessus des forêts, comme les fumées d'un vaste embrasement. Des pins, des noyers sauvages, des rochers taillés en forme de fantômes, décorent la scène. Des aigles entraînés par le courant d'air, descendent en tournoyant au fond du gouffre ; et des carcajous se suspendent par leurs queues flexibles au bout d'une branche abaissée, pour saisir dans l'abîme, les cadavres brisés des élans et des ours.

Tandis qu'avec un plaisir mêlé de terreur je contemplais ce spectacle, l'Indienne et son époux me quittèrent. Je les cherchai en remontant le fleuve au-dessus de la chute, et bientôt je les trouvai dans un endroit convenable à leur deuil. Ils étaient couchés sur l'herbe avec des vieillards, auprès de quelques ossements humains enveloppés dans des peaux de bête. Étonné de tout ce que je voyais depuis quelques heures, je m'assis auprès de la jeune mère, et je lui dis : « Qu'est-ce que tout ceci, ma sœur ? » Elle me répondit : « Mon frère, c'est la terre de la patrie ; ce sont les cendres de nos aïeux, qui nous suivent dans notre exil. » « Et comment, m'écriai-je, avez-vous été réduits à un tel malheur ? » La fille de Céluta repartit : « Nous sommes les restes des Natchez. Après le massacre que les Français firent de notre nation pour venger leurs frères, ceux de nos frères qui échappèrent aux vainqueurs trouvèrent un asile chez les Chikassas nos voisins. Nous y sommes demeurés assez longtemps tranquilles ; mais il y a sept lunes que les blancs de la Virginie se sont emparés de nos terres, en disant qu'elles leur ont été données par un roi d'Europe. Nous avons levé les yeux au ciel, et chargés des restes de nos aïeux, nous avons pris notre route à travers le désert. Je suis accouchée pendant la marche ; et comme mon lait était mauvais, à cause de la douleur, il a fait mourir mon enfant. » En disant cela, la jeune mère essuya ses yeux avec sa chevelure ; je pleurais aussi.

Or, je dis bientôt : « Ma sœur, adorons le grand Esprit, tout arrive par son ordre. Nous sommes tous voyageurs ; nos pères l'ont été comme nous ; mais il y a un lieu où nous nous reposerons. Si je ne craignais d'avoir la langue aussi légère que celle d'un blanc, je vous demanderais si vous avez entendu parler de Chactas, le Natché ? » À ces mots, l'Indienne me regarda et me dit : « Qui est-ce qui vous a parlé de Chactas, le Natché ? » Je répondis : « C'est la sagesse. » L'Indienne reprit : « Je vous dirai ce que je sais, parce que vous avez éloigné les mouches du corps de mon fils, et que vous venez de dire de belles paroles sur le grand Esprit. Je suis la fille de la fille de René l'Européen, que Chactas avait adopté. Chactas, qui avait reçu le baptême, et René mon aïeul si malheureux, ont péri dans le massacre. » « L'homme va toujours de douleur en douleur, répondis-je en m'inclinant. Vous pourriez donc aussi m'apprendre des nouvelles du père Aubry ? » « Il n'a pas été plus heureux que Chactas, dit l'Indienne. Les Chéroquois, ennemis des Français, pénétrèrent à sa Mission ; ils y furent conduits par le son de la cloche qu'on sonnait pour secourir les voyageurs. Le père Aubry se pouvait sauver ; mais il ne voulut pas abandonner ses enfants, et il demeura pour les encourager à mourir, par son exemple. Il fut brûlé avec de grandes tortures ; jamais on ne put tirer de lui un cri qui tournât à la honte de son Dieu, ou au déshonneur de sa patrie. Il ne cessa, durant le supplice, de prier pour ses bourreaux, et de compatir au sort des victimes. Pour lui arracher une marque de faiblesse, les Chéroquois amenèrent à ses pieds un Sauvage chrétien, qu'ils avaient horriblement mutilé. Mais ils furent bien surpris, quand ils virent le jeune homme se jeter à genoux, et baiser les plaies du vieil ermite qui lui criait : "Mon enfant, nous avons été mis en spectacle aux anges et aux hommes." Les Indiens furieux lui plongèrent un fer rouge dans la gorge, pour l'empêcher de parler. Alors ne pouvant plus consoler les hommes, il expira.

« On dit que les Chéroquois, tout accoutumés qu'ils étaient à voir des Sauvages souffrir avec constance, ne purent s'empêcher d'avouer qu'il y avait dans l'humble courage du père Aubry, quelque chose qui leur était inconnu, et qui surpassait tous les courages de la terre. Plusieurs d'entre eux, frappés de cette mort, se sont faits chrétiens.

« Quelques années après, Chactas, à son retour de la terre des blancs, ayant appris les malheurs du chef de la prière, partit pour aller recueillir ses cendres et celles d'Atala. Il arriva à l'endroit où était située la Mission, mais il put à peine le reconnaître. Le lac s'était débordé, et la savane était changée en un marais ; le pont naturel, en s'écroulant, avait enseveli sous ses débris le tombeau d'Atala et les Bocages de la mort. Chactas erra longtemps dans ce lieu ; il visita la grotte du Solitaire qu'il trouva remplie de ronces et de fram-

boisiers, et dans laquelle une biche allaitait son faon.
Il s'assit sur le rocher de la Veillée de la mort, où il
ne vit que quelques plumes tombées de l'aile de l'oiseau
de passage. Tandis qu'il y pleurait, le serpent familier
du missionnaire sortit des broussailles voisines, et vint
s'entortiller à ses pieds. Chactas réchauffa dans son sein
ce fidèle ami, resté seul au milieu de ces ruines. Le fils
d'Outalissi a raconté que plusieurs fois aux approches
de la nuit, il avait cru voir les ombres d'Atala et du
père Aubry s'élever dans la vapeur du crépuscule. Ces
visions le remplirent d'une religieuse frayeur et d'une
joie triste.

« Après avoir cherché vainement le tombeau de sa
sœur et celui de l'ermite, il était près d'abandonner ces
lieux, lorsque la biche de la grotte se mit à bondir
devant lui. Elle s'arrêta au pied de la croix de la Mission. Cette croix était alors à moitié entourée d'eau ;
son bois était rongé de mousse, et le pélican du désert
aimait à se percher sur ses bras vermoulus. Chactas
jugea que la biche reconnaissante l'avait conduit au
tombeau de son hôte. Il creusa sous la roche qui jadis
servait d'autel, et il y trouva les restes d'un homme et
d'une femme. Il ne douta point que ce ne fussent ceux
du prêtre et de la vierge, que les anges avaient peut-
être ensevelis dans ce lieu ; il les enveloppa dans des
peaux d'ours, et reprit le chemin de son pays emportant les précieux restes, qui résonnaient sur ses épaules
comme le carquois de la mort. La nuit, il les mettait
sous sa tête, et il avait des songes d'amour et de vertu.
Ô étranger, tu peux contempler ici cette poussière avec
celle de Chactas lui-même ! »

Comme l'Indienne achevait de prononcer ces mots,
je me levai ; je m'approchai des cendres sacrées, et me
prosternai devant elles en silence. Puis m'éloignant à
grands pas, je m'écriai : « Ainsi passe sur la terre tout
ce qui fut bon, vertueux, sensible ! Homme, tu n'es
qu'un songe rapide, un rêve douloureux [1] : tu n'existes

---

1. Rappel de Pindare, huitième *Pythique*, v. 96.

que par le malheur ; tu n'es quelque chose que par la tristesse de ton âme et l'éternelle mélancolie de ta pensée ! »

Ces réflexions m'occupèrent toute la nuit. Le lendemain, au point du jour, mes hôtes me quittèrent. Les jeunes guerriers ouvraient la marche, et les épouses la fermaient ; les premiers étaient chargés des saintes reliques ; les secondes portaient leurs nouveau-nés ; les vieillards cheminaient lentement au milieu, placés entre leurs aïeux et leur postérité, entre les souvenirs et l'espérance, entre la patrie perdue et la patrie à venir. Oh ! que de larmes sont répandues, lorsqu'on abandonne ainsi la terre natale, lorsque du haut de la colline de l'exil, on découvre pour la dernière fois le toit où l'on fut nourri et le fleuve de la cabane, qui continue de couler tristement à travers les champs solitaires de la patrie !

Indiens infortunés que j'ai vus errer dans les déserts du Nouveau-Monde, avec les cendres de vos aïeux, vous qui m'aviez donné l'hospitalité malgré votre misère, je ne pourrais vous la rendre aujourd'hui, car j'erre, ainsi que vous, à la merci des hommes ; et moins heureux dans mon exil, je n'ai point emporté les os de mes pères.

RENÉ

publié 1802, républié 1805 (avec Atala)

En arrivant chez les Natchez, René avait été obligé de prendre une épouse, pour se conformer aux mœurs des Indiens, mais il ne vivait point avec elle. Un penchant mélancolique l'entraînait au fond des bois ; il y passait seul des journées entières, et semblait sauvage parmi des Sauvages. Hors Chactas, son père adoptif, et le père Souël[1], missionnaire au fort Rosalie*, il avait renoncé au commerce des hommes. Ces deux vieillards avaient pris beaucoup d'empire sur son cœur : le premier, par une indulgence aimable ; l'autre, au contraire, par une extrême sévérité. Depuis la chasse du castor, où le Sachem aveugle raconta ses aventures à René, celui-ci n'avait jamais voulu parler des siennes. Cependant Chactas et le missionnaire désiraient vivement connaître par quel malheur un Européen bien né avait été conduit à l'étrange résolution de s'ensevelir dans les déserts de la Louisiane. René avait toujours donné pour motifs de ses refus, le peu d'intérêt de son histoire qui se bornait, disait-il, à celle de ses pensées et de ses sentiments. « Quant à l'événement qui m'a déterminé à passer en Amérique, ajoutait-il, je le dois ensevelir dans un éternel oubli. »

Quelques années s'écoulèrent de la sorte, sans que les deux vieillards lui pussent arracher son secret. Une lettre qu'il reçut d'Europe, par le bureau des Missions étrangères, redoubla tellement sa tristesse, qu'il fuyait jusqu'à ses vieux amis. Ils n'en furent que plus ardents à le presser de leur ouvrir son cœur ; ils y mirent tant de discrétion, de douceur et d'autorité, qu'il fut enfin

---

1. Personnage historique. Né en 1695, ce jésuite arriva en Louisiane en 1726 et y fut massacré en 1729.
   * Colonie française aux Natchez.

obligé de les satisfaire. Il prit donc jour avec eux, pour leur raconter, non les aventures de sa vie, puisqu'il n'en avait point éprouvé, mais les sentiments secrets de son âme.

Le 21 de ce mois que les Sauvages appellent *la lune des fleurs*, René se rendit à la cabane de Chactas. Il donna le bras au Sachem, et le conduisit sous un sassafras, au bord du Meschacebé. Le père Souël ne tarda pas à arriver au rendez-vous. L'aurore se levait : à quelque distance dans la paine, on apercevait le village des Natchez, avec son bocage de mûriers, et ses cabanes qui ressemblent à des ruches d'abeilles. La colonie française et le fort Rosalie se montraient sur la droite, au bord du fleuve. Des tentes, des maisons à moitié bâties, des forteresses commencées, des défrichements couverts de Nègres, des groupes de blancs et d'Indiens, présentaient dans ce petit espace, le contraste des mœurs sociales et des mœurs sauvages. Vers l'Orient, au fond de la perspective, le soleil commençait à paraître entre les sommets brisés des Apalaches [1], qui se dessinaient comme des caractères d'azur, dans les hauteurs dorées du ciel ; à l'occident, le Meschacebé roulait ses ondes dans un silence magnifique, et formait la bordure du tableau avec une inconcevable grandeur.

Le jeune homme et le missionnaire admirèrent quelque temps cette belle scène, en plaignant le Sachem qui ne pouvait plus en jouir ; ensuite le père Souël et Chactas s'assirent sur le gazon, au pied de l'arbre ; René prit sa place au milieu d'eux, et après un moment de silence, il parla de la sorte à ses vieux amis :

« Je ne puis, en commençant mon récit, me défendre d'un mouvement de honte. La paix de vos cœurs, respectables vieillards, et le calme de la nature autour de moi, me font rougir du trouble et de l'agitation de mon âme.

1. En fait, cette chaîne montagneuse est située fort loin du Mississippi.

« Combien vous aurez pitié de moi ! Que mes éternelles inquiétudes vous paraîtront misérables ! Vous qui avez épuisé tous les chagrins de la vie, que penserez-vous d'un jeune homme sans force et sans vertu, qui trouve en lui-même son tourment, et ne peut guère se plaindre que des maux qu'il se fait à lui-même ? Hélas, ne le condamnez pas ; il a été trop puni !

« J'ai coûté la vie à ma mère en venant au monde, j'ai été tiré de son sein avec le fer. J'avais un frère que mon père bénit, parce qu'il voyait en lui son fils aîné. Pour moi, livré de bonne heure à des mains étrangères, je fus élevé loin du toit paternel.

« Mon humeur était impétueuse, mon caractère inégal. Tour à tour bruyant et joyeux, silencieux et triste, je rassemblais autour de moi mes jeunes compagnons ; puis, les abandonnant tout à coup, j'allais m'asseoir à l'écart, pour contempler la nue fugitive, ou entendre la pluie tomber sur le feuillage.

« Chaque automne, je revenais au château paternel, situé au milieu des forêts, près d'un lac, dans une province reculée.

« Timide et contraint devant mon père, je ne trouvais l'aise et le contentement qu'auprès de ma sœur Amélie. Une douce conformité d'humeur et de goûts m'unissait étroitement à cette sœur, elle était un peu plus âgée que moi. Nous aimions à gravir les coteaux ensemble, à voguer sur le lac, à parcourir les bois à la chute des feuilles : promenades dont le souvenir remplit encore mon âme de délices. Ô illusions de l'enfance et de la patrie, ne perdez-vous jamais vos douceurs !

« Tantôt nous marchions en silence, prêtant l'oreille au sourd mugissement de l'automne, ou au bruit des feuilles séchées que nous traînions tristement sous nos pas ; tantôt, dans nos jeux innocents, nous poursuivions l'hirondelle dans la prairie, l'arc-en-ciel sur les collines pluvieuses ; quelquefois aussi nous murmurions des vers que nous inspirait le spectacle de la nature. Jeune, je cultivais les Muses ; il n'y a rien de plus poétique, dans la fraîcheur de ses passions, qu'un cœur de seize années. Le matin de la vie est comme le matin du jour, plein de pureté, d'images et d'harmonies.

« Les dimanches et les jours de fête, j'ai souvent entendu, dans le grand bois, à travers les arbres, les sons de la cloche lointaine qui appelait au temple l'homme des champs. Appuyé contre le tronc d'un ormeau, j'écoutais en silence le pieux murmure. Chaque frémissement de l'airain portait à mon âme naïve l'innocence des mœurs champêtres, le calme de la solitude, le charme de la religion, et la délectable mélancolie des souvenirs de ma première enfance. Oh ! quel cœur si mal fait n'a tressailli au bruit des cloches de son lieu natal, de ces cloches qui frémirent de joie sur son berceau, qui annoncèrent son avènement à la vie, qui marquèrent le premier battement de son cœur, qui publièrent dans tous les lieux d'alentour la sainte allégresse de son père, les douleurs et les joies encore plus ineffables de sa mère ? Tout se trouve dans les rêveries enchantées où nous plonge le bruit de la cloche natale : religion, famille, patrie, et le berceau et la tombe, et le passé et l'avenir.

« Il est vrai qu'Amélie et moi nous jouissions plus que personne de ces idées graves et tendres, car nous avions tous les deux un peu de tristesse au fond du cœur : nous tenions cela de Dieu ou de notre mère.

« Cependant mon père fut atteint d'une maladie qui le conduisit en peu de jours au tombeau. Il expira dans mes bras. J'appris à connaître la mort sur les lèvres de celui qui m'avait donné la vie. Cette impression fut grande ; elle dure encore. C'est la première fois que l'immortalité de l'âme s'est présentée clairement à mes yeux. Je ne pus croire que ce corps inanimé était en moi l'auteur de la pensée : je sentis qu'elle me devait venir d'une autre source ; et dans une sainte douleur qui approchait de la joie, j'espérai me rejoindre un jour à l'esprit de mon père.

« Un autre phénomène me confirma dans cette haute idée. Les traits paternels avaient pris au cercueil quelque chose de sublime. Pourquoi cet étonnant

mystère ne serait-il pas l'indice de notre immortalité ?
Pourquoi la mort, qui sait tout, n'aurait-elle pas gravé
sur le front de sa victime les secrets d'un autre univers ?
Pourquoi n'y aurait-il pas dans la tombe quelque
grande vision de l'éternité ? elle est triste

« Amélie, accablée de douleur, était retirée au fond
d'une tour, d'où elle entendit retentir, sous les voûtes
du château gothique, le chant des prêtres du convoi,
et les sons de la cloche funèbre. tower - le Moyen Age

« J'accompagnai mon père à son dernier asile ; la
terre se referma sur sa dépouille ; l'éternité et l'oubli
le pressèrent de tout leur poids : le soir même l'indifférent passait sur sa tombe ; hors pour sa fille et pour
son fils, c'était déjà comme s'il n'avait jamais été.

« Il fallut quitter le toit paternel, devenu l'héritage
de mon frère : je me retirai avec Amélie chez de vieux
parents.

« Arrêté à l'entrée des voies trompeuses de la vie,
je les considérais l'une après l'autre sans m'y oser engager. Amélie m'entretenait souvent du bonheur de la vie
religieuse ; elle me disait que j'étais le seul lien qui la
retînt dans le monde, et ses yeux s'attachaient sur moi
avec tristesse.

« Le cœur ému par ces conversations pieuses, je portais souvent mes pas vers un monastère voisin de mon
nouveau séjour ; un moment même j'eus la tentation
d'y cacher ma vie. Heureux ceux qui ont fini leur
voyage sans avoir quitté le port, et qui n'ont point,
comme moi, traîné d'inutiles jours sur la terre !

« Les Européens, incessamment agités, sont obligés
de se bâtir des solitudes. Plus notre cœur est tumul-
tueux et bruyant, plus le calme et le silence nous
attirent. Ces hospices de mon pays, ouverts aux malheureux et aux faibles, sont souvent cachés dans des
vallons qui portent au cœur le vague sentiment de
l'infortune et l'espérance d'un abri ; quelquefois aussi
on les découvre sur de hauts sites où l'âme religieuse,
comme une plante des montagnes, semble s'élever vers
le ciel pour lui offrir ses parfums.

René veut le solitude

« Je vois encore le mélange majestueux des eaux et des bois de cette antique abbaye où je pensai dérober ma vie aux caprices du sort ; j'erre encore au déclin du jour dans ces cloîtres retentissants et solitaires. Lorsque la lune éclairait à demi les piliers des arcades, et dessinait leur ombre sur le mur opposé, je m'arrêtais à contempler la croix qui marquait le champ de la mort, et les longues herbes qui croissaient entre les pierres des tombes. Ô hommes, qui ayant vécu loin du monde avez passé du silence de la vie au silence de la mort, de quel dégoût de la terre vos tombeaux ne remplissaient-ils point mon cœur !

« Soit inconstance naturelle, soit préjugé contre la vie monastique, je changeai mes desseins ; je me résolus à voyager. Je dis adieu à ma sœur ; elle me serra dans ses bras avec un mouvement qui ressemblait à de la joie, comme si elle eût été heureuse de me quitter ; je ne pus me défendre d'une réflexion amère sur l'inconséquence des amitiés humaines.

« Cependant, plein d'ardeur, je m'élançai seul sur cet orageux océan du monde, dont je ne connaissais ni les ports, ni les écueils. Je visitai d'abord les peuples qui ne sont plus : je m'en allai m'asseyant sur les débris de Rome et de la Grèce, pays de forte et d'ingénieuse mémoire, où les palais sont ensevelis dans la poudre, et les mausolées des rois cachés sous les ronces. Force de la nature, et faiblesse de l'homme ! un brin d'herbe perce souvent le marbre le plus dur de ces tombeaux, que tous ces morts, si puissants, ne soulèveront jamais !

« Quelquefois une haute colonne se montrait seule debout dans un désert, comme une grande pensée s'élève, par intervalles, dans une âme que le temps et le malheur ont dévastée.

« Je méditai sur ces monuments dans tous les accidents et à toutes les heures de la journée. Tantôt ce même soleil qui avait vu jeter les fondements de ces cités, se couchait majestueusement, à mes yeux, sur leurs ruines ; tantôt la lune se levant dans un ciel pur, entre deux urnes cinéraires à moitié brisées, me montrait les pâles tombeaux. Souvent aux rayons de cet astre qui alimente les rêveries, j'ai cru voir le Génie des souvenirs, assis tout pensif à mes côtés.

« Mais je me lassai de fouiller dans des cercueils, où je ne remuais trop souvent qu'une poussière criminelle.

« Je voulus voir si les races vivantes m'offriraient plus de vertus, ou moins de malheurs que les races évanouies. Comme je me promenais un jour dans une grande cité, en passant derrière un palais, dans une cour retirée et déserte, j'aperçus une statue qui indiquait du doigt un lieu fameux par un sacrifice*. Je fus frappé du silence de ces lieux ; le vent seul gémissait autour du marbre tragique. Des manœuvres étaient couchés avec indifférence au pied de la statue, ou taillaient des pierres en sifflant. Je leur demandai ce que signifiait ce monument : les uns purent à peine me le dire, les autres ignoraient la catastrophe qu'il retraçait. Rien ne m'a plus donné la juste mesure des événements de la vie, et du peu que nous sommes. Que sont devenus ces personnages qui firent tant de bruit ? Le temps a fait un pas, et la face de la terre a été renouvelée.

« Je recherchai surtout dans mes voyages les artistes et ces hommes divins qui chantent les dieux sur la lyre, et la félicité des peuples qui honorent les lois, la religion et les tombeaux.

« Ces chantres sont de race divine, ils possèdent le seul talent incontestable dont le ciel ait fait présent à la terre. Leur vie est à la fois naïve et sublime; ils célèbrent les dieux avec une bouche d'or, et sont les plus simples des hommes ; ils causent comme des immortels ou comme de petits enfants ; ils expliquent les lois de l'univers, et ne peuvent comprendre les affaires les plus innocentes de la vie ; ils ont des idées merveilleuses de la mort, et meurent sans s'en apercevoir, comme des nouveau-nés.

* À Londres, derrière White-Hall, la statue de Jacques II.

« Sur les monts de la Calédonie [1], le dernier barde qu'on ait ouï dans ces déserts me chanta les poèmes dont un héros consolait jadis sa vieillesse. Nous étions assis sur quatre pierres rongées de mousse ; un torrent coulait à nos pieds ; le chevreuil paissait à quelque distance parmi les débris d'une tour, et le vent des mers sifflait sur la bruyère de Cona. Maintenant la religion chrétienne, fille aussi des hautes montagnes, a placé des croix sur les monuments des héros de Morven, et touché la harpe de David [2], au bord du même torrent où Ossian fit gémir la sienne. Aussi pacifique que les divinités de Selma étaient guerrières, elle garde des troupeaux où Fingal livrait des combats, et elle a répandu des anges de paix dans les nuages qu'habitaient des fantômes homicides.

« L'ancienne et riante Italie m'offrit la foule de ses chefs-d'œuvre. Avec quelle sainte et poétique horreur j'errais dans ces vastes édifices consacrés par les arts à la religion ! Quel labyrinthe de colonnes ! Quelle succession d'arches et de voûtes ! Qu'ils sont beaux ces bruits qu'on entend autour des dômes, semblables aux rumeurs des flots dans l'Océan, aux murmures des vents dans les forêts, ou à la voix de Dieu dans son temple ! L'architecte bâtit, pour ainsi dire, les idées du poète, et les fait toucher aux sens.

« Cependant qu'avais-je appris jusqu'alors avec tant de fatigue ? Rien de certain parmi les anciens, rien de beau parmi les modernes. Le passé et le présent sont deux statues incomplètes : l'une a été retirée toute mutilée du débris des âges ; l'autre n'a pas encore reçu sa perfection de l'avenir.

« Mais peut-être, mes vieux amis, vous surtout, habitants du désert, êtes-vous étonnés que, dans ce récit de mes voyages, je ne vous aie pas une seule fois entretenus des monuments de la nature ?

---

1. En Écosse, lieu des poésies attribuées à Ossian par Macpherson.
2. Souvent représenté avec sa harpe, le roi David symbolise la poésie lyrique.

« Un jour, j'étais monté au sommet de l'Etna, volcan qui brûle au milieu d'une île. Je vis le soleil se lever dans l'immensité de l'horizon au-dessous de moi, la Sicile resserrée comme un point à mes pieds, et la mer déroulée au loin dans les espaces. Dans cette vue perpendiculaire du tableau, les fleuves ne me semblaient plus que des lignes géographiques tracées sur une carte ; mais tandis que d'un côté mon œil apercevait ces objets, de l'autre il plongeait dans le cratère de l'Etna, dont je découvrais les entrailles brûlantes, entre les bouffées d'une noire vapeur.

« Un jeune homme plein de passions, assis sur la bouche d'un volcan, et pleurant sur les mortels dont à peine il voyait à ses pieds les demeures, n'est sans doute, ô vieillards, qu'un objet digne de votre pitié ; mais quoi que vous puissiez penser de René, ce tableau vous offre l'image de son caractère et de son existence : c'est ainsi que toute ma vie j'ai eu devant les yeux une création à la fois immense et imperceptible, et un abîme ouvert à mes côtés. »

En prononçant ces derniers mots, René se tut et tomba subitement dans la rêverie. Le père Souël le regardait avec étonnement, et le vieux Sachem aveugle, qui n'entendait plus parler le jeune homme, ne savait que penser de ce silence.

René avait les yeux attachés sur un groupe d'Indiens qui passaient gaiement dans la plaine. Tout à coup sa physionomie s'attendrit, des larmes coulent de ses yeux, il s'écrie :

« Heureux Sauvages ! Oh ! que ne puis-je jouir de la paix qui vous accompagne toujours ! Tandis qu'avec si peu de fruit je parcourais tant de contrées, vous, assis tranquillement sous vos chênes, vous laissiez couler les jours sans les compter. Votre raison n'était que vos besoins, et vous arriviez, mieux que moi, au résultat de la sagesse, comme l'enfant, entre les jeux et le sommeil. Si cette mélancolie qui s'engendre de l'excès du bonheur atteignait quelquefois votre âme, bientôt

vous sortiez de cette tristesse passagère, et votre regard
levé vers le ciel cherchait avec attendrissement ce je ne
sais quoi inconnu, qui prend pitié du pauvre Sauvage. »

Ici la voix de René expira de nouveau, et le jeune
homme pencha la tête sur sa poitrine. Chactas, étendant le bras dans l'ombre, et prenant le bras de son
fils, lui cria d'un ton ému : « Mon fils ! mon cher
fils ! » À ces accents, le frère d'Amélie revenant à lui,
et rougissant de son trouble, pria son père de lui pardonner.

Alors le vieux Sauvage : « Mon jeune ami, les mouvements d'un cœur comme le tien ne sauraient être
égaux ; modère seulement ce caractère qui t'a déjà fait
tant de mal. Si tu souffres plus qu'un autre des choses
de la vie, il ne faut pas t'en étonner ; une grande âme
doit contenir plus de douleurs qu'une petite. Continue
ton récit. Tu nous as fait parcourir une partie de
l'Europe, fais-nous connaître ta patrie. Tu sais que j'ai
vu la France, et quels liens m'y ont attaché ; j'aimerai
à entendre parler de ce grand Chef*, qui n'est plus, et
dont j'ai visité la superbe cabane. Mon enfant, je ne
vis plus que par la mémoire. Un vieillard avec ses souvenirs ressemble au chêne décrépit de nos bois : ce
chêne ne se décore plus de son propre feuillage, mais
il couvre quelquefois sa nudité des plantes étrangères
qui ont végété sur ses antiques rameaux. »

Le frère d'Amélie, calmé par ces paroles, reprit ainsi
l'histoire de son cœur :

« Hélas ! mon père, je ne pourrai t'entretenir de ce
grand siècle dont je n'ai vu que la fin dans mon
enfance, et qui n'était plus lorsque je rentrai dans ma
patrie. Jamais un changement plus étonnant et plus
soudain ne s'est opéré chez un peuple. De la hauteur
du génie, du respect pour la religion, de la gravité des

* Louis XIV.

[annotation manuscrite en haut de page : « il s'agit de la Révolution Français, mais il est un aristocrate pour lui, le Rev représent le corruptio... »]

mœurs, tout était subitement descendu à la souplesse de l'esprit, à l'impiété, à la corruption.

« C'était donc bien vainement que j'avais espéré retrouver dans mon pays de quoi calmer cette inquiétude, cette ardeur de désir qui me suit partout. L'étude du monde ne m'avait rien appris, et pourtant je n'avais plus la douceur de l'ignorance.

« Ma sœur, par une conduite inexplicable, semblait se plaire à augmenter mon ennui ; elle avait quitté Paris quelques jours avant mon arrivée. Je lui écrivis que je comptais l'aller rejoindre ; elle se hâta de me répondre pour me détourner de ce projet, sous prétexte qu'elle était incertaine du lieu où l'appelleraient ses affaires. Quelles tristes réflexions ne fis-je point alors sur l'amitié, que la présence attiédit, que l'absence efface, qui ne résiste point au malheur, et encore moins à la prospérité !

« Je me trouvai bientôt plus isolé dans ma patrie que je ne l'avais été sur une terre étrangère. Je voulus me jeter pendant quelque temps dans un monde qui ne me disait rien et qui ne m'entendait pas. Mon âme, qu'aucune passion n'avait encore usée, cherchait un objet qui pût l'attacher ; mais je m'aperçus que je donnais plus que je ne recevais. Ce n'était ni un langage élevé, ni un sentiment profond qu'on demandait de moi. Je n'étais occupé qu'à rapetisser ma vie, pour la mettre au niveau de la société. Traité partout d'esprit romanesque, honteux du rôle que je jouais, dégoûté de plus en plus des choses et des hommes, je pris le parti de me retirer dans un faubourg pour y vivre totalement ignoré [1].

« Je trouvai d'abord assez de plaisir dans cette vie obscure et indépendante. Inconnu, je me mêlais à la foule : vaste désert d'hommes !

« Souvent assis dans une église peu fréquentée, je passais des heures entières en méditation. Je voyais

---

1. Sans obligation sociale.

◆◆ Voir *Au fil du texte*, p. X.

de pauvres femmes venir se prosterner devant le Très-Haut, ou des pécheurs s'agenouiller au tribunal de la pénitence. Nul ne sortait de ces lieux sans un visage plus serein, et les sourdes clameurs qu'on entendait au-dehors semblaient être les flots des passions et les orages du monde, qui venaient expirer au pied du temple du Seigneur. Grand Dieu, qui vis en secret couler mes larmes dans ces retraites sacrées, tu sais combien de fois je me jetai à tes pieds, pour te supplier de me décharger du poids de l'existence, ou de changer en moi le vieil homme ! Ah ! qui n'a senti quelquefois le besoin de se régénérer, de se rajeunir aux eaux du torrent, de retremper son âme à la fontaine de vie ? Qui ne se trouve quelquefois accablé du fardeau de sa propre corruption, et incapable de rien faire de grand, de noble, de juste ?

« Quand le soir était venu, reprenant le chemin de ma retraite, je m'arrêtais sur les ponts pour voir se coucher le soleil. L'astre, enflammant les vapeurs de la cité, semblait osciller lentement dans un fluide d'or, comme le pendule de l'horloge des siècles. Je me retirais ensuite avec la nuit, à travers un labyrinthe de rues solitaires. En regardant les lumières qui brillaient dans la demeure des hommes, je me transportais par la pensée au milieu des scènes de douleur et de joie qu'elles éclairaient ; et je songeais que sous tant de toits habités je n'avais pas un ami. Au milieu de mes réflexions, l'heure venait frapper à coups mesurés dans la tour de la cathédrale gothique ; elle allait se répétant sur tous les tons et à toutes les distances d'église en église. Hélas ! chaque heure dans la société ouvre un tombeau, et fait couler des larmes.

« Cette vie, qui m'avait d'abord enchanté, ne tarda pas à me devenir insupportable. Je me fatiguai de la répétition des mêmes scènes et des mêmes idées. Je me mis à sonder mon cœur, à me demander ce que je désirais. Je ne le savais pas ; mais je crus tout à coup que les bois me seraient délicieux. Me voilà soudain résolu d'achever, dans un exil champêtre, une carrière à peine commencée, et dans laquelle j'avais déjà dévoré des siècles.

« J'embrassai ce projet avec l'ardeur que je mets à tous mes desseins ; je partis précipitamment pour m'ensevelir dans une chaumière, comme j'étais parti autrefois pour faire le tour du monde.

« On m'accuse d'avoir des goûts inconstants, de ne pouvoir jouir longtemps de la même chimère, d'être la proie d'une imagination qui se hâte d'arriver au fond de mes plaisirs, comme si elle était accablée de leur durée ; on m'accuse de passer toujours le but que je puis atteindre : hélas ! je cherche seulement un bien inconnu, dont l'instinct me poursuit. Est-ce ma faute, si je trouve partout les bornes, si ce qui est fini n'a pour moi aucune valeur ? Cependant je sens que j'aime la monotonie des sentiments de la vie, et si j'avais encore la folie de croire au bonheur, je le chercherais dans l'habitude.

« La solitude absolue, le spectacle de la nature, me plongèrent bientôt dans un état presque impossible à décrire. Sans parents, sans amis, pour ainsi dire seul sur la terre, n'ayant point encore aimé, j'étais accablé d'une surabondance de vie. Quelquefois je rougissais subitement, et je sentais couler dans mon cœur comme des ruisseaux d'une lave ardente ; quelquefois je poussais des cris involontaires, et la nuit était également troublée de mes songes et de mes veilles. Il me manquait quelque chose pour remplir l'abîme de mon existence : je descendais dans la vallée, je m'élevais sur la montagne, appelant de toute la force de mes désirs l'idéal objet d'une flamme future ; je l'embrassais dans les vents ; je croyais l'entendre dans les gémissements du fleuve : tout était ce fantôme imaginaire, et les astres dans les cieux, et le principe même de vie dans l'univers.

« Toutefois cet état de calme et de trouble, d'indigence et de richesse, n'était pas sans quelques charmes. Un jour je m'étais amusé à effeuiller une branche de saule sur un ruisseau, et à attacher une idée à chaque feuille que le courant entraînait. Un roi qui craint de perdre sa couronne par une révolution subite, ne ressent pas des angoisses plus vives que les miennes, à chaque accident qui menaçait les débris de mon rameau. Ô faiblesse des mortels ! Ô enfance du cœur humain qui ne vieillit jamais ! Voilà donc à quel degré de puérilité notre superbe raison peut descendre ! Et encore est-il vrai que bien des hommes attachent leur destinée à des choses d'aussi peu de valeur que mes feuilles de saule.

« Mais comment exprimer cette foule de sensations fugitives que j'éprouvais dans mes promenades ? Les sons que rendent les passions dans le vide d'un cœur solitaire, ressemblent au murmure que les vents et les eaux font entendre dans le silence d'un désert : on en jouit, mais on ne peut les peindre.

« L'automne me surprit au milieu de ces incertitudes : j'entrai avec ravissement dans les mois des tempêtes. Tantôt j'aurais voulu être un de ces guerriers errant au milieu des vents, des nuages et des fantômes ; tantôt j'enviais jusqu'au sort du pâtre que je voyais réchauffer ses mains à l'humble feu de broussailles qu'il avait allumé au coin d'un bois. J'écoutais ses chants mélancoliques, qui me rappelaient que dans tout pays, le chant naturel de l'homme est triste, lors même qu'il exprime le bonheur. Notre cœur est un instrument incomplet, une lyre où il manque des cordes, et où nous sommes forcés de rendre les accents de la joie sur le ton consacré aux soupirs.

« Le jour, je m'égarais sur de grandes bruyères terminées par des forêts. Qu'il fallait peu de choses à ma rêverie ! une feuille séchée que le vent chassait devant moi, une cabane dont la fumée s'élevait dans la cime dépouillée des arbres, la mousse qui tremblait au souffle du nord sur le tronc d'un chêne, une roche écartée, un étang désert où le jonc flétri murmurait ! Le clocher solitaire, s'élevant au loin dans la vallée, a souvent attiré mes regards ; souvent j'ai suivi des yeux les oiseaux de passage qui volaient au-dessus de ma tête. Je me figurais les bords ignorés, les climats lointains où ils se rendent ; j'aurais voulu être sur leurs ailes. Un secret instinct me tourmentait ; je sentais que je n'étais moi-même qu'un voyageur ; mais une voix du ciel semblait me dire : "Homme, la saison de ta migration n'est pas encore venue ; attends que le vent de la mort se lève, alors tu déploieras ton vol vers ces régions inconnues que ton cœur demande."

« "Levez-vous vite, orages désirés, qui devez emporter René dans les espaces d'une autre vie !" Ainsi disant, je marchais à grands pas, le visage enflammé, le vent sifflant dans ma chevelure, ne sentant ni pluie ni frimas, enchanté, tourmenté, et comme possédé par le démon de mon cœur.

« La nuit, lorsque l'aquilon ébranlait ma chaumière, que les pluies tombaient en torrent sur mon toit, qu'à travers ma fenêtre je voyais la lune sillonner les nuages amoncelés, comme un pâle vaisseau qui laboure les vagues, il me semblait que la vie redoublait au fond de mon cœur, que j'aurais eu la puissance de créer des mondes. Ah ! si j'avais pu faire partager à une autre les transports que j'éprouvais ! Ô Dieu ! si tu m'avais donné une femme selon mes désirs ; si, comme à notre premier père, tu m'eusses amené par la main une Ève tirée de moi-même... Beauté céleste ! je me serais prosterné devant toi ; puis, te prenant dans mes bras, j'aurais prié l'Éternel de te donner le reste de ma vie.

« Hélas ! j'étais seul, seul sur la terre ! Une langueur secrète s'emparait de mon corps. Ce dégoût de la vie que j'avais ressenti dès mon enfance revenait avec une force nouvelle. Bientôt mon cœur ne fournit plus d'aliment à ma pensée, et je ne m'apercevais de mon existence que par un profond sentiment d'ennui.

« Je luttai quelque temps contre mon mal, mais avec indifférence et sans avoir la ferme résolution de le vaincre. Enfin, ne pouvant trouver de remède à cette étrange blessure de mon cœur, qui n'était nulle part et qui était partout, je résolus de quitter la vie.

« Prêtre du Très-Haut, qui m'entendez, pardonnez à un malheureux que le ciel avait presque privé de la raison. J'étais plein de religion, et je raisonnais en impie ; mon cœur aimait Dieu, et mon esprit le méconnaissait ; ma conduite, mes discours, mes sentiments, mes pensées, n'étaient que contradiction, ténèbres, mensonges. Mais l'homme sait-il bien toujours ce qu'il veut, est-il toujours sûr de ce qu'il pense ?

« Tout m'échappait à la fois, l'amitié, le monde, la retraite. J'avais essayé de tout, et tout m'avait été fatal. Repoussé par la société, abandonné d'Amélie, quand la solitude vint à me manquer, que me restait-il ? C'était la dernière planche sur laquelle j'avais espéré me sauver, et je la sentais encore s'enfoncer dans l'abîme !

« Décidé que j'étais à me débarrasser du poids de la vie, je résolus de mettre toute ma raison dans cet acte insensé. Rien ne me pressait : je ne fixai point le moment du départ, afin de savourer à longs traits les derniers moments de l'existence, et de recueillir toutes mes forces, à l'exemple d'un ancien, pour sentir mon âme s'échapper [1].

« Cependant je crus nécessaire de prendre des arrangements concernant ma fortune, et je fus obligé d'écrire à Amélie. Il m'échappa quelques plaintes sur son oubli, et je laissai sans doute percer l'attendrissement qui surmontait peu à peu mon cœur. Je m'imaginais pourtant avoir bien dissimulé mon secret ; mais ma sœur, accoutumée à lire dans les replis de mon âme, le devina sans peine. Elle fut alarmée du ton de contrainte qui régnait dans ma lettre, et de mes questions sur des affaires dont je ne m'étais jamais occupé. Au lieu de me répondre, elle me vint tout à coup surprendre.

« Pour bien sentir quelle dut être dans la suite l'amertume de ma douleur, et quels furent mes premiers transports en revoyant Amélie, il faut vous figurer que c'était la seule personne au monde que j'eusse aimée, que tous mes sentiments se venaient confondre en elle, avec la

1. Propos de Canus Julius rapportés par Sénèque (*De Tranquillitate animi*, XIV, 9).

douceur des souvenirs de mon enfance. Je reçus donc Amélie dans une sorte d'extase de cœur. Il y avait si longtemps que je n'avais trouvé quelqu'un qui m'entendît, et devant qui je pusse ouvrir mon âme !

« Amélie se jetant dans mes bras, me dit : "Ingrat, tu veux mourir, et ta sœur existe ! Tu soupçonnes son cœur ! Ne t'explique point, ne t'excuse point, je sais tout ; j'ai tout compris, comme si j'avais été avec toi. Est-ce moi que l'on trompe, moi, qui ai vu naître tes premiers sentiments ? Voilà ton malheureux caractère, tes dégoûts, tes injustices. Jure, tandis que je te presse sur mon cœur, jure que c'est la dernière fois que tu te livreras à tes folies ; fais le serment de ne jamais attenter à tes jours."

« En prononçant ces mots, Amélie me regardait avec compassion et tendresse, et couvrait mon front de ses baisers ; c'était presque une mère, c'était quelque chose de plus tendre. Hélas ! mon cœur se rouvrit à toutes les joies ; comme un enfant, je ne demandais qu'à être consolé ; je cédai à l'empire d'Amélie ; elle exigea un serment solennel ; je le fis sans hésiter, ne soupçonnant même pas que désormais je pusse être malheureux.

« Nous fûmes plus d'un mois à nous accoutumer à l'enchantement d'être ensemble. Quand le matin, au lieu de me trouver seul, j'entendais la voix de ma sœur, j'éprouvais un tressaillement de joie et de bonheur. Amélie avait reçu de la nature quelque chose de divin ; son âme avait les mêmes grâces innocentes que son corps ; la douceur de ses sentiments était infinie ; il n'y avait rien que de suave et d'un peu rêveur dans son esprit ; on eût dit que son cœur, sa pensée et sa voix soupiraient comme de concert ; elle tenait de la femme la timidité et l'amour, et de l'ange la pureté et la mélodie.

« Le moment était venu où j'allais expier toutes mes inconséquences. Dans mon délire j'avais été jusqu'à désirer d'éprouver un malheur, pour avoir du moins un objet réel de souffrance : épouvantable souhait que Dieu, dans sa colère, a trop exaucé !

« Que vais-je vous révéler, ô mes amis ! Voyez les pleurs qui coulent de mes yeux. Puis-je même... Il y a quelques jours, rien n'aurait pu m'arracher ce secret... À présent tout est fini !

« Toutefois, ô vieillards, que cette histoire soit à jamais ensevelie dans le silence : souvenez-vous qu'elle n'a été racontée que sous l'arbre du désert.

« L'hiver finissait, lorsque je m'aperçus qu'Amélie perdait le repos et la santé qu'elle commençait à me rendre. Elle maigrissait ; ses yeux se creusaient ; sa démarche était languissante, et sa voix troublée. Un jour, je la surpris tout en larmes au pied d'un crucifix. Le monde, la solitude, mon absence, ma présence, la nuit, le jour, tout l'alarmait. D'involontaires soupirs venaient expirer sur ses lèvres ; tantôt elle soutenait, sans se fatiguer, une longue course ; tantôt elle se traînait à peine ; elle prenait et laissait son ouvrage, ouvrait un livre sans pouvoir lire, commençait une phrase qu'elle n'achevait pas, fondait tout à coup en pleurs, et se retirait pour prier.

« En vain je cherchais à découvrir son secret. Quand je l'interrogeais, en la pressant dans mes bras, elle me répondait, avec un sourire, qu'elle était comme moi, qu'elle ne savait pas ce qu'elle avait.

« Trois mois se passèrent de la sorte, et son état devenait pire chaque jour. Une correspondance mystérieuse me semblait être la cause de ses larmes, car elle paraissait ou plus tranquille ou plus émue, selon les lettres qu'elle recevait. Enfin, un matin, l'heure à laquelle nous déjeunions ensemble étant passée, je monte à son appartement ; je frappe ; on ne me répond point ; j'entrouvre la porte, il n'y avait personne dans la chambre. J'aperçois sur la cheminée un paquet à mon adresse. Je le saisis en tremblant, je l'ouvre, et je lis cette lettre, que je conserve pour m'ôter à l'avenir tout mouvement de joie.

À RENÉ

« "Le Ciel m'est témoin, mon frère, que je donne-
rais mille fois ma vie pour vous épargner un moment
de peine ; mais, infortunée que je suis, je ne puis rien
pour votre bonheur. Vous me pardonnerez donc de
m'être dérobée de chez vous comme une coupable ; je
n'aurais pu résister à vos prières, et cependant il fallait partir… Mon Dieu, ayez pitié de moi !

« Vous savez, René, que j'ai toujours eu du penchant
pour la vie religieuse ; il est temps que je mette à profit
les avertissements du Ciel. Pourquoi ai-je attendu si
tard ! Dieu m'en punit. J'étais restée pour vous dans
le monde… Pardonnez, je suis toute troublée par le chagrin que j'ai de vous quitter.

« C'est à présent, mon cher frère, que je sens bien
la nécessité de ces asiles, contre lesquels je vous ai vu
souvent vous élever. Il est des malheurs qui nous séparent pour toujours des hommes ; que deviendraient
alors de pauvres infortunées !… Je suis persuadée que
vous-même, mon frère, vous trouveriez le repos dans
ces retraites de la religion : la terre n'offre rien qui soit
digne de vous.

« Je ne vous rappellerai point votre serment : je
connais la fidélité de votre parole. Vous l'avez juré,
vous vivrez pour moi. Y a-t-il rien de plus misérable
que de songer sans cesse à quitter la vie ? Pour un
homme de votre caractère, il est si aisé de mourir !
Croyez-en votre sœur, il est plus difficile de vivre.

« Mais, mon frère, sortez au plus vite de la solitude,
qui ne vous est pas bonne ; cherchez quelque occupation. Je sais que vous riez amèrement de cette nécessité où l'on est en France de *prendre un état* [1]. Ne
méprisez pas tant l'expérience et la sagesse de nos pères.
Il vaut mieux, mon cher René, ressembler un peu plus

1. Choisir une profession.

au commun des hommes, et avoir un peu moins de malheur.

« Peut-être trouveriez-vous dans le mariage un soulagement à vos ennuis. Une femme, des enfants occuperaient vos jours. Et quelle est la femme qui ne chercherait pas à vous rendre heureux ! L'ardeur de votre âme, la beauté de votre génie, votre air noble et passionné, ce regard fier et tendre, tout vous assurerait de son amour et de sa fidélité. Ah ! avec quelles délices ne te presserait-elle pas dans ses bras et sur son cœur ! Comme tous ses regards, toutes ses pensées seraient attachés sur toi pour prévenir tes moindres peines ! Elle serait tout amour, toute innocence devant toi ; tu croirais retrouver une sœur.

« Je pars pour le couvent de… Ce monastère, bâti au bord de la mer, convient à la situation de mon âme. La nuit, du fond de ma cellule, j'entendrai le murmure des flots qui baignent les murs du couvent ; je songerai à ces promenades que je faisais avec vous, au milieu des bois, alors que nous croyions retrouver le bruit des mers dans la cime agitée des pins. Aimable compagnon de mon enfance, est-ce que je ne vous verrai plus ? À peine plus âgée que vous, je vous balançais dans votre berceau ; souvent nous avons dormi ensemble. Ah ! si un même tombeau nous réunissait un jour ! Mais non : je dois dormir seule sous les marbres glacés de ce sanctuaire où reposent pour jamais ces filles qui n'ont point aimé.

« Je ne sais si vous pourrez lire ces lignes à demi effacées par mes larmes. Après tout, mon ami, un peu plus tôt, un peu plus tard, n'aurait-il pas fallu nous quitter ? Qu'ai-je besoin de vous entretenir de l'incertitude et du peu de valeur de la vie ? Vous vous rappelez le jeune M… qui fit naufrage à l'Isle-de-France. Quand vous reçûtes sa dernière lettre, quelques mois après sa mort, sa dépouille terrestre n'existait même plus, et l'instant où vous commenciez son deuil en Europe était celui où on le finissait aux Indes. Qu'est-ce donc que l'homme, dont la mémoire périt si vite ? Une partie de ses amis,

ne peut apprendre sa mort, que l'autre n'en soit déjà
consolée ! Quoi, cher et trop cher René, mon souvenir
s'effacera-t-il si promptement de ton cœur ? Ô mon
frère, si je m'arrache à vous dans le temps, c'est pour
n'être pas séparée de vous dans l'éternité.

AMÉLIE.

« P.-S. Je joins ici l'acte de la donation de mes
biens ; j'espère que vous ne refuserez pas cette marque
de mon amitié.''

« La foudre qui fût tombée à mes pieds ne m'eût pas
causé plus d'effroi que cette lettre. Quel secret Amélie
me cachait-elle ? Qui la forçait si subitement à embrasser la vie religieuse ? Ne m'avait-elle rattaché à
l'existence par le charme de l'amitié, que pour me
délaisser tout à coup ? Oh ! pourquoi était-elle venue
me détourner de mon dessein ! Un mouvement de pitié
l'avait rappelée auprès de moi, mais bientôt fatiguée
d'un pénible devoir, elle se hâte de quitter un malheureux qui n'avait qu'elle sur la terre. On croit avoir tout
fait quand on a empêché un homme de mourir ! Telles
étaient mes plaintes. Puis faisant un retour sur moi-
même : ''Ingrate Amélie, disais-je, si tu avais été à ma
place, si, comme moi, tu avais été perdue dans le vide
de tes jours, ah ! tu n'aurais pas été abandonnée de
ton frère.''

« Cependant, quand je relisais la lettre, j'y trouvais
je ne sais quoi de si triste et de si tendre, que tout mon
cœur se fondait. Tout à coup il me vint une idée qui
me donna quelque espérance : je m'imaginai qu'Amélie avait peut-être conçu une passion pour un homme
qu'elle n'osait avouer. Ce soupçon sembla m'expliquer
sa mélancolie, sa correspondance mystérieuse, et le ton
passionné qui respirait dans sa lettre. Je lui écrivis
aussitôt pour la supplier de m'ouvrir son cœur.

« Elle ne tarda pas à me répondre, mais sans me
découvrir son secret : elle me mandait seulement qu'elle

avait obtenu les dispenses du noviciat, et qu'elle allait prononcer ses vœux.

« Je fus révolté de l'obstination d'Amélie, du mystère de ses paroles, et de son peu de confiance en mon amitié.

« Après avoir hésité un moment sur le parti que j'avais à prendre, je résolus d'aller à B... pour faire un dernier effort auprès de ma sœur. La terre où j'avais été élevé se trouvait sur la route. Quand j'aperçus les bois où j'avais passé les seuls moments heureux de ma vie, je ne pus retenir mes larmes, et il me fut impossible de résister à la tentation de leur dire un dernier adieu.

« Mon frère aîné avait vendu l'héritage paternel, et le nouveau propriétaire ne l'habitait pas. J'arrivai au château par la longue avenue de sapins ; je traversai à pied les cours désertes ; je m'arrêtai à regarder les fenêtres fermées ou demi-brisées, le chardon qui croissait au pied des murs, les feuilles qui jonchaient le seuil des portes, et ce perron solitaire où j'avais vu si souvent mon père et ses fidèles serviteurs. Les marches étaient déjà couvertes de mousse ; le violier[1] jaune croissait entre leurs pierres déjointes et tremblantes. Un gardien inconnu m'ouvrit brusquement les portes. J'hésitais à franchir le seuil ; cet homme s'écria : "Eh bien ! allez-vous faire comme cette étrangère qui vint ici il y a quelques jours ? Quand ce fut pour entrer, elle s'évanouit, et je fus obligé de la reporter à sa voiture." Il me fut aisé de reconnaître l'*étrangère* qui, comme moi, était venue chercher dans ces lieux des pleurs et des souvenirs !

« Couvrant un moment mes yeux de mon mouchoir, j'entrai sous le toit de mes ancêtres. Je parcourus les appartements sonores où l'on n'entendait que le bruit de mes pas. Les chambres étaient à peine éclairées par la faible lumière qui pénétrait entre les volets fermés :

---

1. Nom ancien de la giroflée.

je visitai celle où ma mère avait perdu la vie en me mettant au monde, celle où se retirait mon père, celle où j'avais dormi dans mon berceau, celle enfin où l'amitié avait reçu mes premiers vœux dans le sein d'une sœur. Partout les salles étaient détendues[1], et l'araignée filait sa toile dans les couches abandonnées. Je sortis précipitamment de ces lieux, je m'en éloignai à grands pas, sans oser tourner la tête. Qu'ils sont doux, mais qu'ils sont rapides, les moments que les frères et les sœurs passent dans leurs jeunes années, réunis sous l'aile de leurs vieux parents ! La famille de l'homme n'est que d'un jour ; le souffle de Dieu la disperse comme une fumée. À peine le fils connaît-il le père, le père le fils, le frère la sœur, la sœur le frère ! Le chêne voit germer ses glands autour de lui ; il n'en est pas ainsi des enfants des hommes !

« En arrivant à B..., je me fis conduire au couvent ; je demandai à parler à ma sœur. On me dit qu'elle ne recevait personne. Je lui écrivis : elle me répondit que, sur le point de se consacrer à Dieu, il ne lui était pas permis de donner une pensée au monde ; que si je l'aimais, j'éviterais de l'accabler de ma douleur. Elle ajoutait : ''Cependant si votre projet est de paraître à l'autel le jour de ma profession, daignez m'y servir de père ; ce rôle est le seul digne de votre courage, le seul qui convienne à notre amitié et à mon repos.''

« Cette froide fermeté qu'on opposait à l'ardeur de mon amitié me jeta dans de violents transports. Tantôt j'étais près de retourner sur mes pas ; tantôt je voulais rester, uniquement pour troubler le sacrifice. L'enfer me suscitait jusqu'à la pensée de me poignarder dans l'église, et de mêler mes derniers soupirs aux vœux qui m'arrachaient ma sœur. La supérieure du couvent me fit prévenir qu'on avait préparé un banc dans le sanctuaire, et elle m'invitait à me rendre à la cérémonie qui devait avoir lieu dès le lendemain.

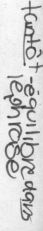
tantôt + équilibre dans légitrose

---

1. Salles dont on a enlevé les tentures.

◐◑ « Au lever de l'aube, j'entendis le premier son des cloches… Vers dix heures, dans une sorte d'agonie, je me traînai au monastère. Rien ne peut plus être tragique quand on a assisté à un pareil spectacle ; rien ne peut plus être douloureux quand on y a survécu.

« Un peuple immense remplissait l'église. On me conduit au banc du sanctuaire ; je me précipite à genoux sans presque savoir où j'étais, ni à quoi j'étais résolu. Déjà le prêtre attendait à l'autel ; tout à coup la grille mystérieuse s'ouvre, et Amélie s'avance, parée de toutes les pompes du monde. Elle était si belle, il y avait sur son visage quelque chose de si divin, qu'elle excita un mouvement de surprise et d'admiration. Vaincu par la glorieuse douleur de la sainte, abattu par les grandeurs de la religion, tous mes projets de violence s'évanouirent ; ma force m'abandonna ; je me sentis lié par une main toute-puissante, et au lieu de blasphèmes et de menaces, je ne trouvai dans mon cœur que de profondes adorations et les gémissements de l'humilité.

« Amélie se place sous un dais. Le sacrifice commence à la lueur des flambeaux, au milieu des fleurs et des parfums, qui devaient rendre l'holocauste [1] agréable. À l'offertoire, le prêtre se dépouilla de ses ornements, ne conserva qu'une tunique de lin, monta en chaire, et dans un discours simple et pathétique, peignit le bonheur de la vierge qui se consacre au Seigneur. Quand il prononça ces mots : "Elle a paru comme l'encens qui se consume dans le feu [2]", un grand calme et des odeurs célestes semblèrent se répandre dans l'auditoire ; on se sentit comme à l'abri sous les ailes de la colombe mystique [3], et l'on eût cru voir les anges descendre sur

---

1. La consécration religieuse, présentée comme une offrande sacrificielle.
2. « *Apparuit […] quasi ignis effulgens et thus ardens in igne* », *Ecclésiastique*, L, 9.
3. Le Saint-Esprit.

◐◑ Voir *Au fil du texte*, p. X.

l'autel et remonter vers les cieux avec des parfums et
des couronnes.

« Le prêtre achève son discours, reprend ses vêtements, continue le sacrifice [1]. Amélie, soutenue de
deux jeunes religieuses, se met à genoux sur la dernière
marche de l'autel. On vient alors me chercher, pour
remplir les fonctions paternelles. Au bruit de mes pas
chancelants dans le sanctuaire, Amélie est prête à défail-
lir. On me place à côté du prêtre, pour lui présenter
les ciseaux. En ce moment je sens renaître mes transports ; ma fureur va éclater, quand Amélie, rappelant
son courage, me lance un regard où il y a tant de reproche et de douleur, que j'en suis atterré. La religion
triomphe. Ma sœur profite de mon trouble ; elle avance
hardiment la tête. Sa superbe chevelure tombe de toutes
parts sous le fer sacré ; une longue robe d'étamine remplace pour elle les ornements du siècle, sans la rendre
moins touchante ; les ennuis de son front se cachent
sous un bandeau de lin ; et le voile mystérieux, double
symbole de la virginité et de la religion, accompagne
sa tête dépouillée. Jamais elle n'avait paru si belle.
L'œil de la pénitente était attaché sur la poussière du
monde, et son âme était dans le ciel.

« Cependant Amélie n'avait point encore prononcé
ses vœux ; et pour mourir au monde [2], il fallait qu'elle
passât à travers le tombeau. Ma sœur se couche sur le
marbre ; on étend sur elle un drap mortuaire ; quatre
flambeaux en marquent les quatre coins. Le prêtre,
l'étole au cou, le livre à la main, commence l'Office
des morts ; de jeunes vierges le continuent. Ô joies de
la religion, que vous êtes grandes, mais que vous êtes
terribles ! On m'avait contraint de me placer à genoux,
près de ce lugubre appareil [3]. Tout à coup un mur-

---

1. Il continue de célébrer la messe.
2. Renoncer à la vie du monde.
3. Mise en scène.

mure confus sort de dessous le voile sépulcral ; je m'incline, et ces paroles épouvantables (que je fus seul à entendre) viennent frapper mon oreille : "Dieu de miséricorde, fais que je ne me relève jamais de cette couche funèbre, et comble de tes biens un frère qui n'a point partagé ma criminelle passion !"

« À ces mots échappés du cercueil, l'affreuse vérité m'éclaire ; ma raison s'égare, je me laisse tomber sur le linceul de la mort, je presse ma sœur dans mes bras, je m'écrie : "Chaste épouse de Jésus-Christ, reçois mes derniers embrassements à travers les glaces du trépas et les profondeurs de l'éternité, qui te séparent déjà de ton frère !"

« Ce mouvement, ce cri, ces larmes, troublent la cérémonie : le prêtre s'interrompt, les religieuses ferment la grille, la foule s'agite et se presse vers l'autel ; on m'emporte sans connaissance. Que je sus peu de gré à ceux qui me rappelèrent au jour ! J'appris, en rouvrant les yeux, que le sacrifice était consommé, et que ma sœur avait été saisie d'une fièvre ardente. Elle me faisait prier de ne plus chercher à la voir. Ô misère de ma vie ! une sœur craindre de parler à un frère, et un frère craindre de faire entendre sa voix à une sœur ! Je sortis du monastère comme de ce lieu d'expiation où des flammes nous préparent pour la vie céleste, où l'on a tout perdu comme aux enfers, hors l'espérance.

« On peut trouver des forces dans son âme contre un malheur personnel ; mais devenir la cause involontaire du malheur d'un autre, cela est tout à fait insupportable. Éclairé sur les maux de ma sœur, je me figurais ce qu'elle avait dû souffrir. Alors s'expliquèrent pour moi plusieurs choses que je n'avais pu comprendre : ce mélange de joie et de tristesse, qu'Amélie avait fait paraître au moment de mon départ pour mes voyages, le soin qu'elle prit de m'éviter à mon retour, et cependant cette faiblesse qui l'empêcha si longtemps d'entrer dans un monastère ; sans doute la fille malheureuse s'était flattée de guérir ! Ses projets de retraite, la dispense du noviciat, la disposition de ses

il trouve le plaisir dans le douleur

biens en ma faveur, avaient apparemment produit cette
correspondance secrète qui servit à me tromper.

« Ô mes amis, je sus donc ce que c'était que de verser des larmes pour un mal qui n'était point imaginaire ! Mes passions, si longtemps indéterminées, se
précipitèrent sur cette première proie avec fureur. Je
trouvai même une sorte de satisfaction inattendue dans
la plénitude de mon chagrin, et je m'aperçus, avec un
secret mouvement de joie, que la douleur n'est pas une
affection qu'on épuise comme le plaisir.

« J'avais voulu quitter la terre avant l'ordre du
Tout-Puissant ; c'était un grand crime : Dieu m'avait
envoyé Amélie à la fois pour me sauver et pour me
punir. Ainsi, toute pensée coupable, toute action criminelle entraîne après elle des désordres et des malheurs.
Amélie me priait de vivre, et je lui devais bien de ne
pas aggraver ses maux. D'ailleurs (chose étrange !) je
n'avais plus envie de mourir depuis que j'étais réellement malheureux. Mon chagrin était devenu une
occupation qui remplissait tous mes moments : tant
mon cœur est naturellement pétri d'ennui et de misère !

« Je pris donc subitement une autre résolution ; je
me déterminai à quitter l'Europe, et à passer en Amérique.

« On équipait, dans ce moment même, au port de
B... une flotte pour la Louisiane ; je m'arrangeai avec
un des capitaines de vaisseau ; je fis savoir mon projet
à Amélie, et je m'occupai de mon départ.

« Ma sœur avait touché aux portes de la mort ; mais
Dieu, qui lui destinait la première palme des vierges,
ne voulut pas la rappeler si vite à lui ; son épreuve
ici-bas fut prolongée. Descendue une seconde fois dans
la pénible carrière de la vie, l'héroïne, courbée sous la
croix, s'avança courageusement à l'encontre des douleurs, ne voyant plus que le triomphe dans le combat,
et dans l'excès des souffrances, l'excès de la gloire.

« La vente du peu de bien qui me restait, et que je
cédai à mon frère, les longs préparatifs d'un convoi,
les vents contraires, me retinrent longtemps dans le

port. J'allais chaque matin m'informer des nouvelles d'Amélie, et je revenais toujours avec de nouveaux motifs d'admiration et de larmes.

« J'errais sans cesse autour du monastère, bâti au bord de la mer. J'apercevais souvent d'une petite fenêtre grillée qui donnait sur une plage déserte, une religieuse assise dans une attitude pensive ; elle rêvait à l'aspect de l'océan où apparaissait quelque vaisseau, cinglant aux extrémités de la terre. Plusieurs fois, à la clarté de la lune, j'ai revu la même religieuse aux barreaux de la même fenêtre : elle contemplait la mer, éclairée par l'astre de la nuit, et semblait prêter l'oreille au bruit des vagues qui se brisaient tristement sur des grèves solitaires.

« Je crois encore entendre la cloche qui, pendant la nuit, appelait les religieuses aux veilles et aux prières. Tandis qu'elle tintait avec lenteur, et que les vierges s'avançaient en silence à l'autel du Tout-Puissant, je courais au monastère : là, seul au pied des murs, j'écoutais dans une sainte extase les derniers sons des cantiques, qui se mêlaient sous les voûtes du temple au faible bruissement des flots.

« Je ne sais comment toutes ces choses qui auraient dû nourrir mes peines, en émoussaient au contraire l'aiguillon. Mes larmes avaient moins d'amertume lorsque je les répandais sur les rochers et parmi les vents. Mon chagrin même, par sa nature extraordinaire, portait avec lui quelque remède : on jouit de ce qui n'est pas commun, même quand cette chose est un malheur. J'en conçus presque l'espérance que ma sœur deviendrait à son tour moins misérable.

« Une lettre que je reçus d'elle avant mon départ, sembla me confirmer dans ces idées. Amélie se plaignait tendrement de ma douleur, et m'assurait que le temps diminuait la sienne. ''Je ne désespère pas de mon bonheur, me disait-elle. L'excès même du sacrifice, à présent que le sacrifice est consommé, sert à me rendre quelque paix. La simplicité de mes compagnes, la pureté de leurs vœux, la régularité de leur vie, tout répand du baume sur mes jours. Quand j'entends gronder les orages, et que l'oiseau de mer vient battre des ailes à ma fenêtre, moi, pauvre colombe du ciel, je songe au bonheur que j'ai eu de trouver un abri contre la tempête. C'est ici la sainte montagne, le sommet élevé d'où l'on entend les derniers bruits de la terre et les premiers concerts du ciel ; c'est ici que la religion trompe doucement une âme sensible : aux plus violentes amours elle substitue une sorte de chasteté brûlante où l'amante et la vierge sont unies ; elle épure les soupirs ; elle change en une flamme incorruptible une flamme périssable ; elle mêle divinement son calme et son innocence à ce reste de trouble et de volupté d'un cœur qui cherche à se reposer, et d'une vie qui se retire.''

« Je ne sais ce que le ciel me réserve, et s'il a voulu m'avertir que les orages accompagneraient partout mes pas. L'ordre était donné pour le départ de la flotte ; déjà plusieurs vaisseaux avaient appareillé au baisser du soleil ; je m'étais arrangé pour passer la dernière nuit à terre, afin d'écrire ma lettre d'adieu à Amélie. Vers minuit, tandis que je m'occupe de ce soin, et que je mouille mon papier de mes larmes, le bruit des vents vient frapper mon oreille. J'écoute ; et au milieu de la tempête, je distingue les coups de canon d'alarme, mêlés au glas de la cloche monastique. Je vole sur le rivage où tout était désert, et où l'on n'entendait que le rugissement des flots. Je m'assieds sur un rocher. D'un côté s'étendent les vagues étincelantes, de l'autre les murs sombres du monastère se perdent confusément dans les cieux. Une petite lumière paraissait à la fenêtre grillée. Était-ce toi, ô mon Amélie, qui, prosternée au pied du crucifix, priais le Dieu des orages d'épargner ton malheureux frère ! La tempête sur les flots, le calme dans ta retraite ; des hommes brisés sur des écueils, au pied de l'asile que rien ne peut troubler ; l'infini de l'autre côté du mur d'une cellule ; les fanaux agités des vaisseaux, le phare immobile du couvent ; l'incertitude des destinées du navigateur, la vestale connaissant dans un seul jour tous les jours futurs de sa vie ; d'une autre part, une âme telle que la tienne, ô Amélie, orageuse comme l'océan ; un naufrage plus affreux que celui du marinier : tout ce tableau est encore profondément gravé dans ma mémoire. Soleil de ce ciel nouveau, maintenant témoin de mes larmes, écho du rivage américain qui répétez les accents de René, ce fut le lendemain de cette nuit terrible qu'appuyé sur le gaillard de mon vaisseau, je vis s'éloigner pour jamais ma terre natale ! Je contemplai longtemps sur la côte les derniers balancements des arbres de la patrie, et les faîtes du monastère qui s'abaissaient à l'horizon. »

Comme René achevait de raconter son histoire, il tira un papier de son sein, et le donna au père Souël ; puis, se jetant dans les bras de Chactas, et étouffant ses sanglots, il laissa le temps au missionnaire de parcourir la lettre qu'il venait de lui remettre.

Elle était de la Supérieure de... Elle contenait le récit des derniers moments de la sœur Amélie de la Miséricorde, morte victime de son zèle et de sa charité, en soignant ses compagnes attaquées d'une maladie contagieuse. Toute la communauté était inconsolable, et l'on y regardait Amélie comme une sainte. La Supérieure ajoutait que depuis trente ans qu'elle était à la tête de la maison, elle n'avait jamais vu de religieuse d'une humeur aussi douce et aussi égale, ni qui fût plus contente d'avoir quitté les tribulations du monde.

Chactas pressait René dans ses bras ; le vieillard pleurait. « Mon enfant, dit-il à son fils, je voudrais que le père Aubry fût ici ; il tirait du fond de son cœur je ne sais quelle paix qui, en les calmant, ne semblait cependant point étrangère aux tempêtes ; c'était la lune dans une nuit orageuse ; les nuages errants ne peuvent l'emporter dans leur course ; pure et inaltérable, elle s'avance tranquille au-dessus d'eux. Hélas, pour moi, tout me trouble et m'entraîne ! »

Jusqu'alors le père Souël, sans proférer une parole, avait écouté d'un air austère l'histoire de René. Il portait en secret un cœur compatissant, mais il montrait au-dehors un caractère inflexible ; la sensibilité du Sachem le fit sortir du silence :

« Rien, dit-il au frère d'Amélie, rien ne mérite, dans cette histoire, la pitié qu'on vous montre ici. Je vois un jeune homme entêté de chimères, à qui tout déplaît, et qui s'est soustrait aux charges de la société pour se livrer à d'inutiles rêveries. On n'est point, monsieur, un homme supérieur parce qu'on aperçoit le monde sous un jour odieux. On ne hait les hommes et la vie, que faute de voir assez loin. Étendez un peu plus votre regard, et vous serez bientôt convaincu que tous ces maux dont vous vous plaignez sont de purs néants. Mais quelle honte de ne pouvoir songer au seul malheur réel de votre vie, sans être forcé de rougir ! Toute la pureté, toute la vertu, toute la religion, toutes les couronnes d'une sainte rendent à peine tolérable la seule idée de vos chagrins. Votre sœur a expié sa faute ; mais, s'il faut ici dire ma pensée, je crains que, par une épouvantable justice, un aveu sorti du sein de la tombe n'ait troublé votre âme à son tour. Que faites-vous seul au fond des forêts où vous consumez vos jours, négligeant tous vos devoirs ? Des saints, me direz-vous, se sont ensevelis dans les déserts ? Ils y étaient avec leurs larmes, et employaient à éteindre leurs passions le temps que vous perdez peut-être à allumer les vôtres. Jeune présomptueux qui avez cru que l'homme se peut suffire à lui-même ! La solitude est mauvaise à celui qui n'y vit pas avec Dieu [1] ; elle redouble les puissances de l'âme, en même temps qu'elle leur ôte tout sujet pour s'exercer. Quiconque a reçu des forces doit les consacrer au service de ses semblables ; s'il les laisse inutiles, il en est d'abord puni par une secrète misère, et tôt ou tard le ciel lui envoie un châtiment effroyable. »

Troublé par ces paroles, René releva du sein de Chactas sa tête humiliée. Le Sachem aveugle se prit à

---

1. *Ecclésiaste*, IV, 10 : « *Vae soli* » : malheur au solitaire.

Voir *Au fil du texte*, p. XII.

sourire ; et ce sourire de la bouche, qui ne se mariait
plus à celui des yeux, avait quelque chose de mystérieux
et de céleste. « Mon fils, dit le vieil amant d'Atala, il
nous parle sévèrement ; il corrige et le vieillard et le
jeune homme, et il a raison. Oui, il faut que tu renonces
à cette vie extraordinaire qui n'est pleine que de soucis ;
il n'y a de bonheur que dans les voies communes.

« Un jour le Meschacebé, encore assez près de sa
source, se lassa de n'être qu'un limpide ruisseau. Il
demande des neiges aux montagnes, des eaux aux
torrents, des pluies aux tempêtes, il franchit ses rives,
et désole ses bords charmants. L'orgueilleux ruisseau
s'applaudit d'abord de sa puissance ; mais voyant que
tout devenait désert sur son passage ; qu'il coulait,
abandonné dans la solitude ; que ses eaux étaient toujours troublées, il regretta l'humble lit que lui avait
creusé la nature, les oiseaux, les fleurs, les arbres et les
ruisseaux, jadis modestes compagnons de son paisible
cours. »

Chactas cessa de parler, et l'on entendit la voix du
flamant qui, retiré dans les roseaux du Meschacebé,
annonçait un orage pour le milieu du jour. Les trois
amis reprirent la route de leurs cabanes : René marchait en silence entre le missionnaire qui priait Dieu,
et le Sachem aveugle qui cherchait sa route. On dit que,
pressé par les deux vieillards, il retourna chez son
épouse, mais sans y trouver le bonheur. Il périt peu de
temps après avec Chactas et le père Souël, dans le massacre des Français et des Natchez à la Louisiane. On
montre encore un rocher où il allait s'asseoir au soleil
couchant.

LES CLÉS DE L'ŒUVRE

I - AU FIL DU TEXTE

II - DOSSIER HISTORIQUE ET LITTÉRAIRE

Pour approfondir votre lecture, LIRE vous propose une sélection commentée :
• de morceaux « classiques » devenus incontournables, signalés par ◆◆ (droit au but).
• d'extraits représentatifs de l'œuvre, signalés par ◠◈ (en flânant).

AU FIL DU TEXTE

I - DÉCOUVRIR

> **La phrase clé**
>
> « Levez-vous vite, orages désirés, qui devez emporter René dans les espaces d'une autre vie ! » (*René*, p. 113).

• LA DATE

Voir la préface et le dossier historique et littéraire, pp. 139-162.

Atala a d'abord été publiée en 1801, puis rééditée dans le *Génie du christianisme* en 1802, et enfin en 1805 avec *René*.

René est d'abord publié dans le *Génie du christianisme* en 1802 puis réédité en 1805 avec *Atala*.

Atala est présentée comme une anecdote annonçant le *Génie*. ouvrage qui correspond au renouveau catholique au tout début du XIXe siècle, favorisé par la politique du Premier consul, Bonaparte. Puis le roman s'intègre au *Génie* comme exemple des « Harmonies de la Religion chrétienne avec les scènes de la nature et les passions du cœur humain » (voir la préface, p. 13).

René illustre dans le *Génie* les dangers du « vague des passions ».

La publication séparée, en 1805, rend leur autonomie aux deux fictions et leur confère un caractère romantique qui aura une énorme influence. La version de 1805 est considérée comme définitive.

• LE TITRE

Le titre d'*Atala* résonne des prestiges de l'exotisme et l'harmonie née du triplement de la voyelle « a » le poétise. Le titre complet est *Atala ou Les Amours de deux sauvages dans le désert*. Il faut bien comprendre que « sauvages » n'a pas de connotation péjorative (pensons au « bon sauvage » de la philosophie des Lumières) et que « désert » renvoie à la nature et non pas à la stérilité hostile. Le mot « Amours » est suffisamment explicite : le sentiment occupera une place capitale dans la fiction.

Le titre *René*, avec l'*Oberman* de Senancour (1804), inaugure pour le XIXe siècle la longue série des titres d'œuvres formés par le nom ou simplement le prénom du héros ou de l'héroïne, éventuellement assorti d'un qualificatif.

Voici quelques exemples :

1. Récits et romans du XIXe siècle :

- Constant : *Adolphe* (Pocket Classiques, n° 6084) ;
- Balzac : *Eugénie Grandet* (n° 6005) ;
- Stendhal : *Armance* (n° 6117) ;
- Flaubert : *Salammbô* (n° 6088) ;
- Verne : *Michel Strogoff* (n° 6082) ;
- Zola : *Thérèse Raquin* (n° 6060).

2. Contes et nouvelles de Maupassant :

- *Toine* (n° 6187) ;
- *Bel-Ami* (n° 6025) ;
- *Berthe* (n° 6186).

En se limitant à des textes intitulés de manière proche, on pourra faire un dossier sur les titres des œuvres de fiction au XIXe siècle, et comparer avec les pratiques du XVIIIe et du XXe siècle. On réfléchira notamment sur les indices que peut contenir un titre. Par exemple :

- Les différences entre *Le Père Goriot* (Pocket Classiques, n° 6023) et « Monsieur Goriot ».
- Celles entre *Le Cousin Pons* (n° 6121) et « Sylvain Pons ».
- Celles entre *Le Capitaine Fracasse* (n° 6100) et « Le Baron de Sigognac ».
- Celles entre *La Dame aux camélias* (n° 6103) et « Marguerite Gautier ».
- Celles entre *Tartarin de Tarascon* (n° 6130) et « Tartarin ».
- Celles entre *Son Excellence Eugène Rougon* (n° 6141) et « Eugène Rougon ».
- Celles entre *Madame Bovary* (n° 6033) et « Emma Bovary ».
- Celles entre *Toine* (n° 6187) et « Antoine ».

• COMPOSITION

Point de vue de l'auteur

Le pacte de lecture

Atala est racontée du point de vue de Chactas, après un prologue attribuable à un narrateur omniscient, et *René* du point de vue du héros éponyme, après un début attribuable à un narrateur omniscient.

Les objectifs d'écriture

« C'est de la publication d'*Atala* que date le bruit que j'ai fait dans le monde. [...] Le vieux siècle la repoussa, le nouveau l'accueillit » : le récit séduit les lecteurs fascinés par les prestiges de l'exotisme et l'histoire d'une passion en butte à l'interdit religieux. Phénomène de société, *Atala* ouvre la voie au romantisme, inspire la mode et suscite une abondante iconographie.

Épisode des *Natchez* (écrits à partir de 1796 mais publiés en 1826), où le héros est un révolté, remanié pour illustrer dans le *Génie* le « vague des passions », *René* prit sa véritable signification en 1805 avec sa publication séparée. Exaltation du moi souffrant, frustration du désir, mélancolie, amour incestueux, dégoût de la vie : en ces années post-révolutionnaires, les thèmes romantiques prennent toute leur force. À partir de 1815, *René* devint l'emblème de toute une génération, qui y reconnut ce que l'on n'appelait pas encore le mal du siècle, et lui prêtera une telle valeur contestatrice que Chateaubriand mettra ce texte à distance, affirmant dans les *Mémoires d'outre-tombe* qu'il ne le réécrirait plus.

Structure de l'œuvre

Atala

Après un prologue, où le narrateur présente le décor, les rives du Meschacebé (Mississippi), Chactas, un vieillard de la tribu des Natchez, et « un Français, nommé René, poussé [en 1725 en Louisiane] par des passions et des malheurs », le récit est pris en charge par Chactas, qui raconte à René les aventures de sa jeunesse, relatées en quatre moments. Capturé par une tribu ennemie, il a été sauvé du bûcher par Atala, une jeune Indienne, qui lui révèle qu'elle est la fille chrétienne de Lopez, un Espagnol (« Les chasseurs »). Un missionnaire, le père Aubry, les héberge, et ils semblent promis l'un à l'autre (« Les laboureurs »). Chactas et le prêtre trouvent Atala mourante : elle s'est empoisonnée pour ne pas briser le vœu que sa mère avait fait à sa naissance en la consacrant à la Vierge (« Le drame »). Le père Aubry et Chactas, qui a promis d'embrasser la foi chrétienne, président aux obsèques d'Atala dans une grotte de la mission (« Les funérailles »). L'épilogue nous apprend que le prêtre périra sous les coups des Indiens, et que Chactas a recueilli ses restes avec ceux d'Atala.

René

Arrivé en Louisiane chez les Natchez, René raconte à Chactas et au père Souël « les sentiments secrets de son âme ». Après une enfance loin du foyer, il a connu une adolescence éclairée par sa sœur Amélie, marquée par la rêverie et l'appel aux « orages désirés » dans la « saison des tempêtes ». Atteint d'une profonde mélancolie, il n'a pas trouvé dans les voyages l'apaisement, et a plus que jamais éprouvé dans sa patrie un sentiment d'exil et d'exclusion, d'autant qu'Amélie semblait le fuir. Tenté par le suicide, le jeune homme retrouve pourtant sa sœur, qui disparaît pour prendre le voile. Désespéré, René s'embarque pour l'Amérique où il apprendra par une lettre la mort de sa sœur, morte en sainte. Les deux missionnaires tirent la leçon de son histoire : la solitude est mauvaise sans Dieu, et le bonheur ne se trouve que dans les « voies communes ». Tous trois périront dans le massacre des Français et des Natchez.

quatres personnages: Souël (missionnaire), Chactas (Natchez) René, sa sœur sœur Amélie

II - LIRE

Pour approfondir votre lecture, LIRE vous propose une sélection commentée :
- *de morceaux « classiques » devenus incontournables, signalés par ●◆ (droit au but).*
- *d'extraits représentatifs de l'œuvre, signalés par ↪ (en flânant).*

●◆ 1 - *La splendeur du Mississippi* - Prologue de « Les deux rives du Meschacebé… » à « … champs primitifs de la nature ».	pp. 24-26

- La description suit un plan très concerté. Lequel ?
- On repérera notamment les indications spatiales, la répartition des détails, les fins de paragraphes.
- La description se veut aussi poème : on montrera que le rythme est particulièrement important (insister sur les différences entre la description du bord occidental et celle du bord opposé) et que le choix des adjectifs contribue à cette poétisation.
- Nous avons affaire à une peinture de la nature. Que vise-t-elle ? Quels effets s'agit-il de produire sur le lecteur ?
- Comparer ce passage à la description de l'Ohio dans les *Mémoires d'outre-tombe* (livre VIII, chapitre 2).

●◆ 2 - *La mort édifiante d'Atala* - « Le drame » de « Ici la voix d'Atala… » à « … d'expirer ».	pp. 80-82

- Dans un premier temps, on étudiera la composition de ce passage.
- On sera ensuite sensible à la véritable scénographie qui dispose les personnages de manière très précise. Quel est le but du narrateur ?

- L'esthétique dominante est celle du pathétique : on recherchera la signification de ce terme et on montrera que cette tonalité sert la visée apologétique de ce tableau (terme qu'il faut prendre aussi dans son sens pictural).
- On rapprochera cette mort d'autres morts édifiantes et/ou pathétiques dans la littérature du XIXe siècle : par exemple celle d'Ellénore dans *Adolphe* (Pocket Classiques, n° 6084), celle de Goriot dans *Le Père Goriot* (n° 6023), celle de Véronique Graslin dans *Le Curé de village* (n° 6193), celle de Mme de Mortsauf dans *Le Lys dans la vallée* (n° 6034), celle d'Emma dans *Madame Bovary* (n° 6033).

➠❖ 3 - *Les souffrances de René*
de « Je me trouvai bientôt plus isolé... »   pp. 109-113
à « ... je résolus de quitter la vie ».

- Ce passage est le plus célèbre du récit et il est fondateur de la notion de mal du siècle.
- On insistera sur l'exaltation de la solitude, et sur l'importance du moi. On passe d'une solitude subie à une solitude recherchée, puis au désespoir. Quelles sont les étapes ?
- Le héros recherche l'absolu et aspire à un idéal qui demeure inaccessible. Quelles sont les différentes phases ?
- Quelle est la part de la raison et celle de l'instinct ? Peut-on parler de délire ?
- On étudiera la progression oratoire, le rythme, le temps des verbes, les exclamations et interrogations, l'élan et la retombée.

➠❖ 4 - *Le non-dit de l'inceste*
de « Au lever de l'aube... »   pp. 122-125
à « ... passer en Amérique ».

- La force de *René* tient aussi au tabou de l'inceste, qui, s'il n'est pas consommé, n'en reste pas moins déterminant pour comprendre le drame des héros.
- La prise de voile d'Amélie est entièrement décrite comme des funérailles (on comparera cette scène aux funérailles d'Atala). Pourquoi ? Montrer la progression de la description des événements.

- Comment qualifier la tonalité de ce passage ?
- Comment la religion apparaît-elle ici ?
- Le départ pour l'Amérique résulte de ce deuil symbolique. Quelles conséquences cela aura-t-il ?

⌦ **5 - *L'entrée dans l'exotisme*** - « Les chasseurs » du début à « ... avec des sanglots ». | pp. 29-31

- Le texte s'apparente à un poème dramatique et descriptif.
- On s'attachera à préciser qui parle à qui et comment, et quels sont les effets recherchés.
- On s'intéressera ensuite aux notions de nature et de sauvage, à la mise en place de la couleur locale.

Annexe : la notion de couleur locale

« La couleur locale est ce qui caractérise essentiellement l'état de la société que les compositions dramatiques ont pour but de peindre » (B. Constant, *Réflexions sur la tragédie*, 1829).

Employée au sens propre en peinture au XVIIe siècle (tantôt pour désigner la couleur propre d'un objet, tantôt la couleur accidentelle due aux effets d'éclairage – voir l'article « couleur locale » dans l'*Encyclopédie* de Diderot et d'Alembert), cette expression fut reprise métaphoriquement par les romantiques, à commencer par A.W. Schlegel dans son *Cours de littérature dramatique* (1808), pour désigner l'ensemble des traits ou des caractéristiques pittoresques d'un lieu ou d'une époque. Il ne s'agit pas d'un simple vernis, mais de « ce qu'au XVIIe siècle on appelait les mœurs » (Prosper Mérimée). Cette notion opposée à l'abstraction classique est ainsi définie par Hugo dans la préface de *Cromwell* (1827) : « Ce n'est point à la surface du drame que doit être la couleur locale, mais au fond, dans le cœur même de l'œuvre, d'où elle se répand au-dehors d'elle-même. »

⌦ **6 - *Atala sauve Chactas*** - « Les chasseurs » de « Dans une vallée au nord... » à « ... déjà loin ». | pp. 44-47

- L'exotisme se nourrit de clichés : lesquels ?
- Chateaubriand reprend-il totalement à son compte le mythe du bon sauvage ? On définira ce mythe à partir du Huron de

Voltaire et du *Supplément au voyage de Bougainville* de
Diderot.
- Atala apparaît différente des autres sauvages. Comment et
quelle est la signification symbolique de cette distinction ?
- Quelle est la part du christianisme dans cette différence ?

∽❧ **7 - René :** *Un dénouement pessimiste*
| de « Rien, dit-il... » à la fin. | pp. 129-130

- On analysera ce dénouement à la lumière de la citation de
Pierre Barbéris dans le « Parcours critique ».
- La leçon de Chactas porte-t-elle ?
- La religion est-elle ici un réconfort efficace par comparaison
avec la fin d'*Atala* ?

• LES THÈMES CLÉS

1. L'exotisme et l'Amérique.
2. La nature.
3. Le sauvage.
4. La religion chrétienne et l'individu.
5. La passion amoureuse.
6. Le mal du siècle.

III - POURSUIVRE

• LECTURES CROISÉES

– René et Atala dans l'œuvre de Chateaubriand : voir le dossier historique et littéraire, pp. 163-255.

– Dans la tradition de l'exotisme, on peut citer *Paul et Virginie* (Pocket Classiques, n° 6041), dont voici un extrait :

« Paul, à l'âge de douze ans, plus robuste et plus intelligent que les Européens à quinze, avait embelli ce que le Noir Domingue ne faisait que cultiver. Il allait avec lui dans les bois voisins déraciner de jeunes plants de citronniers, d'orangers, de tamarins dont la tête ronde est d'un si beau vert, et d'attiers dont le fruit est plein d'une crème sucrée qui a le parfum de la fleur d'orange : il plantait ces arbres déjà grands autour de cette enceinte. Il y avait semé des graines d'arbres qui dès la seconde année portent des fleurs ou des fruits, tels que l'agathis, où pendent tout autour, comme les cristaux d'un lustre, de longues grappes de fleurs blanches ; le lilas de Perse, qui élève droit en l'air ses girandoles gris de lin ; le papayer, dont le tronc sans branches, formé en colonne hérissée de melons verts, porte un chapiteau de larges feuilles semblables à celles du figuier.

Il y avait planté encore des pépins et des noyaux de badamiers, de manguiers, d'avocats, de goyaviers, de jaques et de jameroses. La plupart de ces arbres donnaient déjà à leur jeune maître de l'ombrage et des fruits. Sa main laborieuse avait répandu la fécondité jusque dans les lieux les plus stériles de cet enclos. Diverses espèces d'aloès, la raquette chargée de fleurs jaunes fouettées de rouge, les cierges épineux, s'élevaient sur les têtes noires des roches, et semblaient vouloir atteindre aux longues lianes, chargées de fleurs bleues ou écarlates, qui pendaient çà et là le long des escarpements de la montagne.

Il avait disposé ces végétaux de manière qu'on pouvait jouir de leur vue d'un seul coup d'œil. Il avait planté au milieu de ce bassin les herbes qui s'élèvent peu, ensuite les arbrisseaux, puis les arbres moyens, et enfin les grands arbres qui en bordaient la circonférence ; de sorte que ce vaste enclos paraissait de son centre comme un amphithéâtre de verdure, de fruits et de fleurs, renfermant des plantes potagères, des lisières de prairies, et des champs de riz et de blé. Mais en assujettissant ces végétaux à son plan, il ne s'était pas écarté de celui de la nature ; guidé par ses indications, il avait mis dans les lieux élevés ceux dont les semences sont volatiles, et sur le bord des eaux ceux dont les graines sont faites pour flotter : ainsi chaque végétal croissait dans son site propre et chaque site recevait de son végétal sa parure naturelle. Les eaux qui descendent du sommet de ces roches formaient au fond du vallon, ici des fontaines, là de larges miroirs qui répétaient au milieu de la verdure les arbres en fleurs, les rochers, et l'azur des cieux.

Malgré la grande irrégularité de ce terrain toutes ces plantations étaient pour la plupart aussi accessibles au toucher qu'à la vue : à la vérité nous l'aidions tous de nos conseils et de nos secours pour en venir à bout. Il avait pratiqué un sentier qui tournait autour de ce bassin et dont plusieurs rameaux venaient se rendre de la circonférence au centre. Il avait tiré parti des lieux les plus raboteux, et accordé par la plus heureuse harmonie la facilité de la promenade avec l'aspérité du sol, et les arbres domestiques avec les sauvages. De cette énorme quantité de pierres roulantes qui embarrasse maintenant ces chemins ainsi que la plupart du terrain de cette île, il avait formé çà et là des pyramides, dans les assises desquelles il avait mêlé de la terre et des racines de rosiers, de pincillades, et d'autres arbrisseaux qui se plaisent dans les roches ; en peu de temps ces pyramides sombres et brutes furent couvertes de verdure, ou de l'éclat des plus belles fleurs. Les ravins bordés de vieux arbres inclinés sur leurs bords formaient des souterrains voûtés inaccessibles à la chaleur, où l'on allait prendre le frais pendant le jour. Un sentier conduisait dans un bosquet d'arbres sauvages, au centre duquel croissait à l'abri des vents un arbre domestique chargé de fruits. Là était une moisson, ici un verger. Par cette avenue on apercevait les maisons ; par cette autre, les sommets inaccessibles de la montagne. Sous un bocage touffu de tatamaques entrelacés de lianes on ne distinguait en plein midi aucun objet ; sur la pointe de ce grand rocher voisin qui sort de la montagne on découvrait tous ceux de cet enclos, avec la mer au loin, où apparaissait quelquefois un vaisseau qui venait de l'Europe, ou qui y retournait. C'était sur ce rocher que ces familles se rassemblaient le soir, et jouissaient en silence de la fraîcheur de l'air, du parfum des fleurs, du murmure des fontaines, et des dernières harmonies de la lumière et des ombres.

Rien n'était plus agréable que les noms donnés à la plupart des retraites charmantes de ce labyrinthe. Ce rocher dont je viens de vous parler, d'où l'on me voyait venir de bien loin, s'appelait la DÉCOUVERTE DE L'AMITIÉ. Paul et Virginie, dans leurs jeux, y avaient planté un bambou, au haut duquel ils élevaient un petit mouchoir blanc pour signaler mon arrivée dès qu'ils m'apercevaient, ainsi qu'on élève un pavillon sur la montagne voisine, à la vue d'un vaisseau en mer. L'idée me vint de graver une inscription sur la tige de ce roseau. Quelque plaisir que j'aie eu dans mes voyages à voir une statue ou un monument de l'antiquité, j'en ai encore davantage à lire une inscription bien faite ; il me semble alors qu'une voix humaine sorte de la pierre, se fasse entendre à travers les siècles, et s'adressant à l'homme au milieu des déserts, lui dise qu'il n'est pas seul, et que d'autres hommes dans ces mêmes lieux ont senti, pensé, et souffert comme lui : que si cette inscription est de quelque nation ancienne qui ne subsiste plus, elle étend notre âme dans les champs de l'infini, et lui donne le sentiment de son immortalité, en lui montrant qu'une pensée a survécu à la ruine même d'un empire. »

– Une autre mort célèbre a lieu dans le « désert » de la Louisiane, celle de *Manon Lescaut* (Pocket Classiques, n° 6031). La voici :

« J'étais à demi mort moi-même. Je ne voyais pas le moindre jour à sa sûreté, ni à la mienne. Manon, que ferons-nous ? lui dis-je lorsqu'elle eut repris un peu de force. Hélas ! qu'allons-nous faire ? Il faut nécessairement que je m'éloigne. Voulez-vous demeurer dans la ville ? Oui, demeurez-y. Vous pouvez encore y être heureuse ; et moi, je vais, loin de vous, chercher la mort parmi les sauvages ou entre les griffes des bêtes féroces. Elle se leva malgré sa faiblesse ; elle me prit par la main, pour me conduire vers la porte. Fuyons ensemble, me dit-elle, ne perdons pas un instant. Le corps de Synnelet peut avoir été trouvé par hasard, et nous n'aurions pas le temps de nous éloigner. Mais, chère Manon ! repris-je tout éperdu, dites-moi donc où nous pouvons aller. Voyez-vous quelque ressource ? Ne vaut-il pas mieux que vous tâchiez de vivre ici sans moi, et que je porte volontairement ma tête au Gouverneur ? Cette proposition ne fit qu'augmenter son ardeur à partir. Il fallut la suivre. J'eus encore assez de présence d'esprit, en sortant, pour prendre quelques liqueurs fortes que j'avais dans ma chambre et toutes les provisions que je pus faire entrer dans mes poches. Nous dîmes à nos domestiques, qui étaient dans la chambre voisine, que nous partions pour la promenade du soir, nous avions cette coutume tous les jours, et nous nous éloignâmes de la ville, plus promptement que la délicatesse de Manon ne semblait le permettre.

Quoique je ne fusse pas sorti de mon irrésolution sur le lieu de notre retraite, je ne laissais pas d'avoir deux espérances, sans lesquelles j'aurais préféré la mort à l'incertitude de ce qui pouvait arriver à Manon. J'avais acquis assez de connaissance du pays, depuis près de dix mois que j'étais en Amérique, pour ne pas ignorer de quelle manière on apprivoisait les sauvages. On pouvait se mettre entre leurs mains, sans courir à une mort certaine. J'avais même appris quelques mots de leur langue et quelques-unes de leurs coutumes dans les diverses occasions que j'avais eues de les voir. Avec cette triste ressource, j'en avais une autre du côté des Anglais qui ont, comme nous, des établissements dans cette partie du Nouveau Monde. Mais j'étais effrayé de l'éloignement. Nous avions à traverser, jusqu'à leurs colonies, de stériles campagnes de plusieurs journées de largeur, et quelques montagnes si hautes et si escarpées que le chemin en paraissait difficile aux hommes les plus grossiers et les plus vigoureux. Je me flattais, néanmoins, que nous pourrions tirer parti de ces deux ressources : des sauvages pour aider à nous conduire, et des Anglais pour nous recevoir dans leurs habitations.

Nous marchâmes aussi longtemps que le courage de Manon put le soutenir, c'est-à-dire environ deux lieues, car cette amante incomparable refusa constamment de s'arrêter plus tôt. Accablée enfin de lassitude, elle me confessa qu'il lui était impossible d'avancer davantage. Il était déjà nuit. Nous nous assîmes au milieu d'une vaste plaine, sans avoir pu trouver un arbre pour nous mettre à couvert. Son premier soin fut de changer le linge de ma blessure, qu'elle avait pansée elle-même avant notre départ. Je m'opposai en vain à ses volontés. J'aurais achevé de l'accabler mortellement, si je lui eusse refusé la satisfaction de me croire à mon aise et sans danger, avant que de penser à sa propre conservation. Je me soumis durant quelques moments à ses désirs. Je reçus ses soins en silence et avec honte. Mais, lorsqu'elle eut satisfait sa tendresse, avec quelle ardeur la mienne ne prit-elle pas son tour ! Je me dépouillai de tous mes habits, pour lui faire trouver la terre moins dure en les étendant sous elle. Je la fis consentir, malgré elle, à me voir employer à son usage tout ce que je pus imaginer de moins incommode. J'échauffai ses mains par mes baisers ardents et par la chaleur de mes soupirs. Je passai la nuit entière à veiller près d'elle, et à prier le ciel de lui accorder un sommeil doux et paisible. Ô Dieu ! que mes vœux étaient vifs et sincères ! et par quel rigoureux jugement aviez-vous résolu de ne les pas exaucer !

Pardonnez, si j'achève en peu de mots un récit qui me tue. Je vous raconte un malheur qui n'eut jamais d'exemple. Toute ma vie est destinée à le pleurer. Mais, quoique je le porte sans cesse dans ma mémoire, mon âme semble reculer d'horreur, chaque fois que j'entreprends de l'exprimer.

Nous avions passé tranquillement une partie de la nuit. Je croyais ma chère maîtresse endormie et je n'osais pousser le moindre souffle, dans la crainte de troubler son sommeil. Je m'aperçus dès le point du jour, en touchant ses mains, qu'elle les avait froides et tremblantes. Je les approchai de mon sein, pour les échauffer. Elle sentit ce mouvement, et, faisant un effort pour saisir les miennes, elle me dit, d'une voix faible, qu'elle se croyait à sa dernière heure. Je ne pris d'abord ce discours que pour un langage ordinaire dans l'infortune, et je n'y répondis que par les tendres consolations de l'amour. Mais, ses soupirs fréquents, son silence à mes interrogations, le serrement de ses mains, dans lesquelles elle continuait de tenir les miennes me firent connaître que la fin de ses malheurs approchait. N'exigez point de moi que je vous décrive mes sentiments, ni que je vous rapporte ses dernières expressions. Je la perdis ; je reçus d'elle des marques d'amour, au moment même qu'elle expirait. C'est tout ce que j'ai la force de vous apprendre de ce fatal et déplorable événement.

Mon âme ne suivit pas la sienne. Le Ciel ne me trouva point, sans doute, assez rigoureusement puni. Il a voulu que j'aie traîné, depuis, une vie languissante et misérable. Je renonce volontairement à la mener jamais plus heureuse.

Je demeurai plus de vingt-quatre heures la bouche attachée sur le visage et sur les mains de ma chère Manon. Mon dessein était d'y mourir ; mais je fis réflexion, au commencement du second jour, que son corps serait exposé, après mon trépas, à devenir la pâture des bêtes sauvages. Je formai la résolution de l'enterrer et d'attendre la mort sur sa fosse. J'étais déjà si proche de ma fin, par l'affaiblissement que le jeûne et la douleur m'avaient causé, que j'eus besoin de quantité d'efforts pour me tenir debout. Je fus obligé de recourir aux liqueurs que j'avais apportées. Elles me rendirent autant de force qu'il en fallait pour le triste office que j'allais exécuter. Il ne m'était pas difficile d'ouvrir la terre, dans le lieu où je me trouvais. C'était une campagne couverte de sable. Je rompis mon épée, pour m'en servir à creuser, mais j'en tirai moins de secours que de mes mains. J'ouvris une large fosse. J'y plaçai l'idole de mon cœur, après avoir pris soin de l'envelopper de tous mes habits, pour empêcher le sable de la toucher. Je ne la mis dans cet état qu'après l'avoir embrassée mille fois, avec toute l'ardeur du plus parfait amour. Je m'assis encore près d'elle. Je la considérai longtemps. Je ne pouvais me résoudre à fermer la fosse. Enfin, mes forces recommençant à s'affaiblir, et craignant d'en manquer tout à fait avant la fin de mon entreprise, j'ensevelis pour toujours dans le sein de la terre ce qu'elle avait porté de plus parfait et de plus aimable. Je me couchai ensuite sur la fosse, le visage tourné vers le sable, et fermant les yeux avec le dessein de ne les ouvrir jamais, j'invoquai le secours du Ciel et j'attendis la mort avec impatience. Ce qui vous paraîtra difficile à croire, c'est que, pendant tout l'exercice de ce lugubre ministère, il ne sortit point une larme de mes yeux ni un soupir de ma bouche. La consternation profonde où j'étais et le dessein déterminé de mourir avaient coupé le cours à toutes les expressions du désespoir et de la douleur. Aussi, ne demeurai-je pas longtemps dans la posture où j'étais sur la fosse, sans perdre le peu de connaissance et de sentiment qui me restait. »

– On peut comparer le héros de Chateaubriand avec celui de Senancour. Voici un extrait d'*Oberman* (1804) :

« J'allais à Vevay par Morat, et je ne croyais pas m'arrêter ici : mais hier j'ai été frappé, à mon réveil, du plus beau spectacle que l'aurore puisse produire dans une contrée dont la beauté réelle, est pourtant plus riante que sublime. Cela m'a entraîné à passer ici quelques jours.

Ma fenêtre était restée ouverte la nuit, selon mon usage. Vers les quatre heures, je fus éveillé par l'éclat du jour et par l'odeur des foins que l'on avait coupés pendant la fraîcheur, à la lumière de la lune. Je m'attendais à une vue ordinaire ; mais j'eus un instant d'étonnement. Les pluies du solstice avaient conservé l'abondance des eaux accrues précédemment par la fonte des neiges du Jura. L'espace entre le lac et la Thièle était inondé presque entièrement ; les parties les plus élevées formaient des pâturages isolés au milieu de ces plaines d'eau sillonnées par le vent frais du matin. On apercevait les vagues du lac que le vent poussait au loin sur la rive demi-submergée. Des chèvres, des vaches, et leur conducteur, qui tirait de son cornet des sons agrestes, passaient en ce moment sur une langue de terre restée à sec entre la plaine inondée et la Thièle. Des pierres placées aux endroits les plus difficiles, soutenaient, ou continuaient cette sorte de chaussée naturelle : on ne distinguait point le pâturage que ces dociles animaux devaient atteindre : et, à voir leur démarche lente et mal assurée, on eût dit qu'ils allaient s'avancer et se perdre dans le lac. Les hauteurs d'Anet, et les bois épais du Julemont, sortaient du sein des eaux comme une île encore sauvage et inhabitée. La chaîne montueuse du Vuilly bordait le lac à l'horizon. Vers le sud, l'étendue s'en prolongeait derrière les coteaux de Montmirail ; et par-delà tous ces objets, soixante lieues de glaces séculaires imposaient à toute la contrée la majesté inimitable de ces traits hardis de la nature, qui font les lieux sublimes.

Je dînai avec le receveur du péage. Sa manière ne me déplut pas. C'est un homme plus occupé de fumer et de boire, que de haïr, de projeter, de s'affliger. Il me semble que j'aimerais assez dans les autres ces habitudes que je ne prendrai point. Elles font échapper à l'ennui ; elles remplissent les heures, sans que l'on ait l'inquiétude de les remplir : elles dispensent un homme de beaucoup de choses plus mauvaises, et mettent du moins à la place de ce calme du bonheur qu'on ne voit sur aucun front, celui d'une distraction suffisante qui concilie tout, et ne nuit qu'aux acquisitions de l'esprit.

Le soir je pris la clef pour rentrer dans la nuit, et n'être point assujetti à l'heure. La lune n'était pas levée, je me promenais le long des eaux vertes de la Thièle. Mais me sentant disposé à rêver longtemps, et trouvant dans la chaleur de la nuit la facilité de la passer tout entière au dehors, je pris la route de Saint-Blaise : je la quittai à un petit village nommé Marin, qui a le lac au sud ; je descendis une pente escarpée, et je me plaçai sur le sable où venaient expirer les vagues. L'air était calme, on n'apercevait aucune voile sur le lac. Tous reposaient, les uns dans l'oubli des travaux, d'autres dans celui des douleurs. La lune parut : je restai longtemps. Vers le matin, elle répandait sur les terres et sur les eaux l'ineffable mélancolie de ses dernières lueurs. La nature paraît bien grande à l'homme, lorsque, dans un long recueillement, il entend le roulement des ondes sur la rive solitaire, dans le calme d'une nuit encore ardente et éclairée par la lune qui finit.

Indicible sensibilité ! charme et tourment de nos vaines années ; vaste conscience d'une nature partout accablante et partout impénétrable ! passion universelle, indifférence, sagesse avancée, voluptueux abandon : tout ce qu'un cœur mortel peut contenir de besoins et d'ennuis profonds ; j'ai tout senti, tout éprouvé dans cette nuit mémorable. J'ai fait un pas sinistre vers l'âge d'affaiblissement : j'ai dévoré dix années de ma vie. Heureux l'homme simple dont le cœur est toujours jeune !

Là, dans la paix de la nuit, j'interrogeai ma destinée incertaine, mon cœur agité, et cette nature inconcevable qui, contenant toutes choses, semble pourtant ne pas contenir ce que cherchent mes désirs. Qui suis-je donc, me disais-je ? Quel triste mélange d'affection universelle, et d'indifférence pour tous les objets de la vie positive ! Une imagination romanesque me porte-t-elle à chercher, dans un ordre bizarre, des objets préférés par cela seul que leur existence chimérique pouvant se modifier arbitrairement, se revêt à mes yeux de formes spécieuses, et d'une beauté pure et sans mélange plus fantastique encore ?

Ainsi, voyant dans les choses des rapports qui n'y sont point, et cherchant toujours ce que je n'obtiendrai jamais, étranger dans la nature réelle, ridicule au milieu des hommes, je n'aurai que des affections vaines : et soit que je vive selon moi-même, soit que je vive selon les hommes, je n'aurai dans l'oppression extérieure, ou dans ma propre contrainte, que l'éternel tourment d'une vie toujours réprimée et toujours misérable. Mais les écarts d'une imagination ardente et immodérée sont sans constance comme sans règle : jouet de ses passions mobiles et de leur ardeur aveugle et indomptée, un tel homme n'aura ni continuité dans ses goûts, ni paix dans son cœur.

Que puis-je avoir de commun avec lui ? Tous mes goûts sont uniformes, tout ce que j'aime est facile et naturel : je ne veux que des habitudes simples, des amis paisibles, une vie toujours la même. Comment mes vœux seraient-ils désordonnés ? je n'y vois que les besoins, que le sentiment de l'harmonie et des convenances. Comment mes affections seraient-elles odieuses aux hommes ? je n'aime que ce qu'ont aimé les meilleurs d'entre eux ; je ne cherche rien aux dépens d'aucun d'eux ; je cherche ce que chacun peut avoir, ce qui est nécessaire aux besoins de tous, ce qui finirait leurs misères, ce qui rapproche, unit, console : je ne veux que la vie des peuples bons, ma paix dans la paix de tous. Je n'aime, il est vrai, que la nature, je ne m'aime point exclusivement ; et que les autres hommes sont encore dans la nature, ce que j'en aime davantage. Un sentiment impérieux m'attache à toutes les impressions aimantes ; mon cœur plein de lui-même, de l'humanité, et de l'accord primitif des êtres, n'a jamais connu de passions personnelles ou irascibles. Je m'aime moi-même, mais c'est dans la nature, c'est dans l'ordre qu'elle veut, c'est en société avec l'homme qu'elle fit, et d'accord avec l'universalité des choses. À la vérité, jusqu'à présent du moins, rien de ce qui existe n'a pleinement mon affection, et un vide inexprimable est la constante habitude de mon âme altérée. Mais tout ce que j'aime pourrait exister, la terre entière pourrait être selon mon cœur, sans que rien fût changé dans la nature ou dans l'homme lui-même, excepté les accidents éphémères de l'œuvre sociale.

Non, l'homme singulier ou romanesque n'est pas ainsi. Sa folie a des causes factices. Il ne se trouve point de suite ni d'ensemble dans ses affections ; et comme il n'y a d'erreur et de bizarreries que dans les innovations humaines, tous les objets de sa démence sont pris dans l'ordre de choses qui excite les passions immodérées des hommes, et l'industrieuse fermentation de leurs esprits toujours agités en sens contraire.

Pour moi, j'aime les choses existantes ; je les aime comme elles sont. Je ne désire, je ne cherche, je n'imagine rien hors de la nature. Loin que ma pensée divague et se porte sur des objets difficiles ou bizarres, éloignés ou extraordinaires ; et qu'indifférent pour ce qui s'offre à moi, pour ce que la nature produit habituellement, j'aspire à ce qui m'est refusé, à des choses étrangères et rares, à des circonstances invraisemblables et à une destinée romanesque ; je ne veux au contraire, je ne demande à la nature et aux hommes, je ne demande pour ma vie entière que ce que la nature contient nécessairement, ce que les hommes doivent tous posséder, ce qui peut seul occuper nos jours et remplir nos cœurs, ce qui fait la vie. Comme il ne me faut point des choses difficiles ou privilégiées, il ne me faut pas non plus des choses nouvelles, changeantes, multipliées. Ce qui m'a plu, me plaira toujours ; ce qui a suffi à mes besoins, leur suffira dans tous les temps : le jour semblable au jour qui fut heureux, est encore un jour heureux pour moi ; et comme les besoins positifs de ma nature sont toujours à peu près les mêmes, ne cherchant que ce qu'ils exigent, je désire toujours à peu près les mêmes choses. Si je suis satisfait aujourd'hui, je le serai demain, je le serai toute l'année, je le serai toute la vie : et si mon sort est toujours le même, mes vœux toujours simples, seront toujours remplis.

L'amour du pouvoir ou des richesses est presque aussi étranger à ma nature que l'envie, la vengeance ou les haines. Rien ne doit aliéner de moi les autres hommes, je ne suis le rival d'aucun d'eux : je ne puis pas plus les envier que les haïr ; je refuserais ce qui les passionne, je refuserais de triompher d'eux ; je ne veux pas même les surpasser en vertu. Je me repose dans ma bonté naturelle. Heureux qu'il ne me faille point d'efforts pour ne pas faire le mal, je ne me tourmenterai point sans nécessité ; et pourvu que je sois homme de bien, je ne prétendrai pas être vertueux. Ce mérite est très grand, mais j'ai le bonheur qu'il ne me soit pas indispensable, et je le leur abandonne : c'est détruire la seule rivalité qui pût subsister entre nous. Leurs vertus sont ambitieuses comme leurs passions : ils les étalent fastueusement ; et ce qu'ils y cherchent surtout, c'est la primauté. Je ne suis point leur concurrent ; je ne le serai pas même en cela. Que perdrai-je à leur abandonner cette supériorité ? Dans ce qu'ils appellent vertus, les unes, seules utiles, sont naturellement dans l'homme constitué comme je me trouve l'être, et comme je penserais volontiers que tout homme l'est primitivement ; les autres compliquées, difficiles, imposantes et superbes, ne dérivent point immédiatement de la nature de l'homme : c'est pour cela que je les trouve ou fausses ou vaines, et que je suis peu curieux d'en obtenir le mérite, au moins incertain. Je n'ai pas besoin d'effort pour atteindre ce qui est dans ma nature, et je n'en veux point faire pour parvenir à ce qui lui est contraire. Ma raison le repousse, et me dit que, dans moi du moins, ces vertus fastueuses seraient des altérations étrangères et un commencement de déviation. Le seul effort que l'amour du bien exige de moi, c'est une vigilance soutenue, qui ne permette jamais aux maximes de notre fausse morale de s'introduire dans une âme trop droite pour les parer de beaux dehors, et trop simple pour les contenir. Telle est la vertu que je me dois à moi-même, et le devoir que je m'impose. Je sens irrésistiblement que mes penchants sont naturels : il ne me reste qu'à m'observer bien moi-même pour écarter de cette direction générale toute impulsion particulière qui pourrait s'y mêler ; pour me conserver toujours simple et toujours droit, au milieu des perpétuelles altérations et des bouleversements que peuvent me préparer l'oppression d'un sort précaire, et les subversions de tant de choses mobiles. Je dois rester, quoi qu'il arrive, toujours le même et toujours moi ; non pas précisément tel que je suis dans des habitudes contraires à mes besoins ; mais tel que je me sens, tel que je veux être, tel que je suis dans cette vie intérieure, seul asile de mes tristes affections.

Je m'interrogerai, je m'observerai, je sonderai ce cœur naturellement vrai et aimant, mais que tant de dégoûts peuvent avoir déjà rebuté. Je déterminerai ce que je suis ; je veux dire ce que je dois être : et cet état, une fois bien connu, je m'efforcerai de le conserver toute ma vie, convaincu que rien de ce qui m'est naturel n'est dangereux ou condamnable, persuadé que l'on n'est jamais bien que quand on est selon sa nature, et décidé à ne jamais réprimer en moi que ce qui tendrait à altérer ma forme originelle.

J'ai connu l'enthousiasme des vertus difficiles ; dans ma superbe erreur, je pensais remplacer tous les mobiles de la vie sociale par ce mobile aussi illusoire. Ma fermeté stoïque bravait le malheur comme les passions ; et je me tenais assuré d'être le plus heureux des hommes, si j'en étais le plus vertueux. L'illusion a duré près d'un mois dans sa force ; un seul incident l'a dissipée. C'est alors que toute l'amertume d'une vie décolorée et fugitive vint remplir mon âme dans l'abandon du dernier prestige qui l'abusât. Depuis ce moment, je ne prétends plus employer ma vie, je cherche seulement à la remplir : je ne veux plus en jouir, mais seulement la tolérer : je n'exige point qu'elle soit vertueuse, mais qu'elle ne soit jamais coupable.

Et cela même, où l'espérer, où l'obtenir ? Où trouver des jours commodes, simples, occupés, uniformes ? Où fuir le malheur ? Je ne veux que cela. Mais quelle destinée que celle où les douleurs restent, où les plaisirs ne sont plus ! Peut-être quelques jours paisibles me seront-ils donnés : mais plus de charme, plus d'ivresse, jamais un moment de pure joie ; jamais ! et je n'ai pas vingt et un ans ! et je suis né sensible, ardent ! et je n'ai jamais joui ! et après la mort… Rien non plus dans la vie : rien dans la nature… Je ne pleurai point, car je n'ai plus de larmes. Je sentis que je me refroidissais ; je me levai, je marchai sur la grève ; et le mouvement me fut utile.

Insensiblement je revins à ma première recherche. Comment me fixer ? le puis-je ? et quel lieu choisirai-je ? Comment, parmi les hommes, vivre autrement qu'eux ; ou comment vivre loin d'eux sur cette terre dont ils fatiguent les derniers recoins ? Ce n'est qu'avec de l'argent que l'on peut obtenir même ce que l'argent ne paie pas, et que l'on peut éviter ce qu'il procure. La fortune que je pouvais attendre se détruit. Le peu que je possède maintenant devient incertain. Mon absence achèvera peut-être de tout perdre ; et je ne suis point d'un caractère à me faire un sort nouveau. Je crois qu'il faut en cela laisser aller les choses. Ma situation tient à des circonstances dont les résultats sont encore éloignés. Il n'est pas certain que, même en sacrifiant les années présentes, je trouvasse les moyens de disposer à mon gré l'avenir. J'attendrai ; je ne veux pas écouter une prudence inutile qui me livrerait de nouveau à des ennuis devenus intolérables. Mais il m'est impossible maintenant de m'arranger pour toujours, de prendre une position fixe, et une manière de vivre qui ne change plus. Il faut bien différer, et longtemps peut-être : ainsi se passe la vie ! Il faut livrer des années encore aux caprices du sort, à l'enchaînement des circonstances, à de prétendues convenances. Je vais vivre comme au hasard, et sans plan déterminé, en attendant le moment où je pourrai suivre le seul qui me convienne. Heureux encore si dans le temps que j'abandonne, je parviens à préparer un temps meilleur : si je puis choisir, pour ma vie future, les lieux, la manière, les habitudes, régler mes affections, me réprimer ; et retenir dans l'isolement et dans les bornes d'une nécessité accidentelle, ce cœur avide et simple, à qui rien ne sera donné : si je puis lui apprendre à s'alimenter lui-même dans son dénuement, à reposer dans le vide, à rester calme dans ce silence odieux, à subsister dans une nature muette.

Vous qui me connaissez, qui m'entendez ; mais qui, plus heureux peut-être et plus sage, cédez sans impatience aux habitudes de la vie ; vous savez quels sont en moi, dans l'éloignement où nous sommes destinés à vivre, les besoins qui ne peuvent être satisfaits. Il est une chose qui me console, c'est de vous avoir : ce sentiment ne cessera point. Mais, nous nous le sommes toujours dit ; il faut que mon ami sente comme moi ; il faut que notre destinée soit la même ; il faut qu'on puisse passer ensemble sa vie. Combien de fois j'ai regretté que nous ne soyons pas ainsi l'un à l'autre ! Avec qui l'intimité sans réserve pourra-t-elle m'être aussi douce, m'être aussi naturelle ? N'avez-vous pas été jusqu'à présent ma seule habitude ? Vous connaissez ce mot admirable : *Est aliquid sacri in antiquis necessitudinibus.* Je suis fâché qu'il n'ait pas été dit par Épicure, ou même par Léontium, plutôt que par un orateur. Vous êtes le point où j'aime à me reposer dans l'inquiétude qui m'égare, où j'aime à revenir lorsque j'ai parcouru toutes choses ; et que je me suis trouvé seul dans le monde. Si nous vivions ensemble, si nous nous suffisions, je m'arrêterais là, je connaîtrais le repos, je ferais quelque chose sur la terre, et ma vie commencerait. Mais il faut que j'attende, que je cherche, que je me hâte vers l'inconnu, et que sans savoir où je vais, je fuie à présent comme si j'avais quelque espoir dans l'avenir.

Vous excusez mon départ ; vous le justifiez même : et, cependant, indulgent avec des étrangers, vous n'oubliez pas que l'amitié demande une injustice plus austère. Vous avez raison, il le fallait ; c'est la force des choses. Je ne vois qu'avec une sorte d'indignation cette vie ridicule que j'ai quittée : mais je ne m'en impose pas sur celle que j'attends. Je ne commence qu'avec effroi des années pleines d'incertitudes, et je trouve quelque chose de sinistre à ce nuage épais qui reste devant moi. »

• PISTES DE RECHERCHES

Le sentiment de la nature : voir Rousseau, *Les Rêveries du promeneur solitaire* (Pocket Classiques, n° 6069).

Le mal du siècle

Concept clé du romantisme, le mal du siècle est une notion polymorphe dont les manifestations et les expressions scandent tout le xixe siècle. Sa permanence et ses métamorphoses inviteraient à parler plutôt de « mals du siècle », dont la force dissolvante, désespérante ou violente n'est peut-être que l'envers d'un rêve, « rétablir le monde dans son harmonie première » (Nerval, *Aurélia*, 1855).

« Toute la maladie du siècle présent vient de deux causes : le peuple, qui a passé par 1793 et par 1814, porte au cœur deux blessures. Tout ce qui était n'est plus ; tout ce qui sera n'est pas encore. Ne cherchez pas ailleurs le secret de nos maux » (*La Confession d'un enfant du siècle*) : en 1836, Musset définit parfaitement le mal du siècle tel qu'on put le penser après 1830, une discordance entre le moi et le monde, fondée sur un rapport de frustration douloureuse à l'Histoire. L'origine du mal du siècle est bien révolutionnaire, même si le Werther de Goethe, pour qui « ce qui fait la félicité du monde devien[t] aussi la source de son malheur », est l'ancêtre des héros mélancoliques du romantisme français. Une Histoire tragique, mutilante, qui fracture le temps, une mutation de l'homme qui s'éprouve comme individu, le vague des passions dont parle Chateaubriand dans le *Génie du christianisme* (1802) trouvent leur expression mélancolique dans l'*Oberman* de Sénancour (1804) et dans *René* (1805). Rêverie stérile, apathie, pulsions morbides, dégoût de la vie, sentiment du vide ou au contraire désirs désordonnés marquent une génération, souvent d'origine aristocratique, traumatisée par le cours vertigineux des événements et par la perte des repères spirituels et moraux liés à un christianisme mis à mal par les Lumières. « Tous les liens sont brisés, l'homme est seul ; la foi sociale a disparu, les esprits abandonnés à eux-mêmes ne savent pas où se pendre ; on les voit flotter au hasard dans mille directions contraires », écrit Lamennais en 1820 dans son *Essai sur l'indifférence en matière de religion*. Il semble impossible de croire dans le monde moderne né de la coupure sanglante. Il semble aussi impossible de vivre, surtout quand le génie n'est pas reconnu par les autres. Vigny fait se suicider son héros dans *Chatterton* (1835). La déréliction des êtres déboussolés naît donc aussi d'un conflit entre les aspirations du moi et les obstacles de la société, la pauvreté de l'existence engluée dans un concret décevant et aliénant. Nombre de figures littéraires incarnent ce drame, de Joseph Delorme (Sainte-Beuve) à Antony (Dumas) en passant par Célio (Musset). Mme de Staël parle de l'« incomplet de la destinée ». D'autant que le désenchantement du monde se double d'un malaise devant le Père qui écrase le siècle, Napoléon (« Un seul homme était en vie alors en Europe », Musset). Les fils des héros sont dépossédés du rêve qui avait mobilisé leurs géniteurs, et voient arriver aux postes de commande des revenants. La génération des Julien Sorel est donc renvoyée à son impuissance et à ses ambitions frustrées. La question se pose alors avec acuité : que faire de soi ? comment se frayer un chemin dans une société bloquée ? La révolution de 1830 ouvre enfin de nouvelles espérances. Mais l'éphémère illusion laisse vite place à ce que Balzac appellera en janvier 1831 l'« école du désenchantement », qui lui paraît bien représentée par *Le Rouge et le Noir*. La même année, *La Peau de chagrin* explicitera sous la forme d'un conte philosophico-fantastique l'impossibilité pour un jeune homme de vivre dans la société contemporaine. Le mal du siècle prend alors une nouvelle tonalité. La monarchie de Juillet fait figure de « gouvernement de boutiquiers », et l'argent triomphe comme unique valeur de la société moderne. Pour échapper au mal du siècle, il faut se faire arriviste. Le temps des Rastignac arrive. Dès lors, cette expérience douloureuse d'une profonde crise culturelle constitue le fond même de l'attitude romantique, et se monnaie en désespoir, en révolte, en repli hautain sur soi, en hantises diverses. Le culte du moi comme son effacement, la fuite vers des refuges comme l'ailleurs du rêve ou du passé ou la tentative de reconquête d'un monde perdu à reconstruire sont autant de modulations du mal du siècle, décidément protéiforme. Le choix de la marginalisation procède de l'horreur ressentie devant cette nouvelle donne. Ainsi Nerval écrit-il dans *Sylvie* : « L'ambition n'était cependant pas de notre âge, et l'avide curée qui se faisait alors des positions et des honneurs nous éloignait des sphères d'activités possibles. » Une telle attitude conduira à l'Art pour l'Art. Face à ce refus, l'engagement dans le siècle pour le transformer sera la voie d'un Lamartine ou d'un Hugo, qui salue dans le poète l'« homme des utopies » (« Fonction du poète », *Les Rayons et les Ombres*, 1840). Entre ces bornes, entre la solidarité recréatrice d'une communauté et la singularisation égotiste, entre l'analyse nombriliste et la fureur de vivre, tout le romantisme se dispose. On accorderait volontiers une place privilégiée dans la vision du monde qu'il colore à la représentation de l'image féminine, à la fois ange et sirène, maman et putain, fée et madone, insaisissable sylphide ou inquiétante prédatrice. En regard de cette position masculine, les femmes choisissent parfois la révolte, et font entendre leur voix ou expriment la version féminine du mal du siècle, comme chez George Sand. Pour bien comprendre les métamorphoses du mal du siècle, ce changement dans la continuité, il faut prendre en compte les générations. Après l'époque où la rêverie s'épuise dans la dissolution de l'être, après l'expression du mal de vivre (l'*Olivier* de Latouche en 1826, l'*Armance* de Stendhal en 1827, l'*Aloys* de Custine en 1829), la génération née vers 1820 éprouve l'Ennui, ce « plus immonde » des vices dénoncé par Baudelaire dans la pièce liminaire des *Fleurs du mal*. La révolution de 1848 tue tout rêve de liberté incarné politiquement, et relègue l'idéal vers l'ailleurs, *anywhere out of the world*. La quête d'autre chose peut laisser place à la destruction cynique, ironique des illusions. Avec *L'Éducation sentimentale* (1869), Flaubert met en scène grâce à son héros Frédéric Moreau le type du jeune homme impuissant et velléitaire, incapable de trouver son emploi ni de tracer sa voie dans le monde. Il sanctionne ainsi un romantisme exténué, qui avait si bien su se nourrir du sentiment du néant et de la grandeur simultanés de la condition humaine. Mais le mal du siècle persiste, avec d'autres symptômes. Il continue d'exercer aujourd'hui son action délétère et créatrice à la fois.

Le personnage du jeune homme au XIXᵉ siècle

– Julien Sorel (*Le Rouge et le Noir*, Pocket Classiques, n° 6028) ;
– Fabrice del Dongo (*La Chartreuse de Parme*, n° 6001) ;
– Raphaël de Valentin (*La Peau de chagrin,* n° 6017) ;
– Eugène de Rastignac (*Le Père Goriot*, n° 6023) ;
– Lucien de Rubempré (*Illusions perdues* et *Splendeurs et misères des courtisanes*, n°ˢ 6070 et 6073) ;
– Frédéric Moreau (*L'Éducation sentimentale*, n° 6014).

• PARCOURS CRITIQUE

« *René* s'achève […] sur une non-réintégration ou sur une réintégration impossible, alors qu'*Atala*, par le passage d'une société de chasseurs à une société de laboureurs, par la mise en place d'une communauté de travail et par l'intégration, présente et à venir, de Chactas (il se fera chrétien) était un texte de l'unité refaite et retrouvée » (Pierre Barbéris, *René de Chateaubriand, un nouveau roman*, Larousse, collection « Thèmes et textes », 1973, p. 228).

« Le René du retour est un René de l'ordre et de la morale. C'est aussi un René de la littérature-écriture et de la littérature-(re)lecture. L'apologétique, dès lors, a-t-elle gagné son pari ? La réponse se trouve dans *Atala* et *René*, tableaux lascifs des passions, d'abord présentés comme leçons à comprendre, mais vite lus comme textes complices de ce qu'ils étaient censés censurer » (Pierre Barbéris, *Chateaubriand, une réaction au monde moderne*, Larousse, collection « Thèmes et textes », 1976, p. 158).

« Une ironie sans doute inconsciente a donné pour emblème à cette histoire un personnage nommé René ; pitoyable héros qui, en toutes circonstances, révèle précisément son impuissance à *renaître*, comme pour disqualifier toute prétention à être » (Jean-Claude Berchet, introduction à l'édition du Livre de Poche, 1989, p. 35).

« Atala, cette "sorte de poème" – c'est Chateaubriand qui le dit, mais lui aussi a du mal à classer le texte –, est [...] en même temps qu'un roman exotique et un texte apologétique, un témoignage autobiographique et politique » (Hans-Peter Lund, article « Atala », *Dictionnaire des œuvres littéraires de langue française*, Bordas, tome I, 1994, p. 134).

« Le mal de René tient autant au contexte historique qu'à son état psychique : une double solution est donc proposée pour le guérir du vague des sentiments : l'intégration sociale [...] et la prise de conscience de sa responsabilité envers sa sœur » (Hans-Peter Lund, article « René », *Dictionnaire des œuvres littéraires de langue française*, Bordas, tome IV, 1994, p. 1671).

DOSSIER HISTORIQUE ET LITTÉRAIRE

REPÈRES BIOGRAPHIQUES

1768 Naissance le 4 septembre de François René de Chateaubriand à Saint-Malo au moment où une épouvantable tempête ravage les côtes bretonnes. Il est envoyé en nourrice pendant trois ans.

1777 Le père de Chateaubriand s'installe au château de Combourg.

1777-1783 Études à Dol, Rennes et Dinan. Après avoir tenté d'entrer dans la marine, Chateaubriand, qui est le cadet de la famille, pense entrer dans les ordres.

1783-1785 Il séjourne deux ans et demi à Combourg, années de « délire » passées en compagnie de sa sœur Lucile.

1785 Renonçant à l'état ecclésiastique, Chateaubriand songe à voyager.

1786 Nommé sous-lieutenant au régiment de Navarre, il part pour Paris et réside chez sa sœur Julie avant de rejoindre Cambrai. En septembre, il revient à Combourg à la suite de la mort de son père.

1787 Grâce à son frère Jean-Baptiste, il est présenté à Louis XVI. Il prend un congé.

1788 Ayant réintégré son régiment, il assiste aux troubles parlementaires de Rennes, qui préludent à la Révolution.

1789 Il s'installe à Paris avec ses sœurs Julie et Lucile et assiste aux événements révolutionnaires.

1790 Il forme le projet de partir pour l'Amérique. À Paris, il fréquente les milieux littéraires et publie une idylle dans l'*Almanach des Muses* : *L'Amour de la campagne*.

1791 Se décidant à partir, il se rend en avril en Amérique après avoir été mis en demi-solde de l'armée. Il y séjourne cinq mois (Philadelphie, New York, l'Hudson, les chutes du Niagara, les Grands Lacs).

1792 Rentré en janvier, Chateaubriand épouse Céleste
      Buisson de la Vigne, amie de Lucile, qu'il connaît à
      peine. En juillet, il fuit la Révolution et rejoint à Trèves
      l'armée des Princes. En septembre, il est blessé au siège
      de Thionville. Après le licenciement de sa compagnie,
      il part pour Jersey.

1793 De Jersey, Chateaubriand va à Londres, où il mène
      une vie misérable. Il commence l'*Essai sur les révo-
      lutions*, alors que sa femme et ses sœurs sont empri-
      sonnées en Bretagne.

1794 Il s'installe à Beccles dans le Suffolk où il enseigne le
      français. Son frère Jean-Baptiste est guillotiné.

1795 Il donne des leçons à Bungay, ville voisine de Beccles,
      où il loge chez le pasteur Ives. Il a une idylle avec la
      fille de celui-ci, Charlotte.

1796 Retour à Londres. Chateaubriand obtient de se faire
      déclarer inapte au service.

1797 Parution à Londres de l'*Essai historique, politique et
      moral sur les Révolutions anciennes et modernes,
      considérées dans leurs rapports avec la révolution
      française*. Chateaubriand fréquente les émigrés et se
      lie avec Fontanes.

1798 La mère de Chateaubriand meurt. Il écrit une partie
      des *Natchez*.

1799 Il écrit une première version du *Génie du christianisme*.
      Julie meurt à Rennes.

1800 En mai, Chateaubriand revient en France, et obtient
      un permis de séjour à Paris. Il fréquente le salon de
      Pauline de Beaumont, et publie en décembre dans le
      Mercure de France une première lettre à Fontanes sur
      le *De la littérature* de Mme de Staël.

1801 Le 2 avril est publié *Atala ou les amours de deux
      sauvages dans le désert*. C'est le succès. Il rencontre
      Mme Récamier, passe l'été avec Pauline et achève le
      Génie. Il est radié de la liste des émigrés.

1802 Le 14 avril paraît le *Génie du christianisme ou Beautés
      de la religion chrétienne*, contenant *Atala* et *René*.
      Chateaubriand devient la coqueluche des salons et

des châteaux. Début de sa liaison avec Delphine de Custine, qui durera jusqu'en 1805, et qui ne l'empêche pas de renouer avec sa femme.

1803 Nommé à Rome chez le cardinal Fesch, oncle du Premier Consul, il accueille Pauline à Florence. Elle meurt à Rome.
Il conçoit les *Mémoires de ma vie*, et il est ensuite nommé en Suisse.

1804 Deuxième lettre à Fontanes sur la campagne romaine. Chateaubriand démissionne après l'exécution du duc d'Enghien, prétextant la santé de sa femme. Il rencontre Natalie de Noailles.

1805 Chateaubriand voyage et se rend à Coppet chez Mme de Staël. La liaison avec Natalie commence. *René* et *Atala* paraissent en un volume.

1806 Chateaubriand trouve l'argent nécessaire pour son voyage en Orient. Il part en juillet : Italie, Grèce, Constantinople, Terre sainte, Égypte.

1807 Tunie, Espagne, où il retrouve Natalie. Retour en juin. Chateaubriand rachète le *Mercure*. Ses articles lui valent la disgrâce de Napoléon. Il se retire à la Vallée-aux-Loups à Châtenay-Malabry (maison que l'on peut visiter aujourd'hui). Il y écrit beaucoup.

1809 Publication des *Martyrs ou le Triomphe de la religion chrétienne*. Son cousin Armand est exécuté en mars. Il entreprend ses *Mémoires*.

1811 Parution de l'*Itinéraire de Paris à Jérusalem*. En février, Chateaubriand est élu à l'Académie française.

1813 Il rompt avec Natalie de Noailles.

1814 En avril paraît le pamphlet *De Buonaparte et des Bourbons*. Nommé ambassadeur en Suède, il ne rejoint pas son poste.

1815 Il suit Louis XVIII en exil, qui le nomme ministre de l'Intérieur. Il devient pair de France en août.

1816 *De la Monarchie selon la Charte*, nouveau pamphlet politique, qui est saisi. Chateaubriand est privé de son titre de ministre d'État.

1817 Retour aux *Mémoires* et installation à Paris.

1818 Publication le 5 octobre du *Conservateur*, qui durera jusqu'en 1820. Chateaubriand vend la Vallée-aux-Loups et devient l'amant de Mme Récamier.

1820 *Mémoires [...] touchant la vie et la mort de S.A.R. [... le] duc de Berry* (assassiné le 13 février).

1821 Séjour à Berlin de janvier à juin comme ministre plénipotentiaire.

1822 Ambassadeur à Londres, Chateaubriand participe au congrès de Vérone avant d'être nommé ministre des Affaires étrangères.

1823 Chateaubriand a « sa » guerre en Espagne et devient l'amant de Mme de Castellane.

1824 Le 6 juin, il est chassé du ministère.

1826 Le libraire Ladvocat commence la publication des *Œuvres complètes* de Chateaubriand. Le tome XVI paraît d'abord, avec *Atala* et *René*.

1828 Chateaubriand part pour Rome en qualité d'ambassadeur.

1829 Retour à Paris, départ pour Cauterets, démission pour protester contre le ministère Polignac.

1830 Dernier discours à la Chambre des pairs le 7 août avant sa démission. Retour aux *Mémoires*.

1831 Séjour à Genève. Publication de *Moïse*, tragédie écrite en 1812 (elle sera représentée en 1834), et des *Études historiques*.

1832 Accusé d'avoir favorisé les entreprises de la duchesse de Berry, Chateaubriand est arrêté le 16 juin.

1833 Il se rend à Prague pour plaider la cause de la duchesse auprès de Charles X exilé. Rédaction de la Préface testamentaire des *Mémoires*.

1834 Publication de l'*Avenir du monde* (conclusion des *Mémoires*) dans la *Revue des Deux Mondes*, ainsi que des *Lectures* des *Mémoires*.

1836 Formation de la société chargée de la publication des *Mémoires*. Publication de l'*Essai sur la littérature anglaise*.

LE JEU DES PRÉFACES

(Textes n°s 1 à 6)

Annoncer, présenter, situer, reconsidérer : Chateaubriand ne cesse d'assortir Atala *et* René *de textes qui participent autant d'une stratégie publicitaire que de relectures imposées par l'accueil du public et de la critique, par la conjoncture et par l'évolution personnelle de l'écrivain. On trouvera ici la lettre chargée, tel un prospectus, de lancer* Atala, *les trois préfaces des éditions successives du récit, la préface de l'édition de 1805 regroupant* Atala *et* René, *et enfin la préface de la première édition des* Natchez, *qui constituait les tomes 19 et 20 des* Œuvres complètes *publiées en 1826.*

• *Texte n° 1*

ATALA

Lettre publiée dans Le Journal des Débats *et dans* Le Publiciste

Citoyen, dans mon ouvrage sur le *Génie du Christianisme, ou Les Beautés poétiques et morales de la religion chrétienne*, il se trouve une section entière consacrée à la *poétique du christianisme*. Cette section se divise en trois parties : poésie, beaux-arts, littérature. Ces trois parties sont terminées par une quatrième, sous le titre d'*Harmonies de la religion, avec les scènes de la nature et les passions du cœur humain*. Dans cette partie j'examine plusieurs sujets qui n'ont pu entrer dans les précédentes, tels que les effets des ruines gothiques, comparées aux autres sortes de ruines, les sites des monastères dans les solitudes, le côté poétique de cette religion populaire, qui plaçait des croix aux carrefours des chemins dans les forêts, qui mettait des images de vierges et de saints à la garde des fontaines et des vieux ormeaux ; qui croyait aux pressentiments et aux fantômes, etc., etc. Cette partie est terminée par une anecdote extraite de mes voyages en Amérique, et écrite sous les huttes mêmes des Sauvages. Elle est intitulée : *Atala, etc.* Quelques épreuves de cette petite histoire s'étant trouvées égarées, pour prévenir un accident qui me causerait un tort infini, je me vois obligé de la publier à part, avant mon grand ouvrage.

Si vous vouliez, citoyen, me faire le plaisir de publier ma lettre, vous me rendriez un important service.

J'ai l'honneur d'être, etc.

• *Texte n° 2*

Préface de la première édition ### *(1801)*

On voit par la lettre précédente ce qui a donné lieu à la publication d'*Atala* avant mon ouvrage sur le *Génie du Christianisme, ou Les Beautés poétiques et morales de la religion chrétienne*, dont elle fait partie. Il ne me reste plus qu'à rendre compte de la manière dont cette petite histoire a été composée.

J'étais encore très jeune, lorsque je conçus l'idée de faire l'*épopée de l'homme de la nature*, ou de peindre les mœurs des Sauvages, en les liant à quelque événement connu. Après la découverte de l'Amérique, je ne vis pas de sujet plus intéressant, surtout pour des Français, que le massacre de la colonie des Natchez à la Louisiane, en 1727. Toutes les tribus indiennes conspirant, après deux siècles d'oppression, pour rendre la liberté au Nouveau-Monde, me parurent offrir au pinceau un sujet presque aussi heureux que la conquête du Mexique. Je jetai quelques fragments de cet ouvrage sur le papier ; mais je m'aperçus bientôt que je manquais des vraies couleurs, et que si je voulais faire une image semblable, il fallait, à l'exemple d'Homère, visiter les peuples que je voulais peindre.

En 1789, je fis part à M. de Malesherbes du dessein que j'avais de passer en Amérique. Mais désirant en même temps donner un but utile à mon voyage, je formai le dessein de découvrir par terre le *passage* tant cherché, et sur lequel Cook même avait laissé des doutes. Je partis, je vis les solitudes américaines, et je revins avec des plans pour un autre voyage, qui devait durer neuf ans. Je me proposais de traverser tout le continent de l'Amérique septentrionale, de remonter ensuite le long des côtes, au nord de la Californie, et de revenir par la baie d'Hudson, en tournant sous le pôle. Si je n'eusse pas péri dans ce second voyage, j'aurais pu faire des découvertes importantes pour les sciences, et utiles à mon pays. M. de Malesherbes se chargea de présenter mes plans au Gouvernement ; et ce fut alors qu'il entendit les premiers fragments du petit ouvrage, que je donne aujourd'hui au Public. On sait ce qu'est devenue la France, jusqu'au moment où la Providence a fait paraître un de ces hommes qu'elle envoie en signe de réconciliation, lorsqu'elle est lassée de punir. Couvert du sang de mon frère unique, de ma belle-sœur, de celui de l'illustre vieillard leur père ; ayant vu ma mère et une autre sœur pleine de talents, mourir des suites du traitement qu'elles avaient éprouvé dans les cachots, j'ai erré sur les terres étrangères, où le seul ami que j'eusse conservé, s'est poignardé dans mes bras [1]*.

De tous mes manuscrits sur l'Amérique, je n'ai sauvé que quelques fragments, en particulier *Atala*, qui n'était qu'un épisode des *Natchez*. *Atala* a été écrite dans le désert, et sous

---

1. Les notes indiquées par des astérisques sont de Chateaubriand.
* Nous avions été tous deux cinq jours sans nourriture, et les principes de la perfectibilité humaine nous avaient démontré qu'un peu d'eau, puisée dans le creux de la main à la fontaine publique, suffit pour soutenir la vie d'un homme aussi longtemps. Je désire fort que cette expérience soit favorable au progrès des lumières ; mais j'avoue que je l'ai trouvée dure.

Tandis que toute ma famille était ainsi massacrée, emprisonnée et bannie, une de mes sœurs, qui devait sa liberté à la mort de son mari, se trouvait à Fougères, petite ville de Bretagne. L'armée royaliste arrive ; huit cents hommes de l'armée républicaine sont pris et condamnés à être fusillés. Ma sœur se jette aux pieds de la Roche-Jacquelin et obtient la grâce des prisonniers. Aussitôt elle vole à Rennes ; elle se présente au tribunal révolutionnaire avec les certificats qui prouvent qu'elle a sauvé la vie à huit cents hommes. Elle demande pour seule récompense qu'on mette ses sœurs en liberté. Le président du tribunal lui répond : *Il faut que tu sois une coquine de royaliste que je ferai guillotiner, puisque les brigands ont tant de déférence à tes prières. D'ailleurs, la république ne te sait aucun gré de ce que tu as fait : elle n'a que trop de défenseurs, et elle manque de pain.* Et voilà les hommes dont Bonaparte a délivré la France.

les huttes des Sauvages. Je ne sais si le public goûtera cette histoire qui sort de toutes les routes connues, et qui présente une nature et des mœurs tout à fait étrangères à l'Europe. Il n'y a point d'aventures dans *Atala*. C'est une sorte de poème*, moitié descriptif, moitié dramatique : tout consiste dans la peinture de deux amants qui marchent et causent dans la solitude ; tout gît dans le tableau des troubles de l'amour, au milieu du calme des déserts, et du calme de la religion. J'ai donné à ce petit ouvrage les formes les plus antiques ; il est divisé en *prologue*, *récit* et *épilogue*. Les principales parties du récit prennent une dénomination, comme les *chasseurs*, les *laboureurs*, etc. ; et c'était ainsi que dans les premiers siècles de la Grèce, les Rhapsodes chantaient, sous divers titres, les fragments de l'*Iliade* et de l'*Odyssée*. Je ne dissimule point que j'ai cherché l'extrême simplicité de fond et de style, la partie descriptive exceptée ; encore est-il vrai que dans la description même, il est une manière d'être à la fois pompeux et simple. Dire ce que j'ai tenté, n'est pas dire ce que j'ai fait. Depuis longtemps je ne lis plus qu'Homère et la Bible ; heureux si l'on s'en aperçoit, et si j'ai fondu dans les teintes du désert, et dans les sentiments particuliers à mon cœur, les couleurs de ces deux grands et éternels modèles du beau et du vrai.

Je dirai encore que mon but n'a pas été d'arracher beaucoup de larmes ; il me semble que c'est une dangereuse erreur, avancée, comme tant d'autres, par M. de Voltaire, *que les bons ouvrages sont ceux qui font le plus pleurer*. Il y a tel drame dont personne ne voudrait être l'auteur, et qui déchire le cœur bien autrement que l'*Énéide*. On n'est point un grand écrivain, parce qu'on met l'âme à la torture. Les vraies larmes sont celles que fait couler une belle poésie ; il faut qu'il s'y mêle autant d'admiration que de douleur.

---

* Dans un temps où tout est perverti en littérature, je suis obligé d'avertir que si je me sers ici du mot de poème, c'est faute de savoir comment me faire entendre autrement. Je ne suis point un de ces barbares qui confondent la prose et les vers. Le poète, quoi qu'on en dise, est toujours l'homme par excellence ; et des volumes entiers de prose descriptive, ne valent pas cinquante beaux vers d'Homère, de Virgile ou de Racine.

C'est Priam disant à Achille :
Ἀνδρὸς παιδοφόνοιο ποτὶ στόμα χεῖρ᾿ ὀρέγεσθαι
Juge de l'excès de mon malheur, puisque je baise la main
qui a tué mes fils.

C'est Joseph s'écriant :
*Ego sum Joseph, frater vester, quem vendidistis in
Ægyptum.*
Je suis Joseph, votre frère, que vous avez vendu pour
l'Égypte.

Voilà les seules larmes qui doivent mouiller les cordes de
la lyre, et en attendrir les sons. Les muses sont des femmes
célestes qui ne défigurent point leurs traits par des grimaces ;
quand elles pleurent, c'est avec un secret dessein de s'embellir.

Au reste, je ne suis point comme M. Rousseau, un enthou-
siaste des Sauvages ; et quoique j'aie peut-être autant à me
plaindre de la société, que ce philosophe avait à s'en louer,
je ne crois point que la *pure nature* soit la plus belle chose
du monde. Je l'ai toujours trouvée fort laide, partout où j'ai
eu l'occasion de la voir. Bien loin d'être d'opinion que
l'homme qui pense soit un *animal dépravé*, je crois que c'est
la pensée qui fait l'homme. Avec ce mot de *nature*, on a tout
perdu. De là les détails fastidieux de mille romans où l'on
décrit jusqu'au bonnet de nuit, et à la robe de chambre ; de
là ces drames infâmes, qui ont succédé aux chefs-d'œuvre
des Racine. Peignons la nature, mais la belle nature : l'art
ne doit pas s'occuper de l'imitation des monstres.

Les moralités que j'ai voulu faire dans *Atala*, étant faciles
à découvrir, et se trouvant résumées dans l'épilogue, je n'en
parlerai point ici ; je dirai seulement un mot de mes personnages.

Atala, comme le *Philoctète*, n'a que trois personnages. On
trouvera peut-être dans la femme que j'ai cherché à peindre,
un caractère assez nouveau. C'est une chose qu'on n'a pas
assez développée, que les contrariétés du cœur humain :
elles mériteraient d'autant plus de l'être, qu'elles tiennent à
l'antique tradition d'une dégradation originelle, et que consé-
quemment elles ouvrent des vues profondes sur tout ce qu'il
y a de grand et de mystérieux dans l'homme et son histoire.

Chactas, l'amant d'*Atala*, est un Sauvage, qu'on suppose
né avec du génie, et qui est plus qu'à moitié civilisé, puisque
non seulement il sait les langues vivantes, mais encore les
langues mortes de l'Europe. Il doit donc s'exprimer dans

un style mêlé, convenable à la ligne sur laquelle il marche, entre la société et la nature. Cela m'a donné de grands avantages, en le faisant parler en Sauvage dans la peinture des mœurs, et en Européen dans le drame et la narration. Sans cela il eût fallu renoncer à l'ouvrage : si je m'étais toujours servi du style indien, *Atala* eût été de l'hébreu pour le lecteur.

Quant au missionnaire, j'ai cru remarquer que ceux qui jusqu'à présent ont mis le prêtre en action, en ont fait ou un scélérat fanatique, ou une espèce de philosophe. Le *père Aubry* n'est rien de tout cela. C'est un simple chrétien qui parle sans rougir *de la croix, du sang de son divin maître, de la chair corrompue*, etc., en un mot, c'est le prêtre tel qu'il est. Je sais qu'il est difficile de peindre un pareil caractère aux yeux de certaines gens, sans toucher au ridicule. Si je n'attendris pas, je ferai rire : on en jugera.

Après tout, si l'on examine ce que j'ai fait entrer dans un si petit cadre, si l'on considère qu'il n'y a pas une circonstance intéressante des mœurs des Sauvages, que je n'aie touchée, pas un bel effet de la nature, pas un beau site de la Nouvelle-France que je n'aie décrit ; si l'on observe que j'ai placé auprès du peuple chasseur un tableau complet du peuple agricole, pour montrer les avantages de la vie sociale, sur la vie sauvage ; si l'on fait attention aux difficultés que j'ai dû trouver à soutenir l'intérêt dramatique entre deux seuls personnages, pendant toute une longue peinture de mœurs, et de nombreuses descriptions de paysages ; si l'on remarque enfin que dans la catastrophe même, je me suis privé de tout secours, et n'ai tâché de me soutenir, comme les anciens, que par la force du dialogue : ces considérations me mériteront peut-être quelque indulgence de la part du lecteur. Encore une fois, je ne me flatte point d'avoir réussi ; mais on doit toujours savoir gré à un écrivain qui s'efforce de rappeler la littérature à ce goût antique, trop oublié de nos jours.

Il me reste une chose à dire ; je ne sais par quel hasard une lettre de moi, adressée au citoyen Fontanes, a excité l'attention du public beaucoup plus que je ne m'y attendais. Je croyais que quelques lignes d'un auteur inconnu passeraient sans être aperçues ; je me suis trompé. Les papiers publics ont bien voulu parler de cette lettre, et on m'a fait l'honneur de m'écrire, à moi personnellement, et à mes amis, des pages de compliments et d'injures. Quoique j'aie été moins étonné des dernières que des premiers, je pensais n'avoir mérité ni les unes, ni les autres. En réfléchissant sur ce caprice du public, qui a fait attention à une chose de si peu de valeur, j'ai pensé que cela pouvait venir du titre de mon grand ouvrage : *Génie du Christianisme*, etc. On s'est peut-être figuré qu'il s'agissait d'une affaire de parti, et que je dirais dans ce livre beaucoup de mal à la révolution et aux philosophes.

Il est sans doute permis à présent, sous un gouvernement qui ne proscrit aucune opinion paisible, de prendre la défense du christianisme, comme sujet de morale et de littérature. Il a été un temps où les adversaires de cette religion, avaient seuls le droit de parler. Maintenant la lice est ouverte, et ceux qui pensent que le christianisme est poétique et moral, peuvent le dire tout haut, comme les philosophes peuvent soutenir le contraire. J'ose croire que si le grand ouvrage que j'ai entrepris, et qui ne tardera pas à paraître, était traité par une main plus habile que la mienne, la question serait décidée sans retour.

Quoi qu'il en soit, je suis obligé de déclarer qu'il n'est pas question de la révolution dans le *Génie du Christianisme* ; et que je n'y parle le plus souvent que d'auteurs morts ; quant aux auteurs vivants qui s'y trouvent nommés, ils n'auront pas lieu d'être mécontents : en général, j'ai gardé une mesure, que, selon toutes les apparences, on ne gardera pas envers moi.

On m'a dit que la femme célèbre, dont l'ouvrage formait le sujet de ma lettre, s'est plainte d'un passage de cette lettre. Je prendrai la liberté d'observer, que ce n'est pas moi qui ai employé le premier l'arme que l'on me reproche, et qui m'est odieuse. Je n'ai fait que repousser le coup qu'on portait à un homme dont je fais profession d'admirer les talents, et d'aimer tendrement la personne. Mais dès lors que j'ai offensé, j'ai été trop loin ; qu'il soit donc tenu pour effacé ce passage. Au reste, quand on a l'existence brillante et les beaux talents de Mme de Staël, on doit oublier facilement les petites blessures que peut nous faire un solitaire, et un homme aussi ignoré que je le suis.

Pour dire un dernier mot sur *Atala* : si, par un dessein de la plus haute politique, le gouvernement français songeait un jour à redemander le Canada à l'Angleterre, ma description de la Nouvelle-France prendrait un nouvel intérêt. Enfin, le sujet d'Atala n'est pas tout de mon invention ; il est certain qu'il y a eu un Sauvage aux galères et à la cour de Louis XIV ; il est certain qu'un missionnaire français a fait les choses que j'ai rapportées ; il est certain que j'ai trouvé des Sauvages emportant les os de leurs aïeux, et une jeune mère exposant le corps de son enfant sur les branches d'un arbre ; quelques autres circonstances aussi sont véritables : mais comme elles ne sont pas d'un intérêt général, je suis dispensé d'en parler.

• *Texte n° 3*

Avis sur la troisième édition (1801)

J'ai profité de toutes les critiques, pour rendre ce petit ouvrage plus digne des succès qu'il a obtenus. J'ai eu le bonheur de voir que la vraie philosophie et la vraie religion sont une et même chose ; car des personnes fort distinguées, qui ne pensent pas comme moi sur le christianisme, ont été les premières à faire la fortune d'*Atala*. Ce seul fait répond à ceux qui voudraient faire croire que la *vogue* de cette anecdote indienne, est une affaire de parti. Cependant j'ai été amèrement, pour ne pas dire grossièrement censuré ; on a été jusqu'à tourner en ridicule cette apostrophe aux Indiens* :

« Indiens infortunés, que j'ai vus errer dans les déserts du Nouveau-Monde avec les cendres de vos aïeux ; vous qui m'aviez donné l'hospitalité, malgré votre misère ! Je ne pourrais vous l'offrir aujourd'hui, car j'erre, ainsi que vous, à la merci des hommes, et moins heureux dans mon exil, je n'ai point emporté les os de mes pères. »

C'est sur la dernière phrase de cette apostrophe, que tombe la remarque du critique. Les cendres de ma famille, confondues avec celles de M. de Malesherbes ; six ans d'exil et d'infortunes, ne lui ont offert qu'un sujet de plaisanterie. Puisse-t-il n'avoir jamais à regretter les tombeaux de ses pères !

Au reste, il est facile de concilier les divers jugements qu'on a portés d'*Atala* : ceux qui m'ont blâmé, n'ont songé qu'à mes talents ; ceux qui m'ont loué, n'ont pensé qu'à mes malheurs.

P.-S. J'apprends dans le moment qu'on vient de découvrir à Paris une contrefaçon des deux premières éditions d'*Atala*,

* *Décade philosophique*, n° 22, dans une note.

et qu'il s'en fait plusieurs autres à Nancy et à Strasbourg. J'espère que le public voudra bien n'acheter ce petit ouvrage que chez *Migneret* et à l'ancienne Librairie de *Dupont*.

• *Texte n° 4*

Avis sur la quatrième édition (1801)

Depuis quelque temps, il a paru de nouvelles critiques d'*Atala*. Je n'ai pas pu en profiter dans cette quatrième édition. Les avis qu'on m'a fait l'honneur de m'adresser, exigeaient trop de changements, et le Public semble maintenant accoutumé à ce petit ouvrage, avec tous ses défauts. Cette quatrième édition est donc parfaitement semblable à la troisième. J'ai seulement rétabli dans quelques endroits le texte des deux premières.

• *Texte n° 5*

ATALA - RENÉ

Préface de 1805

L'indulgence, avec laquelle on a bien voulu accueillir mes ouvrages, m'a imposé la loi d'obéir au goût du public, et de céder au conseil de la critique.

Quant au premier, j'ai mis tous mes soins à le satisfaire. Des personnes, chargées de l'instruction de la jeunesse, ont désiré avoir une édition du *Génie du Christianisme*, qui fût dépouillée de cette partie de l'Apologie, uniquement destinée aux gens du monde : malgré la répugnance naturelle que j'avais à mutiler mon ouvrage, et ne considérant que l'utilité publique, j'ai publié l'abrégé que l'on attendait de moi.

Une autre classe de lecteurs demandait une édition séparée des deux épisodes de l'ouvrage : je donne aujourd'hui cette édition.

Je dirai maintenant ce que j'ai fait relativement à la critique.

Je me suis arrêté, pour le *Génie du Christianisme*, à des idées différentes de celles que j'ai adoptées pour ces épisodes.

Il m'a semblé d'abord que, par égard pour les personnes qui ont acheté les premières éditions, je ne devais faire, du moins à présent, aucun changement notable à un livre qui se vend aussi cher que le *Génie du Christianisme*. L'amour-propre et l'intérêt ne m'ont pas paru des raisons assez bonnes, même dans ce siècle, pour manquer à la délicatesse.

En second lieu, il ne s'est pas écoulé assez de temps depuis la publication du *Génie du Christianisme*, pour que je sois parfaitement éclairé sur les défauts d'un ouvrage de cette étendue. Où trouverais-je la vérité parmi une foule d'opinions contradictoires ? L'un vante mon sujet aux dépens de mon style ; l'autre approuve mon style et désapprouve mon sujet. Si l'on m'assure, d'une part, que le *Génie du Christianisme* est un monument à jamais mémorable pour la main qui l'éleva, et pour le commencement du XIXᵉ siècle* ; de l'autre, on a pris soin de m'avertir, un mois ou deux après la publication de l'ouvrage, que les critiques venaient trop tard, puisque cet ouvrage était déjà oublié**.

Je sais qu'un amour-propre plus affermi que le mien trouverait peut-être quelques motifs d'espérance pour se rassurer contre cette dernière assertion. Les éditions du *Génie du Christianisme* se multiplient, malgré les circonstances qui ont ôté à la cause que j'ai défendue le puissant intérêt du malheur. L'ouvrage, si je ne m'abuse, paraît même augmenter d'estime dans l'opinion publique à mesure qu'il vieillit, et il semble que l'on commence à y voir autre chose qu'un ouvrage de *pure imagination*. Mais à Dieu ne plaise que je prétende persuader de mon faible mérite ceux qui ont sans doute de bonnes raisons pour ne pas y croire. Hors la religion et l'honneur, j'estime trop peu de choses dans le monde, pour ne pas souscrire aux arrêts de la critique la plus rigoureuse. Je suis si peu aveuglé par quelques succès, et si loin de regarder quelques éloges comme un jugement définitif en ma faveur, que je n'ai pas cru devoir mettre la dernière main à mon ouvrage. J'attendrai encore, afin de laisser le temps aux préjugés de se calmer, à l'esprit de parti de s'éteindre ; alors l'opinion qui se sera formée sur mon livre, sera sans doute la véritable opinion ; je saurai ce qu'il faudra changer au *Génie du Christianisme*, pour le rendre tel que je désire le laisser après moi, s'il me survit.

---

* M. de Fontanes.
** M. Ginguené. (*Décad. philosoph.*)

Mais si j'ai résisté à la censure dirigée contre l'ouvrage entier par les raisons que je viens de déduire, j'ai suivi pour *Atala*, prise séparément, un système absolument opposé. Je n'ai pu être arrêté dans les corrections ni par la considération du prix du livre, ni par celle de la longueur de l'ouvrage. Quelques années ont été plus que suffisantes pour me faire connaître les endroits faibles ou vicieux de cet épisode. Docile sur ce point à la critique, jusqu'à me faire reprocher mon trop de facilité, j'ai prouvé à ceux qui m'attaquaient que je ne suis jamais volontairement dans l'erreur, et que, dans tous les temps et sur tous les sujets, je suis prêt à céder à des lumières supérieures aux miennes. *Atala* a été réimprimée onze fois : cinq fois séparément, et six fois dans le *Génie du Christianisme* ; si l'on confrontait ces onze éditions, à peine en trouverait-on deux tout à fait semblables.

La douzième, que je publie aujourd'hui, a été revue avec le plus grand soin. J'ai consulté des *amis prompts à me censurer* ; j'ai pesé chaque phrase, examiné chaque mot. Le style, dégagé des épithètes qui l'embarrassaient, marche peut-être avec plus de naturel et de simplicité. J'ai mis plus d'ordre et de suite dans quelques idées ; j'ai fait disparaître jusqu'aux moindres incorrections de langage. M. de la Harpe me disait au sujet d'*Atala* : « Si vous voulez vous enfermer avec moi seulement quelques heures, ce temps nous suffira pour effacer les taches qui font crier si haut vos censeurs. » J'ai passé quatre ans à revoir cet épisode, mais aussi il est tel qu'il doit rester. C'est la seule Atala que je reconnaîtrai à l'avenir.

Cependant il y a des points sur lesquels je n'ai pas cédé entièrement à la critique. On a prétendu que quelques sentiments exprimés par le père Aubry renfermaient une doctrine désolante. On a, par exemple, été révolté de ce passage (nous avons aujourd'hui tant de sensibilité !) :

« Que dis-je ! ô vanité des vanités ! Que parlé-je de la puissance des amitiés de la terre ! Voulez-vous, ma chère fille, en connaître l'étendue ? Si un homme revenait à la lumière quelques années après sa mort, je doute qu'il fût revu avec joie par ceux-là même qui ont donné le plus de larmes à sa mémoire : tant on forme vite d'autres liaisons, tant on prend facilement d'autres habitudes, tant l'inconstance est naturelle à l'homme, tant notre vie est peu de chose, même dans le cœur de nos amis ! »

Il ne s'agit pas de savoir si ce sentiment est pénible à avouer, mais s'il est vrai et fondé sur la commune expérience.

Il serait difficile de ne pas en convenir. Ce n'est pas surtout chez les Français que l'on peut avoir la prétention de ne rien oublier. Sans parler des morts dont on ne se souvient guère, que de vivants sont revenus dans leurs familles et n'y ont trouvé que l'oubli, l'humeur et le dégoût ! D'ailleurs quel est ici le but du père Aubry? N'est-ce pas d'ôter à Atala tout regret d'une existence qu'elle vient de s'arracher volontairement, et à laquelle elle voudrait en vain revenir ? Dans cette intention, le missionnaire, en exagérant même à cette infortunée les maux de la vie, ne ferait encore qu'un acte d'humanité. Mais il n'est pas nécessaire de recourir à cette explication. Le père Aubry exprime une chose malheureusement trop vraie. S'il ne faut pas calomnier la nature humaine, il est aussi très inutile de la voir meilleure qu'elle ne l'est en effet.

Le même critique, M. l'abbé Morellet, s'est encore élevé contre cette autre pensée, comme fausse et paradoxale :

« Croyez-moi, mon fils, les douleurs ne sont point éternelles ; il faut tôt ou tard qu'elles finissent, parce que le cœur de l'homme est fini. C'est une de nos grandes misères : nous ne sommes pas même capables d'être longtemps malheureux. »

Le critique prétend que cette sorte d'incapacité de l'homme pour la douleur est au contraire un des grands biens de la vie. Je ne lui répondrai pas que, si cette réflexion est vraie, elle détruit l'observation qu'il a faite sur le premier passage du discours du père Aubry. En effet, ce serait soutenir, d'un côté, que l'on n'oublie jamais ses amis ; et de l'autre, qu'on est très heureux de n'y plus penser. Je remarquerai seulement que l'habile grammairien me semble ici confondre les mots. Je n'ai pas dit : « C'est une de nos grandes *infortunes* » ; ce qui serait faux, sans doute ; mais « C'est une de nos grandes *misères* », ce qui est très vrai. Eh ! qui ne sent que cette impuissance où est le cœur de l'homme de nourrir longtemps un sentiment, même celui de la douleur, est la preuve la plus complète de sa stérilité, de son indigence, de sa *misère* ? M. l'abbé Morellet paraît faire, avec beaucoup de raison, un cas infini du bon sens, du jugement, du naturel. Mais suit-il toujours dans la pratique la théorie qu'il professe ? Il serait assez singulier que ses idées riantes sur l'homme et sur la vie, me donnassent le droit de le soupçonner, à mon tour, de porter dans ses sentiments l'exaltation et les illusions de la jeunesse.

La nouvelle nature et les mœurs nouvelles que j'ai peintes, m'ont attiré encore un autre reproche peu réfléchi. On m'a cru l'inventeur de quelques détails extraordinaires, lorsque je rappelais seulement des choses connues de tous les voyageurs. Des notes ajoutées à cette édition d'*Atala* m'auraient aisément justifié, mais s'il en avait fallu mettre dans tous les endroits où chaque lecteur pouvait en avoir besoin, elles auraient bientôt surpassé la longueur de l'ouvrage. J'ai donc renoncé à faire des notes. Je me contenterai de transcrire ici un passage de la *Défense du Génie du Christianisme*. Il s'agit des ours enivrés de raisin, que les doctes censeurs avaient pris pour une gaîté de mon imagination. Après avoir cité des autorités respectables et le témoignage de Carver, Bartram, Imley, Charlevoix, j'ajoute : « Quand on trouve dans un auteur une circonstance qui ne fait pas beauté en elle-même, et qui ne sert qu'à donner de la ressemblance au tableau ; si cet auteur a d'ailleurs montré quelque sens commun, il serait assez naturel de supposer qu'il n'a pas inventé cette circonstance, et qu'il n'a fait que rapporter une chose réelle, bien qu'elle ne soit pas très connue. Rien n'empêche qu'on ne trouve Atala une méchante production ; mais j'ose dire que la nature américaine y est peinte avec la plus scrupuleuse exactitude. C'est une justice que lui rendent tous les voyageurs qui ont visité la Louisiane et les Florides. Les deux traductions anglaises d'*Atala* sont parvenues en Amérique ; les papiers publics ont annoncé, en outre, une troisième traduction publiée à Philadelphie avec succès ; si les tableaux de cette histoire eussent manqué de vérité, auraient-ils réussi chez un peuple qui pouvait dire à chaque pas : « Ce ne sont pas là nos fleuves, nos montagnes, nos forêts » ? Atala est retournée au désert, et il semble que sa patrie l'ait reconnue pour véritable enfant de la solitude*. »

René, qui accompagne *Atala* dans la présente édition, n'avait point encore été imprimé à part. Je ne sais s'il continuera d'obtenir la préférence que plusieurs personnes lui donnent sur *Atala*. Il fait suite naturelle à cet épisode, dont il diffère néanmoins par le style et par le ton. Ce sont à la vérité les mêmes lieux et les mêmes personnages. Mais ce sont d'autres mœurs et un autre ordre de sentiments et

---

* *Défense du Génie du Christianisme*.

d'idées. Pour toute préface, je citerai encore les passages du *Génie du christianisme* et de la *Défense* qui se rapportent à René.

Extrait du Génie du Christianisme, *IIᵉ partie, liv. III, chap. IX, intitulé :* « Du Vague des passions »

« Il reste à parler d'un état de l'âme, qui, ce nous semble, n'a pas encore été bien observé : c'est celui qui précède le développement des grandes passions, lorsque toutes les facultés, jeunes, actives, entières, mais renfermées, ne se sont exercées que sur elles-mêmes, sans but et sans objet. Plus les peuples avancent en civilisation, plus cet état du vague des passions augmente ; car il arrive alors une chose fort triste : le grand nombre d'exemples qu'on a sous les yeux, la multitude de livres qui traitent de l'homme et de ses sentiments, rendent habile sans expérience. On est détrompé sans avoir joui ; il reste encore des désirs, et l'on n'a plus d'illusions. L'imagination est riche, abondante et merveilleuse, l'existence pauvre, sèche et désenchantée. On habite, avec un cœur plein, un monde vide ; et sans avoir usé de rien, on est désabusé de tout.

« L'amertume que cet état de l'âme répand sur la vie, est incroyable ; le cœur se retourne et se replie en cent manières, pour employer des forces qu'il sent lui être inutiles. Les anciens ont peu connu cette inquiétude secrète, cette aigreur des passions étouffées qui fermentent toutes ensemble : une grande existence politique, les jeux du gymnase et du champ de Mars, les affaires du forum et de la place publique, remplissaient tous leurs moments, et ne laissaient aucune place aux ennuis du cœur.

« D'une autre part, ils n'étaient pas enclins aux exagérations, aux espérances, aux craintes sans objet, à la mobilité des idées et des sentiments, à la perpétuelle inconstance, qui n'est qu'un dégoût constant : dispositions que nous acquérons dans la société intime des femmes. Les femmes, chez les peuples modernes, indépendamment de la passion qu'elles inspirent, influent encore sur tous les autres sentiments. Elles ont dans leur existence un certain abandon qu'elles font passer dans la nôtre ; elles rendent notre caractère d'homme moins décidé ; et nos passions, amollies par le mélange des leurs, prennent à la fois quelque chose d'incertain et de tendre. »

. . . .

« Il suffirait de joindre quelques infortunes à cet état indéterminé des passions, pour qu'il pût servir de fond à un drame admirable. Il est étonnant que les écrivains modernes n'aient pas encore songé à peindre cette singulière position de l'âme. Puisque nous manquons d'exemples, nous serait-il permis de donner aux lecteurs un épisode extrait, comme Atala, de nos anciens Natchez ? C'est la vie de ce jeune René, à qui Chactas a raconté son histoire, etc. »

Extrait de la Défense du Génie du Christianisme

« On a déjà fait remarquer la tendre sollicitude des critiques* pour la pureté de la Religion ; on devait donc s'attendre qu'ils se formaliseraient des deux épisodes que l'auteur a introduits dans son livre. Cette objection particulière rentre dans la grande objection qu'ils ont opposée à tout l'ouvrage, et elle se détruit par la réponse générale qu'on y a faite plus haut. Encore une fois, l'auteur a dû combattre des poèmes et des romans impies, avec des poèmes et des romans pieux ; il s'est couvert des mêmes armes dont il voyait l'ennemi revêtu : c'était une conséquence naturelle et nécessaire du genre d'apologie qu'il avait choisi. Il a cherché à donner l'exemple avec le précepte. Dans la partie théorique de son ouvrage, il avait dit que la Religion embellit notre existence, corrige les passions sans les éteindre, jette un intérêt singulier sur tous les sujets où elle est employée ; il avait dit que sa doctrine et son culte se mêlent merveilleusement aux émotions du cœur et aux scènes de la nature ; qu'elle est enfin la seule ressource dans les grands malheurs de la vie : il ne suffisait pas d'avancer tout cela, il fallait encore le prouver. C'est ce que l'auteur a essayé de faire dans les deux épisodes de son livre. Ces épisodes étaient en outre une amorce préparée à l'espèce de lecteurs pour qui l'ouvrage est spécialement écrit. L'auteur avait-il donc si mal connu le cœur humain, lorsqu'il a tendu ce piège innocent aux incrédules ? Et n'est-il pas probable que tel lecteur n'eût jamais ouvert le *Génie du Christianisme*, s'il n'y avait cherché *René* et *Atala* ?

* Il s'agit ici des philosophes uniquement.

Sai che là corre il mondo, ove più versi
Di sue dolcezze il lusinger parnasso,
E che'l vero, condito in molli versi,
I piu schivi alletando, ha persuaso.

« Tout ce qu'un critique impartial qui veut entrer dans
l'esprit de l'ouvrage, était en droit d'exiger de l'auteur, c'est
que les épisodes de cet ouvrage eussent une tendance visible
à faire aimer la Religion et à en démontrer l'utilité. Or, la
nécessité des cloîtres pour certains malheurs de la vie, et pour
ceux-là même qui sont les plus grands, la puissance d'une religion qui peut seule fermer des plaies que tous les baumes de
la terre ne sauraient guérir, ne sont-elles pas invinciblement
prouvées dans l'histoire de René ? L'auteur y combat en outre
le travers particulier des jeunes gens du siècle, le travers qui
mène directement au suicide. C'est J.-J. Rousseau qui intro-
duisit le premier parmi nous ces rêveries si désastreuses et si
coupables. En s'isolant des hommes, en s'abandonnant à ses
songes, il a fait croire à une foule de jeunes gens, qu'il est
beau de se jeter ainsi dans le vague de la vie. Le roman de
Werther a développé depuis ce germe de poison. L'auteur du
Génie du Christianisme, obligé de faire entrer dans le cadre
de son apologie quelques tableaux pour l'imagination, a voulu
dénoncer cette espèce de vice nouveau, et peindre les funestes
conséquences de l'amour outré de la solitude. Les couvents
offraient autrefois des retraites à ces âmes contemplatives,
que la nature appelle impérieusement aux méditations. Elles
y trouvaient auprès de Dieu de quoi remplir le vide qu'elles
sentent en elles-mêmes, et souvent l'occasion d'exercer de
rares et sublimes vertus. Mais, depuis la destruction des
monastères et les progrès de l'incrédulité, on doit s'attendre
à voir se multiplier au milieu de la société (comme il est arrivé
en Angleterre), des espèces de solitaires tout à la fois pas-
sionnés et philosophes, qui ne pouvant ni renoncer aux vices
du siècle, ni aimer ce siècle, prendront la haine des hommes
pour l'élévation du génie, renonceront à tout devoir divin et
humain, se nourriront à l'écart des plus vaines chimères, et
se plongeront de plus en plus dans une misanthropie orgueil-
leuse qui les conduira à la folie, ou à la mort.

« Afin d'inspirer plus d'éloignement pour ces rêveries
criminelles, l'auteur a pensé qu'il devait prendre la punition
de René dans le cercle de ces malheurs épouvantables, qui
appartiennent moins à l'individu qu'à la famille de l'homme,

et que les anciens attribuaient à la fatalité. L'auteur eût choisi le sujet de Phèdre s'il n'eût été traité par Racine. Il ne restait que celui d'Érope et de Thyeste* chez les Grecs, ou d'Amnon et de Thamar chez les Hébreux** ; et bien qu'il ait été aussi transporté sur notre scène***, il est toutefois moins connu que celui de Phèdre. Peut-être aussi s'applique-t-il mieux aux caractères que l'auteur a voulu peindre. En effet, les folles rêveries de René commencent le mal, et ses extravagances l'achèvent : par les premières, il égare l'imagination d'une faible femme ; par les dernières, en voulant attenter à ses jours, il oblige cette infortunée à se réunir à lui ; ainsi le malheur naît du sujet, et la punition sort de la faute.

« Il ne restait qu'à sanctifier, par le Christianisme, cette catastrophe empruntée à la fois de l'antiquité païenne et de l'antiquité sacrée. L'auteur, même alors, n'eut pas tout à faire ; car il trouve cette histoire presque naturalisée chrétienne dans une vieille ballade de Pèlerin, que les paysans chantent encore dans plusieurs provinces****. Ce n'est pas par les maximes répandues dans un ouvrage, mais par l'impression que cet ouvrage laisse au fond de l'âme, que l'on doit juger de sa moralité. Or, la sorte d'épouvante et de mystère qui règne dans l'épisode de René, serre et contriste le cœur sans y exciter d'émotion criminelle. Il ne faut pas perdre de vue qu'Amélie meurt heureuse et guérie, et que René finit misérablement. Ainsi, le vrai coupable est puni, tandis que sa trop faible victime, remettant son âme blessée entre les mains de *celui qui retourne le malade sur sa couche*, sent renaître une joie ineffable du fond même des tristesses de son cœur. Au reste, le discours du père Souël ne laisse aucun doute sur le but et les moralités religieuses de l'histoire de René. »

On voit, par le chapitre cité du *Génie du Christianisme*, quelle espèce de passion nouvelle j'ai essayé de peindre ; et, par l'extrait de la *Défense*, quel vice non encore attaqué j'ai

---

* Sen. *in Atr. et Th.* Voyez aussi Canacé et Macareus, et Caune et Byblis dans les *Métamorphoses* et dans les *Héroïdes* d'Ovide. J'ai rejeté comme trop abominable le sujet de Myrra, qu'on retrouve encore dans celui de Loth et de ses filles.

** Reg., 13, 14.

*** Dans l'*Abufar* de M. Ducis.

**** *C'est le chevalier des Landes,*
      Malheureux chevalier, etc.

voulu combattre. J'ajouterai que quant au style, René a été
revu avec autant de soin qu'Atala, et qu'il a reçu le degré
de perfection que je suis capable de lui donner.

• *Texte n° 6*

Préface des Natchez *(1826)*

Lorsqu'en 1800 je quittai l'Angleterre pour rentrer en
France sous un nom supposé, je n'osai me charger d'un
trop gros bagage : je laissai la plupart de mes manuscrits à
Londres. Parmi ces manuscrits se trouvait celui des *Natchez*,
dont je n'apportais à Paris que *René, Atala*, et quelques
descriptions de l'Amérique.

Quatorze années s'écoulèrent avant que les communications
avec la Grande-Bretagne se rouvrissent. Je ne songeai guère
à mes papiers dans le premier moment de la Restauration,
et d'ailleurs comment les retrouver ? Ils étaient restés renfermés dans une malle, chez une Anglaise qui m'avait loué
un petit appartement à Londres. J'avais oublié le nom de cette
femme ; le nom de la rue, et le numéro de la maison où j'avais
demeuré, étaient également sortis de ma mémoire.

Sur quelques renseignements vagues et même contradictoires, que je fis passer à Londres, MM. de Thuisy eurent
la bonté de commencer des recherches ; ils les poursuivirent
avec un zèle, une persévérance dont il y a très peu d'exemples : je me plais ici à leur en témoigner publiquement ma
reconnaissance.

Ils découvrirent d'abord avec une peine infinie la maison
que j'avais habitée dans la partie ouest de Londres. Mais mon
hôtesse était morte depuis plusieurs années, et l'on ne savait
ce que ses enfants étaient devenus. D'indications en indications, de renseignements en renseignements, MM. de Thuisy,
après bien des courses infructueuses, retrouvèrent enfin dans
un village à plusieurs milles de Londres, la famille de mon
hôtesse.

Avait-elle gardé la malle d'un émigré, une malle remplie
de vieux papiers à peu près indéchiffrables ? N'avait-elle point
jeté au feu cet inutile ramas de manuscrits français ?

D'un autre côté, si mon nom sorti de son obscurité avait
attiré dans les journaux de Londres l'attention des enfants

de mon ancienne hôtesse, n'auraient-ils point voulu profiter de ces papiers, qui dès lors acquéraient une certaine valeur ?

Rien de tout cela n'était arrivé : les manuscrits avaient été conservés ; la malle n'avait pas même été ouverte. Une religieuse fidélité, dans une famille malheureuse, avait été gardée à un enfant du malheur. J'avais confié avec simplicité le produit des travaux d'une partie de ma vie à la probité d'un dépositaire étranger, et mon *trésor* m'était rendu avec la même simplicité. Je ne connais rien qui m'ait plus touché dans ma vie que la bonne foi et la loyauté de cette pauvre famille anglaise.

Voici comment je parlais des *Natchez*, dans la préface de la première édition d'*Atala* :

« J'étais encore très jeune, lorsque je conçus l'idée de faire *l'épopée de l'homme de la nature*, ou de peindre les mœurs des Sauvages, en les liant à quelque événement connu. Après la découverte de l'Amérique, je ne vis pas de sujet plus intéressant, surtout pour des Français, que le massacre de la colonie des Natchez à la Louisiane, en 1727. Toutes les tribus indiennes conspirant, après deux siècles d'oppression, pour rendre la liberté au Nouveau-Monde, me parurent offrir un sujet presque aussi heureux que la conquête du Mexique. Je jetai quelques fragments de cet ouvrage sur le papier, mais je m'aperçus bientôt que je manquais des vraies couleurs, et que si je voulais faire une image semblable, il fallait, à l'exemple d'Homère, visiter les peuples que je voulais peindre.

« En 1789, je fis part à M. de Malesherbes du dessein que j'avais de passer en Amérique. Mais, désirant en même temps donner un but utile à mon voyage, je formai le dessein de découvrir par terre le *passage* tant cherché, et sur lequel Cook même avait laissé des doutes. Je partis, je vis les solitudes américaines, et je revins avec des plans pour un second voyage, qui devait durer neuf ans. Je me proposais de traverser tout le continent de l'Amérique septentrionale, de remonter ensuite le long des côtes, au nord de la Californie, et de revenir par la baie d'Hudson, en tournant sous le pôle*. M. de Malesherbes se chargea de présenter mes plans au gouvernement, et ce fut alors qu'il entendit les premiers

---

* M. Mackenzie a depuis exécuté une partie de ce plan.
Le capitaine Franklin est entré dernièrement dans la mer Polaire, vue par Hearne, et continue dans ce moment ses recherches.

fragments du petit ouvrage que je donne aujourd'hui au public. La révolution mit fin à tous mes projets. Couvert du sang de mon frère unique, de ma belle-sœur, de celui de l'illustre vieillard leur père, ayant vu ma mère et une autre sœur pleine de talents mourir des suites du traitement qu'elles avaient éprouvé dans les cachots, j'ai erré sur les terres étrangères...

« De tous mes manuscrits sur l'Amérique, je n'ai sauvé que quelques fragments, en particulier *Atala*, qui n'était elle-même qu'un épisode des *Natchez*. *Atala* a été écrite dans le désert, et sous les huttes des Sauvages. Je ne sais si le public goûtera cette histoire, qui sort de toutes les routes connues, et qui présente une nature et des mœurs tout à fait étrangères à l'Europe*. »

Dans le *Génie du christianisme*, tome II des anciennes éditions, au chapitre du *Vague des passions*, on lisait ces mots : « Nous serait-il permis de donner aux lecteurs cet épisode extrait, comme *Atala*, de nos anciens *Natchez* : c'est la vie de ce jeune René à qui Chactas a raconté son histoire, etc. »

Enfin dans la préface de l'édition générale de mes œuvres, j'ai déjà donné quelques renseignements sur les *Natchez*.

Un manuscrit, dont j'ai pu tirer *Atala*, *René* et plusieurs descriptions placées dans le *Génie du christianisme*, n'est pas tout à fait stérile. Il se compose, comme je l'ai dit ailleurs**, de deux mille trois cent quatre-vingt-trois pages in-folio. Ce premier manuscrit est écrit de suite sans section ; tous les sujets y sont confondus : voyages, histoire naturelle, partie dramatique, etc. ; mais auprès de ce manuscrit d'un seul jet, il en existe un autre partagé en livres, qui malheureusement n'est pas complet, et où j'avais commencé à établir l'ordre. Dans ce second travail non achevé, j'avais non seulement procédé à la division de la matière, mais j'avais encore changé le genre de la composition, en la faisant passer du roman à l'épopée.

La révision, et même la simple lecture de cet immense manuscrit, a été un travail pénible : il a fallu mettre à part ce qui est voyage, à part ce qui est histoire naturelle, à part ce qui est drame ; il a fallu beaucoup rejeter et brûler encore davantage de ces compositions surabondantes. Un jeune

* Préface de la première édition d'*Atala*.
** Avertissement des *Œuvres complètes*.

homme qui entasse pêle-mêle ses idées, ses inventions, ses études, ses lectures, doit produire le chaos ; mais aussi dans ce chaos, il y a une certaine fécondité qui tient à la puissance de l'âge, et qui diminue en avançant dans la vie.

Il m'est arrivé ce qui n'est peut-être jamais arrivé à un auteur, c'est de relire après trente années un manuscrit que j'avais totalement oublié. Je l'ai jugé, comme j'aurais pu juger l'ouvrage d'un étranger : le vieil écrivain formé à son art, l'homme éclairé par la critique, l'homme d'un esprit calme et d'un sang rassis, a corrigé les essais d'un auteur inexpérimenté, abandonné aux caprices de son imagination.

J'avais pourtant un danger à craindre. En repassant le pinceau sur le tableau, je pouvais éteindre les couleurs ; une main plus sûre, mais moins rapide, courait risque de faire disparaître les traits moins corrects, mais aussi les touches plus vives de la jeunesse : il fallait conserver à la composition son indépendance, et pour ainsi dire sa fougue ; il fallait laisser l'écume au frein du jeune coursier. S'il y a dans les *Natchez* des choses que je ne hasarderais qu'en tremblant aujourd'hui, il y a aussi des choses que je n'écrirais plus, notamment la lettre de René dans le second volume.

Partout, dans cet immense tableau, des difficultés considérables se sont présentées au peintre : il n'était pas tout à fait aisé, par exemple, de mêler à des combats, à des dénombrements de troupes à la manière des anciens, de mêler, dis-je, des descriptions de batailles, de revues, de manœuvres, d'uniformes et d'armes modernes. Dans ces sujets mixtes, on marche constamment entre deux écueils : l'affectation ou la trivialité. Quant à l'impression générale qui résulte de la lecture des *Natchez*, c'est, si je ne me trompe, celle qu'on éprouve à la lecture de *René* et d'*Atala* : il est naturel que le tout ait de l'affinité avec la partie.

On peut lire dans Charlevoix (*Histoire de la Nouvelle-France*, t. IV, p. 24) le fait historique qui sert de base à la composition des *Natchez*. C'est de l'action particulière, racontée par l'historien, que j'ai fait, en l'agrandissant, le sujet de mon ouvrage. Le lecteur verra ce que la fiction a ajouté à la vérité.

J'ai déjà dit qu'il existait deux manuscrits des *Natchez* : l'un divisé en livres, et qui ne va guère qu'à la moitié de l'ouvrage ; l'autre qui contient le tout sans division, et avec tout le désordre de la matière. De là une singularité littéraire dans l'ouvrage, tel que je le donne au public : le premier volume s'élève à la dignité de l'épopée, comme dans *Les Martyrs* ; le second descend à la narration ordinaire, comme dans *Atala* et dans *René*.

Pour arriver à l'unité du style, il eût fallu effacer du premier volume la couleur épique, ou l'étendre sur le second : or, dans l'un ou l'autre cas, je n'aurais plus reproduit avec fidélité le travail de ma jeunesse.

Ainsi donc, dans le premier volume des *Natchez*, on trouvera le *merveilleux*, et le merveilleux de toutes les espèces : le merveilleux *chrétien*, le merveilleux *mythologique*, le merveilleux *indien* ; on rencontrera des muses, des anges, des démons, des génies, des combats, des personnages allégoriques : la Renommée, le Temps, la Nuit, la Mort, l'Amitié. Ce volume offre des invocations, des sacrifices, des prodiges, des comparaisons multipliées, les unes courtes, les autres longues, à la façon d'Homère, et formant de petits tableaux.

Dans le second volume, le *merveilleux* disparaît, mais l'intrigue se complique, et les personnages se multiplient : quelques-uns d'entre eux sont pris jusque dans les rangs inférieurs de la société. Enfin le roman remplace le poème, sans néanmoins descendre au-dessous du style de *René* et d'*Atala*, et en remontant quelquefois, par la nature du sujet, par celle des caractères et par la description des lieux, au ton de l'épopée.

Le premier volume contient la suite de l'histoire de Chactas et son voyage à Paris. L'intention de ce récit est de mettre en opposition les mœurs des peuples chasseurs, pêcheurs et pasteurs, avec les mœurs du peuple le plus policé de la terre. C'est à la fois la critique et l'éloge du siècle de Louis XIV, et un plaidoyer entre la civilisation et l'état de nature : on verra quel juge décide la question.

Pour faire passer sous les yeux de Chactas les hommes illustres du grand siècle, j'ai quelquefois été obligé de serrer les temps, de grouper ensemble des hommes qui n'ont pas vécu tout à fait ensemble, mais qui se sont succédé dans la suite d'un long règne. Personne ne me reprochera sans doute ces légers anachronismes, que je devais pourtant faire remarquer ici.

Je dis la même chose des événements que j'ai transportés et renfermés dans une période obligée, et qui s'étendent, historiquement, en deçà et au-delà de cette période.

On ne me montrera, j'espère, pas plus de rigueur pour la critique des lois. La procédure criminelle cessa d'être publique en France sous François Ier, et les accusés n'avaient pas de défenseurs. Ainsi, quand Chactas assiste à la plaidoirie d'un jugement criminel, il y a anachronisme pour les lois : si j'avais besoin sur ce point d'une justification, je la trouverais dans Racine même ; Dandin dit à Isabelle :

Avez-vous jamais vu donner la question ?

ISABELLE

Non, et ne le verrai, que je crois, de ma vie.

DANDIN

Venez ; je vous en veux faire passer l'envie.

ISABELLE

Ah ! monsieur, peut-on voir souffrir des malheureux !

DANDIN

Bon ! cela fait toujours passer une heure ou deux.

Racine suppose qu'on voyait de son temps donner la question, et cela n'était pas : les juges, le greffier, le bourreau et ses garçons assistaient seuls à la torture.

J'espère, enfin, qu'aucun véritable savant de nos jours ne s'offensera du récit d'une séance à l'Académie, et d'une innocente critique de la science sous Louis XIV, critique qui trouve d'ailleurs son contrepoids au *souper chez Ninon*. Ils ne s'en offenseront pas davantage que les gens de robe ne se blesseront de ma relation d'une audience au Palais. Nos avocats, nobles défenseurs des libertés publiques, ne parlent plus comme le Petit-Jean des *Plaideurs* ; et dans notre siècle où la science a fait de si grands pas et créé tant de prodiges, la pédanterie est un ridicule complètement ignoré de nos illustres savants.

On trouve aussi dans le premier volume des *Natchez* un livre d'un *Ciel chrétien*, différent du Ciel des *Martyrs* : en le lisant j'ai cru éprouver un sentiment de l'infini qui m'a déterminé à conserver ce livre. Les idées de Platon y sont confondues avec les idées chrétiennes, et ce mélange ne m'a paru présenter rien de profane ou de bizarre.

Si on s'occupait encore de style, les jeunes écrivains pourraient apprendre, en comparant le premier volume des *Natchez* au second, par quels artifices on peut changer une composition littéraire, et la faire passer d'un genre à un autre. Mais nous sommes dans le siècle des faits, et ces études de mots paraîtraient sans doute oiseuses. Reste à savoir si le style n'est pas cependant un peu nécessaire pour faire vivre les faits : Voltaire n'a pas mal servi la renommée de Newton. L'histoire, qui punit et qui récompense, perdrait sa puissance, si elle ne savait peindre : sans Tite-Live, qui se souviendrait du vieux Brutus ? sans Tacite, qui penserait à Tibère ? César a plaidé lui-même la cause de son immortalité dans ses *Commentaires*, et il l'a gagnée. Achille n'existe que par Homère. Otez de ce monde l'art d'écrire, il est probable que vous en ôterez la gloire. Cette gloire est peut-être une assez belle inutilité pour qu'il soit bon de la conserver, du moins encore quelque temps.

La description de l'Amérique *sauvage* appellerait naturellement le tableau de l'Amérique *policée* ; mais ce tableau me paraîtrait mal placé dans la préface d'un ouvrage d'imagination. C'est dans le volume où se trouveront les souvenirs de mes voyages en Amérique, qu'après avoir peint les déserts je dirai ce qu'est devenu le Nouveau Monde, et ce qu'il peut attendre de l'avenir. L'histoire ainsi fera suite à l'histoire, et les divers sujets ne seront pas confondus.

RENÉ DANS *LES NATCHEZ*

(Textes n⁰ˢ 7, 8 et 9)

Dans l'ordre de l'écriture, la première mouture de René figure dans Les Natchez. *Bien qu'il soit disponible, ce roman n'est guère lu aujourd'hui, aussi en donnons-nous un synopsis, ainsi que la chronologie fictive, établie par J.-C. Berchet (p. 188).*

Frère d'Amélie, émigré, banni, René est impuissant à aimer et condamné à faire le malheur de ceux qu'il approche. Il s'impose comme l'énigmatique héros de cette saga, ou de ce western indien, où, malgré l'exaltation de l'érotisme, l'amour dégénère en passion criminelle, et où le contact de deux civilisations débouche sur une sanglante tuerie. La première partie privilégie le merveilleux, l'alliance des allégories chrétiennes et de la célébration de la Nature et la description. Dramatique, la seconde se fait plus narrative et s'ancre plus nettement dans l'Histoire. Dans ses Mémoires, *Chateaubriand soulignera cette dualité d'inspiration et d'écriture :*

« Mes deux natures sont confondues dans ce bizarre ouvrage, particulièrement dans l'original primitif. On y trouve des incidents politiques et des intrigues de romans ; mais à travers la narration, on entend partout une voix qui chante et qui semble venir d'une région inconnue. »

Après le synopsis, on trouvera le début du roman, qui met en scène l'arrivée de René chez les Natchez (texte n° 7) et les pages qui précèdent le récit que Chateaubriand prélèvera pour le Génie du christianisme *(texte n° 8). Enfin, on appréciera la célèbre lettre de René à Céluta, où se donne à lire la psychologie du héros (texte n° 9).*

SYNOPSIS DES *NATCHEZ*

Ayant quitté la France après la prise de voile de sa sœur Amélie, René vient demander l'hospitalité à la tribu des Natchez en Louisiane. Le vieux Chactas le protège (livre I).

René s'éprend de Céluta, la nièce de Chactas. Mais celle-ci est aimée d'Ondouré, chef de la tribu de la Tortue, qui jure la perte de René (livre II). Ondouré tente d'assassiner René. Celui-ci le vainc, et laisse la vie à son agresseur (livre III). Suit un intermède (livre IV).

Adopté par la tribu, René écoute le récit que lui fait Chactas de ses amours et des événements survenus depuis la mort d'Atala. Envoyé comme ambassadeur de sa nation en France, il est pris pour un traître et envoyé au bagne à Marseille. Délivré sur ordre de Louis XIV, il est amené à Versailles (livres V à IX).

Poussés par Ondouré, les Illinois déclarent la guerre aux Natchez. Fait prisonnier, René est délivré et retrouve Céluta (livres IX à XII). Fin de la première partie.

La seconde partie ne comporte pas de divisions. On fête le mariage de René et de Céluta. Une petite fille, prénommée Amélie, vient au monde. Mais René n'est pas heureux. Dénoncé par Ondouré, il est arrêté par les Français et jeté en prison. Libéré, il raconte ses malheurs à Chactas. Toujours assoiffé de vengeance, Ondouré parvient à éloigner René, et pendant son absence, fait jurer aux Indiens de massacrer les Blancs. René envoie une lettre testament à Céluta. Ondouré assassine René. Outougamiz, frère de Céluta, époux de Mila (elle deviendra la mère adoptive d'Amélie) et fidèle ami de René, meurt de douleur, suivi de près dans la tombe par l'épouse de René, qu'Ondouré a violée. Les Natchez disparaissent dans leur lutte contre les Iroquois, après le massacre des Français.

• *Texte n° 7*

Livre premier

À l'ombre des forêts américaines, je veux chanter des airs de la solitude tels que n'en ont point encore entendu des oreilles mortelles ; je veux raconter vos malheurs, ô Natchez, ô nation de la Louisiane, dont il ne reste plus que des souvenirs. Les infortunes d'un obscur habitant des bois auraient-elles moins de droits à nos pleurs que celles des autres hommes ? et les mausolées des rois dans nos temples sont-ils plus touchants que le tombeau d'un Indien sous le chêne de sa patrie ?

Et toi, flambeau des méditations, astre des nuits, sois pour moi l'astre du Pinde ! marche devant mes pas, à travers les régions inconnues du Nouveau Monde, pour me découvrir à ta lumière les secrets ravissants de ces déserts !

René, accompagné de ses guides, avait remonté le cours du Meschacebé ; sa barque flottait au pied des trois collines dont le rideau dérobe aux regards le beau pays des enfants du Soleil. Il s'élance sur la rive, gravit la côte escarpée, et atteint le sommet le plus élevé des trois coteaux. Le grand village des Natchez se montrait à quelque distance dans une plaine parsemée de bocages de sassafras : çà et là erraient des Indiennes aussi légères que les biches avec lesquelles elles bondissaient ; leur bras gauche était chargé d'une corbeille suspendue à une longue écorce de bouleau, elles cueillaient les fraises dont l'incarnat teignait leurs doigts et les gazons d'alentour. René descend de la colline et s'avance vers le village. Les femmes s'arrêtaient à quelque distance pour voir passer les étrangers, et puis s'enfuyaient vers les bois : ainsi des colombes regardent le chasseur du haut d'une roche élevée, et s'envolent à son approche.

Les voyageurs arrivent aux premières cabanes du grand village ; ils se présentent à la porte d'une de ces cabanes. Là, une famille assemblée était assise sur des nattes de jonc ; les hommes fumaient le calumet ; les femmes filaient des nerfs de chevreuil. Des melons d'eau, des plakmines sèches, et des pommes de mai étaient posés sur des feuilles de vigne vierge au milieu du cercle : un nœud de bambou servait pour boire l'eau d'érable.

Les voyageurs s'arrêtèrent sur le seuil et dirent : « Nous sommes venus. » Et le chef de la famille répondit : « Vous êtes venus, c'est bien. » Après quoi chaque voyageur s'assit sur une natte et partagea le festin sans parler. Quand cela fut fait, un des interprètes éleva la voix et dit : « Où est le Soleil* ? » Le chef répondit : « Absent. » Et le silence recommença.

Une jeune fille parut à l'entrée de la cabane. Sa taille haute, fine et déliée, tenait à la fois de l'élégance du palmier et de la faiblesse du roseau. Quelque chose de souffrant et de rêveur se mêlait à ses grâces presque divines. Les Indiens, pour peindre la tristesse et la beauté de Céluta, disaient qu'elle avait le regard de la Nuit et le sourire de l'Aurore. Ce n'était point encore une femme malheureuse, mais une femme destinée à le devenir. On aurait été tenté de presser cette admirable créature dans ses bras, si l'on n'eût craint de sentir palpiter un cœur dévoué d'avance aux chagrins de la vie.

Céluta entre en rougissant dans la cabane, passe devant les étrangers, se penche à l'oreiſfe de la matrone du lieu, lui dit quelques mots à voix basse et se retire. Sa robe blanche d'écorce de mûrier ondoyait légèrement derrière elle, et ses deux talons de rose en relevaient le bord à chaque pas. L'air demeura embaumé sur les traces de l'Indienne du parfum des fleurs de magnolia qui couronnaient sa tête : telle parut Héro aux fêtes d'Abydos ; telle Vénus se fit connaître, dans les bois de Carthage, à sa démarche et à l'odeur d'ambroisie qu'exhalait sa chevelure.

Cependant les guides achèvent leur repas, se lèvent et disent : « Nous nous en allons. » Et le chef indien répond : « Allez où le veulent les Génies » ; et ils sortent avec René sans qu'on leur demande quels soins le Ciel leur a commis.

Ils passent au milieu du grand village, dont les cabanes carrées supportaient un toit arrondi en dôme. Ces toits de chaume de maïs entrelacé de feuilles, s'appuyaient sur des murs recouverts en dedans et en dehors de nattes fort minces. À l'extrémité du village les voyageurs arrivèrent sur une place irrégulière que formaient la cabane du Grand Chef des Natchez, et celle de sa plus proche parente, la *Femme-Chef***.

Le concours d'Indiens de tous les âges animait ces lieux. La nuit était survenue, mais des flambeaux de cèdre allumés de toutes parts, jetaient une vive clarté sur la mobilité du

---

* Le *Soleil*, le Grand Chef, ou Empereur des Natchez.
** Le fils de cette femme héritait de la royauté.

tableau. Des vieillards fumaient leurs calumets, en s'entretenant des choses du passé ; des mères allaitaient leurs enfants, ou les suspendaient dans leurs berceaux aux branches des tamarins ; plus loin de jeunes garçons, les bras attachés ensemble, s'essayaient à qui supporterait plus longtemps l'ardeur d'un charbon enflammé ; les guerriers jouaient à la balle avec des raquettes garnies de peaux de serpents ; d'autres guerriers avaient de vives contentions aux jeux des pailles et des osselets ; un plus grand nombre exécutait la danse de la guerre ou celle du buffle, tandis que des musiciens frappaient avec une seule baguette une sorte de tambour, soufflaient dans une conque sauvage, ou tiraient des sons d'un os de chevreuil percé à quatre trous, comme le fifre aimé du soldat.

C'était l'heure où les fleurs de l'hibiscus commencent à s'entrouvrir dans les savanes, et où les tortues du fleuve viennent déposer leurs œufs dans les sables : les étrangers avaient déjà passé sur la place des jeux tout le temps qu'un enfant indien met à parcourir une cabane, quand pour essayer sa marche, sa mère lui présente la mamelle, et se retire en souriant devant lui. On vit alors paraître un vieillard. Le ciel avait voulu l'éprouver : ses yeux ne voyaient plus la lumière du jour. Il cheminait tout courbé, s'appuyant d'un côté sur le bras d'une jeune femme, de l'autre sur un bâton de chêne.

Le patriarche du désert se promenait au milieu de la foule charmée ; les Sachems même paraissaient saisis de respect, et faisaient, en le suivant, un cortège de siècles au vénérable homme qui jetait tant d'éclat et attirait tant d'amour sur le vieil âge.

René et ses guides l'ayant salué à la manière de l'Europe, le Sauvage averti s'inclina à son tour devant eux, et prenant la parole dans leur langue maternelle, il leur dit : « Étrangers, j'ignorais votre présence parmi nous. Je suis fâché que mes yeux ne puissent vous voir ; j'aimais autrefois à contempler mes hôtes et à lire sur leurs fronts s'ils étaient aimés du ciel. » Il se tourna ensuite vers la foule qu'il entendait autour de lui : « Natchez, comment avez-vous laissé ces Français si longtemps seuls ? Êtes-vous assurés que vous ne serez jamais voyageurs, loin de votre terre natale ? Sachez que toutes les fois qu'il arrive parmi vous un étranger, vous devez, un pied nu dans le fleuve et une main étendue sur les eaux, faire un sacrifice au Meschacebé ; car l'étranger est aimé du Grand Esprit. »

Près du lieu où parlait ainsi le vieillard se voyait un catalpa
au tronc noueux, aux rameaux étendus et chargés de fleurs :
le vieillard ordonne à sa fille de l'y conduire. Il s'assied au
pied de l'arbre avec René et les guides. Des enfants montés
sur les branches du catalpa, éclairaient avec des flambeaux
la scène au-dessous d'eux. Frappés de la lueur rougeâtre des
torches, le vieil arbre et le vieil homme se prêtaient mutuellement une beauté religieuse ; l'un et l'autre portaient les marques des rigueurs du ciel, et pourtant ils fleurissaient encore
après avoir été frappés de la foudre.

Le frère d'Amélie ne se lassait point d'admirer le Sachem.
Chactas, c'était son nom, ressemblait aux héros représentés
par ces bustes antiques qui expriment le repos dans le génie,
et qui semblent naturellement aveugles. La paix des passions
éteintes se mêlait sur le front de Chactas, à cette sérénité
remarquable chez les hommes qui ont perdu la vue ; soit qu'en
étant privés de la lumière terrestre nous commercions plus
intimement avec celle des cieux, soit que l'ombre où vivent
les aveugles ait un calme qui s'étende sur l'âme, de même que
la nuit est plus silencieuse que le jour.

Le Sachem, prenant le calumet de paix chargé de feuilles
odorantes du laurier de montagne, poussa la première vapeur
vers le ciel, la seconde vers la terre, et la troisième autour
de l'horizon. Ensuite il le présente aux étrangers. Alors le frère
d'Amélie dit : « Vieillard ! puisse le ciel te bénir dans tes
enfants ! Es-tu le pasteur de ce peuple qui t'environne ?
Permets-moi de me ranger parmi ton troupeau.

— Étranger, repartit le sage des bois, je ne suis qu'un
simple Sachem. On me nomme Chactas, fils d'Outalissi, parce
qu'on prétend que ma voix a quelque douceur, ce qui peut
provenir de la crainte que j'ai du Grand Esprit. Si nous te
recevons comme un fils, nous ne devons point en retirer de
louanges : depuis longtemps nous sommes amis d'Ononthio*
dont le Soleil** habite de l'autre côté du lac sans rivage***.
Les vieillards de ton pays ont discouru avec les vieillards du
mien, et mené dans leur temps la danse des forts, car nos aïeux
étaient une race puissante. Que sommes-nous auprès de nos
aïeux ? Moi-même qui te parle, j'ai habité jadis parmi tes

* Le gouverneur français.
** Le roi de France.
*** La mer.

pères : je n'étais pas courbé vers la terre comme aujourd'hui, et mon nom retentissait dans les forêts. J'ai contracté une grande dette envers la France. Si l'on me trouve quelque sagesse, c'est à un Français que je la dois ; ce sont ses leçons qui ont germé dans mon cœur : les paroles de l'homme selon les voies du Grand Esprit sont des graines fines, que les brises de la fécondité dispersent dans mille climats, où elles se développent en pur maïs ou en fruits délicieux. Mes os, ô mon fils ! reposeraient mollement dans la cabane de la mort, si je pouvais, avant de descendre à la contrée des âmes, prouver ma reconnaissance, par quelque service rendu aux compatriotes de mon ancien hôte du pays des blancs. »

En achevant de prononcer ces mots, le Nestor des Natchez se couvrit la tête de son manteau, et parut se perdre dans quelque grand souvenir. La beauté de ce vieillard, l'éloge d'un homme policé prononcé au milieu du désert par un Sauvage, le titre de fils donné à un étranger, cette coutume naïve des peuples de la nature de traiter de parents tous les hommes, touchaient profondément René.

Chactas, après quelques moments de silence, reprit ainsi la parole : « Étranger du pays de l'Aurore, si je t'ai bien compris, il me semble que tu es venu pour habiter les forêts où le soleil se couche ? Tu fais là une entreprise périlleuse ; il n'est pas aussi aisé que tu le penses d'errer par les sentiers du chevreuil. Il faut que les Manitous du malheur t'aient donné des songes bien funestes, pour t'avoir conduit à une pareille résolution. Raconte-nous ton histoire, jeune étranger ; je juge par la fraîcheur de ta voix, et en touchant tes bras je vois par leur souplesse, que tu dois être dans l'âge des passions. Tu trouveras ici des cœurs qui pourront compatir à tes souffrances. Plusieurs des Sachems qui nous écoutent connaissent la langue et les mœurs de ton pays ; tu dois apercevoir aussi, dans la foule, des blancs, tes compatriotes du fort Rosalie, qui seront charmés d'entendre parler de leur pays. »

Le frère d'Amélie répondit d'une voix troublée : « Indien, ma vie est sans aventures, et le cœur de René ne se raconte point. »

Ces paroles brusques furent suivies d'un profond silence : les regards du frère d'Amélie étincelaient d'un feu sombre ; les pensées s'amoncelaient et s'entrouvraient sur son front comme des nuages ; ses cheveux avaient une légère agitation sur ses tempes. Mille sentiments confus régnaient dans la multitude : les uns prenaient l'étranger pour un insensé, les autres pour un Génie revêtu de la forme humaine.

Chactas étendant la main dans l'ombre prit celle de René. « Étranger, lui dit-il, pardonne à ma prière indiscrète : les vieillards sont curieux ; ils aiment à écouter des histoires pour avoir le plaisir de faire des leçons. »

Sortant de l'amertume de ses pensées, et ramené au sentiment de sa nouvelle existence, René supplia Chactas de le faire admettre au nombre des guerriers natchez, et de l'adopter lui-même pour son fils.

« Tu trouveras une natte dans ma cabane, répondit le Sachem, et mes vieux ans s'en réjouiront. Mais le Soleil est absent ; tu ne peux être adopté qu'après son retour. Mon hôte, réfléchis bien au parti que tu veux prendre. Trouveras-tu dans nos savanes le repos que tu viens y chercher ? Es-tu certain de ne jamais nourrir dans ton cœur les regrets de la patrie ? Tout se réduit souvent, pour le voyageur, à échanger dans la terre étrangère des illusions contre des souvenirs. L'homme entretient dans son sein un désir de bonheur qui ne se détruit, ni ne se réalise ; il y a dans nos bois une plante dont la fleur se forme et ne s'épanouit jamais : c'est l'espérance. »

Ainsi parlait le Sachem : mêlant la force à la douceur, il ressemblait à ces vieux chênes où les abeilles ont caché leur miel.

Chactas se lève à l'aide du bras de sa fille. Le frère d'Amélie suit le Sachem que la foule empressée reconduit à sa cabane. Les guides retournèrent au fort Rosalie.

Cependant René était entré sous le toit de son hôte, qu'ombrageaient quatre superbes tulipiers. On fait chauffer une eau pure dans un vase de pierre noire, pour laver les pieds du frère d'Amélie. Chactas sacrifie aux Manitous protecteurs des étrangers ; il brûle en leur honneur des feuilles de saule : le saule est agréable aux Génies des voyageurs, parce qu'il croît au bord des fleuves, emblèmes d'une vie errante. Après ceci Chactas présenta à René la calebasse de l'hospitalité, où six générations avaient bu l'eau d'érable ; elle était couronnée d'hyacinthes bleues qui répandaient une bonne odeur : deux Indiens, célèbres par leur esprit ingénieux, avaient crayonné sur ses flancs dorés l'histoire d'un voyageur égaré dans les bois. René, après avoir mouillé ses lèvres dans la coupe fragile, la rendit aux mains tremblantes du patron de la solitude. Le calumet de paix, dont le fourneau était fait d'une pierre rouge, fut de nouveau présenté au frère d'Amélie. On lui servit en même temps deux jeunes ramiers qui, nourris de baies de genévrier par leur mère, étaient un mets digne de la table d'un roi. Le repas achevé, une jeune fille aux bras nus parut devant l'étranger ; et dansant la chanson de l'hospitalité, elle disait :

« Salut, hôte du Grand Esprit ; salut, ô le plus sacré des hommes ! Nous avons du maïs et une couche pour toi : salut, hôte du Grand Esprit ; salut, ô le plus sacré des hommes ! » La jeune fille prit l'étranger par la main, le conduisit à la peau d'ours qui devait lui servir de lit, et puis elle se retira auprès de ses parents. René s'étendit sur la couche du chasseur, et dormit son premier sommeil chez les Natchez.

• *Texte n° 8*

En réjouissance du mariage prochain d'Adélaïde avec le défenseur de René, un bal avait été donné malgré le procès du frère d'Amélie et l'orage de la nuit : il était dans le caractère du gouverneur de ne rien changer aux choses préparées, quels que fussent les événements. Le bal durait encore, lorsque le jour parut. La mère de Jacques et Céluta entrèrent dans les premières cours du palais ; les esclaves blancs et noirs qui attendaient leurs maîtres, s'attroupèrent autour des étrangères : les éclats de rire et les insultes furent prodigués à l'infortune et à la jeunesse qui se présentaient sous la protection de la vieillesse et de l'indigence. « Si Jacques était ici, disait la vieille, comme il vous obligerait à me faire place ! »

Les deux femmes pénétrèrent avec peine jusqu'aux soldats de garde aux portes : ils reconnurent la mère de leur camarade et la laissèrent passer. Plus loin elle fut arrêtée de nouveau par le concierge. La fête finissait ; on commençait à sortir du palais : Adélaïde se montra à une fenêtre avec Harlay ; le couple généreux parlait avec vivacité et semblait oublier la fête ; en jetant les yeux dans la cour, il aperçut les étrangères repoussées par le concierge. Le vêtement indien frappa Adélaïde, qui fit signe à la vieille de s'approcher sous le balcon : « Ma jeune dame, dit la mère de Jacques, c'est la femme de René qui veut parler à votre père, et l'on ne nous veut pas laisser entrer.

— La femme du prisonnier ! s'écria Adélaïde, cette jeune Sauvage qui a sauvé le capitaine d'Artaguette ! »

Adélaïde, obéissant aux mouvements de son bon cœur, ouvre les portes, et, dans toute la parure du bal d'un brillant hyménée, se précipite au-devant de la malheureuse Céluta. L'Indienne lui présentait sa fille et lui disait : « Jeune femme blanche, le Grand Esprit vous bénira : vous aurez un petit guerrier qui sera plus heureux que ma fille.

— Que je suis fâchée de ne pas la comprendre ! disait Adélaïde : je n'ai jamais entendu une plus douce voix. »

Dans la pompe de ses adversités, Céluta paraissait d'une beauté divine : son front pâli était ombragé de ses cheveux noirs ; ses grands yeux exprimaient l'amour et la mélancolie ; son enfant, qu'elle portait avec grâce sur son sein, montrait son visage riant auprès du visage attristé de sa mère : le malheur, l'innocence et la vertu ne se sont jamais prêté tant de charmes.

Tandis qu'on se pressait autour de Céluta, on entendit au-dehors prononcer ces mots dans la foule : « Vous ne passerez pas ! » Une voix d'homme répondait à des menaces, mais dans une langue inconnue. Le mouvement s'accroît ; un Sauvage, défendant une femme, se débat au milieu des soldats, et poussé et repoussé arrive jusqu'à la porte du palais. Il disait, les yeux étincelants :

« Je suis venu chercher mon ami par l'ordre de ce Manitou (et il montrait une chaîne d'or) ; je ne veux faire de mal à personne. Mais est-il ici un guerrier qui m'ose empêcher de passer ?

— Mon frère ! s'écria Céluta.

— Oh ! bien ! dit Mila : Outougamiz, voici ta sœur ! »

La mère de Jacques expliquait ce colloque à Adélaïde qui fit entrer tous ces Sauvages dans le palais.

« Bon Manitou ! disait Mila en embrassant son amie, que je hais ces chairs blanches ! Nous avons frappé à leurs cabanes pour demander l'hospitalité, et on nous a presque battus. Et puis de grandes huttes si larges ! si vilaines ! des guerriers si sauvages !

— Tu parles trop, dit Outougamiz. Cherchons Ononthio* ; il faut qu'il me rende mon ami à l'instant. »

Outougamiz quitte Céluta, et, suivi de Mila, fend la presse à travers les salles. Les spectateurs regardaient avec surprise

---

* Le gouverneur.

ce couple singulier qui, occupé d'un sentiment unique, n'avait pas l'air d'être plus étonné au milieu de ce monde nouveau, que s'il eût été dans ses bois.

« Ne me déclarez pas la guerre, disait Outougamiz en avançant toujours, vous vous en repentiriez. » Faisant tourner son casse-tête, il ouvrait à Mila un large chemin. La confusion devient générale : la musique se tait, le bal cesse, les femmes fuient. Le roulement des carrosses qui veulent s'éloigner, le bruit du tambour qui rappelle les soldats, la voix des officiers qui font prendre les armes, ajoutent au sentiment de terreur et augmentent le désordre. Adélaïde, la mère de Jacques, Céluta, Mila, Outougamiz, sont emportés et séparés par la foule : le gouverneur montra un grand ressentiment de cette scène.

Le conseil de guerre s'était assemblé afin de prononcer l'arrêt qui devait être lu à René dans la prison. Les charges examinées de nouveau ne parurent pas suffisantes pour motiver la peine de mort, mais le frère d'Amélie fut condamné à être transporté en France, comme perturbateur du repos de la colonie. Un vaisseau du roi devait mettre à la voile dans quelques heures ; le gouverneur irrité du bruit dont René avait été l'objet, ordonna d'exécuter sur-le-champ la sentence et de transporter le prisonnier à bord de la frégate.

René connut presque à la fois le jugement qui le condamnait à sortir de la Louisiane, et l'ordre de l'exécution immédiate de ce jugement : il se serait réjoui de mourir, il fut consterné d'être banni. Renvoyer en France le frère d'Amélie, c'était le reporter à la source de ses maux. Cet homme, étranger sur ce globe, cherchait en vain un coin de terre où il pût reposer sa tête : partout où il s'était montré, il avait créé des misères. Que retrouverait-il en Europe ? une femme malheureuse. Que laisserait-il en Amérique ? une femme malheureuse. Dans le monde et dans le désert son passage avait été marqué par des souffrances. La fatalité qui s'attachait à ses pas le repoussait des deux hémisphères ; il ne pouvait aborder à un rivage qu'il n'y soulevât des tempêtes : sans patrie entre deux patries, à cette âme isolée, immense, orageuse, il ne restait d'abri que l'Océan.

En vain René demanda à ne pas subir le supplice de l'existence ; en vain il sollicita la commutation de la peine de vivre en un miséricordieux arrêt de mort : on ne l'écouta point. Il désira parler à Céluta ; on n'admit pas que cette Indienne fût sa femme légitime ; on lui refusa toute communication

avec elle pour abréger des scènes qui troublaient, disait-on,
la tranquillité publique.

L'arrivée d'une troupe d'Yazous, suivie de celle d'Outougamiz, avait donné lieu à mille bruits : on prétendait que des
Sauvages s'étaient introduits en grand nombre dans la ville
avec le dessein de délivrer leur chef, le guerrier blanc. Ces
bruits parurent assez inquiétants au gouverneur, pour qu'il
fît border d'infanterie et de cavalerie la route que René devait
suivre en se rendant de la prison au fleuve.

Le palais du gouvernement n'était pas loin de la prison :
Céluta suivant le cours de la foule, se retrouva bientôt devant
le sombre édifice dont le souvenir était trop bien gravé dans
sa mémoire. Là, le torrent populaire s'était élargi et arrêté ;
Céluta ignorait ce qui se passait ; mais en voyant cette multitude autour de la hutte du sang, elle comprit qu'un nouveau
désastre menaçait la tête de René. Repoussée d'un peuple
ennemi des Sauvages, elle ne trouva de pitié que chez les
soldats ; ils la laissèrent entrer dans leurs rangs : les mains
armées sont presque toujours généreuses ; rien n'est plus ami
de l'infortune que la gloire.

Deux heures s'étaient écoulées de cette sorte, lorsqu'un
mouvement général annonça la translation du prisonnier. Un
piquet de dragons, le sabre nu, sort de la cour intérieure de
la prison ; il est suivi d'un détachement d'infanterie, et derrière ce détachement, entre d'autres soldats, marche le frère
d'Amélie.

Céluta s'élance et tombe aux pieds de son mari avec son
enfant ; René se penche sur elles, les bénit de nouveau ; mais
la voix lui manque pour dire un dernier adieu à la fille et à
la mère. Le cortège s'arrête, les larmes coulent des yeux des
soldats. Céluta se relève, entoure René de ses bras, et s'écrie :
« Où menez-vous ce guerrier ? pourquoi m'empêcheriez-vous
de le suivre ? son pays n'est-il pas le mien ?

— Ma Céluta, disait René, retourne dans tes forêts, va
embellir de ta vertu quelque solitude que les Européens n'aient
point souillée ; laisse-moi supporter mon sort, je ne te l'ai
déjà que trop fait partager.

— Voilà mes mains, répondit Céluta : qu'on les charge de
fers ; que l'on me force, comme Adario, à labourer le sillon :
je serai heureuse si René est à mes côtés. Prends pitié de ta
fille ; je l'ai portée dans mon sein. Permets que je te suive
comme ton esclave, comme la femme noire des blancs. Me
refuseras-tu cette grâce ? »

Cette scène commençait à attendrir la foule impitoyable qui, un moment auparavant, trouvait la sentence trop douce, et qui aurait salué avec des hurlements de joie le supplice de René. Le commissaire chargé de faire exécuter l'arrêt du conseil, ordonne de séparer les deux époux et de continuer la marche ; mais un Sauvage se courbant et passant sous le ventre des chevaux se réunit au couple infortuné et s'écrie : « Me voici encore ! Je l'ai sauvé des Illinois, je le sauverai bien de vos mains, guerriers de la chair blanche !

— C'est vrai, dit Mila sortant à son tour de la foule.

— Et si Jacques était ici, dit une vieille femme, tout cela ne serait pas arrivé. »

Forcés, à regret, d'obéir, les militaires écartèrent Céluta, Mila, Outougamiz et la mère de Jacques : René est conduit au rivage du Meschacebé. La chaloupe de la frégate que montaient douze forts matelots, et que gardaient des soldats de marine, attendait le prisonnier : on l'y fait entrer. Au coup de sifflet du pilote, les douze matelots enfoncent à la fois leurs rames dans le fleuve : la chaloupe glisse sur les vagues, comme la pierre aplatie, qui, lancée par la main d'un enfant, frappe le flot, se relève, bondit et rebondit en effleurant la surface de l'onde.

Céluta s'était traînée sur le quai. Une frégate était mouillée au milieu du Meschacebé ; virée à pic sur une ancre, elle plongeait un peu la proue dans le fleuve : son pavillon flottait au grand mât ; ses voiles étaient à demi déferlées : on apercevait des matelots sur toutes les vergues et de grands mouvements sur le pont. La chaloupe accoste le vaisseau : tous ceux qui étaient dans cette chaloupe montent à bord ; la chaloupe elle-même est enlevée et suspendue à la poupe du bâtiment. Une lumière et une fumée sortent soudain de la frégate, et le coup de canon du départ retentit : de longues acclamations y répondent du rivage. Céluta avait aperçu René : elle tombe évanouie sur des balles de marchandises qui couvraient le quai.

Ce fut alors qu'un Sauvage s'élança dans le Meschacebé, s'efforçant de suivre à la nage le vaisseau qui fuyait devant une forte brise, tandis qu'une Indienne se débattait entre les bras de ceux qui la retenaient, pour l'empêcher de se précipiter dans les flots.

Un murmure lointain se fait entendre ; il approche : la foule qui commençait à se disperser se rassemble de nouveau. Voici venir un officier qui disait à des soldats : « Où est-elle ? où est-elle ? » et ils répondaient : « Ici, mon capitaine », lui montrant Céluta sur les ballots. D'Artaguette se précipite aux genoux de Céluta. « Femme, s'écria-t-il, que ton âme, au séjour de paix qu'elle habite, reçoive les vœux de celui qui te doit la vie et que tu honorais du nom de frère ! »

À ces paroles, les soldats mettent un genou en terre comme leur capitaine ; la multitude, emportée par ce sentiment du beau qui touche quelquefois les âmes les plus communes, se prosterne à son tour et prie pour l'Indienne : le bruit du fleuve qui battait ses rives accompagnait cette prière, et la main de Dieu pesait sur la tête de tant d'hommes involontairement humiliés aux pieds de la vertu.

Céluta ne donnait aucun signe de vie ; la profonde léthargie dans laquelle elle était plongée, ressemblait absolument à la mort ; mais sa fille vivait sur son sein et semblait communiquer quelque chaleur au cœur de sa mère. L'épouse de René avait la tête penchée sur le front d'Amélie, comme si, en voulant donner un dernier baiser à son enfant, elle eût expiré dans cet acte maternel.

En ce moment on vint dire à d'Artaguette qu'il y avait là tout auprès, une autre Indienne qui ne cessait de pleurer. « C'est Mila ! s'écria le capitaine ; qu'on lui dise mon nom, et elle va venir. » Les soldats apportent dans leurs bras Mila échevelée, le visage meurtri, les habits déchirés. Elle n'eut pas plus tôt reconnu d'Artaguette qu'elle se jeta dans son sein s'écriant : « C'est lui qui est une bonne chair blanche ! Il ne m'empêchera pas de mourir », et suspendant ses bras au cou du capitaine, elle se serrait fortement contre lui.

Mais tout à coup elle aperçoit Céluta, elle quitte d'Artaguette, se précipite sur son amie, en disant : « Céluta ! ma mère ! meilleure que ma mère ! sœur d'Outougamiz ! femme de René ! voici Mila ! elle est seule ! Comment vais-je faire pour enterrer tes os, car tu n'es pas aux Natchez ? Il n'y a ici que des méchants qui n'entendent rien aux tombeaux. »

Les soldats firent alors un mouvement : ils répétaient tous ces mots : « Entrez, entrez, notre mère. » Et la mère de Jacques avec sa cornette blanche, son manteau d'écarlate et sa béquille, s'avança dans le cercle des grenadiers.

« Mon capitaine, dit-elle à d'Artaguette, voici la mère de Jacques, qui vient aussi voir ce que c'est que tout ceci. Je suis bien vieille pourtant, comme dit le conseiller Harlay qui est un honnête homme, et Dieu soit loué ! car il n'y en a guère. »

La vieille avisant Céluta : « Bon Dieu ! n'est-ce pas là la jeune femme à qui j'ai donné à manger cette nuit ? Comme elle parlait de vous, mon capitaine ! — Pauvre vieille créature ! dit d'Artaguette, seule dans toute une ville, recevoir, réchauffer, nourrir Céluta ! et toi-même nourrie de la paye de ce digne soldat ! »

La mère de Jacques examinait attentivement Céluta ; elle prit une de ses mains. « Retire-toi, matrone blanche, lui dit Mila : tu ne sais pas pleurer.

— Je le sais aussi bien que toi, repartit en natchez la vénérable Française.

— Magicienne, s'écria Mila effrayée, qui t'a appris la langue des chairs rouges ?

— Capitaine, dit la mère de Jacques sans écouter Mila, cette jeune femme n'est pas morte : vite du secours ! » Mille voix répètent : « Elle n'est pas morte ! »

Céluta donnait en effet quelques signes de vie. « Allons, grenadiers, dit la vieille à qui on laissait tout faire, il faut sauver cette femme qui a sauvé votre capitaine ; portons la mère et l'enfant chez le général d'Artaguette. »

Un dragon prêta son manteau ; on y coucha Céluta ; Mila prit dans ses bras la petite Amélie, et ne pleurait plus qu'Outougamiz et René. Des soldats soulevant le manteau par les quatre coins enlevèrent doucement la fille de Tabamica ; le cortège se mit en marche.

Le soleil, qui se couchait, couvrait d'un réseau d'or les savanes et la cime aplatie des cyprières sur la rive occidentale du fleuve ; sur la rive orientale, la métropole de la Louisiane opposait ses vitrages étincelants aux derniers feux du jour : les clochers s'élevaient au-dessus des ondes, comme des flèches de feu. Le Meschacebé roulait entre ces deux tableaux ses vagues de rose, tandis que les pirogues des Sauvages et les vaisseaux des Européens présentaient aux regards leurs mâts ou leurs voiles teints de la pourpre du soir.

Déposée sur une couche, dans un salon de l'habitation du frère du capitaine d'Artaguette, Céluta ne parlait point encore ; ses yeux entrouverts étaient enveloppés d'une ombre qui leur dérobait la lumière. Des cris prolongés de *Vive le Roi !* se font entendre au-dehors ; la porte de la salle s'ouvre avec fracas : le grenadier Jacques, tête nue, sans habit, les reins serrés d'une forte ceinture, paraît. « Les voici », dit-il.

René entre avec Outougamiz : personne ne pouvait parler dans le saisissement de l'étonnement et de la joie.

« Mon capitaine, reprit le grenadier, adressant la parole à d'Artaguette, j'ai exécuté vos ordres ; mais on m'a remis les paquets trop tard ; la frégate était partie. J'ai couru le plus vite que j'ai pu à travers le marais, afin de la rejoindre au Grand Détour : heureusement elle avait été obligée de laisser tomber l'ancre, le vent étant devenu contraire. Je me suis jeté à la nage pour aller à bord, et j'ai rencontré au milieu du fleuve ce terrible Sauvage que j'avais vu au combat du fort Rosalie ; il était prêt à se noyer quand je suis arrivé à lui. »

Mila a volé dans les bras d'Outougamiz ; René est auprès de Céluta ; Jacques soutient sa vieille mère, qui lui essuie le front et les cheveux ; Adélaïde et Harlay se viennent joindre à leurs amis.

Céluta commençait à faire entendre quelques paroles inarticulées d'une douceur extrême. « Elle vient de la patrie des Anges, dit le capitaine ; elle en a rapporté le langage. » Mila, qui regardait Adélaïde, disait : « C'est Céluta ressuscitée en femme blanche. » Tous les cœurs étaient pleins des plus beaux sentiments : la religion, l'amour, l'amitié, la reconnaissance se mêlaient à ce soulagement, qui suit une grande douleur passée. Ce n'était pas, il est vrai, un retour complet au bonheur, mais c'était un coup de soleil à travers les nuages de la tempête. L'âme de l'homme, si sujette à l'espérance, saisissait avec avidité ce rayon de lumière, hélas trop rapide ! « Tout le monde pleure encore ! disait Mila ; mais c'est comme si l'on riait. »

Ces rencontres en apparence si mystérieuses s'expliquaient avec une grande simplicité. Le capitaine d'Artaguette avait tour à tour sauvé et délivré au fort Rosalie René, Céluta, Mila et Outougamiz ; Céluta, Mila et Outougamiz avaient suivi René à la Nouvelle-Orléans, tous trois entraînés par le dévouement au malheur, tous trois arrivés à quelques heures de distance les uns des autres, pour se mêler à des scènes de deuil et d'oppression.

D'une autre part, Ondouré s'était vu au moment d'être pris dans ses propres pièges : s'il avait désiré une attaque de Chépar contre Adario et Chactas, pour se délivrer du joug de ces deux vieillards, il ne s'attendait pas à la scène que produisit l'esclavage du premier Sachem. Il craignit que ces violences en amenant une rupture trop prompte entre les

Français et les Sauvages, ne fissent avorter tout son plan. Dans cette extrémité, l'édile, fécond en ressources, se hâta d'offrir l'abandon des terres pour le rachat de la liberté d'Adario ; Chépar accepta l'échange, et d'Artaguette fut chargé de porter la convention à la Nouvelle-Orléans.

Le capitaine arriva à l'instant même où le conseil venait de prononcer la sentence contre René. D'Artaguette, après avoir annoncé au gouverneur la pacification des troubles, réclama le prisonnier comme son ami et comme son frère. Il montra des lettres d'Europe qui prouvaient que René tenait à une famille puissante. Cette découverte agit plus que toute autre considération sur un homme à la fois prudent et ambitieux.

« Si vous croyez, dit le gouverneur au capitaine, qu'on a trop précipité cette affaire, il est encore temps d'envoyer un contrordre ; mais qu'on ne me parle plus de ce René, en faveur duquel Harlay et Adélaïde n'ont cessé de m'importuner depuis trois jours. »

La cédule pour l'élargissement du prisonnier fut signée ; mais délivrée trop tard, elle serait devenue inutile sans le dévouement du grenadier Jacques : le capitaine avait amené avec lui ce fidèle militaire. Tandis que celui-ci suivait la frégate, d'Artaguette, instruit de toutes les circonstances de l'apparition de Céluta, de Mila et d'Outougamiz, s'empressa de chercher ces infortunés : il fut ainsi conduit par les soldats au lieu où il trouva Céluta expirante.

Le bonheur, ou ce qui semblait être le bonheur comparé aux maux de la veille, rendit à l'épouse de René, sinon toutes ses forces, du moins tout son amour. Le capitaine d'Artaguette et le général son frère se proposèrent de donner à leurs amis une petite fête, bien différente de celle qu'avait entrevue Céluta au palais du gouverneur. Adélaïde et Harlay y furent invités les premiers ; Jacques et sa mère étaient du nombre des convives. La riante *villa* du général avait été livrée à ses hôtes, et Mila et Outougamiz s'en étaient emparés comme de leur cabane.

Le simple couple n'avait pas plus tôt vu tout le monde heureux, qu'il ne s'était plus souvenu de personne : après avoir parcouru les appartements et s'être miré dans les glaces, il s'était retiré dans un cabinet rempli de toutes les parures d'une femme.

« Eh bien ! dit Mila, que penses-tu de cette grande hutte ?

— Moi, dit Outougamiz, je n'en pense rien.

— Comment ! tu n'en penses rien ? répliqua Mila en colère.

— Écoute, dit Outougamiz, tu parles maintenant comme une chair blanche, et je ne t'entends plus. Tu sais que je n'ai point d'esprit : quand René est fait prisonnier par les Illinois ou par les Français, je m'en vais le chercher. Je n'ai pas besoin de penser pour cela ; je ne veux point penser du tout, car je crois que c'est là le mauvais Manitou de René.

— Outougamiz, dit Mila en croisant les bras et s'asseyant sur le tapis, tu me fais mourir de honte parmi toutes ces chairs blanches ; il faut que je te remmène bien vite. J'ai fait là une belle chose de te suivre ! Que dira ma mère ? Mais tu m'épouseras, n'est-ce pas ?

— Sans doute, dit Outougamiz, mais dans ma cabane et non pas dans cette grande vilaine hutte. As-tu vu ce Sachem à la robe noire, qui était pendu au mur, qui ne remuait point, et qui me suivait toujours des yeux* ?

— C'est un Esprit, répondit Mila. La grande salle où je me voyais quatre fois*, me plaît assez : elle n'est cependant bonne que pour les Blancs, chez lesquels il y a plus de corps que d'âmes.

— N'est-ce pas de la salle des ombres dont tu veux parler ? dit Outougamiz. Elle ne me plaît point du tout à moi : je voyais plusieurs Mila, et je ne savais laquelle aimer. Retournons à nos bois, nous ne sommes pas bien ici.

— Tu as raison, dit Mila, et j'ai peur d'être jugée comme René.

— Comment jugée ? s'écria Outougamiz. — Bon, repartit Mila, est-ce que je ne t'aime pas ? est-ce que je n'ai pas pitié de ceux qui souffrent ? est-ce que je ne suis pas juste, belle, noble, désintéressée ? N'en voilà-t-il pas assez pour me faire juger et mourir, puisque c'est pour cela qu'ils voulaient casser la tête à René ?

— Partons, Mila ! dit Outougamiz. Léger nuage de la lune des fleurs ! le matin ne te colorerait point ici dans un ciel bleu ; tu ne répandrais point la rosée sur l'herbe du vallon ; tu ne te balancerais point sur les brises parfumées. Sous le ciel nébuleux des chairs blanches, tu demeurerais sombre ;

* Un portrait.
** Des glaces.

la pluie de l'orage tomberait de ton sein, et tu serais déchirée par le vent des tempêtes. »

Mila se souvint que l'heure du festin approchait. On lui avait dit que tout ce qui était dans le cabinet était pour elle : elle se plaça devant une glace, essayant les robes qu'elle ne savait comment arranger ; elle finit cependant par se composer, avec des voiles, des plumes, des rubans et des fleurs, un habillement que n'aurait pas repoussé la Grèce. Suivie d'Outougamiz avec un mélange d'orgueil et de timidité, elle se rendit à la salle du festin.

Céluta était aussi parée, mais parée à la manière des Indiennes : elle avait refusé un vêtement européen malgré les prières d'Adélaïde. Sur un lit de repos, elle recevait les marques de bienveillance qu'on lui prodiguait, avec une confusion charmante, mais sans cet air d'infériorité que donne chez les peuples civilisés une éducation servile : elle n'avait au visage que cette rougeur que les bienfaits font monter d'un cœur reconnaissant sur un front ouvert.

Mila fit la joie du festin. Tous les yeux étaient fixés avec admiration sur Outougamiz, dont René avait raconté les miracles.

« Comme il ressemble à sa sœur ! disait Adélaïde qui ne se lassait point de le regarder. Quel frère et quelle sœur ! » répétait-elle. À ces noms de frère et de sœur, René avait baissé la tête.

« Mila la blanche, dit la future épouse d'Outougamiz à Adélaïde, tu ris, mais j'ai cependant noué ma ceinture aussi bien que toi. » René servait d'interprète. Adélaïde fit demander à Mila pourquoi elle l'appelait Mila la blanche. Mila posa la main sur le cœur de Harlay son voisin, ensuite sur celui d'Adélaïde qui rougissait, et elle se prit à rire : « Bon, s'écriat-elle, demande-moi encore pourquoi je t'appelle Mila la blanche ! Voilà comme je rougis quand je regarde Outougamiz. »

On ne brise point la chaîne de sa destinée : pendant le repas, d'Artaguette reçut une lettre du fort Rosalie. Cette lettre écrite par le père Souël, momentanément revenu aux Natchez, avertissait le capitaine qu'une nouvelle dénonciation contre René venait d'être envoyée au gouverneur général ; que malgré la délivrance d'Adario, on conservait de grandes inquiétudes ; que divers messagers étaient partis des Natchez dans un dessein inconnu ; qu'Ondouré accusait Chactas et Adario de l'envoi des messagers, tandis qu'il était probable que ces négociations secrètes avec les nations indiennes, étaient l'œuvre même d'Ondouré et de la Femme-Chef. Le père Souël ajoutait que si René avait été rendu à la liberté, il lui conseillait de ne pas rester un seul moment à la Nouvelle-Orléans, où ses jours ne lui paraissaient pas en sûreté.

D'Artaguette, après le repas, communiqua cette lettre à René, et l'invita à retourner sur-le-champ aux Natchez. « Moi-même, dit-il, je partirai incessamment pour le fort Rosalie ; ainsi nous allons bientôt nous retrouver. Quant à Céluta, vous n'avez plus rien à craindre, il lui serait impossible dans ce moment de vous suivre, mais mon frère, Adélaïde et Harlay lui serviront de famille ; lorsqu'elle sera guérie, elle reprendra le chemin de son pays : vous la pourrez venir chercher vous-même à quelque distance de la Nouvelle-Orléans. »

René voulait apprendre son départ à Céluta : le médecin s'y opposa, disant qu'elle était hors d'état de soutenir une émotion violente et prolongée. Le capitaine se chargea d'annoncer à sa sœur indienne la triste nouvelle, quand René serait déjà loin : il se flattait de rendre le coup moins rude par toutes les précautions de l'amitié.

Avant de quitter la Nouvelle-Orléans, le frère d'Amélie remercia ses hôtes, Jacques et sa mère, le général d'Artaguette, Adélaïde et Harlay. « Je suis sans doute, leur dit-il, un homme étrange à vos yeux ; mais peut-être que mon souvenir vous sera moins pénible que ma présence. »

René se rendit ensuite auprès de sa femme ; il la trouva presque heureuse ; elle tenait son enfant endormi sur son sein. Il serra la mère et la fille contre son cœur avec un attendrissement qui ne lui était pas ordinaire : reverrait-il jamais Céluta ? quand et dans quelles circonstances la reverrait-il ? Rien n'était plus déchirant à contempler que ce bonheur de Céluta : elle en avait si peu joui ! et elle semblait le goûter au moment d'une séparation qui pouvait être éternelle ! L'Indienne, elle-même, effrayée des étreintes affectueuses de son mari, lui dit : « Me faites-vous des adieux ? » Le frère d'Amélie ne lui répondit rien : malheur à qui était pressé dans les bras de cet homme ! il étouffait la félicité.

Dès la nuit même René quitta la Nouvelle-Orléans avec Outougamiz et Mila. Ils remontèrent le fleuve dans un canot indien : en arrivant aux Natchez, un spectacle inattendu se présenta à leurs regards.

Des colons poussaient tranquillement leurs défrichements jusqu'au centre du grand village, et autour du temple du soleil ; des Sauvages les regardaient travailler avec indifférence, et semblaient avoir abandonné à l'étranger la terre où reposaient les os de leurs aïeux.

Les trois voyageurs virent Adario qui passait à quelque distance ; ils coururent à lui : au bruit de leurs pas, le Sachem tourna la tête, et fit un mouvement d'horreur en apercevant le frère d'Amélie. Le vieillard frappa dans la main de son neveu, mais refusa de prendre la main du mari de sa nièce : René venait d'offrir sa vie pour racheter celle d'Adario !

« Mon oncle, dit Outougamiz, veux-tu que je casse la tête à ces étrangers qui sèment dans le champ de la patrie ? — Tout est arrangé », répondit Adario d'une voix sombre, et il s'enfonça dans un bois.

Outougamiz dit à Mila : « Les Sachems ont tout arrangé, il ne reste plus à faire que notre mariage. » Mila retourna chez ses parents dont elle eut à soutenir la colère ; elle les apaisa, en leur apprenant qu'elle allait épouser Outougamiz. René se rendit à la cabane de Chactas : le Sachem était au moment de partir pour une mission près des Anglais de la Géorgie.

Devenu le maître de la nation, Ondouré avait dérobé à Chactas la connaissance d'un projet que la vertu de ce Sachem eût repoussé ; il éloignait l'homme vénérable, afin qu'il ne se trouvât pas au conseil général des Indiens, où le plan du conspirateur devait être développé.

Le noble et incompréhensible René garda avec Chactas et le reste des Natchez, un profond silence sur ce qu'il avait fait pour Adario ; il ne lui resta de sa bonne action que les dangers auxquels il s'était exposé. Le frère d'Amélie se contenta de parler à son père adoptif de la surprise qu'il avait éprouvée, en voyant les Français promener leur charrue aux environs des Bocages de la Mort : le vieillard apprit à René que cet abandon des terres était le prix de la délivrance d'Adario. Chactas ne connaissait pas la profondeur des desseins d'Ondouré ; il ignorait que la concession des champs des Natchez avait pour but de séparer les colons les uns des autres, de les attirer au milieu du pays ennemi, et de rendre ainsi leur extermination plus facile. Par cette combinaison infernale, Ondouré, en délivrant Adario, gagnait l'affection des Natchez, de même qu'il obtenait la confiance des Français, en leur payant la rançon d'Adario ; rançon qui leur devait être si funeste.

« Au reste, dit Chactas à René, les Sachems m'ont commandé une longue absence : ils prétendent que mon expérience peut être utile dans une négociation avec des Européens. Mon grand âge et ma cécité ne peuvent servir de prétexte pour refuser cette mission : plus on me suppose d'autorité, plus je dois l'exemple de la soumission, à une époque où personne n'obéit. Que ferais-je ici ? Le Grand Chef a disparu, le malheur a rendu Adario intraitable, ma voix n'est plus écoutée, une génération indocile s'est élevée, et méprise les conseils des vieillards. On se cache de moi, on me dérobe des secrets : puissent-ils ne pas causer la ruine de ma patrie !

« Toi, René, conserve ta vie pour la nation qui t'a adopté ; écarte de ton cœur les passions que tu te plais à y nourrir ; tu peux voir encore d'heureux jours. Moi je touche au terme de la course. En achevant mon pèlerinage ici-bas, je vais traverser les déserts où je l'ai commencé, ces déserts que j'ai parcourus, il y a soixante ans, avec Atala. Séparé de mes passions et de mes premiers malheurs par un si long intervalle, mes yeux fermés ne pourront pas même voir les forêts nouvelles qui recouvrent mes anciennes traces et celles de la fille de Lopez. Rien de ce qui existait au moment de ma captivité chez les Muscogulges, n'existe aujourd'hui ; le monde que j'ai connu est passé : je ne suis plus que le dernier arbre d'une vieille futaie tombée ; arbre que le temps a oublié d'abattre. »

René sortit de chez son père le cœur serré, et présageant de nouveaux malheurs. Arrivé à sa cabane, il la trouva dévastée ; il s'assit sur une gerbe de roseaux séchés, dans un coin du foyer dont le vent avait dispersé les cendres. Pensif, il rappelait tristement ses chagrins dans sa mémoire, lorsqu'un nègre lui apporta une lettre de la part du père Souël : ce missionnaire était encore retenu pour quelques jours au fort Rosalie. La lettre venait de France ; elle était de la Supérieure du couvent de... ; elle apprenait à René la mort de la sœur Amélie de la Miséricorde.

Cette nouvelle, reçue dans une solitude profonde, au milieu des débris de la cabane abandonnée de Céluta, réveilla au fond du cœur du malheureux jeune homme des souvenirs si poignants, qu'il éprouva, pendant quelques instants, un véritable délire. Il se mit à courir à travers les bois comme un insensé. Le père Souël, qui le rencontra, s'empressa d'aller chercher Chactas ; le sage vieillard et le grave religieux parvinrent un peu à calmer la douleur du frère d'Amélie. À force de prières, le Sachem obtint de la bouche de l'infortuné, un récit longtemps demandé en vain. René prit jour avec Chactas et le père Souël, pour leur raconter les sentiments secrets de son âme. Il donna le bras au Sachem qu'il conduisit, au lever de l'aurore, sous un sassafras, au bord du Meschacebé ; le missionnaire ne tarda pas à arriver au rendez-vous. Assis entre ses deux vieux amis, le frère d'Amélie leur révéla la mystérieuse douleur qui avait empoisonné son existence*.

• *Texte n° 9*

LETTRE DE RENÉ À CÉLUTA

« *Au Désert, la trente-deuxième neige de ma naissance.*

« Je comptais vous attendre aux Natchez ; j'ai été obligé de partir subitement sur un ordre des Sachems. J'ignore quelle sera l'issue de mon voyage : il se peut faire que je ne vous revoie plus. J'ai dû vous paraître si bizarre, que je serais fâché de quitter la vie, sans m'être justifié auprès de vous.

« J'ai reçu de l'Europe, à mon retour de la Nouvelle-Orléans, une lettre qui m'a appris l'accomplissement de mes destinées : j'ai raconté mon histoire à Chactas et au père Souël : la sagesse et la religion doivent seules la connaître.

« Un grand malheur m'a frappé dans ma première jeunesse ; ce malheur m'a fait tel que vous m'avez vu. J'ai été aimé, trop aimé : l'ange qui m'environna de sa tendresse mystérieuse ferma pour jamais, sans les tarir, les sources de mon existence. Tout amour me fit horreur : un modèle de femme était devant moi, dont rien ne pouvait approcher ; intérieurement consumé de passions, par un contraste inexplicable je suis demeuré glacé sous la main du malheur.

« Céluta, il y a des existences si rudes qu'elles semblent accuser la Providence et qu'elles corrigeraient de la manie d'être. Depuis le commencement de ma vie, je n'ai cessé de nourrir des chagrins : j'en portais le germe en moi comme l'arbre porte le germe de son fruit. Un poison inconnu se mêlait à tous mes sentiments : je me reprochais jusqu'à ces joies nées de la jeunesse et fugitives comme elle.

« Que fais-je à présent dans le monde et qu'y faisais-je auparavant ? j'étais toujours seul, alors même que la victime palpitait encore au pied de l'autel. Elle n'est plus cette

* Ici se trouvait le récit de René. Voyez l'épisode de *René*.

victime ; mais le tombeau ne m'a rien ôté ; il n'est pas plus inexorable pour moi que ne l'était le sanctuaire. Néanmoins je sens que quelque chose de nécessaire à mes jours a disparu. Quand je devrais me réjouir d'une perte qui délivre deux âmes, je pleure ; je demande, comme si on me l'avait ravi, ce que je ne devais jamais retrouver ; je désire mourir ; et dans une autre vie une séparation qui me tue, n'en continuera pas moins l'éternité durante.

« L'éternité ! peut-être, dans ma puissance d'aimer, ai-je compris ce mot incompréhensible. Le ciel a su et sait encore, au moment même où ma main agitée trace cette lettre, ce que je pouvais être : les hommes ne m'ont pas connu.

« J'écris assis sous l'arbre du désert, au bord d'un fleuve sans nom, dans la vallée où s'élèvent les mêmes forêts qui la couvrirent lorsque les temps commencèrent. Je suppose, Céluta, que le cœur de René s'ouvre maintenant devant toi : vois-tu le monde extraordinaire qu'il renferme ? il sort de ce cœur des flammes qui manquent d'aliment, qui dévoreraient la création sans être rassasiées, qui te dévoreraient toi-même. Prends garde, femme de vertu ! recule devant cet abîme : laisse-le dans mon sein ! Père tout-puissant, tu m'as appelé dans la solitude ; tu m'as dit « René ! René ! qu'as-tu fait de ta sœur ? » Suis-je donc Caïn ? »

CONTINUÉE AU LEVER DE L'AURORE

« Quelle nuit j'ai passée ! Créateur, je te rends grâces ; j'ai encore des forces, puisque mes yeux revoient la lumière que tu as faite ! Sans flambeau pour éclairer ma course, j'errais dans les ténèbres ; mes pas, comme intelligents d'eux-mêmes, se frayaient des sentiers à travers les lianes et les buissons. Je cherchais ce qui me fuit ; je pressais le tronc des chênes ; mes bras avaient besoin de serrer quelque chose. J'ai cru, dans mon délire, sentir une écorce aride palpiter contre mon cœur : un degré de chaleur de plus, et j'animais des êtres insensibles. Le sein nu et déchiré, les cheveux trempés de la vapeur de la nuit, je croyais voir une femme qui se jetait dans mes bras ; elle me disait : « Viens échanger des feux avec moi, et perdre la vie ! mêlons des voluptés à la mort ! que la voûte du ciel nous cache en tombant sur nous. »

« Céluta, vous me prendrez pour un insensé : je n'ai eu qu'un tort envers vous, c'est de vous avoir liée à mon sort.

Vous savez si René a résisté, et à quel prodige d'amitié il a cru devoir le sacrifice d'une indépendance, qui du moins n'était funeste qu'à lui. Une misère bien grande m'a ôté la joie de votre amour, et le bonheur d'être père : j'ai vu avec une sorte d'épouvante que ma vie s'allait prolonger au-delà de moi. Le sang qui fit battre mon cœur douloureux animera celui de ma fille : je t'aurai transmis, pauvre Amélie, ma tristesse et mes malheurs ! Déjà appelé par la terre, je ne protégerai point les jours de ton enfance ; plus tard je ne verrai point se développer en toi la douce image de ta mère, mêlée aux charmes de ma sœur et aux grâces de la jeunesse. Ne me regrette pas : dans l'âge des passions j'aurais été un mauvais guide.

. . . .

« Je m'ennuie de la vie ; l'ennui m'a toujours dévoré : ce qui intéresse les autres hommes ne me touche point. Pasteur ou roi, qu'aurais-je fait de ma houlette ou de ma couronne ? Je serais également fatigué de la gloire et du génie, du travail et du loisir, de la prospérité et de l'infortune. En Europe, en Amérique, la société et la nature m'ont lassé. Je suis vertueux sans plaisir ; si j'étais criminel, je le serais sans remords. Je voudrais n'être pas né, ou être à jamais oublié... »

CHRONOLOGIE FICTIVE
DES *NATCHEZ* [1]

1653	Naissance de Chactas.
1670	À dix-sept ans, il est recueilli par Lopez.
1673	Son aventure avec Atala : il a vingt ans.
Vers 1680	Chactas à Paris.
1686	Retour de Chactas parmi les Natchez : il a trente-trois ans.
1696	Naissance de René. Son enfance est contemporaine des dernières années du règne de Louis XIV, qui meurt tandis qu'il voyage. Il ne rentre en France que sous la Régence.
1725	René arrive en Louisiane. Chactas a soixante-douze ans ; Mila à peine quatorze. Automne : chasse au castor ; guerre avec les Illinois ; René épouse Céluta.
1726	Fête de la moisson. Naissance avant terme de la petite Amélie. Procès de René à La Nouvelle-Orléans.
1727	Retour de Céluta : sa fille a dix ou onze mois. Absence de René : automne ; il a trente et un ans révolus. Mort de Chactas. Révolte des Natchez.
1728	Disparition de tous les personnages (Mila a dix-sept ans), sauf Amélie.
Vers 1748	Amélie a une fille.
Vers 1768	Cette fille, « plus malheureuse encore que sa mère », donne naissance à un fils, qui ne vit pas. C'est elle qui rencontre à Niagara le narrateur « voyageur aux terres lointaines ».
1768	4 septembre. Naissance de François René de Chateaubriand à Saint-Malo.

1. D'après J.-C. Berchet, *op. cit.*

RENÉ DANS
L'*ESSAI SUR LES RÉVOLUTIONS*

(Textes nos 10 à 12)

Le je *qui s'exprime dans le premier livre publié par Chateaubriand est à la fois autobiographique et fictif. Réflexion sur l'histoire universelle, l'*Essai *sera présenté par son auteur dans ses* Mémoires *comme le « compendium de [s]on existence comme poète, comme moraliste, publiciste et politique ». Premier livre du moi, il nous offre une première version du mal du siècle. Le lien avec* Les Natchez *se manifeste dans le rappel du voyage en Amérique et dans la célébration de la Nature et de la vie sauvage. Voici quelques extraits de cet ouvrage.*

• *Texte n° 10*

Seconde partie, chap. XIII : « Aux Infortunés »

Un infortuné parmi les enfants de la prospérité, ressemble à un gueux qui se promène en guenilles au milieu d'une société brillante : chacun le regarde et le fuit. Il doit donc éviter les jardins publics, le fracas, le grand jour ; le plus souvent même il ne sortira que la nuit. Lorsque la brume commence à confondre les objets, notre infortuné s'aventure hors de sa retraite, et, traversant en hâte les lieux fréquentés, il gagne quelque chemin solitaire, où il puisse errer en liberté. Un jour il va s'asseoir au sommet d'une colline qui domine la ville et commande une vaste contrée ; il contemple les feux qui brillent dans l'étendue du paysage obscur, sous tous ces toits habités. Ici, il voit éclater le réverbère à la porte de cet hôtel, dont les habitants, plongés dans les plaisirs, ignorent qu'il est un misérable, occupé seul à regarder de loin la lumière de leurs fêtes : lui qui eut aussi des fêtes et des amis ! Il ramène ensuite ses regards sur quelque petit rayon tremblant dans une pauvre maison écartée du faubourg, et il se dit : Là, j'ai des frères.

Une autre fois, par un clair de lune, il se place en embuscade sur un grand chemin, pour jouir encore à la dérobée de la vue des hommes, sans être distingué d'eux ; de peur qu'en apercevant un malheureux, ils ne s'écrient, comme les gardes du Docteur Anglais, dans *La Chaumière Indienne* : Un Paria ! un Paria !

Mais le but favori de ses courses sera peut-être un bois de sapins, planté à quelque deux milles de la ville. Là il a trouvé une société paisible, qui comme lui cherche le silence et l'obscurité. Ces Sylvains solitaires veulent bien le souffrir dans leur république, à laquelle il paie un léger tribut ; tâchant ainsi de reconnaître, autant qu'il est en lui, l'hospitalité qu'on lui a donnée.

Lorsque les chances de la destinée nous jettent hors de la société, la surabondance de notre âme, faute d'objet réel, se répand jusque sur l'ordre muet de la création, et nous y trouvons une sorte de plaisir que nous n'aurions jamais soupçonné. La vie est douce avec la nature. Pour moi je me suis sauvé dans la solitude, et j'ai résolu d'y mourir, sans me rembarquer sur la mer du monde. J'en contemple encore quelquefois les tempêtes, comme un homme jeté seul sur une île déserte, qui se plaît, par une secrète mélancolie, à voir les flots se briser au loin sur les côtes où il fit naufrage. Après la perte de nos amis, si nous ne succombons à la douleur, le cœur se replie sur lui-même ; il forme le projet de se détacher de tout autre sentiment, et de vivre uniquement avec ses souvenirs. S'il devient moins propre à la société, sa sensibilité se développe aussi davantage. Le malheur nous est utile ; sans lui les facultés aimantes de notre âme resteraient inactives : il la rend un instrument tout harmonie, dont, au moindre souffle, il sort des murmures inexprimables. Que celui que le chagrin mine s'enfonce dans les forêts ; qu'il erre sous leur voûte mobile ; qu'il gravisse la colline, d'où l'on découvre, d'un côté de riches campagnes, de l'autre le soleil levant sur des mers étincelantes, dont le vert changeant se glace de cramoisi et de feu, sa douleur ne tiendra point contre un pareil spectacle : non qu'il oublie ceux qu'il aima, car alors ses maux seraient préférables, mais leur souvenir se fondra avec le calme des bois et des cieux : il gardera sa douceur et ne perdra que son amertume. Heureux ceux qui aiment la nature : ils la trouveront, et trouveront seulement elle, au jour de l'adversité.

Telle est la première sorte de plaisir qu'on peut tirer du malheur ; mais on en compte plusieurs autres. Je recommanderais particulièrement l'étude de la botanique, comme propre à calmer l'âme en détournant les yeux des passions des hommes, pour les porter sur le peuple innocent des fleurs. Armé de ses ciseaux, de son style, de sa lunette, on s'en va tout courbé, longeant les fossés d'un vieux chemin, s'arrêtant au massif d'une tour en ruine, aux mousses d'une antique fontaine, à l'orée septentrionale d'un bois ; ou peut-être on parcourt des grèves que les algues festonnent de leurs grands falbalas frisés et couleur d'écaille fondue. Notre botanophile se plaît à rencontrer la *tulipa silvestris* qui se retire comme lui sous les ombrages les plus solitaires ; il s'attache à ces *lis* mélancoliques, dont le front penché semble rêver sur le courant des eaux. À l'aspect attendrissant du *convolvulus*, qui entoure de ses fleurs pâles quelque aulne décrépit, il croit voir une jeune fille presser de ses bras d'albâtre son vieux père mourant ; l'*ulex* épineux, couvert de ses papillons d'or, qui présente un asile assuré aux petits des oiseaux, lui montre une puissance protectrice du faible ; dans les *thyms* et les *calamens*, qui embellissent généreusement un sol ingrat de leur verdure parfumée, il reconnaît le symbole de l'amour de la patrie. Parmi les végétaux supérieurs, il s'égare volontiers sous ces arbres dont les sourds mugissements imitent la triste voix des mers lointaines ; il affecte cette famille américaine, qui laisse pendre ses branches négligées comme dans la douleur ; il aime ce saule au port languissant, qui ressemble avec sa tête blonde et sa chevelure en désordre, à une bergère pleurant au bord d'une onde. Enfin il recherche de préférence dans ce règne aimable, les plantes qui, par leurs accidents, leurs goûts, leurs mœurs, entretiennent des intelligences secrètes avec son âme.

Oh ! qu'avec délices, après cette course laborieuse, on rentre dans sa misérable demeure chargé de la dépouille des champs ! Comme si l'on craignait que quelqu'un ne vînt ravir ce trésor, fermant mystérieusement la porte sur soi, on se met à faire l'analyse de sa récolte, blâmant ou approuvant Tournefort, Linné, Vaillant, Jussieu, Solander, du Bourg. Cependant la nuit approche. Le bruit commence à cesser au-dehors, et le cœur palpite d'avance du plaisir qu'on s'est préparé. Un livre qu'on a eu bien de la peine à se procurer, un livre qu'on tire précieusement du lieu obscur où on le tenait caché, va remplir ces heures de silence. Auprès d'un humble feu et d'une lumière vacillante, certain de n'être point entendu, on s'attendrit sur les maux imaginaires des Clarisse, des Clémentine, des Héloïse, des Cécilia. Les romans sont les livres des malheureux : ils nous nourrissent d'illusions, il est vrai ; mais en sont-ils plus remplis que la vie ?

Eh bien, si vous le voulez, ce sera un grand crime, une grande vérité, dont notre Solitaire s'occupera : Agrippine assassinée par son fils. Il veillera au bord du lit de l'ambitieuse Romaine, maintenant retirée dans une chambre obscure à peine éclairée d'une petite lampe. Il voit l'impératrice tombée faire un reproche touchant à la seule suivante qui lui reste, et qui elle-même l'abandonne ; il observe l'anxiété augmentant à chaque minute sur le visage de cette malheureuse princesse qui, dans une vaste solitude, écoute attentivement le silence. Bientôt on entend le bruit sourd des assassins qui brisent les portes extérieures ; Agrippine tressaille, s'assied sur son lit, prête l'oreille. Le bruit approche, la troupe entre, entoure la couche ; le centurion tire son épée et en frappe la reine aux tempes ; alors, *ventrem feri* ! s'écrie la mère de Néron : mot dont la sublimité fait hocher la tête.

Peut-être aussi, lorsque tout repose, entre deux ou trois heures du matin, au murmure des vents et de la pluie qui battent contre vos fenêtres, écrivez-vous ce que vous savez des hommes. L'infortuné occupe une place avantageuse pour les bien étudier, parce qu'étant hors de leur route, il les voit passer devant lui.

• *Texte n° 11*

Seconde partie, chap. XXIII, note A

J'ai bien éprouvé une fois dans ma vie cet effet d'un nom. C'était en Amérique. Je partais alors pour le pays des Sauvages, et je me trouvais embarqué sur le paquebot qui remonte de New York à Albany par la rivière d'Hudson. La société des passagers était nombreuse et aimable, consistant en plusieurs femmes et quelques officiers américains. Un vent frais nous conduisait mollement à notre destination. Vers le soir de la première journée, nous nous assemblâmes sur le pont, pour prendre une collation de fruits et de lait. Les femmes s'assirent sur les bancs du gaillard et les hommes se mirent à leurs pieds. La conversation ne fut pas longtemps bruyante : j'ai toujours remarqué qu'à l'aspect d'un beau tableau de la nature, on tombe involontairement dans le silence. Tout à coup je ne sais qui de la compagnie s'écria : « C'est auprès de ce lieu que le Major André fut exécuté. » Aussitôt voilà mes idées bouleversées ; on pria une Américaine très jolie de chanter la romance de l'infortuné jeune homme ; elle céda à nos instances, et commença à faire entendre une voix timide, pleine de volupté et d'émotion. Le soleil se couchait ; nous étions alors entre de hautes montagnes. On apercevait çà et là, suspendues sur ces abîmes, des cabanes rares qui disparaissaient et reparaissaient tour à tour entre des nuages, mi-partie blancs et roses, qui filaient horizontalement à la hauteur de ces habitations. Lorsqu'au-dessus de ces mêmes nuages on découvrait la cime des rochers et les sommets chevelus des sapins, on eût cru voir de petites îles flottantes dans les airs. La rivière majestueuse, tantôt coulant Nord et Sud, s'étendait en ligne droite devant nous, encaissée entre deux rives parallèles, comme une table de plomb ; puis tout à coup, tournant à l'aspect du couchant, elle courbait ses flots d'or autour de quelque mont qui, s'avançant dans le fleuve avec toutes ses plantes, ressemblait à un gros bouquet de verdure, noué au pied d'une zone bleue et aurore. Nous gardions un profond silence ; pour moi, j'osais à peine respirer. Rien n'interrompait le chant plaintif de la jeune passagère, hors le bruit insensible que le vaisseau, poussé par une légère brise, faisait en glissant sur l'onde. Quelquefois la voix se renflait un peu davantage lorsque nous rasions de plus près la rive ; dans deux ou trois endroits elle fut répétée par un faible écho : les Anciens se seraient imaginé que l'âme d'André, attirée par cette mélodie touchante, se plaisait à en murmurer les derniers sons dans les montagnes. L'idée de ce jeune homme, amant, poète, brave et infortuné, qui, regretté de ses concitoyens, et honoré des larmes de Washington, mourut dans la fleur de l'âge pour son pays, répandait sur cette scène romantique une teinte encore plus attendrissante. Les officiers américains et moi nous avions les larmes aux yeux ; moi, par l'effet du recueillement délicieux où j'étais plongé ; eux, sans doute, par le souvenir des troubles passés de la patrie, qui redoublait le calme du moment présent. Ils ne pouvaient contempler, sans une sorte d'extase de cœur, ces lieux naguère chargés de bataillons étincelants et retentissants du bruit des armes, maintenant ensevelis dans une paix profonde, éclairés des derniers feux du jour, décorés de la pompe de la nature, animés du doux sifflement des cardinaux et du roucoulement des ramiers sauvages, et dont les simples habitants, assis sur la pointe d'un roc, à quelque distance de leurs chaumières, regardaient tranquillement notre vaisseau passer sur le fleuve au-dessous d'eux.

Au reste, ce voyage que j'entreprenais alors, n'était que le prélude d'un autre bien plus important, dont à mon retour j'avais communiqué les plans à M. de Malesherbes, qui devait les présenter au gouvernement. Je ne me proposais rien moins que de déterminer par terre la grande question du passage de la mer du Sud dans l'Atlantique par le Nord. On sait que malgré les efforts du capitaine Cook, et des navigateurs subséquents, il est toujours resté un doute. Un vaisseau marchand, en 1786, prétendit avoir entré, par les 48° latit. N., dans une mer intérieure de l'Amérique septentrionale, et que tout ce qu'on avait pris pour la côte au nord de la Californie, n'était qu'une longue chaîne d'îles extrêmement serrées. D'une autre part, un voyageur, parti de la baie d'Hudson, a vu la mer par les 72° de latit. Nord, à l'embouchure de la rivière du *Cuivre*. On dit qu'il est arrivé l'été dernier une frégate, que l'Amirauté d'Angleterre avait chargée de vérifier la découverte du vaisseau marchand dont j'ai parlé, et que cette frégate confirme la vérité des rapports de Cook : quoi qu'il en soit, voici sommairement le plan que je m'étais tracé.

Si le gouvernement avait favorisé mon projet, je me serais embarqué pour New York. Là, j'eusse fait construire deux immenses chariots couverts, traînés par quatre couples de bœufs. Je me serais procuré en outre six petits chevaux, pareils à ceux dont je me suis servi dans mon premier voyage. Trois domestiques européens, et trois Sauvages des Cinq-Nations, m'eussent accompagné. Quelques raisons m'empêchent de m'étendre davantage sur les plans que je comptais suivre : le tout forme un petit volume en ma possession, qui ne serait pas inutile à ceux qui explorent des régions inconnues. Il me suffira de dire que j'eusse renoncé à parcourir les déserts de l'Amérique, s'il en eût dû coûter une larme à leurs simples habitants. J'aurais désiré que parmi ces nations sauvages, *l'homme à longue barbe*, longtemps après mon départ, eût voulu dire, l'ami, le bienfaiteur des hommes.

Enfin tout étant préparé, je me serais mis en route, marchant directement à l'Ouest, en longeant les lacs du Canada jusqu'à la source du Mississipi, que j'aurais reconnue. De là, descendant par les plaines de la haute Louisiane, jusqu'au 40° degré de latitude Nord, j'eusse repris ma route à l'Ouest, de manière à attaquer la côte de la mer du Sud, un peu au-dessus de la tête du golfe de Californie. Suivant ici le contour des côtes, toujours en vue de la mer, j'aurais remonté droit au Nord, tournant le dos au Nouveau-Mexique. Si aucune découverte n'eût altéré ma marche, je me fusse avancé jusqu'à l'embouchure de la grande rivière de *Cook*, et de là jusqu'à celle de la rivière du *Cuivre*, par les 72 degrés de latitude septentrionale. Enfin, si nulle part je n'eusse trouvé un passage, et que je n'eusse pu doubler le cap le plus Nord de l'Amérique, je serais rentré dans les États-Unis par la baie d'Hudson, le Labrador et le Canada.

Tel était l'immense et périlleux voyage que je me proposais d'entreprendre pour le service de ma patrie et de l'Europe. Je calculais qu'il m'eût retenu (tout accident à part) de cinq à six ans. On ne saurait mettre en doute son utilité. J'aurais donné l'histoire des trois règnes de la nature, celle des peuples et de leurs mœurs, dessiné les principales vues, etc., etc.

Quant à ce qui est des risques du voyage, ils sont grands, sans doute ; mais je suppose que ceux qui calculent tous les dangers ne vont guère voyager chez les Sauvages. Cependant on s'effraie trop sur cet article. Lorsque je me suis trouvé exposé en Amérique, le péril venait toujours du local, et de ma propre imprudence, mais presque jamais des hommes. Par exemple, à la cataracte de Niagara, l'échelle indienne, qui s'y trouvait jadis, étant rompue, je voulus, en dépit des représentations de mon guide, me rendre au bas de la chute par un rocher à pic d'environ deux cents pieds de hauteur. Je m'aventurai dans la descente. Malgré les rugissements de la cataracte et l'abîme effrayant qui bouillonnait au-dessous de moi, je conservai ma tête, et parvins à une quarantaine de pieds du fond. Mais ici le rocher lisse et vertical n'offrait plus ni racines, ni fentes où pouvoir reposer mes pieds. Je demeurai suspendu par la main à toute ma longueur, ne pouvant ni remonter, ni descendre, sentant mes doigts s'ouvrir peu à peu de lassitude sous le poids de mon corps, et voyant la mort inévitable : il y a peu d'hommes qui aient passé dans leur vie deux minutes comme je les comptai alors, suspendu sur le gouffre de Niagara. Enfin, mes mains s'ouvrirent et je tombai. Par le bonheur le plus inouï, je me trouvai sur le roc vif, où j'aurais dû me briser cent fois, et cependant je ne me sentais pas grand mal ; j'étais à un demi-pouce de l'abîme, et je n'y avais pas roulé : mais lorsque le froid de l'eau commença à me pénétrer, je m'aperçus que je n'en étais pas quitte à aussi bon marché que je l'avais cru d'abord. Je sentis une douleur insupportable au bras gauche ; je l'avais cassé au-dessus du coude. Mon guide, qui me regardait d'en haut, et auquel je fis signe, courut chercher quelques Sauvages qui, avec beaucoup de peine, me remontèrent avec des cordes de bouleau, et me transportèrent chez eux.

Ce ne fut pas le seul risque que je courus à Niagara : en arrivant, je m'étais rendu à la chute, tenant la bride de mon cheval entortillée à mon bras. Tandis que je me penchais pour regarder en bas, un serpent à sonnette remua dans les buissons voisins ; le cheval s'effraie, recule en se cabrant et en approchant du gouffre ; je ne puis désengager mon bras des rênes, et le cheval, toujours plus effarouché, m'entraîne après lui. Déjà ses pieds de devant quittaient la terre, et accroupi sur le bord de l'abîme, il ne s'y tenait plus que par force de reins. C'en était fait de moi, lorsque l'animal, étonné lui-même du nouveau péril, fait un dernier effort, s'abat en dedans par une pirouette, et s'élance à dix pieds loin du bord.

Lorsque j'ai commencé cette note, je ne comptais la faire que de quelques lignes ; le sujet m'a entraîné ; puisque la faute est commise, une demi-page de plus ne m'exposera pas davantage à la critique, et le lecteur sera peut-être bien aise qu'on lui dise un mot de cette fameuse cataracte du Canada, la plus belle du monde connu.

Elle est formée par la rivière Niagara, qui sort du lac Érié, et se jette dans l'Ontario. À environ neuf milles de ce dernier lac se trouve la chute : sa hauteur perpendiculaire peut être d'environ deux cents pieds. Mais ce qui contribue à la rendre si violente, c'est que, depuis le lac Érié jusqu'à la cataracte, le fleuve arrive toujours en déclinant par une pente rapide, dans un cours de près de six lieues ; en sorte qu'au moment même du saut, c'est moins une rivière qu'une mer impétueuse, dont les cent mille torrents se pressent à la bouche béante d'un gouffre. La cataracte se divise en deux branches, et se courbe en un fer à cheval d'environ un demi-mille de circuit. Entre les deux chutes s'avance un énorme rocher creusé en dessous, qui pend, avec tous ses sapins, sur le chaos des ondes. La masse du fleuve qui se précipite au midi, se bombe et s'arrondit comme un vaste cylindre au moment qu'elle quitte le bord, puis se déroule en nappe de neige, et brille au soleil de toutes les couleurs du prisme : celle qui tombe au nord, descend dans une ombre effrayante, comme une colonne d'eau du déluge. Des arcs-en-ciel sans nombre se courbent et se croisent sur l'abîme, dont les terribles mugissements se font entendre à soixante milles à la ronde. L'onde, frappant le roc ébranlé, rejaillit en tourbillons d'écume qui, s'élevant au-dessus des forêts, ressemblent aux fumées épaisses d'un vaste embrasement. Des rochers démesurés et gigantesques, taillés en forme de fantômes, décorent la scène sublime ; des noyers sauvages, d'un aubier rougeâtre et écailleux, croissent chétivement sur ces squelettes fossiles. On ne voit auprès aucun animal vivant, hors des aigles qui, en planant au-dessus de la cataracte où ils viennent chercher leur proie, sont entraînés par le courant d'air, et forcés de descendre en tournoyant au fond de l'abîme. Quelque *carcajou* tigré se suspendant par sa longue queue à l'extrémité d'une branche abaissée, essaie d'attraper les débris des corps noyés des élans et des ours que le remole jette à bord ; et les serpents à sonnette font entendre de toutes parts leurs bruits sinistres.

• *Texte n° 12*

Seconde partie, chap. LVII :
« Nuit chez les Sauvages de l'Amérique »

C'est un sentiment naturel aux malheureux de chercher à rappeler les illusions du bonheur, par le souvenir de leurs plaisirs passés. Lorsque j'éprouve l'ennui d'être, que je me sens le cœur flétri par le commerce des hommes, je détourne involontairement la tête, et je jette en arrière un œil de regret. Méditations enchantées ! charmes secrets et ineffables d'une âme jouissante d'elle-même, c'est au sein des immenses déserts de l'Amérique que je vous ai goûtés à longs traits ! On se vante d'aimer la liberté, et presque personne n'en a une juste idée. Lorsque, dans mes voyages parmi les nations indiennes du Canada, je quittai les habitations européennes et me trouvai, pour la première fois, seul au milieu d'un océan de forêts, ayant pour ainsi dire la nature entière prosternée à mes pieds, une étrange révolution s'opéra dans mon intérieur. Dans l'espèce de délire qui me saisit, je ne suivais aucune route ; j'allais d'arbre en arbre, à droite et à gauche indifféremment,

me disant en moi-même : « Ici, plus de chemins à suivre, plus
de villes, plus d'étroites maisons, plus de Présidents, de Répu-
bliques, de Rois, surtout plus de Lois, et plus d'Hommes. Des
Hommes ? si : quelques bons Sauvages qui ne s'embarrassent
de moi, ni moi d'eux ; qui, comme moi encore, errent libres
où la pensée les mène, mangent quand ils veulent, dorment
où et quand il leur plaît. » Et pour essayer si j'étais enfin
rétabli dans mes droits originels, je me livrais à mille actes
de volonté, qui faisaient enrager le grand Hollandais qui me
servait de guide, et qui, dans son âme, me croyait fou.

Délivré du joug tyrannique de la société, je compris alors
les charmes de cette indépendance de la nature, qui surpassent
de bien loin tous les plaisirs dont l'homme civil peut avoir
l'idée. Je compris pourquoi pas un Sauvage ne s'est fait Européen, et pourquoi plusieurs Européens se sont faits Sauvages ;
pourquoi le sublime *Discours sur l'inégalité des conditions*,
est si peu entendu de la plupart de nos philosophes. Il est
incroyable combien les nations et leurs institutions les plus
vantées, paraissaient petites et diminuées à mes regards ; il
me semblait que je voyais les royaumes de la terre avec une
lunette invertie, ou plutôt, moi-même agrandi et exalté, je
contemplais d'un œil de géant le reste de ma race dégénérée.

Vous, qui voulez écrire des hommes, transportez-vous dans
les déserts ; redevenez un instant enfant de la nature, alors,
et seulement alors, prenez la plume.

Parmi les innombrables jouissances que j'éprouvai dans
ces voyages, une surtout a fait une vive impression sur mon
cœur*.

---

* Tout ce qui suit, à quelques additions près, est tiré du manuscrit
de ces voyages, qui a péri avec plusieurs autres ouvrages commencés,
tels que les *Tableaux de la Nature*, l'histoire d'une nation sauvage
du Canada, sorte de roman, dont le cadre totalement neuf, et les
peintures naturelles étrangères à notre climat, auraient pu mériter
l'indulgence du lecteur. On a bien voulu donner quelque louange à
ma manière de peindre la nature ; mais si l'on avait vu ces divers
morceaux écrits sur mes genoux, parmi les Sauvages mêmes, dans
les forêts et au bord des lacs de l'Amérique, j'ose présumer qu'on
y eût peut-être trouvé des choses plus dignes du public. De tout cela,
il ne m'est resté que quelques feuilles détachées, entre autres la *Nuit*,
qu'on donne ici. J'étais destiné à perdre dans la Révolution, fortune,
parents, amis, et ce qu'on ne recouvre jamais lorsqu'on l'a perdu,
le fruit des travaux de la pensée, seul bien peut-être qui soit réellement à nous.

J'allais alors voir la fameuse cataracte de Niagara, et j'avais pris ma route à travers les nations indiennes qui habitent les déserts à l'ouest des plantations américaines. Mes guides étaient le soleil, une boussole de poche et le Hollandais dont j'ai déjà parlé ; celui-ci entendait parfaitement cinq dialectes de la langue huronne. Notre équipage consistait en deux chevaux auxquels nous attachions le soir une sonnette au cou, et que nous lâchions ensuite dans la forêt : je craignais d'abord un peu de les perdre, mais mon guide me rassura en me faisant remarquer que, par un instinct admirable, ces bons animaux ne s'écartaient jamais hors de la vue de notre feu.

Un soir que, par approximation ne nous estimant plus qu'à environ huit ou neuf lieues de la cataracte, nous nous préparions à descendre de cheval avant le coucher du soleil, pour bâtir notre hutte et allumer notre bûcher de nuit à manière indienne, nous aperçûmes, dans le bois, les feux de quelques Sauvages, qui étaient campés un peu plus bas, au bord du même ruisseau où nous nous trouvions. Nous allâmes à eux. Le Hollandais leur ayant demandé par mon ordre la permission de passer la nuit avec eux, ce qui fut accordé sur-le-champ, nous nous mîmes alors à l'ouvrage avec nos hôtes. Après avoir coupé des branches, planté des jalons, arraché des écorces pour couvrir notre palais et rempli quelques autres travaux publics, chacun de nous vaqua à ses affaires particulières. J'apportai ma selle, qui me servit de fidèle oreiller durant tout le voyage ; le guide pansa mes chevaux ; et quant à son appareil de nuit, comme il n'était pas si délicat que moi, il se servait ordinairement de quelque tronçon d'arbre sec. L'ouvrage étant fini, nous nous assîmes tous en rond, les jambes croisées à la manière de tailleurs, autour d'un feu immense, afin de rôtir nos quenouilles de maïs, et de préparer le souper. J'avais encore un flacon d'eau-de-vie, qui ne servit pas peu à égayer nos Sauvages ; eux se trouvaient avoir des jambons d'oursons, et nous commençâmes un festin royal.

La famille était composée de deux femmes avec deux petits enfants à la mamelle, et de trois guerriers : deux d'entre eux pouvaient avoir de quarante à quarante-cinq ans, quoiqu'ils parussent beaucoup plus vieux ; le troisième était un jeune homme.

La conversation devint bientôt générale, c'est-à-dire, par quelques mots entrecoupés de ma part, et par beaucoup de

gestes : langage expressif que ces nations entendent à merveille, et que j'avais appris parmi elles. Le jeune homme seul
gardait un silence obstiné ; il tenait constamment les yeux
attachés sur moi. Malgré les raies noires, rouges, bleues, les
oreilles découpées, la perle pendante au nez dont il était
défiguré, on distinguait aisément la noblesse et la sensibilité
qui animaient son visage. Combien je lui savais gré de ne pas
m'aimer ! Il me semblait lire dans son cœur l'histoire de tous
les maux dont les Européens ont accablé sa patrie.

Les deux petits enfants, tout nus, s'étaient endormis à nos
pieds, devant le feu ; les femmes les prirent doucement dans
leurs bras, et les couchèrent sur des peaux, avec ces soins de
mère, si délicieux à voir chez ces prétendus Sauvages : la conversation mourut ensuite par degrés, et chacun s'endormit
dans la place où il se trouvait.

Moi seul je ne pus fermer l'œil : entendant de toutes parts
les aspirations profondes de mes hôtes, je levai la tête, et,
m'appuyant sur le coude, contemplai à la lueur rougeâtre du
feu mourant, les Indiens étendus autour de moi et plongés
dans le sommeil. J'avoue que j'eus peine à retenir des larmes.
Bon jeune homme, que ton repos me parut touchant ! toi,
qui semblais si sensible aux maux de ta patrie, tu étais trop
grand, trop supérieur, pour te défier de l'étranger. Européens,
quelle leçon pour nous ! Ces mêmes Sauvages que nous avons
poursuivis avec le fer et la flamme ; à qui notre avarice ne
laisserait pas même une pelletée de terre, pour couvrir leurs
cadavres, dans tout cet univers, jadis leur vaste patrimoine ;
ces mêmes Sauvages, recevant leur ennemi sous leurs huttes
hospitalières, partageant avec lui leur misérable repas,
leur couche infréquentée du remords, et dormant auprès de lui
du sommeil profond du juste ! ces vertus-là sont autant
au-dessus de nos vertus conventionnelles, que l'âme de ces
hommes de la nature est au-dessus de celle de l'homme de
la société.

Il faisait clair de lune. Échauffé de mes idées, je me levai
et fus m'asseoir, à quelque distance, sur une racine qui traçait
au bord du ruisseau : c'était une de ces nuits américaines que
le pinceau des hommes ne rendra jamais, et dont je me suis
rappelé cent fois le souvenir avec délices.

La lune était au plus haut point du ciel : on voyait çà et
là, dans de grands intervalles épurés, scintiller mille étoiles.
Tantôt la lune reposait sur un groupe de nuages, qui ressemblait à la cime de hautes montagnes couronnées de neige ;

peu à peu ces nues s'allongeaient, se déroulaient en zones diaphanes et onduleuses de satin blanc, ou se transformaient en légers flocons d'écume, en innombrables troupeaux errant dans les plaines bleues du firmament. Une autre fois, la voûte aérienne paraissait changée en une grève où l'on distinguait les couches horizontales, les rides parallèles tracées comme par le flux et le reflux régulier de la mer : une bouffée de vent venait encore déchirer le voile, et partout se formaient dans les cieux de grands bancs d'une ouate éblouissante de blancheur, si doux à l'œil, qu'on croyait ressentir leur mollesse et leur élasticité. La scène sur la terre n'était pas moins ravissante : le jour céruséen et velouté de la lune, flottait silencieusement sur la cime des forêts, et descendant dans les intervalles des arbres, poussait des gerbes de lumières jusque dans l'épaisseur des plus profondes ténèbres. L'étroit ruisseau qui coulait à mes pieds, s'enfonçant tour à tour sous des fourrés de chênes-saules et d'arbres à sucre, et reparaissant un peu plus loin dans des clairières tout brillant des constellations de la nuit, ressemblait à un ruban de moire et d'azur, semé de crachats de diamants, et coupé transversalement de bandes noires. De l'autre côté de la rivière, dans une vaste prairie naturelle, la clarté de la lune dormait sans mouvement sur les gazons où elle était étendue comme des toiles. Des bouleaux dispersés çà et là dans la savane, tantôt, selon le caprice des brises, se confondaient avec le sol, en s'enveloppant de gazes pâles, tantôt se détachaient du fond de craie en se couvrant d'obscurité, et formant comme des îles d'ombres flottantes sur une mer immobile de lumière. Auprès, tout était silence et repos, hors la chute de quelques feuilles, le passage brusque d'un vent subit, les gémissements rares et interrompus de la hulotte ; mais au loin, par intervalle, on entendait les roulements solennels de la cataracte de Niagara, qui, dans le calme de la nuit, se prolongeaient de désert en désert, et expiraient à travers les forêts solitaires.

La grandeur, l'étonnante mélancolie de ce tableau, ne sauraient s'exprimer dans les langues humaines ; les plus belles nuits en Europe ne peuvent en donner une idée. Au milieu de nos champs cultivés, en vain l'imagination cherche à s'étendre, elle rencontre de toutes parts les habitations des hommes : mais, dans ces pays déserts, l'âme se plaît à s'enfoncer, à se perdre dans un océan d'éternelles forêts ; elle aime à errer, à la clarté des étoiles, aux bords des lacs immenses, à planer sur le gouffre mugissant des terribles cataractes, à tomber avec la masse des ondes, et pour ainsi dire à se mêler, à se fondre avec toute une nature sauvage et sublime.

Ces jouissances sont trop poignantes : telle est notre faiblesse, que les plaisirs exquis deviennent des douleurs, comme si la nature avait peur que nous oubliassions que nous sommes hommes. Absorbé dans mon existence, ou plutôt répandu tout entier hors de moi, n'ayant ni sentiment, ni pensée distincte, mais un ineffable je ne sais quoi qui ressemblait à ce bonheur mental dont on prétend que nous jouirons dans l'autre vie, je fus tout à coup rappelé à celle-ci. Je me sentis mal, et je vis qu'il fallait finir. Je retournai à notre Ajouppa, où, me couchant auprès des Sauvages, je tombai bientôt dans un profond sommeil.

Le lendemain, à mon réveil, j'aperçus la troupe déjà prête pour le départ. Mon guide avait sellé les chevaux ; les guerriers étaient armés, et les femmes s'occupaient à rassembler les bagages, consistant en peaux, en maïs, en ours fumés. Je me levai, et tirant de mon porte-manteau un peu de poudre et de balles, du tabac et une boîte de gros rouge, je distribuai ces présents parmi nos hôtes, qui parurent bien contents de ma générosité. Nous nous séparâmes ensuite, non sans des marques d'attendrissement et de regret, touchant nos fronts et notre poitrine, à la manière de ces hommes de la nature, ce qui me paraissait bien valoir nos cérémonies. Jusqu'au jeune Indien, qui prit cordialement la main que je lui tendais, nous nous quittâmes tous le cœur plein les uns des autres. Nos amis prirent leur route au nord, en se dirigeant par les mousses, et nous à l'ouest, par ma boussole. Les guerriers partirent devant, poussant le cri de marche ; les femmes cheminaient derrière, chargées des bagages, et des petits enfants qui, suspendus dans des fourrures aux épaules de leurs mères, se détournaient en souriant pour nous regarder. Je suivis longtemps des yeux cette marche touchante et maternelle, jusqu'à ce que la troupe entière eût disparu lentement entre les arbres de la forêt.

Bienfaisants Sauvages ! vous qui m'avez donné l'hospitalité, vous que je ne reverrai sans doute jamais, qu'il me soit permis de vous payer ici un tribut de reconnaissance. Puissiez-vous jouir longtemps de votre précieuse indépendance, dans vos belles solitudes où mes vœux pour votre bonheur ne cessent de vous suivre ! Inséparables amis, dans quel coin de vos immenses déserts habitez-vous à présent ? Êtes-vous toujours ensemble, toujours heureux ? Parlez-vous quelquefois de l'étranger de la forêt ? Vous dépeignez-vous les lieux qu'il habite ? Faites-vous des souhaits pour son bonheur au bord de vos fleuves solitaires ? Généreuse famille, son sort est bien changé depuis la nuit qu'il passa avec vous ; mais du moins est-ce une consolation pour lui, si, tandis qu'il existe au-delà des mers, persécuté des hommes de son pays, son nom, à l'autre bout de l'univers, au fond de quelque solitude ignorée, est encore prononcé avec attendrissement, par de pauvres Indiens.

ATALA ET RENÉ
DANS LES *MÉMOIRES D'OUTRE-TOMBE*

(Textes nᵒˢ 13 et 14)

Dans ses Mémoires, *Chateaubriand évoque sa jeunesse à Combourg et son attachement pour sa sœur Lucile. On mesurera tout ce que la fiction doit à la biographie (ou inversement).* « *L'enchanteur* » *narre aussi son voyage en Amérique, établissant lui-même les rapprochements avec* Les Natchez *et les récits dérivés. Voici donc les passages concernés.*

• *Texte n° 13*

LIVRE TROISIÈME

5

PASSAGE DE L'ENFANT À L'HOMME

À peine étais-je revenu de Brest à Combourg, qu'il se fit dans mon existence une révolution ; l'enfant disparut et l'homme se montra avec ses joies qui passent et ses chagrins qui restent.

D'abord tout devint passion chez moi, en attendant les passions mêmes. Lorsque après un dîner silencieux où je n'avais osé ni parler ni manger, je parvenais à m'échapper, mes transports étaient incroyables ; je ne pouvais descendre le perron d'une seule traite : je me serais précipité. J'étais obligé de m'asseoir sur une marche pour laisser se calmer mon agitation ; mais aussitôt que j'avais atteint la Cour Verte et les bois, je me mettais à courir, à sauter, à bondir, à fringuer, à m'éjouir jusqu'à ce que je tombasse épuisé de forces, palpitant, enivré de folâtreries et de liberté.

Mon père me menait quant à lui à la chasse. Le goût de la chasse me saisit et je le portai jusqu'à la fureur ; je vois encore le champ où j'ai tué mon premier lièvre. Il m'est souvent arrivé en automne de demeurer quatre ou cinq heures dans l'eau jusqu'à la ceinture, pour attendre au bord d'un étang des canards sauvages ; même aujourd'hui, je ne suis pas de sang-froid lorsqu'un chien tombe en arrêt. Toutefois, dans ma première ardeur pour la chasse, il entrait un fond d'indépendance ; franchir les fossés, arpenter les champs, les marais, les bruyères, me trouver avec un fusil dans un lieu désert, ayant puissance et solitude, c'était ma façon d'être naturelle. Dans mes courses, je pointais si loin que, ne pouvant plus marcher, les gardes étaient obligés de me rapporter sur des branches entrelacées.

Cependant le plaisir de la chasse ne me suffisait plus ; j'étais agité d'un désir de bonheur que je ne pouvais ni régler, ni comprendre ; mon esprit et mon cœur s'achevaient de former comme deux temples vides, sans autels et sans sacrifices ; on ne savait encore quel Dieu y serait adoré. Je croissais auprès de ma sœur Lucile ; notre amitié était toute notre vie.

6

LUCILE

Lucile était grande et d'une beauté remarquable, mais sérieuse. Son visage pâle était accompagné de longs cheveux noirs ; elle attachait souvent au ciel ou promenait autour d'elle des regards pleins de tristesse ou de feu. Sa démarche, sa voix, son sourire, sa physionomie avaient quelque chose de rêveur et de souffrant.

Lucile et moi nous nous étions inutiles. Quand nous parlions du monde, c'était de celui que nous portions au-dedans de nous et qui ressemblait bien peu au monde véritable. Elle voyait en moi son protecteur, je voyais en elle mon amie. Il lui prenait des accès de pensées noires que j'avais peine à dissiper : à dix-sept ans, elle déplorait la perte de ses jeunes années ; elle se voulait ensevelir dans un cloître. Tout lui était souci, chagrin, blessure : une expression qu'elle cherchait, une chimère qu'elle s'était faite, la tourmentaient des mois entiers. Je l'ai souvent vue, un bras jeté sur sa tête, rêver immobile et inanimée ; retirée vers son cœur, sa vie cessait de paraître au-dehors ; son sein même ne se soulevait plus. Par son attitude, sa mélancolie, sa vénusté, elle ressemblait à un Génie funèbre. J'essayais alors de la consoler, et l'instant d'après je m'abîmais dans des désespoirs inexplicables.

Lucile aimait à faire seule, vers le soir, quelque lecture pieuse : son oratoire de prédilection était l'embranchement de deux routes champêtres, marqué par une croix de pierre et par un peuplier dont le long style s'élevait dans le ciel comme un pinceau. Ma dévote mère toute charmée, disait que sa fille lui représentait une chrétienne de la primitive Église, priant à ces stations appelées *Laures*.

De la concentration de l'âme naissaient chez ma sœur des effets d'esprit extraordinaires : endormie, elle avait des songes prophétiques ; éveillée, elle semblait lire dans l'avenir. Sur un palier de l'escalier de la grande tour, battait une pendule qui sonnait le temps au silence ; Lucile, dans ses insomnies, s'allait asseoir sur une marche, en face de cette pendule : elle regardait le cadran à la lueur de sa lampe posée à terre. Lorsque les deux aiguilles unies à minuit enfantaient dans leur conjonction formidable l'heure des désordres et des crimes, Lucile entendait des bruits qui lui révélaient des trépas lointains. Se trouvant à Paris quelques jours avant le 10 août et demeurant avec mes autres sœurs dans le voisinage du couvent des Carmes, elle jette les yeux sur une glace, pousse un cri et dit : « Je viens de voir entrer la mort. » Dans les bruyères de la Calédonie, Lucile eût été une femme céleste de Walter Scott, douée de la seconde vue ; dans les bruyères armoricaines, elle n'était qu'une solitaire avantagée de beauté, de génie et de malheur.

7

PREMIER SOUFFLE DE LA MUSE

La vie que nous menions à Combourg, ma sœur et moi, augmentait l'exaltation de notre âge et de notre caractère. Notre principal désennui consistait à nous promener côte à côte dans le grand Mail, au printemps sur un tapis de primevères, en automne sur un lit de feuilles séchées, en hiver sur une nappe de neige que bordait la trace des oiseaux, des écureuils et des hermines. Jeunes comme les primevères, tristes comme la feuille séchée, purs comme la neige nouvelle, il y avait harmonie entre nos récréations et nous.

Ce fut dans une de ces promenades, que Lucile, m'entendant parler avec ravissement de la solitude, me dit : « Tu devrais peindre tout cela. » Ce mot me révéla la muse ; un souffle divin passa sur moi. Je me mis à bégayer des vers, comme si c'eût été ma langue naturelle ; jour et nuit je chantais mes plaisirs, c'est-à-dire mes bois et mes vallons ; je composais une foule de petites idylles ou tableaux de la nature*. J'ai écrit longtemps en vers avant d'écrire en prose : M. de Fontanes prétendait que j'avais reçu les deux instruments.

Ce talent que me promettait l'amitié s'est-il jamais levé pour moi ? Que de choses j'ai vainement attendues ! Un esclave, dans l'*Agamemnon* d'Eschyle, est placé en sentinelle au haut du palais d'Argos ; ses yeux cherchent à découvrir le signal convenu du retour des vaisseaux ; il chante pour solacier ses veilles, mais les heures s'envolent et les astres se couchent, et le flambeau ne brille pas. Lorsque, après maintes années, sa lumière tardive apparaît sur les flots, l'esclave est courbé sous le poids du temps ; il ne lui reste plus qu'à recueillir des malheurs, et le chœur lui dit : « qu'un vieillard est une ombre errante à la clarté du jour. Οναρ ἡμερόφαντον ἁλαίνει [1]. »

8

MANUSCRIT DE LUCILE

Dans les premiers enchantements de l'inspiration, j'invitai Lucile à m'imiter. Nous passions des jours à nous consulter mutuellement, à nous communiquer ce que nous avions fait, ce que nous comptions faire. Nous entreprenions des ouvrages en commun ; guidés par notre instinct, nous traduisîmes les plus beaux et les plus tristes passages de Job et de Lucrèce sur la vie : le *Taedet animam meam vitae meae* [2], l'*Homo natus de muliere* [3], le *Tum porro puer, ut saevis projectus ab*

---

* Voyez mes Œuvres complètes. (Paris, note de 1837.)

1. « Il erre comme un songe apparu en plein jour » (Eschyle, *Agamemnon*, vers 82).

2. « Je sens dans mon âme le dégoût de la vie » (Job, XI, 1).

3. « L'homme né de la femme... » (Job, XIV, 1).

undis navita [1], etc. Les pensées de Lucile n'étaient que des sentiments ; elles sortaient avec difficulté de son âme ; mais quand elle parvenait à les exprimer, il n'y avait rien au-dessus. Elle a laissé une trentaine de pages manuscrites ; il est impossible de les lire sans être profondément ému. L'élégance, la suavité, la rêverie, la sensibilité passionnée de ces pages offrent un mélange du génie grec et du génie germanique.

L'AURORE

« Quelle douce clarté vient éclairer l'Orient ! Est-ce la jeune aurore qui entr'ouvre au monde ses beaux yeux chargés des langueurs du sommeil ? Déesse charmante, hâte-toi ! Quitte la couche nuptiale, prends la robe de pourpre ; qu'une ceinture moelleuse la retienne dans ses nœuds ; que nulle chaussure ne presse tes pieds délicats ; qu'aucun ornement ne profane tes belles mains faites pour entr'ouvrir les portes du jour. Mais tu te lèves déjà sur la colline ombreuse. Tes cheveux d'or tombent en boucles humides sur ton col de rose. De ta bouche s'exhale un souffle pur et parfumé. Tendre déité, toute la nature sourit à ta présence ; toi seule verses des larmes, et les fleurs naissent. »

À LA LUNE

« Chaste déesse ! déesse si pure, que jamais même les roses de la pudeur ne se mêlent à tes tendres clartés, j'ose te prendre pour confidente de mes sentiments. Je n'ai point, non plus que toi, à rougir de mon propre cœur. Mais quelquefois le souvenir du jugement injuste et aveugle des hommes couvre mon front de nuages, ainsi que le tien. Comme toi, les erreurs et les misères de ce monde inspirent mes rêveries. Mais plus heureuse que moi, citoyenne des cieux, tu conserves toujours la sérénité ; les tempêtes et les orages qui s'élèvent de notre globe glissent sur ton disque paisible. Déesse aimable à ma tristesse, verse ton froid repos dans mon âme. »

---

1. « En outre l'enfant à sa naissance, comme un matelot naufragé rejeté par la fureur des ondes... » (Lucrèce, *De Natura Rerum*, V, 222-227).

L'INNOCENCE

« Fille du ciel, aimable innocence, si j'osais de quelques-uns de tes traits essayer une faible peinture, je dirais que tu tiens lieu de vertu à l'enfance, de sagesse au printemps de la vie, de beauté à la vieillesse et de bonheur à l'infortune ; qu'étrangère à nos erreurs, tu ne verses que des larmes pures, et que ton sourire n'a rien que de céleste. Belle innocence ! mais quoi, les dangers t'environnent, l'envie t'adresse tous ses traits : trembleras-tu, modeste innocence ? chercheras-tu à te dérober aux périls qui te menacent ? Non, je te vois debout, endormie, la tête appuyée sur un autel. »

Mon frère accordait quelquefois de courts instants aux ermites de Combourg ; il avait coutume d'amener avec lui un jeune conseiller au parlement de Bretagne, M. de Malfilâtre, cousin de l'infortuné poète de ce nom. Je crois que Lucile, à son insu, avait ressenti une passion secrète pour cet ami de mon frère, et que cette passion étouffée était au fond de la mélancolie de ma sœur. Elle avait d'ailleurs la manie de Rousseau sans en avoir l'orgueil : elle croyait que tout le monde était conjuré contre elle. Elle vint à Paris en 1789, accompagnée de cette sœur Julie dont elle a déploré la perte avec une tendresse empreinte de sublime. Quiconque la connut, l'admira, depuis M. de Malesherbes jusqu'à Chamfort. Jetée dans les cryptes révolutionnaires à Rennes, elle fut au moment d'être renfermée au château de Combourg, devenu cachot pendant la Terreur. Délivrée de prison, elle se maria à M. de Caud, qui la laissa veuve au bout d'un an. Au retour de mon émigration, je revis l'amie de mon enfance : je dirai comment elle disparut, quand il plut à Dieu de m'affliger.

9

Vallée-aux-Loups, novembre 1817.

DERNIÈRES LIGNES ÉCRITES À LA VALLÉE-AUX-LOUPS
RÉVÉLATION SUR LE MYSTÈRE DE MA VIE

Revenu de Montboissier, voici les dernières lignes que je trace dans mon ermitage ; il le faut abandonner tout rempli des beaux adolescents qui déjà dans leurs rangs pressés cachaient et couronnaient leur père. Je ne verrai plus le magnolia qui promettait sa rose à la tombe de ma Floridienne, le pin de Jérusalem et le cèdre du Liban consacrés à la mémoire de Jérôme, le laurier de Grenade, le platane de la Grèce, le chêne de l'Armorique, au pied desquels je peignis Blanca, chantai Cymodocée, inventai Velléda. Ces arbres naquirent et crûrent avec mes rêveries ; elles en étaient les Hamadryades. Ils vont passer sous un autre empire : leur nouveau maître les aimera-t-il comme je les aimais ? Il les laissera dépérir, il les abattra peut-être : je ne dois rien conserver sur la terre. C'est en disant adieu aux bois d'Aulnay que je vais rappeler l'adieu que je dis autrefois aux bois de Combourg : tous mes jours sont des adieux.

Le goût que Lucile m'avait inspiré pour la poésie, fut de l'huile jetée sur le feu. Mes sentiments prirent un nouveau degré de force ; il me passa par l'esprit des vanités de renommée ; je crus un moment à mon *talent*, mais bientôt, revenu à une juste défiance de moi-même, je me mis à douter de ce talent, ainsi que j'en ai toujours douté. Je regardai mon travail comme une mauvaise tentation ; j'en voulus à Lucile d'avoir fait naître en moi un penchant malheureux : je cessai d'écrire, et je me pris à pleurer ma gloire à venir, comme on pleurerait sa gloire passée.

Rentré dans ma première oisiveté, je sentis davantage ce qui manquait à ma jeunesse : je m'étais un mystère. Je ne pouvais voir une femme sans être troublé ; je rougissais si elle m'adressait la parole. Ma timidité déjà excessive avec tout le monde était si grande avec une femme que j'aurais préféré je ne sais quel tourment à celui de demeurer seul avec cette femme : elle n'était pas plus tôt partie, que je la rappelais de tous mes vœux. Les peintures de Virgile, de Tibulle et de Massillon, se présentaient bien à ma mémoire : mais l'image de ma mère et de ma sœur, couvrant tout de sa pureté, épaississait les voiles que la nature cherchait à soulever ; la tendresse filiale et fraternelle me trompait sur une tendresse moins désintéressée. Quand on m'aurait livré les plus belles esclaves du sérail, je n'aurais su que leur demander : le hasard m'éclaira.

Un voisin de la terre de Combourg était venu passer quelques jours au château avec sa femme, fort jolie. Je ne sais ce qui advint dans le village ; on courut à l'une des fenêtres de la grand'salle pour regarder. J'y arrivai le premier, l'étrangère se précipitait sur mes pas, je voulus lui céder la place et je me tournai vers elle ; elle me barra involontairement le chemin, et je me sentis pressé entre elle et la fenêtre. Je ne sus plus ce qui se passa autour de moi.

Dès ce moment, j'entrevis que d'aimer et d'être aimé d'une manière qui m'était inconnue, devait être la félicité suprême. Si j'avais fait ce que font les autres hommes, j'aurais bientôt appris les peines et les plaisirs de la passion dont je portais le germe ; mais tout prenait en moi un caractère extraordinaire. L'ardeur de mon imagination, ma timidité, la solitude firent qu'au lieu de me jeter au-dehors, je me repliai sur moi-même ; faute d'objet réel, j'invoquai par la puissance de mes vagues désirs un fantôme qui ne me quitta plus. Je ne sais si l'histoire du cœur humain offre un autre exemple de cette nature.

10

FANTÔME D'AMOUR

Je me composai donc une femme de toutes les femmes que j'avais vues : elle avait la taille, les cheveux et le sourire de l'étrangère qui m'avait pressé contre son sein ; je lui donnai les yeux de telle jeune fille du village, la fraîcheur de telle autre. Les portraits des grandes dames du temps de François Ier, de Henri IV et de Louis XIV, dont le salon était orné, m'avaient fourni d'autres traits, et j'avais dérobé des grâces jusqu'aux tableaux des Vierges suspendus dans les églises.

Cette charmeresse me suivait partout invisible ; je m'entretenais avec elle, comme avec un être réel ; elle variait au gré de ma folie : Aphrodite sans voile, Diane vêtue d'azur et de rosée, Thalie au masque riant, Hébé à la coupe de la jeunesse, souvent elle devenait une fée qui me soumettait la nature. Sans cesse, je retouchais ma toile ; j'enlevais un appas à ma beauté pour le remplacer par un autre. Je changeais aussi ses parures ; j'en empruntais à tous les pays, à tous les siècles, à tous les arts, à toutes les religions. Puis, quand j'avais fait un chef-d'œuvre, j'éparpillais de nouveau mes dessins et mes couleurs ; ma femme unique se transformait en une multitude de femmes, dans lesquelles j'idolâtrais séparément les charmes que j'avais adorés réunis.

Pygmalion fut moins amoureux de sa statue : mon embarras était de plaire à la mienne. Ne me reconnaissant rien de ce qu'il fallait pour être aimé, je me prodiguais ce qui me manquait. Je montais à cheval comme Castor et Pollux, je jouais de la lyre comme Apollon ; Mars maniait ses armes avec moins de force et d'adresse : héros de roman ou d'histoire, que d'aventures fictives j'entassais sur des fictions ! Les ombres des filles de Morven, les sultanes de Bagdad et de Grenade, les châtelaines des vieux manoirs ; bains, parfums, danses, délices de l'Asie, tout m'était approprié par une baguette magique.

Voici venir une jeune reine, ornée de diamants et de fleurs (c'était toujours ma sylphide) ; elle me cherche à minuit, au travers des jardins d'oranger, dans les galeries d'un palais baigné des flots de la mer, au rivage embaumé de Naples ou de Messine, sous un ciel d'amour que l'astre d'Endymion pénètre de sa lumière ; elle s'avance, statue animée de Praxitèle, au milieu des statues immobiles, des pâles tableaux et des fresques silencieusement blanchies par les rayons de la lune : le bruit léger de sa course sur les mosaïques des marbres se mêle au murmure insensible de la vague. La jalousie royale nous environne. Je tombe aux genoux de la souveraine des campagnes d'Enna ; les ondes de soie de son diadème dénoué viennent caresser mon front, lorsqu'elle penche sur mon visage sa tête de seize années, et que ses mains s'appuient sur mon sein palpitant de respect et de volupté.

Au sortir de ces rêves, quand je me retrouvais un pauvre petit Breton obscur, sans gloire, sans beauté, sans talents, qui n'attirerait les regards de personne, qui passerait ignoré, qu'aucune femme n'aimerait jamais, le désespoir s'emparait de moi : je n'osais plus lever les yeux sur l'image brillante que j'avais attachée à mes pas.

11

DEUX ANNÉES DE DÉLIRE —
OCCUPATIONS ET CHIMÈRES

Ce délire dura deux années entières, pendant lesquelles les facultés de mon âme arrivèrent au plus haut point d'exaltation. Je parlais peu, je ne parlai plus ; j'étudiais encore, je jetai là les livres ; mon goût pour la solitude redoubla.

J'avais tous les symptômes d'une passion violente ; mes yeux se creusaient ; je maigrissais ; je ne dormais plus ; j'étais distrait, triste, ardent, farouche. Mes jours s'écoulaient d'une manière sauvage, bizarre, insensée, et pourtant pleine de délices.

Au nord du château s'étendait une lande semée de pierres druidiques ; j'allais m'asseoir sur une de ces pierres au soleil couchant. La cime dorée des bois, la splendeur de la terre, l'étoile du soir scintillant à travers les nuages de rose, me ramenaient à mes songes : j'aurais voulu jouir de ce spectacle avec l'idéal objet de mes désirs. Je suivais en pensée l'astre du jour ; je lui donnais ma beauté à conduire afin qu'il la présentât radieuse avec lui aux hommages de l'univers. Le vent du soir qui brisait les réseaux tendus par l'insecte sur la pointe des herbes, l'alouette de bruyère qui se posait sur un caillou, me rappelaient à la réalité : je reprenais le chemin du manoir, le cœur serré, le visage abattu.

Les jours d'orage en été, je montais au haut de la grosse tour de l'ouest. Le roulement du tonnerre sous les combles du château, les torrents de pluie qui tombaient en grondant sur le toit pyramidal des tours, l'éclair qui sillonnait la nue et marquait d'une flamme électrique les girouettes d'airain, excitaient mon enthousiasme : comme Ismen sur les remparts de Jérusalem, j'appelais la foudre ; j'espérais qu'elle m'apporterait Armide.

Le ciel était-il serein ? je traversais le grand Mail, autour duquel étaient des prairies divisées par des haies plantées de saules. J'avais établi un siège, comme un nid, dans un de ces saules : là, isolé entre le ciel et la terre, je passais des heures avec des fauvettes ; ma nymphe était à mes côtés. J'associais également son image à la beauté de ces nuits de printemps toutes remplies de la fraîcheur de la rosée, des soupirs du rossignol et du murmure des brises.

D'autres fois, je suivais un chemin abandonné, une onde ornée de ses plantes rivulaires ; j'écoutais les bruits qui sortent des lieux infréquentés ; je prêtais l'oreille à chaque arbre ; je croyais entendre la clarté de la lune chanter dans les bois : je voulais redire ces plaisirs, et les paroles expiraient sur mes lèvres. Je ne sais comment je retrouvais encore ma déesse dans les accents d'une voix, dans les frémissements d'une harpe, dans les sons veloutés ou liquides d'un cor ou d'un harmonica. Il serait trop long de raconter les beaux voyages que je faisais avec ma fleur d'amour ; comment main en main nous visitions les ruines célèbres, Venise, Rome, Athènes, Jérusalem, Memphis, Carthage ; comment nous franchissions les mers ; comment nous demandions le bonheur aux palmiers d'Otahiti, aux bosquets embaumés d'Amboine et de Tidor ; comment au sommet de l'Himalaya nous allions réveiller l'aurore ; comment nous descendions les *fleuves saints* dont les vagues épandues entourent les pagodes aux boules d'or ; comment nous dormions aux rives du Gange, tandis que le bengali, perché sur le mât d'une nacelle de bambou, chantait sa barcarolle indienne.

La terre et le ciel ne m'étaient plus rien ; j'oubliais surtout le dernier : mais si je ne lui adressais plus mes vœux, il écoutait la voix de ma secrète misère : car je souffrais, et les souffrances prient.

12

MES JOIES DE L'AUTOMNE

Plus la saison était triste, plus elle était en rapport avec moi : le temps des frimas, en rendant les communications moins faciles, isole les habitants des campagnes : on se sent mieux à l'abri des hommes.

Un caractère moral s'attache aux scènes de l'automne : ces feuilles qui tombent comme nos ans, ces fleurs qui se fanent comme nos heures, ces nuages qui fuient comme nos illusions, cette lumière qui s'affaiblit comme notre intelligence, ce soleil qui se refroidit comme nos amours, ces fleuves qui se glacent comme notre vie, ont des rapports secrets avec nos destinées.

Je voyais avec un plaisir indicible le retour de la saison des tempêtes, le passage des cygnes et des ramiers, le rassemblement des corneilles dans la prairie de l'étang, et leur perchée à l'entrée de la nuit sur les plus hauts chênes du grand Mail. Lorsque le soir élevait une vapeur bleuâtre au carrefour des forêts, que les complaintes ou les lais du vent gémissaient dans les mousses flétries, j'entrais en pleine possession des sympathies de ma nature. Rencontrais-je quelque laboureur au bout d'un guéret ? je m'arrêtais pour regarder cet homme germé à l'ombre des épis parmi lesquels il devait être moissonné, et qui retournant la terre de sa tombe avec le soc de la charrue, mêlait ses sueurs brûlantes aux pluies glacées de l'automne : le sillon qu'il creusait était le monument destiné

à lui survivre. Que faisait à cela mon élégante démone ? Par
sa magie, elle me transportait au bord du Nil, me montrait
la pyramide égyptienne noyée dans le sable, comme un jour
le sillon armoricain caché sous la bruyère : je m'applaudis-
sais d'avoir placé les fables de ma félicité hors du cercle des
réalités humaines.

   Le soir je m'embarquais sur l'étang, conduisant seul mon
bateau au milieu des joncs et des larges feuilles flottantes du
nénuphar. Là, se réunissaient les hirondelles prêtes à quitter
nos climats. Je ne perdais pas un seul de leurs gazouillis :
Tavernier enfant était moins attentif au récit d'un voyageur.
Elles se jouaient sur l'eau au tomber du soleil, poursuivaient
les insectes, s'élançaient ensemble dans les airs, comme pour
éprouver leurs ailes, se rabattaient à la surface du lac, puis
se venaient suspendre aux roseaux que leur poids courbait
à peine, et qu'elles remplissaient de leur ramage confus.

                              13

                        INCANTATION

   La nuit descendait ; les roseaux agitaient leurs champs de
quenouilles et de glaives, parmi lesquels la caravane emplu-
mée, poules d'eau, sarcelles, martins-pêcheurs, bécassines,
se taisait ; le lac battait ses bords ; les grandes voix de
l'automne sortaient des marais et des bois : j'échouais mon
bateau au rivage et retournais au château. Dix heures son-
naient. À peine retiré dans ma chambre, ouvrant mes fenêtres,
fixant mes regards au ciel, je commençais une incantation.
Je montais avec ma magicienne sur les nuages : roulé dans
ses cheveux et dans ses voiles, j'allais, au gré des tempêtes,
agiter la cime des forêts, ébranler le sommet des montagnes,
ou tourbillonner sur les mers. Plongeant dans l'espace, descendant du trône de Dieu aux portes de l'abîme, les mondes
étaient livrés à la puissance de mes amours. Au milieu du
désordre des éléments, je mariais avec tristesse la pensée du
danger à celle du plaisir. Les souffles de l'aquilon ne m'apportaient que les soupirs de la volupté ; le murmure de la pluie
m'invitait au sommeil sur le sein d'une femme. Les paroles
que j'adressais à cette femme auraient rendu des sens à la
vieillesse, et réchauffé le marbre des tombeaux. Ignorant tout,
sachant tout, à la fois vierge et amante, Ève innocente, Ève
tombée, l'enchanteresse par qui me venait ma folie était un

mélange de mystères et de passions : je la plaçais sur un autel et je l'adorais. L'orgueil d'être aimé d'elle augmentait encore mon amour. Marchait-elle ? Je me prosternais pour être foulé sous ses pieds, ou pour en baiser la trace. Je me troublais à son sourire ; je tremblais au son de sa voix ; je frémissais de désir, si je touchais ce qu'elle avait touché. L'air exhalé de sa bouche humide pénétrait dans la moelle de mes os, coulait dans mes veines au lieu de sang. Un seul de ses regards m'eût fait voler au bout de la terre ; quel désert ne m'eût suffi avec elle ! À ses côtés, l'antre des lions se fût changé en palais, et des millions de siècles eussent été trop courts pour épuiser les feux dont je me sentais embrasé.

À cette fureur se joignait une idolâtrie morale : par un autre jeu de mon imagination, cette Phryné qui m'enlaçait dans ses bras, était aussi pour moi la gloire et surtout l'honneur ; la vertu, lorsqu'elle accomplit ses plus nobles sacrifices, le génie, lorsqu'il enfante la pensée la plus rare, donneraient à peine une idée de cette autre sorte de bonheur. Je trouvais à la fois dans ma création merveilleuse toutes les blandices des sens et toutes les jouissances de l'âme. Accablé et comme submergé de ces doubles délices, je ne savais plus quelle était ma véritable existence ; j'étais homme et n'étais pas homme ; je devenais le nuage, le vent, le bruit ; j'étais un pur esprit, un être aérien, chantant la souveraine félicité. Je me dépouillais de ma nature pour me fondre avec la fille de mes désirs, pour me transformer en elle, pour toucher plus intimement la beauté, pour être à la fois la passion reçue et donnée, l'amour et l'objet de l'amour.

Tout à coup, frappé de ma folie, je me précipitais sur ma couche ; je me roulais dans ma douleur ; j'arrosais mon lit de larmes cuisantes que personne ne voyait et qui coulaient misérables, pour un néant.

14

TENTATION

Bientôt, ne pouvant plus rester dans ma tour, je descendais à travers les ténèbres, j'ouvrais furtivement la porte du perron comme un meurtrier, et j'allais errer dans le grand bois.

Après avoir marché à l'aventure, agitant mes mains, embrassant les vents qui m'échappaient ainsi que l'ombre, objet de mes poursuites, je m'appuyais contre le tronc d'un hêtre ; je regardais les corbeaux que je faisais envoler d'un arbre pour se poser sur un autre, ou la lune se traînant sur une cime dépouillée de la futaie : j'aurais voulu habiter ce monde mort, qui réfléchissait la pâleur du sépulcre. Je ne sentais ni le froid, ni l'humidité de la nuit ; l'haleine glaciale de l'aube ne m'aurait pas même tiré du fond de mes pensées, si à cette heure la cloche du village ne s'était fait entendre.

Dans la plupart des villages de la Bretagne, c'est ordinairement à la pointe du jour que l'on sonne pour les trépassés. Cette sonnerie compose, de trois notes répétées, un petit air monotone, mélancolique et champêtre. Rien ne convenait mieux à mon âme malade et blessée, que d'être rendue aux tribulations de l'existence par la cloche qui en annonçait la fin. Je me représentais le pâtre expiré dans sa cabane inconnue, ensuite déposé dans un cimetière non moins ignoré. Qu'était-il venu faire sur la terre ? moi-même, que faisais-je dans ce monde ? Puisqu'enfin je devais passer, ne valait-il pas mieux partir à la fraîcheur du matin, arriver de bonne heure, que d'achever le voyage sous le poids et pendant la chaleur du jour ? Le rouge du désir me montait au visage ; l'idée de n'être plus me saisissait le cœur à la façon d'une joie subite. Au temps des erreurs de ma jeunesse, j'ai souvent souhaité ne pas survivre au bonheur : il y avait dans le premier succès un degré de félicité qui me faisait aspirer à la destruction.

De plus en plus garrotté à mon fantôme, ne pouvant jouir de ce qui n'existait pas, j'étais comme ces hommes mutilés qui rêvent des béatitudes pour eux insaisissables, et qui se créent un songe dont les plaisirs égalent les tortures de l'enfer. J'avais en outre le pressentiment des misères de mes futures destinées : ingénieux à me forger des souffrances, je m'étais placé entre deux désespoirs ; quelquefois je ne me croyais qu'un être nul, incapable de s'élever au-dessus du vulgaire ; quelquefois il me semblait sentir en moi des qualités qui ne seraient jamais appréciées. Un secret instinct m'avertissait qu'en avançant dans le monde, je ne trouverais rien de ce que je cherchais.

Tout nourrissait l'amertume de mes dégoûts : Lucile était malheureuse ; ma mère ne me consolait pas ; mon père me faisait éprouver les affres de la vie. Sa morosité augmentait

avec l'âge ; la vieillesse raidissait son âme comme son corps ;
il m'épiait sans cesse pour me gourmander. Lorsque je revenais de mes courses sauvages et que je l'apercevais assis sur
le perron, on m'aurait plutôt tué que de me faire rentrer au
château. Ce n'était néanmoins que différer mon supplice :
obligé de paraître au souper, je m'asseyais tout interdit sur
le coin de ma chaise, mes joues battues de la pluie, ma chevelure en désordre. Sous les regards de mon père, je demeurais immobile et la sueur couvrait mon front : la dernière lueur
de la raison m'échappa.

Me voici arrivé à un moment où j'ai besoin de quelque force
pour confesser ma faiblesse. L'homme qui attente à ses jours
montre moins la vigueur de son âme que la défaillance de
sa nature.

Je possédais un fusil de chasse dont la détente usée partait
souvent au repos. Je chargeai ce fusil de trois balles, et je
me rendis dans un endroit écarté du grand Mail. J'armai le
fusil, j'introduisis le bout du canon dans ma bouche, je
frappai la crosse contre terre ; je réitérai plusieurs fois
l'épreuve : le coup ne partit pas ; l'apparition d'un garde suspendit ma résolution. Fataliste sans le vouloir et sans le savoir,
je supposai que mon heure n'était pas arrivée, et je remis à
un autre jour l'exécution de mon projet. Si je m'étais tué,
tout ce que j'ai été s'ensevelissait avec moi ; on ne saurait
rien de l'histoire qui m'aurait conduit à ma catastrophe ;
j'aurais grossi la foule des infortunés sans nom, je ne me serais
pas fait suivre à la trace de mes chagrins comme un blessé
à la trace de son sang.

Ceux qui seraient troublés par ces peintures et tentés d'imiter ces folies, ceux qui s'attacheraient à ma mémoire par mes
chimères, se doivent souvenir qu'ils n'entendent que la voix
d'un mort. Lecteur, que je ne connaîtrai jamais, rien n'est
demeuré : il ne reste de moi que ce que je suis entre les mains
du Dieu vivant qui m'a jugé.

• *Texte n° 14*

LIVRE SEPTIÈME

2

Londres, d'avril à septembre 1822.

RIVIÈRE DU NORD — CHANT DE LA PASSAGÈRE
ALBANY — M. SWIFT
DÉPART POUR LA CATARACTE DE NIAGARA
AVEC UN GUIDE HOLLANDAIS — M. VIOLET

Je m'embarquai à New York sur le paquebot qui faisait voile pour Albany, situé en amont de la rivière du Nord. La société était nombreuse. Vers le soir de la première journée, on nous servit une collation de fruits et de lait ; les femmes étaient assises sur les bancs du tillac, et les hommes sur le pont, à leurs pieds. La conversation ne se soutint pas longtemps : à l'aspect d'un beau tableau de la nature, on tombe involontairement dans le silence. Tout à coup, je ne sais qui s'écria : « Voilà l'endroit où Asgill fut arrêté. » On pria une quakeresse de Philadelphie de chanter la complainte connue sous le nom d'*Asgill*. Nous étions entre des montagnes ; la voix de la passagère expirait sur la vague, ou se renflait lorsque nous rasions de plus près la rive. La destinée d'un jeune soldat, amant, poète et brave, honoré de l'intérêt de Washington et de la généreuse intervention d'une reine infortunée, ajoutait un charme au romantique de la scène. L'ami que j'ai perdu, M. de Fontanes, laissa tomber de courageuses paroles en mémoire d'Asgill quand Bonaparte se disposait à monter au trône où s'était assise Marie-Antoinette. Les officiers américains semblaient touchés du chant de la Pensylvanienne : le souvenir des troubles passés de la patrie leur rendait plus sensible le calme du moment présent. Ils contemplaient avec émotion ces lieux naguère chargés de troupes, retentissant du bruit des armes, maintenant ensevelis dans une paix profonde ; ces lieux dorés des derniers feux du jour, animés du sifflement des cardinaux, du roucoulement des palombes bleues, du chant des oiseaux-moqueurs, et dont les habitants, accoudés sur des clôtures frangées de bignonias, regardaient notre barque passer au-dessous d'eux.

Arrivé à Albany, j'allai chercher un M. Swift, pour lequel on m'avait donné une lettre. Ce M. Swift trafiquait de pelle-

teries avec les tribus indiennes, enclavées dans le territoire
cédé par l'Angleterre aux États-Unis ; car les puissances civilisées, républicaines et monarchiques, se partagent sans façon
en Amérique des terres qui ne leur appartiennent pas. Après
m'avoir entendu, M. Swift me fit des objections très raison-
nables. Il me dit que je ne pouvais pas entreprendre de prime-
abord, seul, sans secours, sans appui, sans recommandation
pour les postes anglais, américains, espagnols, où je serais
forcé de passer, un voyage de cette importance ; que, quand
j'aurais le bonheur de traverser tant de solitudes, j'arriverais
à des régions glacées où je périrais de froid et de faim : il
me conseilla de commencer par m'acclimater, m'invita à
apprendre le sioux, l'iroquois et l'esquimau, à vivre au milieu
des *coureurs de bois* et des agents de la compagnie de la baie
d'Hudson. Ces expériences préliminaires faites, je pourrais
alors, dans quatre ou cinq ans, avec l'assistance du gouvernement français, procéder à ma hasardeuse mission.

Ces conseils, dont au fond je reconnaissais la justesse, me
contrariaient. Si je m'en étais cru, je serais parti tout droit
pour aller au pôle, comme on va de Paris à Pontoise. Je cachai
à M. Swift mon déplaisir : je le priai de me procurer un guide
et des chevaux pour me rendre à Niagara et à Pittsbourg :
à Pittsbourg, je descendrais l'Ohio et je recueillerais des
notions utiles à mes futurs projets. J'avais toujours dans la
tête mon premier plan de route.

M. Swift engagea à mon service un Hollandais qui parlait
plusieurs dialectes indiens. J'achetai deux chevaux et je quittai
Albany.

Tout le pays qui s'étend aujourd'hui entre le terriroire de
cette ville et celui de Niagara, est habité et défriché ; le canal
de New York le traverse ; mais alors une grande partie de
ce pays était déserte.

Lorsqu'après avoir passé le Mohawk, j'entrai dans des bois
qui n'avaient jamais été abattus, je fus pris d'une sorte
d'ivresse d'indépendance : j'allais d'arbre en arbre, à gauche,
à droite, me disant : « Ici plus de chemins, plus de villes, plus
de monarchie, plus de république, plus de présidents, plus
de rois, plus d'hommes. » Et, pour essayer si j'étais rétabli
dans mes droits originels, je me livrais à des actes de volonté
qui faisaient enrager mon guide, lequel, dans son âme, me
croyait fou.

Hélas ! je me figurais être seul dans cette forêt, où je levais
une tête si fière ! tout à coup, je viens m'énaser contre un

hangar. Sous ce hangar s'offrent à mes yeux ébaudis les premiers sauvages que j'aie vus de ma vie. Ils étaient une vingtaine, tant hommes que femmes, tous barbouillés comme des sorciers, le corps demi-nu, les oreilles découpées, des plumes de corbeau sur la tête et des anneaux passés dans les narines. Un petit Français, poudré et frisé, habit vert-pomme, veste de droguet, jabot et manchettes de mousseline, raclait un violon de poche, et faisait danser *Madelon Friquet* à ces Iroquois. M. Violet (c'était son nom) était maître de danse chez les sauvages. On lui payait ses leçons en peaux de castors et en jambons d'ours. Il avait été marmiton au service du général Rochambeau, pendant la guerre d'Amérique. Demeuré à New York après le départ de notre armée, il se résolut d'enseigner les beaux-arts aux Américains. Ses vues s'étant agrandies avec le succès, le nouvel Orphée porta la civilisation jusque chez les hordes sauvages du Nouveau-Monde. En me parlant des Indiens, il me disait toujours : « Ces messieurs sauvages et ces dames sauvagesses. » Il se louait beaucoup de la légèreté de ses écoliers ; en effet, je n'ai jamais vu faire de telles gambades. M. Violet, tenant son petit violon entre son menton et sa poitrine, accordait l'instrument fatal ; il criait aux Iroquois : *À vos places !* Et toute la troupe sautait comme une bande de démons.

N'était-ce pas une chose accablante pour un disciple de Rousseau, que cette introduction à la vie sauvage par un bal que l'ancien marmiton du général Rochambeau donnait à des Iroquois ? J'avais grande envie de rire, mais j'étais cruellement humilié.

3

Londres, d'avril à septembre 1822.

MON ACCOUTREMENT SAUVAGE — CHASSE
LE CARCAJOU ET LE RENARD CANADIEN
RATE MUSQUÉE — CHIENS-PÊCHEURS — INSECTES

J'achetai des Indiens un habillement complet : deux peaux d'ours, l'une pour demi-toge, l'autre pour lit. Je joignis, à mon nouvel accoutrement, la calotte de drap rouge à côtes, la casaque, la ceinture, la corne pour rappeler les chiens, la bandoulière des coureurs de bois. Mes cheveux flottaient sur mon cou découvert ; je portais la barbe longue : j'avais du sauvage, du chasseur et du missionnaire. On m'invita à une partie de chasse qui devait avoir lieu le lendemain, pour dépister un carcajou.

Cette race d'animaux est presque entièrement détruite dans le Canada, ainsi que celle des castors.

Nous nous embarquâmes avant le jour, pour remonter une rivière sortant du bois où l'on avait aperçu le carcajou. Nous étions une trentaine, tant Indiens que coureurs de bois américains et canadiens : une partie de la troupe côtoyait, avec les meutes, la marche de la flottille, et des femmes portaient nos vivres.

Nous ne rencontrâmes pas le carcajou ; mais nous tuâmes des loups-cerviers et des rats musqués. Jadis les Indiens menaient un grand deuil, lorsqu'ils avaient immolé, par mégarde, quelques-uns de ces derniers animaux, la femelle du rat musqué étant, comme chacun sait, la mère du genre humain. Les Chinois, meilleurs observateurs, tiennent pour certain, que le rat se change en caille, et la taupe en loriot.

Des oiseaux de rivière et des poissons fournirent abondamment à notre table. On accoutume les chiens à plonger ; quand ils ne vont pas à la chasse ils vont à la pêche : ils se précipitent dans les fleuves et saisissent le poisson jusqu'au fond de l'eau. Un grand feu autour duquel nous nous placions, servait aux femmes pour les apprêts de notre repas.

Il fallait nous coucher horizontalement ; le visage contre terre, pour nous mettre les yeux à l'abri de la fumée, dont le nuage, flottant au-dessus de nos têtes, nous garantissait tellement quellement de la piqûre des maringouins.

Les divers insectes carnivores, vus au microscope, sont des animaux formidables, ils étaient peut-être ces dragons ailés dont on retrouve les anatomies : diminués de taille à mesure que la matière diminuait d'énergie, ces hydres, griffons et autres, se trouvaient aujourd'hui à l'état d'insectes. Les géants antédiluviens sont les petits hommes d'aujourd'hui.

4

Londres, d'avril à septembre 1822.

CAMPEMENT AU BORD DU LAC DES ONONDAGAS
ARABES — COURSE BOTANIQUE
L'INDIENNE ET LA VACHE

M. Violet m'offrit ses lettres de créance pour les Onondagas, reste d'une des six nations iroquoises. J'arrivai d'abord au lac des Onondagas. Le Hollandais choisit un lieu propre à établir notre camp : une rivière sortait du lac ; notre appareil fut dressé dans la courbe de cette rivière. Nous fichâmes en terre, à six pieds de distance l'un de l'autre, deux piquets fourchus, nous suspendîmes horizontalement dans l'entendement de ces piquets une longue perche. Des écorces de bouleau, un bout appuyé sur le sol, l'autre sur la gaule transversale formèrent le toit incliné de notre palais. Nos selles devaient nous servir d'oreillers et nos manteaux de couvertures. Nous attachâmes des sonnettes au cou de nos chevaux et nous les lâchâmes dans les bois près de notre camp : ils ne s'en éloignèrent pas.

Lorsque, quinze ans plus tard, je bivouaquais dans les sables du désert de Sabba, à quelques pas du Jourdain, au bord de la mer Morte, nos chevaux, ces fils légers de l'Arabie, avaient l'air d'écouter les contes du scheik, et de prendre part à l'histoire d'Antar et du cheval de Job.

Il n'était guère que quatre heures après midi lorsque nous fûmes huttés. Je pris mon fusil et j'allai flâner dans les environs. Il y avait peu d'oiseaux. Un couple solitaire voltigeait seulement devant moi, comme ces oiseaux que je suivais dans mes bois paternels ; à la couleur du mâle, je reconnus le passereau-blanc, *passer nivalis* des ornithologistes. J'entendis aussi l'orfraie, fort bien caractérisée par sa voix. Le vol de l'*exclamateur* m'avait conduit à un vallon resserré entre des hauteurs nues et pierreuses ; à mi-côte s'élevait une méchante cabane ; une vache maigre errait dans un pré au-dessous.

J'aime les petits abris : « *A chico pajarillo chico nidillo*, à petit oiseau petit nid. » Je m'assis sur la pente en face de la hutte plantée sur le coteau opposé.

Au bout de quelques minutes, j'entendis des voix dans le vallon : trois hommes conduisaient cinq ou six vaches grasses ; ils les mirent paître et éloignèrent à coups de gaule la vache maigre. Une femme sauvage sortit de la hutte,

s'avança vers l'animal effrayé et l'appela. La vache courut
à elle en allongeant le cou avec un petit mugissement. Les
planteurs menacèrent de loin l'Indienne, qui revint à sa
cabane. La vache la suivit.

Je me levai, descendis le rampant de la côte, traversai le
vallon et montant la colline parallèle, j'arrivai à la hutte.

Je prononçai le salut qu'on m'avait appris : « *Siegoh !* Je
suis venu » : l'Indienne, au lieu de me rendre mon salut par
la répétition d'usage : « *Vous êtes venu* », ne répondit rien.
Alors je caressai la vache : le visage jaune et attristé de
l'Indienne laissa paraître des signes d'attendrissement. J'étais
ému de ces mystérieuses relations de l'infortune : il y a de
la douceur à pleurer sur des maux qui n'ont été pleurés de
personne.

Mon hôtesse me regarda encore quelque temps avec un reste
de doute, puis elle s'avança et vint passer la main sur le front
de sa compagne de misère et de solitude.

Encouragé par cette marque de confiance, je dis en anglais,
car j'avais épuisé mon indien : « Elle est bien maigre ! »
L'Indienne repartit en mauvais anglais : « Elle mange fort
peu, *she eats very little*. » — « On l'a chassée rudement »,
repris-je. Et la femme répondit : « Nous sommes accoutumés
à cela toutes deux ; *both.* » Je repris : « Cette prairie n'est
donc pas à vous ? » Elle répondit : « Cette prairie était à mon
mari qui est mort. Je n'ai point d'enfants, et les chairs blanches mènent leurs vaches dans ma prairie. »

Je n'avais rien à offrir à cette créature de Dieu. Nous nous
quittâmes. Mon hôtesse me dit beaucoup de choses que je
ne compris point ; c'étaient sans doute des souhaits de prospérité ; s'ils n'ont pas été entendus du ciel, ce n'est pas la
faute de celle qui priait, mais l'infirmité de celui pour qui
la prière était offerte. Toutes les âmes n'ont pas une égale
aptitude au bonheur, comme toutes les terres ne portent pas
également les moissons.

Je retournai à mon *ajoupa* où m'attendait une collation
de pommes de terre et de maïs. La soirée fut magnifique ;
le lac, uni comme une glace sans tain, n'avait pas une ride ;
la rivière baignait en murmurant notre presqu'île que les
calycanthes parfumaient de l'odeur de la pomme. Le *weep-
poor-will* répétait son chant : nous l'entendions tantôt plus
près, tantôt plus loin, suivant que l'oiseau changeait le lieu
de ses appels amoureux. Personne ne m'appelait. Pleure,
pauvre William ! *weep, poor Will !*

5

Londres, d'avril à septembre 1822.

UN IROQUOIS — SACHEM DES ONONDAGAS
VELLY ET LES FRANKS
CÉRÉMONIE DE L'HOSPITALITÉ — ANCIENS GRECS
[MONTCALM ET WOLF]

Le lendemain, j'allais rendre visite au sachem des Onondagas ; j'arrivai à son village à dix heures du matin. Aussitôt,
je fus environné de jeunes sauvages qui me parlaient dans
leur langue, mêlée de phrases anglaises et de quelques mots
français ; ils faisaient grand bruit, et avaient l'air joyeux,
comme les premiers Turcs que je vis à Coron, en débarquant
sur le sol de la Grèce. Ces tribus indiennes, enclavées dans
les défrichements des blancs, ont dès chevaux et des troupeaux ; leurs cabanes sont remplies d'ustensiles achetés, d'un
côté, à Québec, à Montréal, à Niagara, au Détroit, et, de
l'autre, aux marchés des États-Unis.

Quand on parcourut l'intérieur de l'Amérique septentrionale, on trouva dans l'état de nature, parmi les diverses
nations sauvages, les différentes formes de gouvernement
connues des peuples civilisés. L'Iroquois appartenait à une
race qui semblait destinée à conquérir les races indiennes, si
des étrangers n'étaient venus épuiser ses veines et arrêter son
génie. Cet homme intrépide ne fut point étonné des armes
à feu, lorsque pour la première fois on en usa contre lui ;
il tint ferme au sifflement des balles et au bruit du canon,
comme s'il les eût entendus toute sa vie ; il n'eut pas l'air
d'y faire plus d'attention qu'à un orage. Aussitôt qu'il se put
procurer un mousquet, il s'en servit mieux qu'un Européen.
Il n'abandonna pas pour cela le casse-tête, le couteau de
scalpe, l'arc et la flèche ; mais il y ajouta la carabine, le
pistolet, le poignard et la hache : il semblait n'avoir jamais
assez d'armes pour sa valeur. Doublement paré des instruments meurtriers de l'Europe et de l'Amérique, la tête ornée
de panaches, les oreilles découpées, le visage bariolé de
diverses couleurs, les bras tatoués et teints de sang, ce champion du Nouveau-Monde devint aussi redoutable à voir qu'à
combattre, sur le rivage qu'il défendit pied à pied contre les
envahisseurs.

Le sachem des Onondagas était un vieil Iroquois dans toute la rigueur du mot ; sa personne gardait la tradition des anciens temps du désert.

Les relations anglaises ne manquent jamais d'appeler le sachem indien *the old gentleman*. Or, le *vieux gentilhomme* est tout nu ; il a une plume ou une arête de poisson passée dans ses narines, et couvre quelquefois sa tête, rase et ronde comme un fromage, d'un chapeau bordé à trois cornes, en signe d'honneur européen. Velly ne peint-il pas l'histoire avec la même vérité ? Le cheftain frank Khilpérick se frottait les cheveux avec du beurre aigre, *infundens acido comam butyro*, se barbouillait les joues de vert, et portait une jaquette bigarrée ou un sayon de peau de bête ; il est représenté par Velly comme un prince magnifique jusqu'à l'obstentation dans ses meubles et dans ses équipages, voluptueux jusqu'à la débauche, croyant à peine en Dieu, dont les ministres étaient le sujet de ses railleries.

Le sachem Onondagas me reçut bien et me fit asseoir sur une natte. Il parlait anglais et entendait le français ; mon guide savait l'iroquois : la conversation fut facile. Entre autres choses, le vieillard me dit que, quoique sa nation eût toujours été en guerre avec la mienne, elle l'avait toujours estimée. Il se plaignait des Américains ; il les trouvait injustes et avides, et regrettait que dans le partage des terres indiennes sa tribu n'eût pas augmenté le lot des Anglais.

Les femmes nous servirent un repas. L'hospitalité est la dernière vertu restée aux sauvages au milieu des vices de la civilisation européenne ; on sait quelle était autrefois cette hospitalité ; le foyer avait la puissance de l'autel.

Lorsqu'une tribu chassée de ses bois, ou lorsqu'un homme venait demander l'hospitalité, l'étranger commençait ce qu'on appelait la danse du suppliant ; l'enfant de la hutte touchait le seuil de la porte et disait : « Voici l'étranger ! » et le chef répondait : « Enfant, introduis l'homme dans la hutte. » L'étranger, entrant sous la protection de l'enfant, s'allait asseoir sur la cendre du foyer. Les femmes disaient le chant de la consolation : « L'étranger a retrouvé une mère et une femme ; le soleil se lèvera et se couchera pour lui comme auparavant. »

Ces usages semblent empruntés des Grecs : Thémistocle, chez Admète, embrasse les pénates et le jeune fils de son hôte (j'ai peut-être foulé à Mégare l'âtre de la pauvre femme sous lequel fut cachée l'urne cinéraire de Phocion) ; et Ulysse, chez Alcinoüs, implore Arété : « Noble Arété, fille de Rhexénor, après avoir souffert des maux cruels, je me jette à vos pieds... » En achevant ces mots, le héros s'éloigne et va s'asseoir sur la cendre du foyer. — Je pris congé du vieux sachem. Il s'était trouvé à la prise de Québec. Dans les honteuses années du règne de Louis XV, l'épisode de la guerre du Canada vient nous consoler comme une page de notre ancienne histoire retrouvée à la Tour de Londres.

Montcalm, chargé sans secours de défendre le Canada contre des forces souvent rafraîchies et le quadruple des siennes, lutte avec succès pendant deux années ; il bat lord Loudon et le général Abercromby. Enfin la fortune l'abandonne ; blessé sous les murs de Québec, il tombe, et deux jours après il rend le dernier soupir ; ses grenadiers l'enterrent dans le trou creusé par une bombe, fosse digne de l'honneur de nos armes ! Son noble ennemi Wolf meurt en face de lui ; il paye de sa vie celle de Montcalm et la gloire d'expirer sur quelques drapeaux français.

6

Londres, d'avril à septembre 1822.

VOYAGE DU LAC DES ONONDAGAS
À LA RIVIÈRE GENESEE — ABEILLES — DÉFRICHEMENTS
HOSPITALITÉ — LIT
SERPENT À SONNETTES ENCHANTÉ

Nous voilà, mon guide et moi, remontés à cheval. Notre route, devenue plus pénible, était à peine tracée par des abattis d'arbres. Les troncs de ces arbres servaient de ponts sur les ruisseaux ou de fascines dans les fondrières. La population américaine se portait alors vers les concessions de Genesee. Ces concessions se vendaient plus ou moins cher selon la bonté du sol, la qualité des arbres, le cours et la foison des eaux.

On a remarqué que les colons sont souvent précédés dans les bois par des abeilles : avant-garde des laboureurs, elles sont le symbole de l'industrie et de la civilisation qu'elles annoncent. Étrangères à l'Amérique, arrivées à la suite des voiles de Colomb, ces conquérants pacifiques n'ont ravi à un nouveau monde de fleurs que des trésors dont les indigènes ignoraient l'usage ; elles ne se sont servi de ces trésors que pour enrichir le sol dont elles les avaient tirés.

Les défrichements sur les deux bords de la route que je parcourais, offraient un curieux mélange de l'état de nature et de l'état civilisé. Dans le coin d'un bois qui n'avait jamais retenti que des cris du sauvage et des bramements de la bête fauve, on rencontrait une terre labourée ; on apercevait du même point de vue le wigwaum d'un Indien et l'habitation d'un planteur. Quelques-unes de ces habitations, déjà achevées, rappelaient la propreté des fermes hollandaises ; d'autres n'étaient qu'à demi terminées et n'avaient pour toit que le ciel.

J'étais reçu dans ces demeures, ouvrages d'un matin ; j'y trouvais souvent une famille avec les élégances de l'Europe : des meubles d'acajou, un piano, des tapis, des glaces, à quatre pas de la hutte d'un Iroquois. Le soir, lorsque les serviteurs étaient revenus des bois ou des champs avec la cognée ou la houe, on ouvrait les fenêtres. Les filles de mon hôte, en beaux cheveux blonds annelés, chantaient au piano le duo de *Pandolfetto* de Paësiello, ou un *cantabile* de Cimarosa, le tout à la vue du désert et quelquefois au murmure d'une cascade.

Dans les terrains les meilleurs s'établissaient des bourgades. La flèche d'un nouveau clocher s'élançait du sein d'une vieille forêt. Comme les mœurs anglaises suivent partout les Anglais, après avoir traversé des pays où il n'y avait pas trace d'habitants, j'apercevais l'enseigne d'une auberge qui brandillait à une branche d'arbre. Des chasseurs, des planteurs, des Indiens, se rencontraient à ces caravansérails : la première fois que je m'y reposai, je jurai que ce serait la dernière.

Il arriva, qu'en entrant dans une de ces hôtelleries, je restai stupéfait à l'aspect d'un lit immense, bâti en rond autour d'un poteau : chaque voyageur prenait place dans ce lit, les pieds au poteau du centre, la tête à la circonférence du cercle, de manière que les dormeurs étaient rangés symétriquement, comme les rayons d'une roue ou les bâtons d'un éventail. Après quelque hésitation, je m'introduisis dans cette machine, parce que je n'y voyais personne. Je commençais à m'assoupir, lorsque je sentis quelque chose se glisser contre moi : c'était la jambe de mon grand Hollandais ; je n'ai de ma vie éprouvé une plus grande horreur. Je sautai dehors du cabas hospitalier, maudissant cordialement les usages de nos bons aïeux. J'allai dormir, dans mon manteau, au clair de lune : cette compagne de la couche du voyageur n'avait rien du moins que d'agréable, de frais et de pur.

Au bord de la Genesee, nous trouvâmes un bac. Une troupe de colons et d'Indiens passa la rivière avec nous. Nous campâmes dans des prairies peinturées de papillons et de fleurs. Avec nos costumes divers, nos différents groupes autour de nos feux, nos chevaux attachés ou paissant, nous avions l'air d'une caravane. C'est là que je fis la rencontre de ce serpent à sonnettes qui se laissait enchanter par le son d'une flûte. Les Grecs auraient fait de mon Canadien, Orphée ; de la flûte, une lyre ; du serpent, Cerbère, ou peut-être Eurydice.

7

Londres, d'avril à septembre 1822.

FAMILLE INDIENNE — NUIT DANS LES FORÊTS
DÉPART DE LA FAMILLE
SAUVAGES DU SAUT DE NIAGARA
LE CAPITAINE GORDON — JÉRUSALEM

Nous avançâmes vers Niagara. Nous n'en étions plus qu'à huit ou neuf lieues, lorsque nous aperçûmes, dans une chênaie, le feu de quelques sauvages, arrêtés au bord d'un ruisseau, où nous songions nous-mêmes à bivouaquer. Nous profitâmes de leur établissement : chevaux pansés, toilette de nuit faite, nous accostâmes la horde. Les jambes croisées à la manière des tailleurs, nous nous assîmes avec les Indiens, autour du bûcher, pour mettre rôtir nos quenouilles de maïs.

La famille était composée de deux femmes, de deux enfants à la mamelle et de trois guerriers. La conversation devint générale, c'est-à-dire par quelques mots entrecoupés de ma part et par beaucoup de gestes ; ensuite chacun s'endormit dans la place où il était. Resté seul éveillé, j'allai m'asseoir à l'écart, sur une racine qui traçait au bord du ruisseau.

La lune se montrait à la cime des arbres ; une brise embaumée, que cette reine des nuits amenait de l'Orient avec elle, semblait la précéder dans les forêts, comme sa fraîche haleine. L'astre solitaire gravit peu à peu dans le ciel : tantôt il suivait sa course, tantôt il franchissait des groupes de nues, qui ressemblaient aux sommets d'une chaîne de montagnes couronnées de neiges. Tout aurait été silence et repos sans la chute de quelques feuilles, le passage d'un vent subit, le gémissement de la hulotte ; au loin, on entendait les sourds mugissements de la cataracte de Niagara, qui, dans le calme de la nuit, se prolongeaient de désert en désert, et expiraient à travers les forêts solitaires. C'est dans ces nuits que m'apparut une muse inconnue ; je recueillis quelques-uns de ses accents ; je les marquai sur mon livre, à la clarté des étoiles, comme un musicien vulgaire écrirait les notes que lui dicterait quelque grand maître des harmonies.

Le lendemain, les Indiens s'armèrent, les femmes rassemblèrent les bagages. Je distribuai un peu de poudre et de vermillon à mes hôtes. Nous nous séparâmes en touchant nos fronts et notre poitrine. Les guerriers poussèrent le cri de marche et partirent en avant ; les femmes cheminèrent derrière, chargées des enfants qui, suspendus dans des fourrures aux épaules de leurs mères, tournaient la tête pour nous regarder. Je suivis des yeux cette marche jusqu'à ce que la troupe entière eût disparu entre les arbres de la forêt.

Les sauvages du Saut de Niagara dans la dépendance des Anglais étaient chargés de la police de la frontière de ce côté. Cette bizarre gendarmerie, armée d'arcs et de flèches, nous empêcha de passer. Je fus obligé d'envoyer le Hollandais au fort Niagara chercher un permis afin d'entrer sur les terres de la domination britannique. Cela me serrait un peu le cœur, car il me souvenait que la France avait jadis commandé dans le Haut comme dans le Bas-Canada. Mon guide revint avec le permis : je le conserve encore ; il est signé : *le capitaine Gordon*. N'est-il pas singulier que j'aie retrouvé le même nom anglais sur la porte de ma cellule à Jérusalem ? « Treize pèlerins avaient écrit leurs noms sur la porte en dedans de la chambre : le premier s'appelait Charles Lombard, et il se trouvait à Jérusalem en 1669 ; le dernier est John Gordon, et la date de son passage est de 1804. » (*Itinéraire*).

8

Londres, d'avril à septembre 1822.

CATARACTE DE NIAGARA
SERPENT À SONNETTES
JE TOMBE AU BORD DE L'ABÎME

Je restai deux jours dans le village indien, d'où j'écrivis encore une lettre à M. de Malesherbes. Les Indiennes s'occupaient de différents ouvrages ; leurs nourrissons étaient suspendus dans des réseaux aux branches d'un gros hêtre pourpre. L'herbe était couverte de rosée, le vent sortait des forêts tout parfumé, et les plantes à coton du pays, renversant leurs capsules, ressemblaient à des rosiers blancs. La brise berçait les couches aériennes d'un mouvement presque insensible ; les mères se levaient de temps en temps pour voir si leurs enfants dormaient, et s'ils n'avaient point été réveillés par les oiseaux. Du village indien à la cataracte, on comptait trois ou quatre lieues : il nous fallut autant d'heures, à mon guide et à moi, pour y arriver. À six milles de distance, une colonne de vapeur m'indiquait déjà le lieu du déversoir. Le cœur me battait d'une joie mêlée de terreur en entrant dans le bois qui me dérobait la vue d'un des plus grands spectacles que la nature ait offerts aux hommes.

Nous mîmes pied à terre. Tirant après nous nos chevaux par la bride, nous parvînmes, à travers des brandes et des halliers, au bord de la rivière Niagara, sept ou huit cents pas au-dessus du Saut. Comme je m'avançais incessamment, le guide me saisit par le bras ; il m'arrêta au rez même de l'eau, qui passait avec la vélocité d'une flèche. Elle ne bouillonnait point, elle glissait en une seule masse sur la pente du roc ; son silence avant sa chute formait contraste avec le fracas de sa chute même. L'Écriture compare souvent un peuple aux grandes eaux ; c'était ici un peuple mourant, qui, privé de la voix par l'agonie, allait se précipiter dans l'abîme de l'éternité.

Le guide me retenait toujours, car je me sentais pour ainsi dire entraîné par le fleuve, et j'avais une envie involontaire de m'y jeter. Tantôt je portais mes regards amont, sur le rivage ; tantôt aval, sur l'île qui partageait lès eaux et où ces eaux manquaient tout à coup, comme si elles avaient été coupées dans le ciel.

Après un quart d'heure de perplexité et d'une admiration indéfinie, je me rendis à la chute. On peut chercher dans l'*Essai sur les Révolutions* et dans *Atala* les deux descriptions que j'en ai faites. Aujourd'hui, de grands chemins passent à la cataracte ; il y a des auberges sur la rive américaine et sur la rive anglaise, des moulins et des manufactures au-dessous du chasme.

Je ne pouvais communiquer les pensées qui m'agitaient à la vue d'un désordre si sublime. Dans le désert de ma première existence, j'ai été obligé d'inventer des personnages pour la décorer ; j'ai tiré de ma propre substance des êtres que je ne trouvais pas ailleurs, et que je portais en moi.

Ainsi j'ai placé des souvenirs d'Atala et de René aux bords
de la cataracte de Niagara, comme l'expression de la tristesse.
Qu'est-ce qu'une cascade qui tombe éternellement à l'aspect
insensible de la terre et du ciel, si la nature humaine n'est
là avec ses destinées et ses malheurs ? S'enfoncer dans cette
solitude d'eau et de montagnes, et ne savoir avec qui parler
de ce grand spectacle ! Les flots, les rochers, les bois, les
torrents pour soi seul ! Donnez à l'âme une compagne, et la
riante parure des coteaux, et la fraîche haleine de l'onde, tout
va devenir ravissement : le voyage du jour, le repos plus doux
de la fin de la journée, le passer sur les flots, le dormir sur
la mousse, tireront du cœur sa plus profonde tendresse. J'ai
assis Velléda sur les grèves de l'Armorique, Cymodocée sous
les portiques d'Athènes, Blanca dans les salles de l'Alhambra.
Alexandre créait des villes partout où il courait : j'ai laissé
des songes partout où j'ai traîné ma vie.

J'ai vu les cascades des Alpes avec leurs chamois et celles
des Pyrénées avec leurs isards : je n'ai pas remonté le Nil assez
haut, pour rencontrer ses cataractes, qui se réduisent à des
rapides ; je ne parle pas des zones d'azur de Terni et de Tivoli,
élégantes écharpes de ruines ou sujets de chansons pour le
poète :

Et præceps Anio ac Tiburni lucus.

« Et l'Anio rapide et le bois sacré de Tibur. »

Niagara efface tout. Je contemplais la cataracte que révé-
lèrent au vieux monde, non d'infimes voyageurs de mon
espèce, mais des missionnaires qui, cherchant la solitude pour
Dieu, se jetaient à genoux, à la vue de quelque merveille de
la nature, et recevaient le martyre, en achevant leur cantique
d'admiration. Nos prêtres saluèrent les hauts sites de l'Amérique et les consacrèrent de leur sang ; nos soldats ont battu
des mains aux ruines de Thèbes et présenté les armes à l'Anda-
lousie : tout le génie de la France est dans la double milice
de nos camps et de nos autels.

Je tenais la bride de mon cheval entortillée à mon bras ;
un serpent à sonnettes vint à bruire dans les buissons. Le
cheval effrayé se cabre et recule en approchant de la chute.
Je ne puis dégager mon bras des rênes ; le cheval, toujours
plus effarouché, m'entraîne après lui. Déjà ses pieds de devant
quittent la terre ; accroupi sur le bord de l'abîme, il ne s'y
tenait plus qu'à force de reins. C'en était fait de moi, lorsque
l'animal, étonné lui-même du nouveau péril, volte en dedans
par une pirouette. En quittant la vie au milieu des bois

canadiens, mon âme aurait-elle porté au tribunal suprême les sacrifices, les bonnes œuvres, les vertus des pères Jogues et Lallemand, ou des jours vides et de misérables chimères ?

Ce ne fut pas le seul danger que je courus à Niagara : une échelle de lianes servait aux sauvages pour descendre dans le bassin inférieur ; elle était alors rompue. Désirant voir la cataracte de bas en haut, je m'aventurai, en dépit des représentations du guide, sur le flanc d'un rocher presqu'à pic. Malgré les rugissements de l'eau qui bouillonnait au-dessous de moi, je conservai ma tête et je parvins à une quarantaine de pieds du fond. Arrivé là, la pierre nue et verticale n'offrait plus rien pour m'accrocher ; je demeurai suspendu par une main à la dernière racine, sentant mes doigts s'ouvrir sous le poids de mon corps : il y a peu d'hommes qui aient passé dans leur vie deux minutes comme je les comptai. Ma main fatiguée lâcha la tenue ; je tombai. Par un bonheur inouï, je me trouvai sur le redan d'un roc où j'aurais dû me briser mille fois, et je ne me sentis pas grand mal ; j'étais à un demi-pied de l'abîme et je n'y avais pas roulé : mais lorsque le froid et l'humidité commencèrent à me pénétrer, je m'aperçus que je n'en étais pas quitte à si bon marché ; j'avais le bras gauche cassé au-dessus du coude. Le guide, qui me regardait d'en haut et auquel je fis des signes de détresse, courut chercher des sauvages. Ils me hissèrent avec des harts par un sentier de loutres, et me transportèrent à leur village. Je n'avais qu'une fracture simple : deux lattes, un bandage et une écharpe suffirent à ma guérison.

9

Londres, d'avril à septembre 1822.

DOUZE JOURS DANS UNE HUTTE
CHANGEMENT DE MŒURS CHEZ LES SAUVAGES
NAISSANCE ET MORT — MONTAIGNE
CHANT DE LA COULEUVRE
PANTOMIME D'UNE PETITE INDIENNE, ORIGINAL DE MILA

Je demeurai douze jours chez mes médecins, les Indiens de Niagara. J'y vis passer des tribus qui descendaient du Détroit ou des pays situés au midi et à l'orient du lac Érié. Je m'enquis de leurs coutumes ; j'obtins pour de petits présents des représentations de leurs anciennes mœurs, car ces mœurs elles-mêmes n'existent presque plus. Cependant, au commencement de la guerre de l'indépendance américaine, les sauvages mangeaient encore les prisonniers, ou plutôt les tués : un capitaine anglais, puisant du bouillon dans une marmite indienne avec la cuiller à pot, en retira une main.

La naissance et la mort ont le moins perdu des usages indiens, parce qu'elles ne s'en vont point à la vanvole comme la partie de la vie qui les sépare ; elles ne sont point choses de mode qui passent. On confère encore au nouveau-né, afin de l'honorer, le nom le plus ancien sous son toit, celui de son aïeule, par exemple : car les noms sont toujours pris dans la lignée maternelle. Dès ce moment, l'enfant occupe la place de la femme, dont il a recueilli le nom ; on lui donne, en lui parlant, le degré de parenté que ce nom fait revivre ; ainsi, un oncle peut saluer un neveu du titre de *grand-mère*. Cette coutume, en apparence risible, est néanmoins touchante. Elle ressuscite les vieux décédés ; elle reproduit dans la faiblesse des premiers ans la faiblesse des derniers ; elle rapproche les extrémités de la vie, le commencement et la fin de la famille ; elle communique une espèce d'immortalité aux ancêtres et les suppose présents au milieu de leur postérité.

En ce qui regarde les morts, il est aisé de trouver les motifs de l'attachement du sauvage à de saintes reliques. Les nations civilisées ont, pour conserver les souvenirs de leur patrie, les mnémoniques des lettres et des arts ; elles ont des cités, des palais, des tours, des colonnes, des obélisques ; elles ont la trace de la charrue dans les champs jadis cultivés ; les noms sont entaillés dans l'airain et le marbre, les actions consignées dans les chroniques.

Rien de tout cela aux peuples de la solitude : leur nom n'est point écrit sur les arbres ; leur hutte, bâtie en quelques heures, disparaît en quelques instants ; la crosse de leur labour ne fait qu'effleurer la terre, et n'a pu même élever un sillon. Leurs chansons traditionnelles périssent avec la dernière mémoire qui les retient, s'évanouissent avec la dernière voix qui les répète. Les tribus du Nouveau-Monde n'ont donc qu'un seul monument : la tombe. Enlevez à des sauvages les os de leurs pères, vous leur enlevez leur histoire, leurs lois, et jusqu'à leurs dieux ; vous ravissez à ces hommes, parmi les générations futures, la preuve de leur existence comme celle de leur néant.

Je voulais entendre le chant de mes hôtes. Une petite Indienne de quatorze ans, nommée, Mila, très jolie (les femmes indiennes ne sont jolies qu'à cet âge) chanta quelque chose de fort agréable. N'était-ce point le couplet cité par Montaigne ? « Couleuvre, arreste toy ; arreste toy, couleuvre, à fin que ma sœur tire sur le patron de ta peincture, la façon et l'ouvrage d'un riche cordon, que je puisse donner à ma mie : ainsi, soit en tout temps ta beauté et ta disposition préférées à tous les aultres serpens. »

L'auteur des *Essais* vit à Rouen des Iroquois qui, selon lui, étaient des personnages très sensés : « Mais quoi », ajoute-t-il, « ils ne portent point de hauts-de-chausses ! »

Si jamais je publie les *stromates* ou folies de ma jeunesse, pour parler comme saint Clément d'Alexandrie, on y verra Mila.

10

Londres, d'avril à septembre 1822.

INCIDENCES

ANCIEN CANADA — POPULATION INDIENNE
DÉGRADATION DES MŒURS
VRAIE CIVILISATION RÉPANDUE PAR LA RELIGION ;
FAUSSE CIVILISATION INTRODUITE PAR LE COMMERCE
COUREURS DE BOIS — FACTORERIES — CHASSES
MÉTIS OU BOIS-BRÛLÉS — GUERRES DES COMPAGNIES
MORT DES LANGUES INDIENNES

Les Canadiens ne sont plus tels que les ont peints Cartier, Champlain, La Hontan, Lescarbot, Laffiteau, Charlevoix et les *Lettres édifiantes* : le seizième siècle et le commencement du dix-septième étaient encore le temps de la grande imagination et des mœurs naïves ; la merveille de l'une reflétait une nature vierge, et la candeur des autres reproduisait la simplicité du sauvage. Champlain, à la fin de son premier voyage au Canada, en 1603, raconte que « proche de la baye des Chaleurs, tirant au sud, est une isle, où fait résidence un monstre épouvantable que les sauvages appellent Gougou ». Le Canada avait son géant comme le cap des Tempêtes avait le sien. Homère est le véritable père de toutes ces inventions ; ce sont toujours les Cyclopes, Charybde et Scylla, ogres ou gougous.

La population sauvage de l'Amérique septentrionale, en n'y comprenant ni les Mexicains, ni les Esquimaux, ne s'élève

pas aujourd'hui à quatre cent mille âmes, en deçà et au-delà
des montagnes Rocheuses ; des voyageurs ne la portent même
qu'à cent cinquante mille. La dégradation des mœurs indiennes a marché de pair avec la dépopulation des tribus. Les tra-
ditions religieuses sont devenues confuses ; l'instruction
répandue par les jésuites du Canada a mêlé des idées étrangères aux idées natives des indigènes : on aperçoit, au travers
des fables grossières, les croyances chrétiennes défigurées ;
la plupart des sauvages portent des croix en guise d'ornements, et les marchands protestants leur vendent ce que leur
donnaient les missionnaires catholiques. Disons, à l'honneur
de notre patrie et à la gloire de notre religion, que les Indiens
s'étaient fortement attachés à nous ; qu'ils ne cessent de nous
regretter, et qu'une *robe noire* (un missionnaire) est encore
en vénération dans les forêts américaines. Le sauvage continue
de nous aimer sous l'arbre où nous fûmes ses premiers hôtes,
sur le sol que nous avons foulé, et où nous lui avons confié
des tombeaux.

Quand l'Indien était nu ou vêtu de peau, il avait quelque
chose de grand et de noble ; à cette heure, des haillons européens, sans couvrir sa nudité, attestent sa misère : c'est un
mendiant à la porte d'un comptoir, ce n'est plus un sauvage
dans sa forêt.

Enfin, il s'est formé une espèce de peuple métis, né des
colons et des Indiennes. Ces hommes, surnommés *Bois-brûlés*,
à cause de la couleur de leur peau, sont les courtiers de change
entre les auteurs de leur double origine. Parlant la langue de
leurs pères et de leurs mères, ils ont les vices des deux races.
Ces bâtards de la nature civilisée et de la nature sauvage, se
vendent tantôt aux Américains, tantôt aux Anglais, pour leur
livrer le monopole des pelleteries ; ils entretiennent les riva-
lités des compagnies anglaises de la *Baie d'Hudson* et du
Nord-Ouest, et des compagnies américaines, *Fur Colombian-
American Company, Missouri's fur Company* et autres : ils
font eux-mêmes des chasses au compte des traitants et avec
des chasseurs soldés par les compagnies.

La grande guerre de l'indépendance américaine est seule
connue. On ignore que le sang a coulé pour les chétifs intérêts d'une poignée de marchands. La compagnie de la *Baie
d'Hudson* vendit, en 1811, à lord Selkirk, un terrain au bord
de la rivière Rouge ; l'établissement se fit en 1812. La compagnie du *Nord-Ouest*, ou du *Canada*, en prit ombrage. Les
deux compagnies, alliées à diverses tribus indiennes et secon-

dées des *Bois-brûlés*, en vinrent aux mains. Ce conflit domestique, horrible dans ses détails, avait lieu au milieu des déserts glacés de la baie d'Hudson. La colonie de lord Selkirk fut détruite au mois de juin 1815, précisément à l'époque de la bataille de Waterloo. Sur ces deux théâtres, si différents par l'éclat et par l'obscurité, les malheurs de l'espèce humaine étaient les mêmes.

Ne cherchez plus en Amérique les constitutions politiques artistement construites dont Charlevoix a fait l'histoire : la monarchie des Hurons, la république des Iroquois. Quelque chose de cette destruction s'est accompli et s'accomplit encore en Europe, même sous nos yeux ; un poète prussien, au banquet de l'ordre Teutonique, chanta, en vieux prussien, vers l'an 1400, les faits héroïques des anciens guerriers de son pays : personne ne le comprit, et on lui donna, pour récompense, cent noix vides. Aujourd'hui, le bas-breton, le basque, le gaëlique meurent de cabane en cabane, à mesure que meurent les chevriers et les laboureurs.

Dans la province anglaise de Cornouailles, la langue des indigènes s'éteignit vers l'an 1676. Un pêcheur disait à des voyageurs : « Je ne connais guère que quatre ou cinq personnes qui parlent breton, et ce sont de vieilles gens comme moi, de soixante à quatre-vingts ans ; tout ce qui est jeune n'en sait plus un mot. »

Des peuplades de l'Orénoque n'existent plus ; il n'est resté de leur dialecte qu'une douzaine de mots prononcés dans la cime des arbres par des perroquets redevenus libres, comme la grive d'Agrippine gazouillait des mots grecs sur les balustrades des palais de Rome. Tel sera tôt ou tard le sort de nos jargons modernes, débris du grec et du latin. Quelque corbeau envolé de la cage du dernier curé franco-gaulois, dira, du haut d'un clocher en ruine, à des peuples étrangers, nos successeurs : « Agréez les accents d'une voix qui vous fut connue : vous mettrez fin à tous ces discours. »

Soyez donc Bossuet, pour qu'en dernier résultat votre chef-d'œuvre survive, dans la mémoire d'un oiseau, à votre langage et à votre souvenir chez les hommes !

11

ANCIENNES POSSESSIONS FRANÇAISES EN AMÉRIQUE
REGRETS — MANIE DU PASSÉ
BILLET DE FRANCIS CONYNGHAM

En parlant du Canada et de la Louisiane, en regardant sur
les vieilles cartes l'étendue des anciennes colonies françaises
en Amérique, je me demandais comment le gouvernement
de mon pays avait pu laisser périr ces colonies, qui seraient
aujourd'hui pour nous une source inépuisable de prospérité.

De l'Acadie et du Canada à la Louisiane, de l'embouchure
du Saint-Laurent à celle du Mississipi, le territoire de la
Nouvelle-France entoura ce qui formait la confédération des
treize premiers états unis : les onze autres, avec le district de
la Colombie, le territoire de Michigan, du Nord-Ouest, du
Missouri, de l'Orégon et d'Arkansas nous appartenaient, ou
nous appartiendraient, comme ils appartiennent aux États-
Unis par la cession des Anglais et des Espagnols, nos successeurs dans le Canada et dans la Louisiane. Le pays compris
entre l'Atlantique au nord-est, la mer Polaire au nord, l'océan
Pacifique et les possessions russes au nord-ouest, le golfe
Mexicain au midi, c'est-à-dire plus des deux tiers de l'Amérique septentrionale, reconnaîtraient les lois de la France.

J'ai peur que la Restauration ne se perde par les idées
contraires à celles que j'exprime ici ; la manie de s'en tenir
au passé, manie que je ne cesse de combattre, n'aurait rien
de funeste si elle ne renversait que moi en me retirant la faveur
du prince ; mais elle pourrait bien renverser le trône. L'im-
mobilité politique est impossible ; force est d'avancer avec
l'intelligence humaine. Respectons la majesté du temps ;
contemplons avec vénération les siècles écoulés, rendus sacrés
par la mémoire et les vestiges de nos pères ; toutefois
n'essayons pas de rétrograder vers eux, car ils n'ont plus
rien de notre nature réelle, et si nous prétendions les saisir,
ils s'évanouiraient. Le chapitre de Notre-Dame d'Aix-la-
Chapelle fit ouvrir, dit-on, vers l'an 1450, le tombeau de
Charlemagne. On trouva l'empereur assis dans une chaise
dorée, tenant dans ses mains de squelette le livre des Évangiles
écrit en lettres d'or ; devant lui étaient posés son sceptre et
son bouclier d'or ; il avait au côté sa *Joyeuse* engaînée dans
un fourreau d'or. Il était revêtu des habits impériaux. Sur

sa tête, qu'une chaîne d'or forçait à rester droite, était un suaire qui couvrait ce qui fut son visage et que surmontait une couronne. On toucha le fantôme ; il tomba en poussière.

Nous possédions outre-mer de vastes contrées : elles offraient un asile à l'excédent de notre population, un marché à notre commerce, un aliment à notre marine. Nous sommes exclus du nouvel univers, où le genre humain recommence : les langues anglaise, portugaise, espagnole servent en Afrique, en Asie, dans l'Océanie, dans les îles de la mer du Sud, sur le continent des deux Amériques, à l'interprétation de la pensée de plusieurs millions d'hommes ; et nous, déshérités des conquêtes de notre courage et de notre génie, à peine entendons-nous parler dans quelque bourgade de la Louisiane et du Canada, sous une domination étrangère, la langue de Colbert et de Louis XIV : elle n'y reste que comme un témoin des revers de notre fortune et des fautes de notre politique.

Et quel est le roi dont la domination remplace maintenant la domination du Roi de France, sur les forêts canadiennes ? Celui qui jadis me faisait écrire ce billet :

« Royal-Lodge Windsor, 4 juin 1822.

« Monsieur le vicomte,

« J'ai les ordres du Roi d'inviter Votre Excellence à venir dîner et coucher ici jeudi 6 courant.

« Le très humble et très obéissant serviteur,

« Francis CONYNGHAM. »

Il était dans ma destinée d'être tourmenté par les princes. Je m'interrompais ; je repassais l'Atlantique ; je remettais mon bras cassé à Niagara ; je me dépouillais de ma peau d'ours ; je reprenais mon habit doré, je me rendais du wigwaum d'un Iroquois à la royale Loge de Sa Majesté britannique, monarque des trois royaumes unis et dominateur des Indes ; je laissais mes hôtes aux oreilles découpées et la petite sauvage à la perle ; souhaitant à Lady Conyngham la gentillesse de Mila, avec cet âge qui n'appartient encore qu'au plus jeune printemps, qu'à ces jours qui précèdent le mois de mai, et que nos poètes gaulois appelaient l'Avrillée.

Revu le 26 juillet 1846.

LIVRE HUITIÈME

1

Londres, d'avril à septembre 1822.

Revu en décembre 1846.

MANUSCRIT ORIGINAL EN AMÉRIQUE
LACS DU CANADA — FLOTTE DE CANOTS INDIENS
RUINES DE LA NATURE — VALLÉE DU TOMBEAU
DESTINÉE DES FLEUVES

La tribu de la petite fille à la perle partit ; mon guide, le Hollandais, refusa de m'accompagner au-delà de la cataracte ; je le payai et je m'associai avec des trafiquants qui partaient pour descendre l'Ohio ; je jetai, avant de partir, un coup d'œil sur les lacs du Canada. Rien n'est triste comme l'aspect de ces lacs. Les plaines de l'Océan et de la Méditerranée ouvrent des chemins aux nations, et leurs bords sont ou furent habités par des peuples civilisés, nombreux et puissants ; les lacs du Canada ne présentent que la nudité de leurs eaux, laquelle va rejoindre une terre dévêtue : solitudes qui séparent d'autres solitudes. Des rivages sans habitants regardent des mers sans vaisseaux ; vous descendez des flots déserts sur des grèves désertes.

Le lac Érié a plus de cent lieues de circonférence. Les nations riveraines furent exterminées par les Iroquois, il y a deux siècles. C'est une chose effrayante que de voir les Indiens s'aventurer dans des nacelles d'écorce sur ce lac renommé par ses tempêtes, où fourmillaient autrefois des myriades de serpents. Ces Indiens suspendent leurs manitous à la poupe des canots, et s'élancent au milieu des tourbillons entre les vagues soulevées. Les vagues, de niveau avec l'orifice des canots, semblent les aller engloutir. Les chiens des chasseurs, les pattes appuyées sur le bord, poussent des abois, tandis que leurs maîtres, gardant un silence profond, frappent les flots en cadence avec leurs pagaies. Les canots s'avancent à la file : à la proue du premier se tient debout un chef qui répète la diphtongue *oah* ; *o* sur une note sourde et longue, *a* sur un ton aigu et bref. Dans le dernier canot est un autre chef, debout encore, manœuvrant une rame en forme de gouvernail. Les autres guerriers sont assis sur leurs talons au fond des cales. À travers le brouillard et les vents, on n'aperçoit que les plumes dont la tête des Indiens est ornée, le cou tendu des dogues hurlants, et les épaules des deux *sachems*, pilote et augure : on dirait les dieux de ces lacs.

Les fleuves du Canada sont sans histoire dans l'ancien monde ; autre est la destinée du Gange, de l'Euphrate, du Nil, du Danube et du Rhin. Quels changements n'ont-ils point vus sur leurs bords ! que de sueur et de sang les conquérants ont répandus pour traverser dans leur cours ces ondes qu'un chevrier franchit d'un pas à leur source !

2

Londres, d'avril à septembre 1822.

COURS DE L'OHIO

Partis des lacs du Canada, nous vînmes à Pittsbourg, au confluent du Kentucky et de l'Ohio ; là, le paysage déploie une pompe extraordinaire. Ce pays si magnifique s'appelle pourtant Kentucky, du nom de sa rivière qui signifie *rivière de sang*. Il doit ce nom à sa beauté : pendant plus de deux siècles, les nations du parti des Chérokis et du parti des nations iroquoises, s'en disputèrent les chasses.

Les générations européennes seront-elles plus vertueuses et plus libres sur ces bords que les générations américaines exterminées ? Des esclaves ne laboureront-ils point la terre sous le fouet de leurs maîtres, dans ces déserts de la primitive indépendance de l'homme ? Des prisons et des gibets ne remplaceront-ils point la cabane ouverte et le haut tulipier où l'oiseau pend sa couvée ? La richesse du sol ne fera-t-elle point naître de nouvelles guerres ? Le Kentucky cessera-t-il d'être la *terre de sang*, et les monuments des arts embelliront-ils mieux les bords de l'Ohio, que les monuments de la nature ?

Le Wabach, la grande Cyprière, la Rivière aux Ailes ou Cumberland, le Chéroki ou Tennessee, les Bancs Jaunes passés, on arrive à une langue de terre souvent noyée dans les grandes eaux ; là s'opère le confluent de l'Ohio et du Mississipi par les 36°51' de latitude. Les deux fleuves s'opposant une résistance égale ralentissent leur cours ; ils dorment l'un auprès de l'autre sans se confondre pendant quelques milles dans le même chenal, comme deux grands peuples divisés d'origine, puis réunis pour ne plus former qu'une seule race ; comme deux illustres rivaux, partageant la même couche après une bataille ; comme deux époux, mais de sang ennemi, qui d'abord ont peu de penchant à mêler dans le lit nuptial leurs destinées.

Et moi aussi, tel que les puissantes urnes des fleuves, j'ai répandu le petit cours de ma vie, tantôt d'un côté de la montagne, tantôt de l'autre ; capricieux dans mes erreurs, jamais malfaisant ; préférant les vallons pauvres aux riches plaines, m'arrêtant aux fleurs plutôt qu'aux palais. Du reste, j'étais si charmé de mes courses, que je ne pensais presque plus au pôle. Une compagnie de trafiquants, venant de chez les Creeks, dans les Florides, me permit de la suivre.

Nous nous acheminâmes vers les pays connus alors sous le nom général des Florides, et où s'étendent aujourd'hui les États de l'Alabama, de la Géorgie, de la Caroline du Sud, du Tennessee. Nous suivions à peu près les sentiers que lie maintenant la grande route des Natchez à Nashville par Jackson et Florence, et qui rentre en Virginie par Knoxville et Salem : pays dans ce temps peu fréquenté et dont cependant Bartram avait exploré les lacs et les sites. Les planteurs de la Géorgie et des Florides maritimes venaient jusque chez les diverses tribus des Creeks acheter des chevaux et des bestiaux demi-sauvages, multipliés à l'infini dans les savanes que percent ces *puits* au bord desquels j'ai fait reposer Atala et Chactas. Ils étendaient même leur course jusqu'à l'Ohio.

Nous étions poussés par un vent frais. L'Ohio grossi de cent rivières, tantôt allait se perdre dans les lacs qui s'ouvraient devant nous, tantôt dans les bois. Des îles s'élevaient au milieu des lacs. Nous fîmes voile vers une des plus grandes : nous l'abordâmes à huit heures du matin.

Je traversai une prairie semée de jacobées à fleurs jaunes, d'alcées à panaches roses et d'obélarias dont l'aigrette est pourpre.

Une ruine indienne frappa mes regards. Le contraste de cette ruine et de la jeunesse de la nature, ce monument des hommes dans un désert, causait un grand saisissement. Quel peuple habita cette île ? Son nom, sa race, le temps de son passage ? Vivait-il, alors que le monde au sein duquel il était caché existait ignoré des trois autres parties de la terre ? Le silence de ce peuple est peut-être contemporain du bruit de quelques grandes nations tombées à leur tour dans le silence*.

Des anfractuosités sablonneuses, des ruines ou des tumulus, sortaient des pavots à fleurs roses pendant au bout d'un pédoncule incliné d'un vert pâle. La tige et la fleur ont un arôme qui reste attaché aux doigts lorsqu'on touche la plante. Le parfum qui survit à cette fleur, est une image du souvenir d'une vie passée dans la solitude.

J'observai la nymphéa : elle se préparait à cacher son lis blanc dans l'onde, à la fin du jour ; l'*arbre triste* pour déclore le sien n'attendait que la nuit : l'épouse se couche à l'heure où la courtisane se lève.

L'œnothère pyramidale, haute de sept à huit pieds, à feuilles oblongues dentelées d'un vert noir, a d'autres mœurs et une autre destinée : sa fleur jaune commence à s'entrouvrir le soir, dans l'espace de temps que Vénus met à descendre sous l'horizon ; elle continue de s'épanouir aux rayons des étoiles ; l'aurore la trouve dans tout son éclat ; vers la moitié du matin elle se fane ; elle tombe à midi. Elle ne vit que quelques heures ; mais elle dépêche ces heures sous un ciel serein, entre les souffles de Vénus et de l'aurore ; qu'importe alors la brièveté de la vie ?

Un ruisseau s'enguirlandait de dionées ; une multitude d'éphémères bourdonnaient à l'entour. Il y avait aussi des oiseaux-mouches et des papillons qui, dans leurs plus brillants affiquets, joutaient d'éclat avec la diaprure du parterre. Au milieu de ces promenades et de ces études, j'étais souvent frappé de leur futilité. Quoi ! la Révolution qui pesait déjà sur moi et me chassait dans les bois, ne m'inspirait rien de plus grave ? Quoi ! c'était pendant les heures du bouleversement de mon pays, que je m'occupais de descriptions et de plantes, de papillons et de fleurs ? L'individualité humaine sert à mesurer la petitesse des plus grands événements. Combien d'hommes sont indifférents à ces événements. De combien d'autres seront-ils ignorés ? La population générale du globe est évaluée de onze à douze cents millions : il meurt un homme par *seconde* : ainsi à chaque *minute* de notre existence, de nos sourires, de nos joies, soixante

---

* Les ruines de Mitla et de Palenque au Mexique, prouvent aujourd'hui que le Nouveau-Monde dispute d'antiquité avec l'ancien. (Paris, note de 1834.)

hommes expirent, soixante familles gémissent et pleurent. La vie est une peste permanente. Cette chaîne de deuil et de funérailles qui nous entortille, ne se brise point, elle s'allonge ; nous en formerons nous-mêmes un anneau. Et puis, magnifions l'importance de ces catastrophes, dont les trois quarts et demi du monde n'entendront jamais parler ! Haletons après une renommée qui ne volera pas à quelques lieues de notre tombe ! Plongeons-nous dans l'océan d'une félicité dont chaque minute s'écoule entre soixante cercueils incessamment renouvelés !

Nam nox nulla diem, neque noctem aurora sequuta est
Quæ non audierit mixtos vagitibus ægris
Ploratus, mortis comites et funeris atri.

« Aucun jour n'a suivi la nuit, aucune nuit n'a été suivie de l'aurore, qui n'ait entendu des pleurs mêlés à des vagissements douloureux, compagnons de la mort et du noir trépas. »

3

Londres, d'avril à septembre 1822.

FONTAINE DE JOUVENCE
MUSCOGULGES ET SIMINOLES — NOTRE CAMP

Les sauvages de la Floride racontent qu'au milieu d'un lac est une île où vivent les plus belles femmes du monde. Les Muscogulges en ont tenté maintes fois la conquête ; mais cet Éden fuit devant les canots, naturelle image de ces chimères qui se retirent devant nos désirs.

Cette contrée renfermait aussi une fontaine de Jouvence : qui voudrait revivre ?

Peu s'en fallut que ces fables ne prissent à mes yeux une espèce de réalité. Au moment où nous nous y attendions le moins, nous vîmes sortir d'une baie une flottille de canots, les uns à la rame, les autres à la voile. Ils abordèrent notre île. Ils portaient deux familles de Creeks, l'une siminole, l'autre muscogulge, parmi lesquelles se trouvaient des Chérokis et des *Bois-brûlés*. Je fus frappé de l'élégance de ces sauvages qui ne ressemblaient en rien à ceux du Canada.

Les Siminoles et les Muscogulges sont assez grands, et, par un contraste extraordinaire, leurs mères, leurs épouses et leurs filles sont la plus petite race de femmes connue en Amérique.

Les Indiennes qui débarquèrent auprès de nous, issues d'un sang mêlé de chéroki et de castillan, avaient la taille élevée. Deux d'entre elles ressemblaient à des créoles de Saint-Domingue et de l'Île-de-France, mais jaunes et délicates comme des femmes du Gange. Ces deux Floridiennes, cousines du côté paternel, m'ont servi de modèles, l'une pour *Atala*, l'autre pour *Céluta* : elles surpassaient seulement les portraits que j'en ai faits par cette vérité de nature variable et fugitive, par cette physionomie de race et de climat que je n'ai pu rendre. Il y avait quelque chose d'indéfinissable dans ce visage ovale, dans ce teint ombré que l'on croyait voir à travers une fumée orangée et légère, dans ces cheveux si noirs et si doux, dans ces yeux si longs, à demi cachés sous le voile de deux paupières satinées qui s'entrouvraient avec lenteur ; enfin, dans la double séduction de l'Indienne et de l'Espagnole.

La réunion à nos hôtes changea quelque peu nos allures ; nos agents de traite commencèrent à s'enquérir des chevaux : il fut résolu que nous irions nous établir dans les environs des haras.

La plaine de notre camp était couverte de taureaux, de vaches, de chevaux, de bisons, de buffles, de grues, de dindes, de pélicans : ces oiseaux marbraient de blanc, de noir et de rose le fond vert de la savane.

Beaucoup de passions agitaient nos trafiquants et nos chasseurs : non des passions de rang, d'éducation, de préjugés, mais des passions de la nature, pleines, entières allant directement à leur but, ayant pour témoins un arbre tombé au fond d'une forêt inconnue, un vallon introuvable, un fleuve sans nom. Les rapports des Espagnols et des femmes creekes, faisaient le fond des aventures : les *Bois-brûlés* jouaient le rôle principal dans ces romans. Une histoire était célèbre, celle d'un marchand d'eau-de-vie séduit et ruiné par une *fille peinte* (une courtisane). Cette histoire, mise en vers siminoles sous le nom de *Tabamica*, se chantait au passage des bois*. Enlevées à leur tour par les colons, les Indiennes mouraient bientôt délaissées à Pensacola : leurs malheurs allaient grossir les *Romanceros* et se placer auprès des complaintes de Chimène.

* Je l'ai donnée dans mes *Voyages*. (Note de Genève, 1832.)

4

DEUX FLORIDIENNES — RUINES SUR L'OHIO

C'est une mère charmante que la terre ; nous sortons de son sein ; dans l'enfance, elle nous tient à ses mamelles gonflées de lait et de miel ; dans la jeunesse et l'âge mûr, elle nous prodigue ses eaux fraîches, ses moissons et ses fruits ; elle nous offre en tous lieux l'ombre, le bain, la table et le lit ; à notre mort, elle nous rouvre ses entrailles, jette sur notre dépouille une couverture d'herbe et de fleurs, tandis qu'elle nous transforme secrètement dans sa propre substance, pour nous reproduire sous quelque forme gracieuse. Voilà ce que je me disais en m'éveillant lorsque mon premier regard rencontrait le ciel, dôme de ma couche.

Les chasseurs étant partis pour les opérations de la journée, je restais avec les femmes et les enfants. Je ne quittais plus mes deux sylvaines : l'une était fière, et l'autre triste. Je n'entendais pas un mot de ce qu'elles me disaient, elles ne me comprenaient pas ; mais j'allais chercher l'eau pour leur coupe, les sarments pour leur feu, les mousses pour leur lit. Elles portaient la jupe courte et les grosses manches tailladées à l'espagnole, le corset et le manteau indiens. Leurs jambes nues étaient losangées de dentelles de bouleau. Elles nattaient leurs cheveux avec des bouquets ou des filaments de joncs ; elles se maillaient de chaînes et de colliers de verre. À leurs oreilles pendaient des graines empourprées ; elles avaient une jolie perruche qui parlait : oiseau d'Armide ; elles l'agrafaient à leur épaule en guise d'émeraude, ou la portaient chaperonnée sur la main comme les grandes dames du dixième siècle portaient l'épervier. Pour s'affermir le sein et les bras, elles se frottaient avec l'apoya ou souchet d'Amérique. Au bengale, les bayadères mâchent le bétel, et dans le Levan, les almées sucent le mastic de Chio ; les Floridiennes broyaient, sous leurs dents d'un blanc azuré, des larmes de *liquidambar* et des racines de *libanis*, qui mêlaient la fragrance de l'angélique, du cédrat et de la vanille. Elles vivaient dans une atmosphère de parfums émanés d'elles, comme des orangers et des fleurs dans les pures effluences de leur feuille et de leur calice. Je m'amusais à mettre sur leur tête quelque parure : elles se soumettaient, doucement effrayées ; magiciennes, elles croyaient que je leur faisais un charme. L'une d'elles, la *fière*, priait souvent ; elle me paraissait demi-chrétienne. L'autre chantait avec une voix de velours, poussant à la fin de chaque phrase musicale un cri qui troublait. Quelquefois, elles se parlaient vivement : je croyais démêler des accents de jalousie, mais la triste pleurait, et le silence revenait.

Faible que j'étais, je cherchais des exemples de faiblesse afin de m'encourager. Camoëns n'avait-il pas aimé dans les Indes une esclave noire de Barbarie, et moi ne pouvais-je pas en Amérique offrir des hommages à deux jeunes sultanes jonquilles ? Camoëns n'avait-il pas adressé des *Endechas*, ou des stances, à *Barbara escrava* ? Ne lui avait-il pas dit :

> *Aquella captiva,*
> *Que me tem captivo,*
> *Porque nella vivo,*
> *Jà naô quer que viva.*
> *Eu nunqua vi rosa*
> *Em suaves mólhos,*
> *Que para meus olhos*
> *Fosse mais formosa.*
> ....
> *Pretidaô de amor,*
> *Taô doce a figura,*
> *Que a neve lhe jura*
> *Que trocára a côr.*
> *Léda mansidaô,*
> *Que o siso acompanha :*
> *Bem parece estranha,*
> *Mas Barbara naô.*

« Cette captive qui me tient captif, parce que je vis en elle, n'épargne pas ma vie. Jamais rose, dans de suaves bouquets, ne fut à mes yeux plus charmante.

....

« Séduisante d'amour, sa figure est si douce que la neige a envie de changer de couleur avec elle ; sa gaîté est accompagnée de réserve : c'est une étrangère : une barbare, non. »

On fit une partie de pêche. Le soleil approchait de son couchant. Sur le premier plan paraissaient des sassafras, des tulipiers, des catalpas et des chênes dont les rameaux étalaient des écheveaux de mousse blanche. Derrière ce premier plan s'élevait le plus charmant des arbres, le papayer qu'on eût pris pour un style d'argent ciselé, surmonté d'une urne corinthienne. Au troisième plan dominaient les baumiers, les magnolias et les liquidambars.

Le soleil tomba derrière ce rideau : un rayon glissant à travers le dôme d'une futaie, scintillait comme une escarboucle enchâssée dans le feuillage sombre ; la lumière divergeant entre les troncs et les branches, projetait sur les gazons des colonnes croissantes et des arabesques mobiles. En bas, c'étaient des lilas, des azaléas, des lianes annelées, aux gerbes gigantesques ; en haut, des nuages, les uns fixes, promontoires ou vieilles tours, les autres flottants, fumées de rose ou cardées de soie. Par des transformations successives, on voyait dans ces nues s'ouvrir des gueules de four, s'amonceler des tas de braise, couler des rivières de lave : tout était éclatant, radieux, doré, opulent, saturé de lumière.

Après l'insurrection de la Morée, en 1770, des familles grecques se réfugièrent à la Floride : elles se purent croire encore dans ce climat de l'Ionie, qui semble s'être amolli avec les passions des hommes : à Smyrne, le soir, la nature dort comme une courtisane fatiguée d'amour.

À notre droite étaient des ruines appartenant aux grandes fortifications trouvées sur l'Ohio, à notre gauche un ancien camp de sauvages ; l'île où nous étions, arrêtée dans l'onde et reproduite par un mirage, balançait devant nous sa double perspective. À l'Orient, la lune reposait sur des collines lointaines ; à l'occident, la voûte du ciel était fondue en une mer de diamants et de saphirs, dans laquelle le soleil, à demi plongé, paraissait se dissoudre. Les animaux de la création veillaient ; la terre, en adoration, semblait encenser le ciel, et l'ambre exhalé de son sein retombait sur elle en rosée, comme la prière redescend sur celui qui prie.

Quitté de mes compagnes, je me reposai au bord d'un massif d'arbres : son obscurité, glacée de lumière, formait la pénombre où j'étais assis. Des mouches luisantes brillaient parmi les arbrisseaux encrépés, et s'éclipsaient lorsqu'elles passaient dans les irradiations de la lune. On entendait le bruit du flux et reflux du lac, les sauts du poisson d'or, et le cri rare de la cane plongeuse. Mes yeux étaient fixés sur les eaux ; je déclinais peu à peu vers cette somnolence connue des hommes qui courent les chemins du monde : nul souvenir distinct ne me restait ; je me sentais vivre et végéter avec la nature dans une espèce de panthéisme. Je m'adossai contre le tronc d'un magnolia et je m'endormis ; mon repos flottait sur un fond vague d'espérance.

Quand je sortis de ce Léthé, je me trouvai entre deux femmes ; les odalisques étaient revenues ; elles n'avaient pas voulu me réveiller ; elles s'étaient assises en silence à mes côtés ; soit qu'elles feignissent le sommeil, soit qu'elles fussent réellement assoupies, leurs têtes étaient tombées sur mes épaules.

Une brise traversa le bocage et nous inonda d'une pluie de roses de magnolia. Alors la plus jeune des Siminoles se mit à chanter : quiconque n'est pas sûr de sa vie se garde de l'exposer ainsi jamais ! on ne peut savoir ce que c'est que la passion infiltrée avec la mélodie dans le sein d'un homme. À cette voix une voix rude et jalouse répondit : un *Bois-brûlé* appelait les deux cousines ; elles tressaillirent, se levèrent : l'aube commençait à poindre.

Aspasie de moins, j'ai retrouvé cette scène aux rivages de la Grèce : monté aux colonnes du Parthénon avec l'aurore, j'ai vu le Cythéron, le mont Hymette, l'Acropolis de Corinthe, les tombeaux, les ruines, baignés dans une rosée de lumière dorée, transparente, volage, que réfléchissaient les mers, que répandaient comme un parfum les zéphyrs de Salamine et de Délos.

Nous achevâmes au rivage notre navigation sans paroles. À midi, le camp fut levé pour examiner des chevaux que les Creeks voulaient vendre et les trafiquants acheter. Femmes et enfants, tous étaient convoqués comme témoins, selon la coutume, dans les marchés solennels. Les étalons de tous les âges et de tous les poils, les poulains et les juments avec des taureaux, des vaches et des génisses, commencèrent à fuir et à galoper autour de nous. Dans cette confusion, je fus séparé des Creeks. Un groupe épais de chevaux et d'hommes s'agglo-méra à l'orée d'un bois. Tout à coup, j'aperçois de loin mes deux Floridiennes ; des mains vigoureuses les asseyaient sur les croupes de deux barbes que montaient à cru un *Bois-brûlé* et un Siminole. Ô Cid ! que n'avais-je ta rapide Babieça pour les rejoindre ! Les cavales prennent leur course, l'immense escadron les suit. Les chevaux ruent, sautent, bondissent, hennissent au milieu des cornes des buffles et des taureaux, leurs soles se choquent en l'air, leurs queues et leurs crinières volent sanglantes. Un tourbillon d'insectes dévorants enve-loppe l'orbe de cette cavalerie sauvage. Mes Floridiennes disparaissent comme la fille de Cérès, enlevée par le dieu des enfers.

Voilà comme tout avorte dans mon histoire, comme il ne me reste que des images de ce qui a passé si vite : je descendrai aux Champs-Élysées avec plus d'ombres qu'homme n'en a jamais emmené avec soi. La faute en est à mon organisation : je ne sais profiter d'aucune fortune ; je ne m'intéresse à quoi que ce soit de ce qui intéresse les autres. Hors en religion, je n'ai aucune croyance, Pasteur ou roi, qu'aurais-je fait de mon sceptre ou de ma houlette ? Je me serais également fatigué de la gloire et du génie, du travail et du loisir, de la prospérité et de l'infortune. Tout me lasse : je remorque avec peine mon ennui avec mes jours, et je vais partout bâillant ma vie.

5

QUELLES ÉTAIENT LES DEMOISELLES MUSCOGULGES
ARRESTATION DU ROI À VARENNES
J'INTERROMPS MON VOYAGE POUR REPASSER EN EUROPE

Ronsard nous peint Marie Stuart prête à partir pour l'Écosse, après la mort de François II.

> *De tel habit vous estiez accoustrée,*
> *Partant hélas ! de la belle contrée*
> *(Dont aviez eu le sceptre dans la main)*
> *Lorsque pensive et baignant vostre sein*
> *Du beau crystal de vos larmes roulées,*
> *Triste, marchiez par les longues allées*
> *Du grand jardin de ce royal chasteau*
> *Qui prend son nom de la source d'une eau.*

Ressemblais-je à Marie Stuart se promenant à Fontainebleau, quand je me promenai dans ma savane après mon veuvage ? Ce qu'il y a de certain c'est que mon esprit, sinon ma personne, était enveloppé d'*un crespe long, subtil et délié*, comme dit encore Ronsard, ancien poète de la nouvelle école.

Le diable ayant emporté les demoiselles muscogulges, j'appris du guide qu'un *Bois-brûlé*, amoureux d'une des deux femmes, avait été jaloux de moi et qu'il s'était résolu, avec un Siminole, frère de l'autre cousine, de m'enlever *Atala* et *Céluta*. Les guides les appelaient sans façon des *filles peintes*, ce qui choquait ma vanité. Je me sentais d'autant plus humilié que le *Bois-brûlé*, mon rival préféré, était un maringouin maigre, laid et noir, ayant tous les caractères des insectes qui, selon la définition des entomologistes du grand Lama, sont des animaux dont la chair est à l'intérieur et les os à l'extérieur. La solitude me parut vide après ma mésaventure. Je reçus mal ma sylphide généreusement accourue pour consoler un infidèle, comme Julie lorsqu'elle pardonnait à Saint-Preux ses Floridiennes de Paris. Je me hâtai de quitter le désert, où j'ai ranimé depuis les compagnes endormies de ma nuit. Je ne sais si je leur ai rendu la vie qu'elles me donnèrent ; du moins, j'ai fait de l'une une vierge, et de l'autre une chaste épouse, par expiation.

Nous repassâmes les montagnes Bleues, et nous rapprochâmes des défrichements européens vers Chillicothi. Je n'avais recueilli aucune lumière sur le but principal de mon entreprise ; mais j'étais escorté d'un monde de poésie :

> Comme une jeune abeille aux roses engagée,
> Ma muse revenait de son butin chargée.

J'avisai au bord d'un ruisseau une maison américaine, ferme à l'un de ses pignons, moulin à l'autre. J'entrai, demandai le vivre et le couvert, et fus bien reçu.

Mon hôtesse me conduisit par une échelle dans une chambre au-dessus de l'axe de la machine hydraulique. Ma petite croisée, festonnée de lierre et de cobées à cloches d'iris, ouvrait sur le ruisseau qui coulait étroit et solitaire entre deux épaisses bordures de saules, d'aulnes, de sassafras, de tamarins et de peupliers de la Caroline. La roue moussue tournait sous ces ombrages, en laissant retomber de longs rubans d'eau. Des perches et des truites sautaient dans l'écume du remous ; des bergeronnettes volaient d'une rive à l'autre, et des espèces de martins-pêcheurs agitaient au-dessus du courant leurs ailes bleues.

N'aurais-je pas bien été là avec la *triste*, supposée fidèle, rêvant assis à ses pieds, la tête appuyée sur ses genoux, écoutant le bruit de la cascade, les révolutions de la roue, le roulement de la meule, le sassement du blutoir, les battements égaux du traquet, respirant la fraîcheur de l'onde et l'odeur de l'effleurage des orges perlées ?

La nuit vint. Je descendis à la chambre de la ferme, elle n'était éclairée que par des feurres de maïs et des coques de faséoles qui flambaient au foyer. Les fusils du maître, horizontalement couchés au porte-armes, brillaient au reflet de l'âtre. Je m'assis sur un escabeau dans le coin de la cheminée, auprès d'un écureuil qui sautait alternativement du dos d'un gros chien sur la tablette d'un rouet. Un petit chat prit possession de mon genou pour regarder ce jeu. La meunière coiffa le brasier d'une large marmite, dont la flamme embrassa le fond noir comme une couronne d'or radiée. Tandis que les patates de mon souper ébouillaient sous ma garde, je m'amusai à lire à la lueur du feu, en baissant la tête, un journal anglais tombé à terre entre mes jambes : j'aperçus écrits en grosses lettres, ces mots : *Flight of the king* (Fuite du Roi). C'était le récit de l'évasion de Louis XVI et de l'arrestation de l'infortuné monarque à Varennes. Le journal racontait aussi les progrès de l'émigration et la réunion des officiers de l'armée sous le drapeau des princes français.

Une conversion subite s'opéra dans mon esprit : Renaud vit sa faiblesse au miroir de l'honneur dans les jardins d'Armide ; sans être le héros du Tasse, la même glace m'offrit mon image au milieu d'un verger américain. Le fracas des armes, le tumulte du monde retentit à mon oreille sous le chaume d'un moulin caché dans des bois inconnus. J'interrompis brusquement ma course et je me dis : « Retourne en France. »

Ainsi, ce qui me parut un devoir renversa mes premiers desseins, amena la première de ces péripéties dont ma carrière a été marquée. Les Bourbons n'avaient pas besoin qu'un cadet de Bretagne revînt d'outre-mer leur offrir son obscur dévouement, pas plus qu'ils n'ont eu besoin de ses services quand il est sorti de son obscurité. Si, continuant mon voyage, j'eusse allumé ma pipe avec le journal qui a changé ma vie, personne ne se fût aperçu de mon absence ; ma vie était alors aussi ignorée et ne pesait pas plus que la fumée de mon calumet. Un simple démêlé entre moi et ma conscience me jeta sur le théâtre du monde. J'eusse pu faire ce que j'aurais voulu, puisque j'étais seul témoin du débat ; mais de tous les témoins, c'est celui aux yeux duquel je craindrais le plus de rougir.

Pourquoi les solitudes de l'Érié, de l'Ontario, se présentent-elles aujourd'hui à ma pensée avec un charme que n'a point à ma mémoire le brillant spectacle du Bosphore ? C'est qu'à l'époque de mon voyage aux États-Unis, j'étais plein d'illusions ; les troubles de la France commençaient en même temps que commençait mon existence ; rien n'était achevé en moi, ni dans mon pays. Ces jours me sont doux, parce qu'ils me rappellent l'innocence des sentiments inspirés par la famille et les plaisirs de la jeunesse.

Quinze ans plus tard, après mon voyage au Levant, la République, grossie de débris et de larmes, s'était déchargée comme un torrent du déluge dans le despotisme. Je ne me berçais plus de chimères ; mes souvenirs, prenant désormais leur source dans la société et dans des passions, étaient sans candeur. Déçu dans mes deux pèlerinages en Occident et en Orient, je n'avais point découvert le passage au pôle, je n'avais point enlevé la gloire des bords du Niagara où je l'étais allé chercher, et je l'avais laissée assise sur les ruines d'Athènes.

Parti pour être voyageur en Amérique, revenu pour être soldat en Europe, je ne fournis jusqu'au bout ni l'une ni l'autre de ces carrières : un mauvais génie m'arracha le bâton et l'épée, et me mit la plume à la main. Il y a de cette heure quinze autres années, qu'étant à Sparte, et contemplant le ciel pendant la nuit, je me souvenais des pays qui avaient déjà vu mon sommeil paisible ou troublé : parmi les bois de l'Allemagne, dans les bruyères de l'Angleterre, dans les champs de l'Italie, au milieu des mers, dans les forêts canadiennes, j'avais déjà salué les mêmes étoiles que je voyais briller sur la patrie d'Hélène et de Ménélas. Mais que me servait de me plaindre aux astres, immobiles témoins de mes destinées vagabondes ? Un jour leur regard ne se fatiguera plus à me poursuivre : maintenant, indifférent à mon sort, je ne demanderai pas à ces astres de l'incliner par une plus douce influence, ni de me rendre ce que le voyageur laisse de sa vie dans les lieux où il passe.

Si je revoyais aujourd'hui les États-Unis, je ne les reconnaîtrais plus : là où j'ai laissé des forêts je trouverais des champs cultivés ; là où je me suis frayé un sentier à travers les halliers, je voyagerais sur de grandes routes ; aux Natchez, au lieu de la hutte de Céluta, s'élève une ville d'environ cinq mille habitants ; Chactas pourrait être aujourd'hui député au Congrès. J'ai reçu dernièrement une brochure imprimée chez les *Chérokis*, laquelle m'est adressée dans l'intérêt de ces sauvages, comme *au défenseur de la liberté de la presse*.

Il y a chez les Muscogulges, les Siminoles, les Chickasas, une cité d'Athènes, une autre de Marathon, une autre de Carthage, une autre de Memphis, une autre de Sparte, une autre de Florence ; on trouve un comté de la Colombie et un comté de Marengo : la gloire de tous les pays a placé un nom dans ces mêmes déserts où j'ai rencontré le père Aubry et l'obscure Atala. Le Kentucky montre un Versailles ; un territoire appelé Bourbon a pour capitale un Paris.

Tous les exilés, tous les opprimés qui se sont retirés en Amérique y ont porté la mémoire de leur patrie.

> ... *Falsi Simoentis ad undam*
> *Libabat cineri Andromache* [1].

Les États-Unis offrent dans leur sein, sous la protection de la liberté, une image et un souvenir de la plupart des lieux célèbres de l'antiquité et de la moderne Europe : dans son jardin de la campagne de Rome, Adrien avait fait répéter les monuments de son empire.

Trente-trois grandes routes sortent de Washington, comme autrefois les voies romaines partaient du Capitole ; elles aboutissent, en se ramifiant, à la circonférence des États-Unis, et tracent une circulation de 25,747 milles. Sur un grand nombre de ces routes, les postes sont montées. On prend la diligence pour l'Ohio ou pour Niagara, comme de mon temps on prenait un guide ou un interprète indien. Ces moyens de transport sont doubles : des lacs et des rivières existent partout, liés ensemble par des canaux ; on peut voyager le long des chemins de terre sur des chaloupes à rames et à voiles, ou sur des coches d'eau, ou sur des bateaux à vapeur. Le combustible est inépuisable, puisque des forêts immenses couvrent des mines de charbon à fleur de terre.

La population des États-Unis s'est accrue de dix ans en dix ans, depuis 1790 jusqu'en 1820, dans la proportion de trente-cinq individus sur cent. On présume qu'en 1830, elle sera de douze millions huit cent soixante-quinze mille âmes. En continuant à doubler tous les vingt-cinq ans, elle serait en 1855 de vingt-cinq millions sept cent cinquante mille âmes, et vingt-cinq ans plus tard, en 1880, elle dépasserait cinquante millions.

Cette sève humaine fait fleurir de toutes parts le désert. Les lacs du Canada, naguère sans voiles, ressemblent aujourd'hui à des docks où des frégates, des corvettes, des cutters, des barques, se croisent avec les pirogues et les canots indiens, comme les gros navires et les galères se mêlent aux pinques, aux chaloupes et aux caïques dans les eaux de Constantinople.

---

1. « Sur les bords d'un faux Simoïs, Andromaque faisait une libation aux cendres d'Hector » (Virgile, *Énéide*, III, vers 302-303).

Le Mississipi, le Missouri, l'Ohio, ne coulent plus dans la solitude : des trois-mâts les remontent ; plus de deux cents bateaux à vapeur en vivifient les rivages.

Cette immense navigation intérieure, qui suffirait seule à la prospérité des États-Unis, ne ralentit point leurs expéditions lointaines. Leurs vaisseaux courent toutes les mers, se livrent à toutes les espèces d'entreprises, promènent le pavillon étoilé du couchant, le long de ces rivages de l'aurore qui n'ont jamais connu que la servitude.

Pour achever ce tableau surprenant, il se faut représenter des villes comme Boston, New York, Philadelphie, Baltimore, Charlestown, Savanah, la Nouvelle-Orléans, éclairées la nuit, remplies de chevaux et de voitures, ornées de cafés, de musées, de bibliothèques, de salles de danse et de spectacle, offrant toutes les jouissances du luxe.

BIBLIOGRAPHIE SÉLECTIVE
EN FRANÇAIS

Éditions d'*Atala* et de *René*

1. *Atala*

Édition originale : *Atala ou les Amours de deux Sauvages dans le Désert*, Paris, Migneret, An IX (1801).

Publication dans le tome III du *Génie du christianisme*, Migneret, 24 germinal, an X (14 avril 1802). Importantes corrections.

Publication avec *René*, Paris, Le Normant, 1805. Corrections et préface spéciale. Édition considérée par Chateaubriand comme définitive.

Publication dans le tome XVI des *Œuvres complètes*, Ladvocat, 1826.

2. *René*

Publication dans le tome II du *Génie du christianisme*, Migneret, 1802.

Publication avec *Atala*, Le Normant, 1805. Édition considérée par Chateaubriand comme définitive.

Publication dans le tome XVI des *Œuvres complètes*, Ladvocat, 1826.

Éditions critiques et commentées

Atala. René, texte établi et présenté par G. Chinard, Les Textes français, Éd. F. Roche, 1930.

René, éd. A. Weil, Genève, Droz et Paris, Minard, 1935.

Atala, éd. A. Weil, José Corti, 1951.

Atala. René. Les Aventures du dernier Abencérage, éd. F. Letessier, Garbier, 1958.

Œuvres romanesques et voyages, éd. M. Regard, tome I, Gallimard, Bibliothèque de la Pléiade, 1969.

René, éd. J.-M. Gautier, Genève, Droz, 1970.

Atala, éd. J.-M. Gautier, Genève, Droz, 1973.

On consultera également l'édition p.p. P. Moreau, coll. « Folio », Gallimard, 1971 (*Atala. René. Les Aventures du dernier Abencérage*) et surtout l'édition p.p. J.-C. Berchet, Le Livre de Poche, 1989 (*Atala. René. Les Natchez*). À signaler un bon Classique Larousse, *René*, par D. Canal, 1991.

Études générales sur Chateaubriand (ordre chronologique)

SAINTE-BEUVE, *Chateaubriand et son groupe littéraire sous l'Empire*, Garnier, 1948, 2 vol. (rééd.).

CHINARD G., *L'Exotisme américain dans l'œuvre de Chateaubriand*, Hachette, 1918.

DIEGUEZ M. de, *Chateaubriand ou le poète face à l'Histoire*, Plon, 1963.

TAPIÉ V.-L., *Chateaubriand par lui-même*, Seuil, coll. « Écrivains de toujours », 1965.

MOREAU P., *Chateaubriand*, coll. « Connaissance des lettres », Hatier, 1967.

RICHARD J.-P., *Paysage de Chateaubriand*, Le Seuil, 1967.

Revue d'Histoire littéraire de la France, 1968, n° 6 (n° spécial : « Chateaubriand »).

Bicentenaire de Chateaubriand, Minard, 1971.

VIAL A., *Chateaubriand et le temps perdu*, UGE-10/18, 1971 (rééd.).

CLARAC P., *À la recherche de Chateaubriand*, Nizet, 1975.

BARBÉRIS P., *Chateaubriand : À la recherche d'une écriture*, Mame, 1974 ; *Chateaubriand : Une réaction au monde moderne*, coll. « Thèmes et textes », Larousse, 1976.

PAINTER G., *Chateaubriand. Une biographie*, Gallimard, 1979.

CLÉMENT J.-P., *Chateaubriand politique*, coll. « Pluriel », Hachette, 1987.

DUBÉ P.-H. et A., *Bibliographie de la critique sur Chateaubriand*, Nizet, 1988.

Europe, 775-776, nov.-déc. 1993 (n° spécial « Chateaubriand »).

ROULIN J.-M., *Chateaubriand. L'exil et la gloire*, Champion, 1994.

Chateaubriand. Le tremblement du temps, colloque de Cerisy, textes réunis et prés. par J.-C. Berchet, Toulouse, Presses universitaires du Mirail, 1994.

Ouvrages contenant d'importants développements
sur Chateaubriand

BÉNICHOU P., *Le Sacre de l'écrivain, 1750-1830. Essai sur l'avènement d'un pouvoir spirituel laïque dans la France moderne*, Corti, 1973.

GILLET J., *Le Paradis perdu dans la littérature française de Voltaire à Chateaubriand*, Klincksieck, 1975.

BÉNICHOU P., *Le Temps des prophètes*, Gallimard, 1977.

RAYMOND M., *Romantisme et rêverie*, Corti, 1978.

TROUBETZKOY W., *L'Aristocratie et le rôle de l'écrivain dans la littérature européenne de la première moitié du XIXe siècle*, thèse dactylographiée, Paris III, 1987.

CONDÉ M., *La Genèse sociale de l'individualisme romantique. Esquisse historique de l'évolution du roman en France du dix-huitième au dix-neuvième siècle*, Tübingen, Niemeyer, « Mimesis », 1989.

VADÉ Y., *L'Enchantement littéraire. Écriture et magie de Chateaubriand à Rimbaud*, Gallimard, 1990.

Études particulières sur *Atala* et *René* (ordre chronologique)

GAUTIER J.-M., *L'Exostime américain dans l'œuvre de Chateaubriand*, Manchester University Press, 1951.

SODEGARD O., « L'ombre d'une sœur ou le rôle de Lucile dans *René* et *Atala* », *Orbis litterarum*, XIV, 1959.

POMMIER J., « Le cycle de Chactas », *Revue de littérature comparée*, XVIII, 1938 (et *Dialogues avec le passé*, Nizet, 1967).

BUTOR M., « Chateaubriand et l'ancienne Amérique », *Répertoire II*, Éd. de Minuit, 1964.

BERCHET J.-C., « Chateaubriand poète de la nuit », *Chateaubriand. Actes du congrès de Wisconsin*, Genève, Droz, 1970.

BERCHET J.-C., « La Nuit et les incarnations de la sylphide », *Bicentenaire de Chateaubriand*, Minard, 1971.

DELJURIE J.-F., « *René* et le discours d'escorte », *Littérature*, n° 7, 1972.

BARBÉRIS P., *René de Chateaubriand, un nouveau roman*, coll. « Thèmes et textes », Larousse, 1973.

AMELINCKS F., « Le volcan et les montagnes dans *René* », *Bulletin de la Société Chateaubriand*, 1975.

AMELINCKS F., « Image et structure dans *Atala* », *Revue romane*, X, nov. 1975.

BARBÉRIS P., « Les refoulés successifs dans *René*. Fonction et signification », *La Lecture sociocritique du texte romanesque*, Toronto, Samuel Stevens Hakkert and Co, 1975.

DELON M., « Du vague des passions à la passion du vague », *Le Préromantisme : hypothèque ou hypothèse ?*, Colloque de Clermont (juin 1972), Klincksieck, 1975.

RINCÉ D., « Les premières œuvres de Chateaubriand : la genèse d'un projet autobiographique », *Revue d'Histoire littéraire de la France*, 1977-1.

BENREKASSA G., « Le Dit du moi : du roman personnel à l'autobiographie, *René / Werther, Poésie et vérité / Mémoires d'outre-tombe* », *Les Sujets de l'écriture*, Presses universitaires de Lille, 1981.

RESPAUT M., « *René* : confession, répétition, révélation », *The French Review*, octobre 1983.

MORTIER R., « Julie, Virginie, Atala ou la mort angélique », dans *Itinéraires et plaisirs textuels. Mélanges offerts au prof. R. Pouillart*, éd. G. Jacques et J. Lambert, Bruxelles, Nauwelaerts, 1987.

CHOCHEYRAS J., « De Manon à Atala : l'enterrement au désert », *Recherches et travaux*, Bulletin, Grenoble-UER de Lettres, 35, 1988.

BERTHIER P., « *René* et ses espaces », *Saggi e ricerche di letteratura francese*, 1989.

BERCHET J.-C., « Le frère d'Amélie ou la part du diable », dans *Éros philadelphe. Frère et sœur, passion secrète*, Colloque de Cerisy, Félin, 1992.

GLAUDES P., *Atala, le désir cannibale*, P.U.F., coll. « Le texte rêve », 1994.

On trouvera une bibliographie courante dans : *Société Chateaubriand. Bulletin* (annuel).

Ouvrages portant sur des questions importantes pour situer *Atala* et *René*

BENREKASSA G., « Loi naturelle et loi civile. L'idéologie des Lumières et la prohibition de l'inceste », *Studies on Voltaire and the XVIIIth century*, 87, 1972.

ASTORG B. d' : *Variations sur l'interdit majeur. Littérature et inceste en Occident*, Gallimard, 1990.

TABLE DES MATIÈRES

POCKET CLASSIQUES
collection dirigée par Claude AZIZA

GUIDES POCKET CLASSIQUES

DICTIONNAIRE DE VOCABULAIRE I et II
MÉMENTO DE LITTÉRATURE FRANÇAISE I et II
LE BAROQUE EN FRANCE ET EN EUROPE
LE ROMANTISME EN FRANCE ET EN EUROPE
LE SURRÉALISME EN FRANCE ET EN EUROPE
LE CLASSICISME EN FRANCE ET EN EUROPE
LA LITTÉRATURE POLICIÈRE
LA LITTÉRATURE ANGLAISE
LA LITTÉRATURE AMÉRICAINE

Dans la série *Analyse de l'œuvre* :

La controverse de Valladolid de J.-C. Carrière
Un roi sans divertissement de J. Giono
Le Horla de G. de Maupassant
Pourquoi j'ai mangé mon père de R. Lewis
Les Rougon-Macquart d'É. Zola
L'Œuvre de J.-J. Rousseau *(à venir)*
L'Œuvre de G. Flaubert *(à venir)*

Photocomposition : TÉLÉ-COMPO - 61290 BIZOU

Impression réalisée sur Presse Offset par

CPI
Brodard & Taupin
39850 – La Flèche (Sarthe), le 19-02-2007
Dépôt légal : janvier 1999
Suite du premier tirage : février 2007

POCKET – 12, avenue d'Italie - 75627 Paris cedex 13

Imprimé en France